LA CAVE À VIN DE STALINE

À PROPOS DES AUTEURS

John Baker était hôtelier et promoteur de rock'n'roll dans les années 1980, à l'époque de Midnight Oil, INXS et Cold Chisel. Il est devenu négociant en vins en créant un certain nombre de magasins de vins fins, dont Quaffers Double Bay Cellars et Newport Bottler, ainsi que l'entreprise d'importation Bordeaux Shippers. Amateur de vins de tous horizons (pourvu qu'ils soient excellents), il s'implique aujourd'hui davantage dans d'autres projets, notamment dans le commerce de l'huile d'olive. C'est, dit-il, bon pour sa santé et moins pénible le lendemain.

Nick Place est l'auteur de cinq romans publiés et de plusieurs essais, ainsi que de comédies et de scénarios, de poèmes et même d'une pantomime originale. Il a également mené une carrière journalistique longue et variée dans tous les médias, principalement dans le domaine du sport. Il vit à Melbourne, où il apprécie particulièrement les productions de whisky single malt, de vin et de café.

lucpire éditions

Éditions Luc Pire [Renaissance SA]
Drève Richelle, 159 – 1410 Waterloo
www.editionslucpire.be
Éditions Luc Pire
@editionsrl

John Baker & Nick Place – La cave à vin de Staline
Édition : Anne Delandmeter
Correction : André Tourneux
Couverture et mise en pages : Extra Bold — Philippe Dieu
Titre de l'édition originale : *Stalin's Wine Cellar*

Publié pour la première fois par Penguin Random House Australia Pty Ltd. Cette édition est publiée avec l'accord de Penguin Random House Australia Pty Ltd.

Adaptation française : Didier Tellier

ISBN : 978-2-87542-263-7
DÉPÔT LÉGAL : D/2022/12.379/05

JOHN BAKER
& NICK PLACE

LA CAVE À VIN DE STALINE

À ma mère, Norma Grace,
qui m'a donné
le goût de l'aventure.

PROLOGUE

Aéroport
Tbilissi, Géorgie
Juillet 1999

L'aéroport ressemblait à peu près à tous les autres aéroports de petites villes dans le monde. Pas particulièrement moderne, pas particulièrement ancien. Juste quelconque.

À peine avions-nous franchi les portes, Kevin Hopko et moi, nous les vîmes. Deux hommes : l'un en T-shirt et blouson de cuir noir, pas rasé, avec des yeux bleus. L'autre portait une chemise d'homme d'affaires, sans cravate, et un blazer. Il avait l'air plus vif et plus alerte. Ce devait être Giorgi Aramhishvili, sans doute la trentaine, donc presque une décennie de moins que moi. Pas aussi vieux que je l'avais imaginé. Il avait une tignasse de cheveux noirs qui semblait rétive à tout apprivoisement. Surtout quand il est 1 h 30 du matin et que l'on se trouve dans un hall d'arrivée d'aéroport trop éclairé. Notre homme était de taille moyenne, d'une certaine corpulence, ce qui témoignait de son amour de la bonne nourriture et du vin. Il s'avança vers nous avec un large sourire, nous tendit la main :

— M. John Baker ! C'est un plaisir de vous rencontrer enfin.

Son accent était prononcé mais compréhensible.

— Bonjour, George, dis-je. Merci de nous rencontrer à cette heure de la nuit.

— Vous plaisantez ? dit-il en riant. Vous êtes nos invités d'honneur.

L'autre individu, au blouson, se présenta. Il se nommait Nino, et je supposai qu'il ne parlait pas beaucoup l'anglais car il se contentait de nous adresser un signe de tête et de grogner. Il me tendit une carte de visite où l'on pouvait lire les noms de ses trois sociétés : « Agence Goodwill, Back Wind Ltd et Orbi Ltd ».

AGENCY FIRM "GOODWILL"
"BACK WIND" LTD
"ORBI" LTD

NINO MESKHISHVILI

Chief Consultant in Special Issues

72 Abashidze Str., Tbilisi, Georgia; Tel./Fax: (995 32) 232 958
75 Kostava Str., Tbilisi, Georgia; Tel: (995 32) 388 416
4 April 9 Str., Poti, Georgia; Tel./Fax: (995 393) 26 155; (995 393) 23 878
Mobile: (995 77) 303 665; (995 99) 501 501

— Consultant en chef pour les questions spéciales ! Enchanté de vous rencontrer, Nino.

Il avait des cheveux bruns, drus, qui auraient pu être ondulés s'ils n'avaient pas été coupés court dans un style militaire : une coiffure qui correspondait aux traits durs, presque brutaux, de son visage. Il grogna à nouveau et me serra la main plutôt pour la forme.

Tandis qu'il donnait aussi une carte à Kevin et lui serrait la main, j'observai le visage de Kevin. Il affichait un masque poli, signe que les calculs et les évaluations tournaient déjà dans sa tête, derrière ses yeux qui voyaient tout, sans jamais rien manquer.

Je m'adressai à George, en souriant :

— Nous devons prendre nos sacs.

— John, dit-il, inutile de vous inquiéter pour ça. Je m'occupe de la douane. Venez, je vous en prie.

On nous fit sortir du hall des arrivées par une porte latérale et nous montâmes des escaliers jusqu'à une petite pièce qu'un panneau signalait comme la « Zone d'accueil VIP ». Deux autres hommes nous attendaient à l'intérieur, en costume, souriant de manière professionnelle. Nous fûmes présentés. L'un appartenait au ministère géorgien de l'Industrie et du Commerce, et l'autre, M. Revaz, était, selon George, un cadre supérieur d'entreprise vinicole. Ni l'un ni l'autre ne semblant parler anglais, on échangea beaucoup de hochements de tête et de sourires pendant que Nino nous servait un verre de ce qui s'avéra être un vin pétillant doux, accompagné d'une grande assiette de chocolats. Exactement ce qu'il fallait après avoir volé de Sydney à Londres, puis sept heures de plus pour le trajet vers l'est, et que l'on débarque au milieu de la nuit, en plein décalage horaire.

Il était presque 2 heures du matin. Des toasts furent portés à notre arrivée, à notre succès, aux affaires que nous ferions ensemble, à moi, à Kevin, à l'Australie et au vin.

Après cet accueil, George répéta qu'il allait s'occuper de la douane. Je me demandai ce que cela signifiait étant donné que nous n'avions que trois valises de bagages réguliers enregistrés, sans rien à déclarer. Sans doute n'étais-je pas au fait des usages en cet endroit. Après tout, j'étais loin de chez moi.

Lorsque George me serra la main une nouvelle fois, nos regards se croisèrent et nous nous fixâmes un instant. Puis, il sortit de la pièce, rapidement, nous laissant avec les trois hommes qui ne parlaient pas anglais et semblaient avoir mieux à faire. Par exemple, aller se coucher. Je me souviens m'être demandé si cette aventure improbable allait vraiment fonctionner, ou si j'allais regretter d'avoir posé le pied sur le sol géorgien.

Ou peut-être quelque chose entre les deux.

Le visage de Kevin continuait d'afficher un masque poli. Je savais qu'il ne me donnerait aucun signe de son opinion avant que nous ne soyons seuls, et je comprenais son attitude.

Au lieu d'aller dormir, Nino versa un autre verre de vin doux et me le tendit. D'après mon expérience, parfois la seule chose à faire dans la vie est de se laisser porter par l'aventure et de voir où elle nous mène. C'était vraiment l'occasion d'appliquer ce principe. Je pris le verre que m'offrait Nino, le levai dans sa direction et le bus d'un trait.

Quelle que soit la tournure des événements, je me dis qu'on ne s'ennuierait pas. Et sur ce point, avec le recul, j'avais tout à fait raison.

Mais il faut que je vous dise d'abord comment nous en sommes arrivés là. Tout avait commencé quelques mois auparavant, à l'autre bout du monde.

PARTIE I

AVANT LA GÉORGIE

1

UNE LISTE MYSTÉRIEUSE

Sydney, Australie
Septembre 1998

Je suis sorti de l'université avec un diplôme en économie, mais sans savoir ce que je voulais faire ni où était ma place, alors j'ai commencé à explorer. Cela explique ma carrière assez variée, à la recherche d'opportunités dans tous les domaines, de la gestion d'hôtels et de salles de concert à la production d'huile d'olive, en passant par la vente au détail et l'importation de vin.

Avant de commencer ce livre, j'ai surtout passé ma jeune carrière à développer des magasins de vin haut de gamme dans les quartiers les plus riches de Sydney, transformant le simple point de vente de vin et de bière à emporter en une expérience sophistiquée et enrichissante. Imaginez une librairie vraiment accueillante, comme celles du quartier de Darlinghurst sur Oxford Street, pour qui connaît Sydney. Ou n'importe quelle librairie proposant des livres à parcourir, un personnel compétent et sympathique vous indiquant des auteurs que vous pourriez apprécier, vous proposant même un fauteuil confortable où feuilleter un livre avant de l'acheter. Je voulais créer la même ambiance intime et chaleureuse pour l'achat de bons vins.

De nos jours, ces boutiques de vin sont courantes. Mais à l'époque, elles ne l'étaient pas autant et j'avais innové de façon habile en ouvrant The Newport Bottler sur les plages du nord de Sydney dans les années 1980. C'est là que j'ai affiné le concept.

Lorsque j'ai acheté les caves Double Bay Cellars, au cœur de la prestigieuse banlieue est de la ville, j'avais déjà développé un goût et un sens des affaires pour les vins rares et les vins de musée, ces types de vins vieillis et potentiellement précieux qui sont souvent vendus aux enchères. Mon incursion dans ce segment du monde du vin venait à point nommé, car Double Bay était le marché idéal pour ces trésors coûteux.

Kevin Hopko a toujours eu un esprit d'entreprise plus développé que le mien. Très vite, il m'a rejoint à Double Bay en tant que directeur général du magasin. J'ai toutefois tenu à conserver le contrôle, ce qui ne semblait pas le déranger, car il était heureux de travailler en collaboration tout en ayant le loisir de suivre sa propre voie lorsque cela lui convenait. Canadien discret, Kevin est un maître en matière de vins anciens et rares, doté d'un incroyable flair pour les possibilités de profit, mais aussi d'un œil particulièrement éclairé pour déceler les failles potentielles d'une affaire ou les possibles embûches. Je comptais sur son sixième sens, en de tels moments.

Au fur et à mesure que la réputation de Double Bay Cellars grandissait, nous étions alertés de l'existence de caves entières à vendre, qui promettaient généralement de contenir des vins français éblouissants et d'autres joyaux liquides d'une valeur considérable. Quand c'était effectivement le cas, nous achetions le contenu de la cave et vendions le lot dans le cadre d'un événement spécial dans le magasin de Double Bay.

Notre aptitude à repérer ce qui a de la valeur dans une cave et la confiance de nombreux clients avisés et enthousiastes de la banlieue est avaient fait connaître à l'entreprise un succès grandissant.

C'est pour nous rendre dans l'une de ces caves aux promesses incalculables que j'allai chercher Kevin dans ma Citroën, un matin de printemps. La voiture était encore assez neuve pour que je savoure l'idée d'une longue excursion jusqu'à Terrey Hills, sur les plages du nord de la ville. Deux de mes employés, Frank et Jillian, avaient pris place dans le van, notre estimation étant que cette cave serait trop grande, et les cartons trop nombreux, pour tenir dans la petite camionnette et le coffre de ma voiture.

Sydney était en proie aux travaux routiers préolympiques et à une frénésie de construction de nouvelles infrastructures. Traverser le pont prit donc du temps. Une fois l'obstacle franchi, nous poursuivîmes vers les plages du nord. Le soleil brillait, nous baissâmes les vitres.

Kevin m'interrogea :

— Comment ça se passe avec la liste ?

— Pour aujourd'hui ? ai-je demandé.

Chaque fois que nous achetions une cave, nous avions une liste des vins qui devaient s'y trouver et que nous avions accepté d'acheter, après inspection. L'expérience nous a appris que la réalité pouvait s'écarter un peu de la liste, certains vins présents n'ayant pas été mentionnés tandis que d'autres bouteilles brillaient par leur absence. Dans la plupart des cas, on notait de sérieuses différences.

De la tête, Kevin fit un geste de dénégation.

— Pas la liste d'aujourd'hui. Tu sais ce que je veux dire. La liste.

Je souris.

— Pour être honnête, je ne vois pas très bien. En fait, elle est dans la boîte à gants. Parcourons-la encore une fois pendant que nous roulons.

Il fouilla dans la boîte à gants et en sortit des feuilles photocopiées du fax qui nous était arrivé quelques jours auparavant d'un client/associé occasionnel, Harry Zukor. Harry était ce que nous appellerons charitablement un entrepreneur du vin, un homme qui avait le sens des affaires et une perspicacité singulière pour se faire un avis sur les personnes impliquées. Je l'ai toujours apprécié, même si je ne dirais pas que la foi et la confiance figuraient en bonne place dans la liste de mes raisons. En tout cas, les affaires n'étaient jamais ennuyeuses lorsque ce voyou souriant passait la porte avec une proposition. Et, en ce moment même, c'est bien vers cela que nous nous dirigions.

L'ami d'un ami d'un ami de Harry était reparti au Royaume-Uni, laissant sa propriété de Terrey Hills, qui comportait une grande cave remplie de vins historiques et précieux, conservés depuis des décennies.

Le lot était vendu cent cinquante mille dollars, ce qui, en 1998, n'était pas une petite somme d'argent. De plus, il fallait le payer en espèces. À l'époque, tout le monde voulait de l'argent liquide. En examinant la liste des contenus de la cave de Terrey Hills, Kevin avait calculé que nous pourrions vendre les vins pour beaucoup plus que ce prix. En fait, il flairait un véritable jackpot. Nous avons donc pris la direction du nord.

Kevin scruta à nouveau les feuilles de l'autre liste, celle que nous appelions « La Liste » avec des majuscules. Harry me les avait faxées avec un mot au recto : « Intéressé ? »

Le contenu du document était pour le moins bizarre, c'est le moins qu'on puisse dire.

En haut de la première page, en petits caractères de fax, on lisait « Exploration minérale ». En dessous se trouvait une colonne alignant des noms ou de simples mots, allez savoir : Oprien, Palmer Madeira, Ikem et Latur, Broin, Porto, Marsala et Gilsher.

Dans la colonne suivante, à côté des noms, se trouvaient ce qui semblait être des dates : 1891, 1847, 1888, 1899, 1725, 1834.

Puis une autre colonne avec d'autres chiffres : 0,75, 0,8, 0,75 et, plus rarement 0,4. La dernière colonne contenait une nouvelle série de chiffres aléatoires : 5, 11, 3, 2, 6, 1, 12.

Kevin examinait la page, en fronçant les sourcils.

— Que faut-il entendre par « exploration minérale » ? ai-je interrogé, après une longue réflexion.

— Je pense que c'est une sorte de couverture, dit Kevin. Je veux dire, Harry ne s'occupe de vin qu'avec nous, non ? Regarde la deuxième colonne. On dirait des dates, peut-être des millésimes.

— Et la colonne avec les 0,75, cela pourrait correspondre à la contenance des bouteilles, ai-je dit. Donc, les 0,4 seraient des demi-bouteilles ?

Kevin hocha la tête.

— Oui, je suppose que ça pourrait marcher. Mais les 0,8 ? Qu'est-ce que c'est ?

— Je n'en sais rien. Quand bien même, aucun de ces noms ne signifie quoi que ce soit. Tu en as entendu parler ?

— Non, dit Kevin.

Ce n'était pas sans signification. Kevin avait trente-trois ans à l'époque, seize ans de moins que moi, mais il était dans le secteur depuis des années et s'intéressait depuis longtemps aux vins et aux millésimes qui atteignaient les prix les plus élevés. S'il ne connaissait pas un vin, c'est que quelque chose n'allait pas.

— Nous allons voir Harry dans quelques minutes, dit-il. Demandons-lui.

— À quel jeu joue-t-on ? ai-je répondu. Il doit y avoir une raison à ce mystère. Voyons si nous pouvons le résoudre, creusons-nous les méninges.

Nous arrivâmes à la propriété, où Harry nous attendait déjà, dans sa Daimler gris tourterelle, soigneusement garée loin de l'endroit où nous allions charger les cartons.

La première chose qu'il me dit, ce fut : « Comment avez-vous trouvé le fax ? »

— Il a retenu toute mon attention, ai-je répondu en souriant. Donnez-moi quelques jours.

Harry se retint de rire. Il hocha la tête. Manifestement, il appréciait ce petit jeu. Soit nous mentionnions la liste et nous nous avouions vaincus par le code, soit nous résolvions l'énigme, soit encore il convoquait une autre rencontre parce qu'il en avait assez d'attendre et voulait conclure l'affaire, quel que soit le problème.

Mais à présent, nous avions du travail. Frank et Jillian étaient arrivés avec le van. Harry déverrouilla la maison vide et nous conduisit tous dans la cave. Il faisait nuit noire.

La voix de Kevin sortit de l'obscurité.

— Harry, cette vente est-elle due à un divorce ?

La réponse de Harry traduisait sa surprise.

— Non, dit-il. Ils viennent simplement de rentrer en Angleterre. Pourquoi?

— Aucune raison, dit Kevin, satisfait de la réponse. Juste par curiosité.

Frank avait trouvé l'interrupteur et nous avons tous cligné des paupières avant que nos yeux ne s'habituent à la brusque luminosité. Inondée de lumière, la cave dévoilait, rangées dans de longs casiers, une grande quantité de bouteilles recouvertes d'une couche de poussière. Kevin se mit à parcourir les rangées et à souligner les points forts, confirmant la présence des bouteilles qui l'avaient convaincu qu'il s'agissait d'une affaire intéressante. Pour commencer, il y avait deux séries complètes de Penfolds Grange, plus d'autres millésimes de la même maison. Soudain, devant plusieurs bouteilles de Château d'Yquem alignées sur une rangée, il fronça les sourcils. Ma curiosité grimpait en flèche. Il s'agit probablement du plus grand domaine viticole du monde : chaque fois que des millésimes anciens de Château d'Yquem figurent sur une liste de vente, vous savez que vous allez attirer la foule.

Entre autres merveilles, il y avait aussi cinq caisses de Château Lafite Rothschild 1966 et quelques Château Margaux.

Jillian était impressionnée.

— John! Cette cave est formidable. Je vois Lafite, je vois Grange. Et voilà, Yquem!

J'aimais Jillian pour son enthousiasme général envers la vie, son style et son calme communicatif dans le magasin. Elle n'avait pas vraiment d'accent français, ayant vécu longtemps en Australie. Elle était bien élevée, toujours habillée de façon impeccable et, surtout, elle connaissait très bien le vin. De nombreux clients, surtout des hommes, ne voulaient être servis que par elle.

— *Temps... se mettre au travail** ! dis-je en souriant.

— Tu essaies de dire que c'est l'heure de travailler? demanda-t-elle.

---

* En français dans le texte original.

— C'est ce que j'essayais de dire. J'y étais presque, non?

Elle fit un geste de la main.

— Pas mal. Continue à travailler dessus.

Elle et Frank allèrent chercher des cartons et du matériel d'emballage dans le van, nous laissant seuls, Kevin et moi, un moment.

— Pourquoi as-tu posé cette question sur le divorce? demandai-je à Kevin, à voix basse.

— Si une cave est évaluée dans le cadre d'un divorce, tu peux être sûr que les bonnes bouteilles auront disparu, répliqua Kevin sur le même ton. Généralement, la pauvre femme qui vous ouvre la porte pour vous laisser visiter ne se rend pas compte que la cave a déjà été vidée et que sa valeur n'approche même pas les cinquante pour cent promis. Si Harry avait dit oui, je me serais éclipsé et j'aurais fouillé toute la maison.

Frank, Jillian et Kevin commençaient à emballer l'ensemble de la collection dans des cartons, avec un soin particulier pour les bouteilles les plus anciennes, y compris la section de la cave où se trouvaient les deux séries complètes de Grange, plus les autres de la même maison. Il y avait deux caisses du légendaire 1955, réputé être le meilleur millésime de Grange dans les années 1950. Tandis que je les examinais, deux autres bouteilles attirèrent mon attention. Elles étaient posées juste à côté, avec des goulots de longueur différente. Je m'accroupis et les sortis du casier. Les deux avaient des étiquettes faites maison, presque comme des étiquettes de vêtements, collées avec du ruban adhésif. On pouvait y lire « Lady Grange ».

Mon cœur se mit à battre plus fort. Serait-ce possible?

Je n'avais jamais entendu que des rumeurs à propos d'un Grange blanc. À la fin des années 1950, le pionnier de la viticulture Max Schubert avait reçu l'ordre des patrons de Penfolds d'abandonner ses tentatives de produire un vin rouge emblématique basé sur sa passion pour les vins européens. La légende veut qu'à cette époque il envisageait également de créer un vin blanc qui sortirait du lot. Mais, en raison de la pression de ses employeurs, il ne continua à travailler secrètement que sur le vin rouge, qui est devenu le célèbre

Penfolds Grange Hermitage. Le projet de Grange blanc est donc mort aussi vite qu'il avait été esquissé et de nombreux experts en vin ne croient pas que Schubert l'ait jamais mené au stade de la mise en bouteille.

Pourtant, j'avais l'impression d'avoir devant moi la preuve qu'il l'avait réellement fait. Est-ce que je rêvais ? Avec d'infinies précautions, je transportai ces précieuses bouteilles jusqu'à ma voiture et les rangeai dans le coffre.

Alors que je retournais vers la maison, je pus enfin me détendre. L'événement que j'avais planifié autour de cette collection s'annonçait bien. En fait, je prévoyais une ruée vers ces vins.

Frank, Jillian et Kevin étaient eux aussi manifestement convaincus par cette cave. Ils étaient même enthousiasmés par la collection Terrey Hills. Nul doute : la qualité était au rendez-vous, nous n'aurions aucune difficulté pour couvrir largement le prix d'achat.

Dans la suite de la matinée, nous emballâmes toute la cave : Frank, Jillian et Kevin rangèrent méthodiquement et soigneusement les bouteilles dans des caisses solides, en les comparant à haute voix à la liste, au fur et à mesure. Chacun y allait de son commentaire : « Pas six bouteilles, seulement cinq... Ici, il est écrit quatre bouteilles mais il y en a six. »

Nous appelions cela « les plus et les moins ». C'est habituel quand on emballe une cave.

L'équipe fonctionnait comme une machine bien huilée. En fait, le seul maillon faible, apparemment, c'était moi. Quelques heures plus tard, alors que l'on était à la moitié du travail d'emballage d'une des séries complètes de Grange, je pris sans réfléchir une bouteille de Grange 1954 de Penfold par le goulot – une erreur de débutant. Sous mes yeux, le goulot vieilli se brisa dans ma main. Une faiblesse dans le verre de la vieille bouteille...

— Oh merde, me suis-je dit. C'est un vrai problème. Nous avons maintenant deux séries complètes de Grange, à l'exception d'une 54. Que faire ?

L'équipe était partagée entre l'horreur et l'amusement. Ils savaient à quel point il serait difficile de trouver une autre bouteille de ce millésime pour reconstituer le lot complet.

Frank demanda, avec une sorte de demi-sourire :

— Comment vas-tu réparer ce coup-là, mon garçon ?

Puis Harry entra et découvrit ce qui s'était passé. Il était particulièrement mécontent.

— John, vous êtes trop désinvolte avec les bouteilles importantes, me dit-il, furieux. C'est déjà arrivé et c'est franchement ennuyeux. Vous devez être plus prudent.

J'étais fâché envers moi-même, mais je ne voulais pas le laisser paraître. Au lieu de cela, je haussai les épaules.

— Harry, c'est cassé. C'est tombé. Les bouteilles se cassent. Ça arrive.

En fait, c'est mon attitude depuis toujours. Traiter les vins rares avec soin et respect, bien sûr, mais se souvenir que ce n'est qu'un objet, pas une question de vie ou de mort. Il arrive qu'une bouteille se casse et, oui, c'est très décevant. Mais c'est tout. C'est fait. À vrai dire, Harry, qui était partenaire dans ce marché, ne partageait pas cette vue philosophique.

Il se demandait ce qu'il fallait faire, levant les bras au ciel, dans une posture dramatique.

— Vous avez deux ensembles complets de Grange, sauf que maintenant l'un d'eux n'a pas le 54.

Je réfléchis quelques instants. Le Grange 1954 n'est pas un grand millésime, mais il est assez rare, puisqu'il n'arrive que trois ans après le Grange original de 1951. Je savais que nous n'avions aucun moyen de trouver une autre bouteille de ce vin qui soit disponible pour un achat immédiat.

— Je suppose que je vais devoir vendre un des ensembles sans le 54, ai-je dit. De toute façon, j'annoncerai qu'il s'agit de deux ensembles de Grange et je m'occuperai de la bouteille manquante lorsqu'un acheteur se présentera. Parfois, il suffit de s'arranger au moment même.

Harry secoua la tête, exaspéré, puis partit en grommelant. Je considérai que l'incident était clos. Je le connaissais et j'étais sûr qu'il s'en remettrait quand il verrait les chiffres de vente d'ici quelques semaines.

Et j'avais raison. La vente, aux caves Double Bay, s'avéra en effet excellente.

Il est étonnant de voir comment une invitation à déguster et à acheter certains des meilleurs vins de la planète peut ouvrir les agendas les plus soigneusement gardés. Des capitaines d'industrie que vous suppliiez depuis un an pour une rencontre en tête-à-tête trouvent soudain une fenêtre dans leur calendrier pour participer à l'événement. Ce jeudi-là, à 18 heures, ils étaient tous dans ma boutique.

La dégustation de la cave de Terrey Hills était présentée comme une vente de « vins rares et de musée » sur invitation seulement, strictement non cessible. Les clients qui comptent prêtent attention à ce genre de détail. Ce n'est pas tous les jours que l'on peut déguster un Dom Pérignon 1990, un Château Lafite Rothschild 1966 – qui s'est avéré plutôt décevant – et un Penfolds Grange 1955. Bien sûr, le Château d'Yquem 1983 a été un moment fort, même s'il s'agissait d'un millésime relativement récent. Ce n'est pas comme si nous avions proposé le célèbre Yquem 1847 – sans doute le vin blanc le plus rare et le plus cher du monde. Mais tout Yquem est sensationnel.

Nos premiers invités arrivèrent tôt, vers 18 heures, car les collectionneurs avertis savaient que certains vins seraient présents en quantité limitée. À leur arrivée, on leur offrit un verre de Dom Pérignon 1990 et une liste de tous les vins disponibles, y compris les deux séries de Grange.

À 18 h 30, tout le monde était présent. Les invités faisaient leur choix dans les listes et devant les boîtes de présentation en bois disposées le long des murs. Frank et Jillian s'affairaient derrière le comptoir, scellant des boîtes déjà étiquetées aux noms des clients en attente, pendant qu'ils collectaient d'autres vins.

Comme tout cela se déroulait, je remarquai l'arrivée d'un homme aux cheveux argentés, portant des lunettes et jetant un regard très professionnel sur les vins.

Je me dirigeai vers lui et lui serrai la main, ajoutant :

— Je suppose que le Grange 55 que je vous présente ce soir recueille votre approbation ?

Don Ditter me salua chaleureusement, comme le gentleman qu'il était, et me répondit en souriant :

— D'accord, John, c'est bon, mais cela ne vaut pas Koonunga Hill.

Nous avons ri tous les deux.

Don avait été vigneron en chef chez Penfolds pendant plus d'une décennie, à partir du milieu des années 1970. C'est lui qui, prenant la relève du légendaire Max Schubert, avait créé le label Koonunga Hill, entre autres. Je l'avais invité, espérant qu'il viendrait, car on goûte rarement des vins du calibre de ceux que nous servions ce soir-là. Et aussi parce qu'il représentait en quelque sorte la maison Grange qui était un élément central de cette collection. Don avait élaboré un certain nombre des millésimes qui figuraient dans les coffrets et je pensais que mes acheteurs apprécieraient de rencontrer un vigneron aussi estimé.

En réalité, j'espérais aussi profiter de sa présence pour lui poser une question. Frank, Jillian et Kevin semblaient avoir tout en main. Alors j'emmenai Don à l'étage dans mon bureau. Nous nous assîmes et j'en vins à l'essentiel, après une courte hésitation :

— Don, j'ai une question à laquelle je pense que vous pourriez répondre mieux que quiconque au monde.

— Cela promet, dit-il en riant, les yeux brillants. Non, je ne veux pas acheter dans votre magasin.

— Don, vous ne pourriez pas vous le permettre. Les affaires marchent du tonnerre. Non, je voulais vous parler du mythique Grange blanc. On a dit que Max Schubert voulait créer un Grange blanc. Il y a eu des rumeurs selon lesquelles il l'aurait fait, mais qu'il a été arrêté, tout comme pour le rouge, bien qu'il ait évidemment et fameusement continué avec le rouge. Est-ce vrai ? Y a-t-il eu un Grange blanc ?

Don enleva ses lunettes et les nettoya avec un chiffon tiré de sa poche.

— Ah, le monstre du Loch Ness du vin ! C'était une décision irréfléchie des patrons. Imaginez s'il y avait eu un vin blanc pour aller avec le rouge, maintenant que Grange est la fameuse maison que l'on connaît.

Je souris. Cela me faisait penser à cette fameuse citation de George Harrison, qui disait que, avec le recul, s'ils avaient su qu'ils allaient devenir les Beatles, ils auraient fait plus d'efforts.

Don se mit à rire.

— Exactement. J'aurais acheté un peu plus de bouteilles des bons millésimes pour ma propre collection, si j'avais su que Grange allait devenir Grange.

J'insistai :

— Mais est-ce que Max l'a vraiment fait ?

Don haussa les épaules.

— Max n'en parlait pas beaucoup quand je l'ai connu, des années plus tard. C'est seulement pendant ces trois années, à partir du moment où ils ont arrêté le projet, en 1957, qu'il y a travaillé en secret. Peut-être a-t-il réussi à produire un blanc. Il n'y a probablement aucun moyen d'en être sûr.

— À moins que ce soient celles-ci, ai-je dit, en tendant la main vers l'armoire à côté de mon bureau et en extrayant les deux bouteilles de Lady Grange de Terrey Hills.

Don se pencha en avant, louchant vers l'étiquette, la bouche légèrement ouverte.

— Où diable avez-vous trouvé ça, espèce de rusé bougre ?

— Elles faisaient partie de la cave que nous avons achetée récemment, ai-je dit. Celle qui est exposée en bas. Selon les propriétaires, Max et sa femme étaient amis avec Frank Matich, le pilote de course, et sa femme. Max les aurait offertes à la femme de

Frank. J'ignore comment elles sont passées de la femme de Frank à cette cave.

Don restait captivé par les bouteilles.

— Ces étiquettes faites à la main semblent correspondre aux habitudes de Max, dit Don. Elles pourraient bien être authentiques, Johnny. Elles pourraient l'être. Pour être honnête, je suis abasourdi.

— Abasourdi ! ai-je répété.

— Oui. Rien que de voir et de manipuler ces bouteilles. Elles ont l'air correctes et semblent correspondre à la rumeur qui a couru durant toutes ces années.

— Eh bien, ce ne sont pas les seules bouteilles intéressantes, ce soir dans la maison, Don. Allons-y, ne manquons pas un verre d'Yquem.

Nous redescendîmes. La dégustation battait toujours son plein. Don goûta le Lafite 1966, puis le Grange 1955. Avec son accord, je présentai Don à la salle, expliquant son rôle de vigneron en chef chez Penfolds et son implication dans le Grange. Don parla avec éloquence de ses bons moments à Penfolds et un peu de Max Schubert. Il ne se montra pas avare de compliments, jugeant que le 1955 qu'il avait dans son verre était superbe et sans défaut. Dans la foulée, il salua l'extraordinaire collection de vins que nous avions dans le magasin ce soir-là, ce qui acheva sans doute de convaincre les derniers acheteurs hésitants, même s'il ne devait plus y en avoir beaucoup.

Pour terminer la soirée, Don passa à l'Yquem 1983, vieux de seize ans, prenant tout son temps pour apprécier véritablement ce chef-d'œuvre de la viticulture.

LE CHÂTEAU D'YQUEM

Il y a le vin. Et puis il y a le Château d'Yquem.

Je ne suis pas le seul à placer le plus grand Sauternes du monde sur un piédestal.

En 1855, l'empereur français Napoléon III décide de classer les plus grands vins de Bordeaux. Parmi les Médocs (vins rouges cultivés sur la presqu'île bordelaise du Médoc, et plus précisément le long de la rive gauche de l'estuaire de la Gironde, l'une des plus belles bandes viticoles de la planète), soixante et un châteaux (ou vignobles) sont classés comme crus remarquables, du premier au cinquième cru, selon leur mérite. Seules quatre appellations ont été jugées dignes d'être désignées comme premiers crus – autant dire, les meilleurs des meilleurs. Je ne sais pas exactement combien de châteaux existaient en 1855, mais aujourd'hui quelque douze mille châteaux (vignobles) couvrent la région. Le fait d'être classé est donc très prestigieux.

Quant au Sauternais, il compte vingt-six premiers crus répertoriés. Et parmi ces grands vins, il y en a un au-dessus de tous les autres. Une seule étiquette de Château a reçu un titre encore plus prestigieux : celui de Premier Cru Supérieur.

Sans conteste, le Château d'Yquem est officiellement et exclusivement reconnu comme étant supérieur aux meilleurs des meilleurs.

La fascination des Russes pour l'Yquem, comme on l'appelle dans les milieux viticoles, remonterait à 1859, lorsque le grand-duc Constantin Nikolaïevitch de Russie, frère du tsar Alexandre II (grand-père du tsar Nicolas II), visita Bordeaux et tomba amoureux du Sauternes d'Yquem.

À l'époque, l'aristocratie russe ne faisait pas les choses à moitié. Aussi, lorsque Constantin décida qu'Yquem était un vin qu'il devait ramener à Saint-Pétersbourg pour le partager avec son frère, il acheta sans hésiter un tonneau – soit mille deux cents bouteilles, équivalant à neuf cents litres – qu'il paya vingt mille francs. Le magazine *Fine Wine* estime que le reste du millésime 1858 d'Yquem, très apprécié, s'est vendu en moyenne trois mille cinq cents francs par tonneau. Rien d'étonnant que les vignerons d'Yquem aient mis en bouteille l'achat du duc dans des carafes en cristal gravées d'or. Dans les années qui suivirent, la passion de Nicolas II pour Yquem se traduisit même par la fabrication de bouteilles spéciales frappées du sceau royal.

Certaines d'entre elles – un millésime 1865 – sont apparues lors d'une vente aux enchères de vins de la Massandra Winery, la cave officielle de la Russie impériale, toujours basée en Crimée. Cinq de ces bouteilles d'Yquem se sont vendues à six mille deux cents livres chacune, une somme énorme à l'époque.

Le futur président américain Thomas Jefferson est, lui aussi, tombé amoureux d'Yquem, ce qui a contribué à la renommée mondiale du château. Dans les années 1780, Jefferson a occupé le poste d'ambassadeur des États-Unis en France. Il a clairement considéré la dégustation du vin local comme un élément important de son mandat. Il a acheté deux cent cinquante bouteilles du millésime 1784 d'Yquem pour sa propre collection, puis est revenu acheter d'autres bouteilles, du millésime 1787, pour un autre homme politique américain, George Washington. (Ces activités ont malheureusement aussi ouvert la voie aux tristement célèbres contrefaçons ultérieures de vins de Jefferson – dont nous parlerons plus loin dans cet ouvrage.)

Le remarquable millésime 1847 est souvent considéré comme la Rolls-Royce de tous les Yquem – probablement suivi par le légendaire millésime 1921. L'Yquem 1847 a détenu à plusieurs reprises le record de la bouteille de vin la plus chère jamais vendue aux États-Unis et, purement et simplement, celui du vin blanc le plus cher jamais vendu.

Cela s'explique en partie par la qualité reconnue des récoltes de cette année-là, mais le 1847 a également développé sa propre légende. Par exemple, le magazine *Fine Wine* raconte qu'un dîner a eu lieu le 7 juin 1867 au Café Anglais dans le 13e arrondissement de Paris. Le tsar russe Alexandre II, son fils, le futur tsar Alexandre III, et le roi de Prusse Guillaume – qui deviendra bientôt empereur d'Allemagne lors d'une cérémonie à Versailles – étaient présents à l'Exposition universelle de 1867 et assistaient à ce dîner. Au Café Anglais, les monarques Alexandre et Guillaume ont dégusté l'Yquem 1847 avec leur plat principal de poisson, avant de boire également un Château Margaux 1846, un Château Latour 1847 et un Château Lafite 1848.

Une telle histoire ne peut être inventée de toutes pièces. L'Yquem 1847 reste le plus romantique, le plus précieux et désormais le plus rare des grands vins du monde. Aujourd'hui, l'achat d'une bouteille d'Yquem 1847 coûterait probablement plus de deux cent mille dollars américains. Mais bonne chance pour en trouver une en bon état et d'une provenance authentifiée !...

Les deux ensembles de Grange furent mis de côté pour une vente aux enchères indépendante le samedi. Hormis ces deux ensembles, nous vendîmes la quasi-totalité de la cave lors de la dégustation de ce jeudi-là, puis du week-end, pour un montant de trois cent mille dollars, une somme énorme à l'époque pour une seule présentation. Une cave comme celle-ci, avec une provenance certifiée, collectée et stockée correctement, crée un véritable engouement dans la communauté du vin.

À vrai dire, certains se montrèrent même un peu trop enthousiastes. À un moment donné, alors que deux clients se disputaient poliment mais fermement la dernière caisse de Château Rieussec, je dus intervenir et suggérer qu'une demi-caisse à chacun pourrait être une bonne solution. « Bien sûr, bien sûr », ont convenu les acheteurs devant l'évidence.

Même Harry était satisfait. Surtout après que l'un de mes clients réguliers, le jeune collectionneur chinois Tony Huang, se présenta le vendredi matin après la dégustation, annonçant joyeusement qu'il souhaitait se porter acquéreur des deux séries de Grange.

— Excellent, Tony ! me suis-je exclamé. Les voici dans des boîtes de présentation spéciales contenant chaque série. Le tout sera mis aux enchères demain.

— Et si j'achetais tout maintenant ? a-t-il demandé.

— Eh bien, si vous êtes sûr, je peux annuler l'enchère.

Je lui indiquai à quel haut niveau de prix on se situait et les montants auxquels je m'attendais en cas de ventes aux enchères. Il sourit, visiblement enthousiaste.

— Pas de problème. Je les prends tous.

— Super, ai-je répondu, mais il y a un petit problème. Je crains que l'un des ensembles ne comprenne pas le 1954.

Tony réfléchit une fraction de seconde, puis haussa les épaules.

— Oh, bien. Je vais quand même les prendre.

Je n'avais donc plus à me soucier de savoir comment j'allais mettre aux enchères un lot incomplet le lendemain. De ce fait, je n'avais plus à m'inquiéter non plus de la façon dont j'allais vendre les vins aux enchères sans avoir réussi à trouver un commissaire-priseur disponible pour le lendemain. D'autant que je n'avais aucune idée de la façon dont j'aurais pu exercer moi-même le rôle de commissaire-priseur.

J'aidai Tony à charger les cartons dans sa voiture et je le saluai joyeusement.

Tout s'arrange dans la vie.

2

DÉCHIFFRER LE CODE

L'événement de la vente avait été éprouvant pour tout le monde, y compris pendant le week-end. Raison pour laquelle je m'occupai de la boutique le lundi, traditionnellement un jour calme. Je pus me concentrer une fois de plus sur la liste de Harry. Elle m'obsédait. Ses noms et ses chiffres refusaient de dévoiler leur mystère.

Frank avait un jour de congé et il était prévu que Jillian assure l'équipe de l'après-midi et du soir.

Kevin était occupé à décrypter d'autres trouvailles vinicoles improbables qui arrivaient sur nos bureaux de façon étonnamment régulière, dont certaines de Harry. Ainsi, un banquier d'affaires que Harry connaissait bien avait eu vent de quelqu'un qui possédait apparemment une collection des étiquettes originales réalisées par certains artistes pour chaque millésime du Château Mouton Rothschild. Chose impossible : il s'agissait toujours d'œuvres d'art exclusives réalisées sur commande pour le château et désormais toutes conservées dans une galerie du château. Une autre fois, un tuyau transmis au magasin avait prétendu que quelqu'un aurait creusé des tunnels sous Woolloomooloo pour cacher une énorme collection de vins et, sans autre explication, des œufs Fabergé. Ou encore des milliers de bouteilles de Château Margaux, qui auraient été trouvées à Jakarta et qu'il aurait fallu se procurer à l'aveugle. Kevin parcourait systématiquement toutes ces propositions, à la recherche d'une véritable opportunité.

Après ce week-end chargé, je me contentais de gérer tranquillement le magasin avec un employé venu en renfort. Je devais être à mon troisième café de la journée lorsqu'un homme d'âge moyen, impeccablement vêtu, entra dans la boutique. Expliquant qu'il avait été absent le week-end, il me demanda si nous avions encore quelques exemplaires des vins rares et des vins de collection proposés au cours de la dégustation.

Je lui répondis qu'il n'en restait presque plus, que j'en étais désolé pour lui mais que l'événement avait connu un franc succès.

— Puis-je vous demander si vous avez encore du *Chat-oh de Eye-key-em*? poursuivit-il en prononçant le nom du château comme « Ikea ».

— Le *Château Ee-qu-emm*, repris-je. Non. C'est parti vite, comme vous pouvez l'imaginer. Toutes mes excuses.

— Je comprends, répondit-il, jetant un coup d'œil sur d'autres étiquettes avant de s'éloigner.

C'est alors que je compris.

Je restai là, figé sur place. Mon cœur battait la chamade. Je pris le téléphone et appelai Kevin.

— J'ai trouvé ! J'ai déchiffré le code.

— Le code? demanda-t-il.

— Sur la liste ! La liste de dingue de Harry.

— J'arrive.

Et il raccrocha.

Le temps que Kevin me rejoigne, j'avais appelé Harry pour vérifier qu'il était à son bureau et j'avais recommandé à l'étudiant derrière le comptoir de se charger de tout jusqu'à l'arrivée de Jillian.

Kevin entra, me regarda et me dit :

— Tu m'as l'air survolté. Ça veut toujours dire quelque chose. Quand tu t'agites comme cela, c'est qu'il y a une raison. C'est quoi?

— J'ai déchiffré le code! m'exclamai-je. La liste, j'y suis arrivé! Viens, Harry nous attend.

En chemin, j'expliquai ma théorie à Kevin, qui éclata de rire.

— C'est encore plus fou que ce que j'aurais pu imaginer. Tu es sûr de ce que tu avances?

— Oui, j'en suis quasi certain. Ça a l'air de marcher, lui répliquai-je.

Le bureau de Harry donnait sur Darling Harbour et ses tours aux parois vitrées. Son activité principale était le développement immobilier, consistant à inviter des investisseurs à prendre des participations dans ses opérations. Le vin, c'était plutôt un hobby, même si, évidemment, il cherchait à en tirer profit à l'occasion. Pour Harry, l'essentiel du jeu était de marquer des points.

Nous l'avons rejoint dans son bureau privé. Il a ouvert une bouteille de vin blanc, prenant soin de cacher l'étiquette pour que nous ne puissions pas voir s'il s'agissait d'un producteur réputé. Une fois les verres remplis, il s'est assis, les bras croisés sur le ventre, attendant la suite.

Je goûtai le vin. Très agréable. Aussitôt, je lâchai le morceau: «La liste est phonétique.»

En voyant son sourire narquois, je sus immédiatement que j'avais raison.

Je me tournai vers Kevin et lui pris la liste des mains – une feuille à présent chiffonnée.

— Où que cette liste ait été créée, elle l'a été par quelqu'un qui ne parlait pas français mais qui devait lire les étiquettes françaises à quelqu'un d'autre. Cette personne a donc prononcé les mots tels qu'elle les a lus, du mieux qu'elle a pu, et la personne qui a compilé la liste les a écrits tels qu'elle les a entendus, du mieux qu'elle a pu dans sa propre langue, qui n'était évidemment pas le français. Ensuite, lorsque la liste a été retraduite, récemment, là encore du mieux qu'elle pouvait, on s'est retrouvé avec des noms phonétiques. Château d'Yquem est devenu Ikem, comme Ikea. Château Margaux est devenu Margot.

Kevin parcourut la colonne, les lisant à haute voix. « Château Lafite 1877, un Yquem 1891... » Il leva les yeux.

— Tout s'accorde, Harry. Si John a raison, c'est une liste des plus grands vins du monde.

Les yeux de Harry brillaient à l'idée du profit qui s'annonçait. Du pur plaisir.

— Vous voyez, je savais que le jeu vous amuserait. C'est vrai, les choses vont de mieux en mieux, croyez-le ou non.

— Qu'espérer de plus ?

Il se servit un autre verre, nous en offrit un. Nous avions hoché de la tête en signe d'approbation.

— La cave existe bel et bien, expliqua Harry. Elle se trouve en Géorgie, un ancien État membre de l'Union soviétique, qui profite aujourd'hui du capitalisme naissant depuis la chute du rideau de fer, il y a dix ans. Ils ne jurent que par l'investissement international. Un de mes amis, Neville, a récemment acheté une mine d'or géorgienne. Il se trouve qu'à proximité, il y a un domaine viticole qui appartient à l'un de ses nouveaux amis miniers. Celui-ci lui a parlé de la collection, y compris de la traduction du répertoire de cave géorgien, comme ils ont pu. Donc, il parlait de cette liste.

Harry prit une nouvelle une gorgée de son vin. Il se pencha en avant pour donner plus de poids à ses propos.

— John, Kevin, il y a des dizaines de milliers de bouteilles là-dedans, et elles sont toutes véritables. Vous l'avez lu, certaines remontent au début des années 1700.

Je l'interrogeai :

— Vous le connaissez bien, ce Neville ?

Harry haussa les épaules, à sa manière expansive.

— Nous avons fait quelques petites affaires ensemble et nous possédions tous deux des vignobles dans la Hunter Valley. C'est pour cette raison qu'il est venu me voir.

— Il est dans les mines ? demandai-je.

— Oui : or, nickel. Il est d'ailleurs en prospection en Afrique du Sud en ce moment. Ses vues vont au-delà du boom des ressources en Australie.

— Bon, alors, où en sommes-nous ? s'impatienta Kevin.

Une nouvelle fois, Harry haussa les épaules.

— Le prix demandé par les Géorgiens pour acheter le lot est d'un million de dollars US.

— En liquide ? m'informai-je, méfiant.

— Non, rassura Harry en riant. C'est dommage, pour une fois que le droit international exige que toute l'affaire se passe correctement et dans les règles. Enfin, je n'en sais trop rien.

— Pourquoi êtes-vous venus nous voir ? lui demandai-je à nouveau. Je n'ai pas une telle somme d'argent en réserve, Harry.

— Je sais, mais nous avons besoin de vos compétences. Kevin et vous connaissez les grands vins français et vous savez comment gérer une cave. J'étais certain que vous seriez partants pour ce projet ambitieux. Quelqu'un doit authentifier les vins, les mettre en caisses – pas en prenant les bouteilles par le goulot, John ! – et les transporter vers une salle des ventes à Londres ou à New York. Cela doit être fait dans les règles. Notre idée est de former un partenariat et qu'on le fasse ensemble.

Une nouvelle fois, Kevin détailla la liste.

— Il y a bien plus d'un million de dollars de vin si cette liste est exacte. Non. Bien plus. Peut-être trois ou quatre millions dans une vente correcte. Seulement à première vue.

Il me regarda.

— Comment savoir si tout cela est vrai ?

Je souris.

— Tu parles géorgien ?

— Eh bien, avant de sortir nos passeports, je propose de rendre visite à ce Neville, rétorqua Kevin. Il est dans le coin ?

— Bien sûr. Il a un bureau en ville, à Circular Quay. Si nous nous lançons dans ce projet, nous devrons le mettre dans le coup. Et vous avez besoin de lui, de toute façon, pour vous mettre en contact avec les gens sur place. J'ai cru comprendre qu'ils étaient hauts en couleur.

— Qu'est-ce que ça veut dire? m'inquiétai-je.

— Vous m'avez toujours dit que vous aimiez les aventures, John.

Kevin et moi nous regardâmes. Kevin se contenta de hocher la tête.

— Une mine d'or...

— Une mine d'or de vin, ajoutai-je. Si cette liste est un tant soit peu exacte, nous sommes en présence de l'un des plus grands trésors viticoles de la planète.

— Aller en Géorgie, c'est quand même très différent que de se rendre à Terrey Hills, compléta Kevin.

Harry sirotait son vin, nous laissant digérer tout cela. Il s'assit. Puis, après une nouvelle gorgée :

— Les amis, il y a encore une chose. Je ne vous ai toujours pas dit le meilleur.

Nous étions silencieux. Il avait toute notre attention.

— OK, dis-je. On a compris que tu t'amuses, Harry. Alors, jouons. Quoi de mieux encore?

Harry prit son temps.

— Attendez de savoir à qui appartenait le vin.

— À qui? interrogea Kevin.

Harry esquissa un sourire exaspérant de suffisance.

— Je ne peux pas vous le dire. Il faut que vous l'entendiez de la bouche de Neville.

Je m'emportai.

— Harry, c'est très agréable de faire des affaires avec vous, mais vous pouvez aussi vous révéler être un fameux emmerdeur.

Il se mit à rire.

— Je le prends comme un compliment, John. Croyez-moi. Plus tard, vous me remercierez.

3

NEVILLE RACONTE TOUTE L'HISTOIRE

Il me fallut une semaine pour mettre au point une rencontre, mais nous finîmes par nous retrouver dans l'une des tours d'argent scintillantes qui se dressent près de Circular Quay, d'où les magnats de l'industrie minière dominent le port, enfoncés dans des canapés en cuir.

Je revenais d'une autre réunion à Northern Beaches. Pour sa part, Kevin avait fait le choix de venir en stop avec Harry. Nous attendions l'ascenseur, Harry était accroché à son portable. Je demandai comment s'était passé le trajet et Kevin esquissa un sourire.

— Nous avons frimé dans une Daimler... Quand nous sommes arrivés ici, le gars a fait trois fois le tour du bloc à la recherche d'un endroit où s'arrêter dans la rue. Comme nous allions être en retard, il s'est finalement dirigé vers un parking souterrain, et puis, il m'a demandé si je voulais bien faire moitié-moitié pour le prix du parking. Une affaire de probablement plusieurs millions de dollars se prépare, et le type dans la voiture à six chiffres n'était pas prêt à payer vingt dollars pour le parking!

— Eh bien, on ne peut pas dire qu'on ne sait pas dans quoi on s'engage, lui rétorquai-je.

Harry nous ayant rejoints, nous montâmes au dernier étage du bâtiment et pénétrâmes dans un salon avec moquette épaisse dont les murs étaient agrémentés de peintures probablement originales de paysages australiens. Je crus apercevoir un McCubbin au bout du couloir, mais sans certitude, vu la distance. Une télévision diffusait des séquences muettes de ce qui semblait être des vidéos promotionnelles pour diverses sociétés minières. Kevin me donna un coup de coude et, d'un geste du menton, attira mon attention sur la vidéo qui défilait : il s'agissait d'une promotion pour Alaniya Mining. On y découvrait les clichés touristiques d'une ville ancienne traversée par une rivière, qu'une légende en bas de l'écran identifiait comme étant Tbilissi, la République de Géorgie. Suivaient les images habituelles de bulldozers et de camions géants. Un homme en costume, aux yeux sérieux et à la barbe sombre, serrait la main d'un homme plus jeune aux cheveux soigneusement peignés, également en costume sombre. Puis, la vidéo s'estompait laissant la place à une autre promotion pour Siyabona Mines. Accrochée au mur, une carte du monde mettait en évidence l'Afrique du Sud.

Après quelques minutes, l'assistant de Neville se leva et nous informa que son patron était prêt à nous recevoir. Il fit le tour de son bureau et nous ouvrit les portes d'un immense bureau dont les fenêtres, du sol au plafond, offraient une vue imprenable et ensoleillée sur le Harbour Bridge, l'opéra et jusqu'au Heads.

Beaucoup de réunions d'affaires sont d'une manière ou d'une autre un jeu de pouvoir. Ici, je n'eus pas l'impression que nous devions nous livrer à un exercice de ce genre. Certes, Neville était en lien avec cette mystérieuse collection de vins en Géorgie, mais nous avions manifestement les connaissances et l'expertise dont il avait besoin. « Jolie vue, messieurs », c'est tout ce que je dis en m'avançant.

Pareil à lui-même, Kevin se contenta de jeter un coup d'œil vers la vue à plusieurs millions de dollars, puis, dans un haussement d'épaules, il tourna le dos à l'une des plus belles cartes postales du monde.

Harry fit brièvement les présentations à l'intention de Neville. L'homme aux yeux sérieux de la vidéo était maintenant en manches de chemise et cravate. Ses cheveux et sa barbe étaient un peu plus gris qu'à l'écran. Nous nous serrâmes tous la main.

À côté de lui se tenait une grande femme aux cheveux rouge vif, portant un costume bleu foncé bien coupé. Elle semblait avoir une quarantaine d'années et portait de fines lunettes à monture métallique. Neville nous la présenta comme étant Paula Stanford, membre senior de son équipe juridique personnelle. En lui serrant la main, j'essayai de ne pas me laisser distraire par la question de savoir combien de personnes devaient composer son équipe juridique personnelle, par opposition à l'équipe juridique de son entreprise. En ce qui concerne mon affaire, par comparaison, l'ensemble de mon équipe juridique, en pratique, c'était moi.

Nous nous assîmes et on entra dans le vif du sujet.

— En bref, l'histoire est la suivante, messieurs, commença Neville. Vous savez peut-être – ou non – que, comme beaucoup d'anciens États soviétiques, la République de Géorgie cherche à tout prix à rejoindre l'économie mondiale depuis la dissolution de l'Union soviétique au début des années 1990. Du point de vue de l'exploitation minière, il s'agissait d'une opportunité importante car la région autour de Tbilissi, la capitale de la Géorgie, est connue pour être riche en gisements d'or et d'autres minéraux. Auparavant, des mines gérées par l'État y opéraient, mais dans le vide de la Géorgie devenue une république indépendante, nous considérons qu'une ouverture s'offre à nous.

Neville expliqua ensuite qu'il avait constitué Alaniya Mining avec un homme d'affaires géorgien local, appelé George.

« George de Géorgie » fut le premier commentaire de Kevin après les salutations du début.

— Je sais, dit Neville. Cela semble peu probable, mais en fait, c'est un nom très commun là-bas, tout comme son nom de famille, Aramhishvili. Pour nous, cela fait un peu long mais vous entendrez ce nom partout, des ministres du gouvernement aux hommes d'affaires en passant par les devantures de magasins. Son vrai nom est Giorgi, mais lorsqu'il traite avec des Occidentaux comme nous, il se fait appeler George. Quoi qu'il en soit, il se trouve que George est également propriétaire de la cave Georgia Number One à Tbilissi.

Je dus faire un effort pour ne pas regarder Kevin, qui, du coin de l'œil, cherchait mon regard. Giorgi, le propriétaire de la cave Georgia Winery, en Géorgie. J'étais presque sûr que, si Neville nous disait que cet homme avait un chien, il s'appellerait George.

— Pendant que j'étais là-bas pour signer l'accord minier, continua Neville, George m'a glissé qu'il était aussi le propriétaire de ce vignoble et qu'ils cherchaient un acheteur pour la cave à vin. Il m'a raconté toute l'histoire et m'a dit qu'il pensait que ce serait intéressant pour un acheteur de l'Ouest.

— Pourquoi de l'Ouest? demanda Harry.

— Je pense que personne là-bas ne peut ou ne veut réunir une telle somme d'argent, expliqua Neville. Je veux dire, certains pourraient y arriver – les gens commencent à s'enrichir là-bas après dix ans d'entreprises non socialistes – mais pourquoi ne pas s'attaquer aux dollars américains, si c'est possible? C'est leur attitude. En outre, la clé de toute cette vente est de pouvoir vendre les vins en dehors de la Géorgie. Et là, ils n'ont pas les connaissances nécessaires.

— C'est logique, dit Harry.

Neville se pencha vers nous.

— Messieurs, j'irai donc droit au but : avoir accès à une cave contenant jusqu'à cinquante mille bouteilles de vin, avec ce genre de provenance remarquable, me semble être une excellente occasion de...

— Je suis désolé de vous interrompre, Neville. Mais de quelle provenance parlez-vous? demandai-je.

Il me regarda avec surprise. Je pensai que l'étonnement venait du fait que j'avais osé l'interrompre. Mais il regarda Kevin, Paula et enfin Harry.

— Vous ne leur avez pas dit la provenance du vin? demanda-t-il.

— Je ne voulais pas gâcher ta surprise, répondit Harry.

— Vous ne savez pas d'où il vient? demanda Neville, vraiment décontenancé. Rien de son histoire?

— Je vous assure, dit Kevin. Ce ne serait pas trop tôt que quelqu'un nous la raconte enfin.

— Wouah! OK. Je pensais que vous le saviez. Eh bien, attendez-vous à quelque chose d'incroyable pour les négociants en vin que vous êtes. Car outre le fait d'avoir à vendre des dizaines de milliers de bouteilles d'un vin hors catégorie datant d'avant 1900, quel prix donneriez-vous s'il s'avérait qu'elles ont appartenu à un homme appelé l'empereur Nicolas Alexandrovitch?

Nous avalâmes notre salive.

— Nicolas II. Le dernier tsar de Russie? articulai-je.

— Exactement. Et, après lui, à Joseph Staline.

Kevin intervint, presque mielleux.

— Neville, dit-il. Peut-être aurez-vous la gentillesse de tout nous expliquer depuis le début...

Tranquillement, la juriste tendit à Neville deux feuilles de papier, qu'il consulta en poursuivant:

— Bien sûr. Écoutez, je ne suis pas un expert en histoire de la Russie, mais j'ai fait quelques lectures et me suis informé auprès de mon équipe quand j'étais là-bas. Voici comment ça s'est déroulé selon moi. Nicolas II était un grand amateur d'alcool. Suivant les récits, il n'était pas vraiment un tsar. Au point qu'un paysan magicien dont vous avez peut-être entendu parler, le dénommé Raspoutine, a captivé la femme de Nicolas, puis le tsar lui-même, et a fini, pratiquement, par prendre les décisions pour le pays tout entier – ce qui n'a pas enchanté la population russe. Pendant ce temps, Nicolas semble avoir apprécié traîner avec les soldats et s'enivrer. Dans son journal, il parle sans détours de sa gueule de bois après une nuit de beuverie avec des officiers et il existe des enregistrements de déjeuners et de dîners officiels au cours desquels défilaient des vins prestigieux. Dans ses palais, il a amassé une formidable collection de vins, dont certaines des plus grandes appellations françaises. À quel point, vous en jugerez mieux que moi, étant donné ma connaissance limitée de votre spécialité. Les Russes – du moins les tsars de Saint-Pétersbourg – avaient une fascination pour la France de l'époque, du milieu à la fin du dix-neuvième siècle, puis au début du vingtième siècle. Nicolas se fournissait en vin à un rythme effréné auprès de toutes les grandes maisons. En outre, lui et ses amis aristocrates achetaient à tour de bras des œuvres d'art et d'autres trésors français, souvent avant que le reste du monde n'ait compris qu'il s'agissait de trésors.

Harry remua sur son siège :

— Un aristocrate russe, Chtchoukine, par exemple, a collectionné plus de 270 tableaux, dont des œuvres de Monet, Cézanne, Gauguin, Picasso et Van Gogh.

— Le problème, continua Neville, c'est que Nick le Second était meilleur pour juger le vin que pour pressentir les courants politiques en Russie. Il profitait avec extravagance de tous les privilèges de son rang lorsque la Première Guerre mondiale prit fin, qu'eut lieu l'assassinat de Raspoutine et que la Révolution russe vint défiler devant sa porte, en octobre 1917. Vous connaissez probablement la façon dont lui et sa famille ont été conduits au sous-sol et exécutés, Anastasia et tout le reste. Des points d'interrogation subsistent sur certains faits, mais personne ne doute que Nicolas II a été assassiné par les bolcheviks. Et parmi ces forces, qui ont littéralement réduit à néant l'aristocratie, se trouvait Joseph Staline, tout juste arrivé de Tbilissi, en Géorgie, où il avait déjà acquis la réputation d'être un homme assez dur.

— Après la révolution, tous les domaines et les possessions du tsar et d'autres aristocrates bannis ou assassinés sont devenus la propriété de l'État. Après la mort de Lénine, celui qui a dirigé cet État n'est autre que Staline. Ce dernier, semble-t-il, a personnellement profité de la vieille cave à vin du tsar et l'a même considérablement agrandie. Puis vint la Seconde Guerre mondiale. Manifestement, Staline était inquiet de la possibilité que les nazis envahissent la Russie. Il a donc envoyé de nombreux trésors loin de Saint-Pétersbourg, cachant tableaux et autres richesses parmi lesquelles, bien entendu, le vin, dans tous les coins du pays.

— Selon George, mon associé, qui m'a raconté beaucoup de choses, Staline a divisé la collection de vin en trois. Une grande partie a été envoyée à la cave Massandra à Yalta en Crimée, laquelle constituait la cave nationale officielle. Je ne sais pas où est passée la deuxième part, mais il en a envoyé une dernière partie dans sa ville natale, Tbilissi, dans un vignoble peu connu où personne ne viendrait dénicher le trésor. Il s'y trouve toujours aujourd'hui, un demi-siècle plus tard.

Harry croisa les bras sur son ventre, savourant notre réaction. Kevin prit une gorgée d'eau. Et moi une grande inspiration.

— C'est une histoire fantastique, dans tous les sens du terme, dis-je en choisissant soigneusement mes mots. Combien de bouteilles sont supposées constituer l'ensemble de la collection?

— La plupart sont de la collection de Nicolas II, mais certaines appartiennent, semble-t-il, à la collection personnelle de Staline, précisa Neville. Apparemment, il y a une autre partie de la liste que nous n'avons pas encore reçue et qui répertorie les vins choisis personnellement par Staline. George m'a dit qu'il y avait à l'origine deux cent mille bouteilles, mais les casiers se sont effondrés, certaines ont disparu et on estime maintenant qu'il ne doit rester que trente à cinquante mille bouteilles.

— Vraiment?, dis-je en m'efforçant de ne pas laisser paraître mon scepticisme. Jusqu'à cinquante mille bouteilles de l'un des plus grands vins du monde, cachées et oubliées dans un obscur domaine viticole? Ayant transité par les mains du tsar ou ayant été personnellement sélectionnées par Staline? C'est tout simplement extravagant. Pour prendre tout cela au sérieux, il nous faut des preuves tangibles de leur existence.

Neville sourit, tout en me dévisageant.

— J'ai des photos, dit-il. Ne vous ai-je pas précisé que George m'a emmené là-bas pour y jeter un coup d'œil?

Je ris aux éclats. Ce type savait jouer avec son assemblée, s'amusant de notre ignorance et du fait qu'il avait gardé des cartes. À ce moment précis, Paula, l'avocate, lui tendit une enveloppe. Elle avait à peine articulé un mot pendant toute la réunion, mais j'étais certain qu'elle avait une bonne raison d'être là. Neville prit l'enveloppe et en sortit une poignée de photos, les éparpillant sur la table pour que Kevin et moi puissions les voir. Harry, lui, se contenta de jeter un coup d'œil, ce qui laissait penser qu'il les avait déjà vues.

Les photos étaient de mauvaise qualité, prises dans un espace caverneux sombre et profond avec un flash d'appareil photo basique. Elles étaient surexposées, mais on pouvait distinguer ce qui semblait être des goulots de bouteille alignés sans qu'on puisse en voir la fin dans l'obscurité. Beaucoup de toiles d'araignée. D'autres photos montraient des casiers fracassés, le sol jonché de verre brisé. J'en eus le frisson, rien qu'à la pensée de ce qui avait dû être perdu. Du moins si tout cela était réel.

— George prétend qu'il n'y connaît pas grand-chose en vin, mais il pense que certains de ces vins ont beaucoup de valeur, poursuivit Neville. Vous pouvez voir où les casiers se sont effondrés. Pour la plupart, ils sont complètement pourris. J'aurais dû le mentionner : la cave est humide, elle aussi. Genre vraiment humide. Bon nombre des bouteilles que j'ai vues n'avaient plus d'étiquettes.

— Excellent. Des vins de cent ans sans étiquette, grommela Kevin.

— Mon vieux, ça ne simplifie pas les choses, ajoutai-je.

— Est-ce un motif de rupture ? s'inquiéta Neville.

— Non, mais ce n'est pas génial, répondis-je. Il existe des moyens de savoir si un vin est ce qu'il prétend être sans l'étiquette. Ce n'est pas l'alpha et l'oméga, mais pour pouvoir vendre les vins, il faudrait pouvoir prouver par d'autres moyens à quoi l'on a affaire. Pour cela, les bouchons et les capsules estampillés du nom du Château peuvent être tout aussi importants.

— Y a-t-il autre chose que nous devrions savoir ? interrogea alors Kevin. Ce sont tous des vins français ?

— D'après ce que j'ai compris, parmi les bouteilles restantes, environ vingt mille bouteilles sont de vieux vins géorgiens, répondit Neville. Les noms ne me disaient rien, mais vous devriez les connaître. Tout me semble authentique. Qu'en pensez-vous ?

4

LA COMMUNAUTÉ DU VIN

Ce que j'en pensais? J'en étais bouche bée. Tant en essayant de donner le change dans la discussion, ma tête explosait dans tous les sens.

Le romantique qui sommeille en moi avait envie de courir à la maison et de faire sa valise. La perspective de chasser à la trace certains des plus grands vins français, datant des années 1800, dans une cave étrangère avait instantanément éveillé mon sens de l'aventure. Même sans les étiquettes.

Maintenant que je connaissais la provenance supposée des bouteilles, et leur lien avec Nicolas II, Staline et l'invasion potentielle des nazis, tout cela semblait trop incroyable pour être vrai. Je devais absolument voir cela. De tels vins, de cette époque, avec une telle provenance, sont si loin de l'idée que s'en fait un humble amateur et marchand de vin d'Australie – en fait, de n'importe où – que le simple fait de pouvoir envisager leur existence m'a époustouflé. Si c'était vrai, remettre en ordre puis vendre cette cave serait un sommet du commerce mondial du vin et, d'une manière ou d'une autre, je me retrouvais pile face à cette occasion.

L'aventurier en moi était en plein délire. Malheureusement, la vie vous permet rarement de vous comporter de manière aussi téméraire.

D'abord, nous devions tous parler affaires.

C'est moi qui donnai le coup d'envoi :

— Neville, commençai-je, c'est une histoire fascinante et voilà une proposition bien intrigante. Je pense que Kevin sera d'accord avec moi pour dire que, pour savoir si l'affaire est sérieuse, nous devons établir ce qui se trouve réellement là, vérifier si les vins sont ce que la liste prétend, et répondre à la grande question de savoir si le vin est dans un état vendable ou non.

Kevin approuva:

— Absolument.

— Et je pense que le seul moyen, c'est que Kevin et moi allions sur place pour faire ce travail. Si c'est ce que l'on décide, nous devrions y rester un certain nombre de jours pour inspecter le stock et en particulier les bouteilles les plus précieuses. Nous pourrions essayer d'utiliser la liste que nous avons ou en obtenir une plus complète avant de partir, pour identifier, en gros, environ six mille des vins les plus anciens et les plus rares, principalement les français. Si nous y parvenons, nous pourrons faire un inventaire précis de ces vins et de tous les autres, pour lesquels nous avons un peu plus de temps. Pour moi, c'est une première étape essentielle. La question est de savoir si vous voulez venir avec nous.

Neville me sourit, avec la chaleur d'un homme d'affaires.

— J'ai un peu trop de travail en cours pour aller ramper dans une cave poussiéreuse pendant deux jours, John. C'est pourquoi j'espérais que vous seriez intéressé.

Dissimulait-il une insulte? Voulait-il dire que son temps était plus précieux que le mien? Je ne pense pas. Peut-être qu'il disait simplement qu'il était occupé? Je laissai passer et poursuivis:

— Votre aide n'est sans doute pas indispensable, à condition que nous ayons accès aux bouteilles. Et vous connaissez manifestement des gens là-bas qui peuvent nous aider.

— C'est un fait, enchaîna-t-il. Mais, avec tout le respect que je vous dois, est-il nécessaire que vous partiez tous les deux?

Il regarda Kevin.

— Qu'apportez-vous de plus, M. Hopko?

— Rien d'autre qu'un physique avantageux et un sourire de vainqueur, répondit Kevin, impassible.

Mouvement de Paula sur son siège. Le visage de Harry affichait un air profondément amusé que je soupçonne d'être habituel dans ce genre de situation où les gens se disputent des marchés.

Je repris la parole :

— Neville, nous ne pouvons pas nous embarquer là-dedans sans Kevin. Il est probablement le plus grand expert d'Australie en matière d'évaluation et de vente de vins rares et de collection. Il a des contacts au Royaume-Uni et en Europe, ce qui pourrait être décisif si le vin est assez bon pour être vendu. Et surtout, il n'a pas son pareil quand il s'agit de vins d'exception et de savoir si une cave ou une vente sent l'arnaque ou pas.

Neville sourit, hocha la tête :

— D'accord, c'est juste. Il reste une question. Pourquoi avons-nous besoin de vous, John ?

Je souris aimablement.

— Neville, je ne suis pas venu ici pour jouer. La raison de ma présence ici, c'est que Harry sait que je suis le seul négociant en vin du pays assez fou pour envisager de voler à l'autre bout du monde à la poursuite d'une cave mythique ayant ou non appartenu à deux des hommes les plus célèbres de l'histoire russe. On peut douter de cette histoire, tellement cela paraît incroyable, et vous devez décider si vous voulez savoir si elle est réelle ou non. Kevin et moi pouvons nous en charger pour vous. J'admets l'aspect romantique de la provenance et de l'aventure, mais nous sommes tous deux là pour le côté commercial de l'expédition. Si vous voulez travailler avec nous, alors super, allons-y. Sinon, c'était un plaisir de se rencontrer, je vais retourner dans mes caves à Double Bay où j'ai du travail.

Neville m'interrogea du regard, puis Kevin, et enfin Harry.

— Bon. C'est d'accord, dit-il à Harry. Ça peut marcher.

J'avais percé le personnage de Neville. Il faisait partie de ces gens qui doivent vous cogner pour voir si vous repoussez le coup ou si vous vous mettez en boule. Maintenant qu'on avait passé l'épreuve, on sentait la chaleur revenir dans la pièce.

Sauf là où se trouvait Kevin. Son visage était un masque vide. Je faillis m'esclaffer.

— Écoutez, s'excusa Neville. Je suis désolé d'avoir été un peu désagréable, mais j'avais besoin de voir comment vous réagiriez au fait d'être bousculé, pour être certain que vous puissiez gérer les négociations avec les Géorgiens.

— Ce sont des carrures, semble-t-il, ai-je dit.

— Ils le sont, dit Neville. Enfin, George l'est, ainsi que certains de ses comparses. Ils sont amusants et ils vous plairont sûrement, mais vous devez être au top. En mon absence, je veux avoir l'assurance que vous pouvez assumer.

— Donc, si nous passons l'audition, c'est quoi, la suite?

La voix de Kevin était à peine aimable et polie.

Comme à chaque fois, Harry avait déjà une longueur d'avance sur nous.

— Voici ce que je propose, dit-il. Neville a les relations locales pour nouer le contact. Vous deux avez les compétences et les connaissances pour vérifier que la cave existe, l'authenticité des vins et dire le prix de vente potentiel. Je mets tout en place et je reste le point de contact australien pendant que vous êtes là-bas.

— On décide de former un partenariat? interrogea Kevin.

Paula prit enfin la parole.

— Ce que Neville et Harry suggèrent, c'est une part de vingt-cinq pour cent pour chacun des quatre partenaires. Si vous estimez que la cave a suffisamment de valeur pour être achetée, les quatre partenaires acceptent de prendre en charge une partie du million de dollars américains et de tous les autres coûts de transport du vin hors de Géorgie, ainsi que les dépenses annexes. Les bénéfices éventuels sont ensuite partagés à parts égales.

Kevin et moi avons croisé nos regards. Cela semblait raisonnable. À nous deux, nous aurions cinquante pour cent du partenariat.

— Et les dépenses pour le déplacement en Géorgie, pour essayer d'authentifier le vin? ai-je demandé.

Paula répondit aussitôt:

— Neville pense qu'il faut initier ce partenariat dans les règles. Je vais rédiger les papiers pour constituer un accord entre les quatre parties. Chaque partenaire investira suffisamment d'argent pour payer vos billets d'avion, votre hébergement et tout ce dont vous pourriez avoir besoin pour mener à bien cette phase de recherche.

Neville et Harry étaient assis tranquillement, laissant l'avocate mener la discussion.

— Ça se résume vraiment à ça, n'est-ce pas? dis-je. Découvrir si les vins sont authentiques.

J'ai tendance à être assez direct quand je traite pour affaires. Je détournai mon attention de Paula, regardai Neville dans les yeux et l'interrogeai sans détour:

— Très bien, Neville. Au cas où nous accepterions cette proposition, j'ai une question. Êtes-vous vraiment sérieux en nous proposant cette entreprise?

Il me sourit.

— Suffisamment sérieux pour que j'y investisse.

De la part d'un homme d'affaires de son niveau, c'était tout ce que je souhaitais entendre.

— Kevin? demandai-je.

— Si tu permets, je te rappellerai, répondit-il tranquillement. J'ai besoin de réfléchir.

Compris. Kevin était encore furieux que Neville nous ait demandé de justifier notre existence.

J'acquiesçai:

— D'accord. Nous avons besoin de quelques jours pour y réfléchir. C'est une affaire et un engagement importants, nous devons décider si ça en vaut la peine.

Pour la première fois de toute la réunion, le visage de Harry perdit son air amusé et suffisant.

— Si ça en vaut la peine ? C'est la collection personnelle de vins de Staline !

— C'est ce qu'on prétend, rétorqua Kevin.

J'intervins :

— Elle est là depuis la Seconde Guerre mondiale. Quelques jours de plus ne peuvent pas faire de mal, le temps de se décider.

SAINT-PÉTERSBOURG DANS TOUTE SA SPLENDEUR

Si je pouvais voyager dans le temps, il y a une ville que j'aurais aimé visiter, c'est Saint-Pétersbourg en 1895.

Peut-être même avant, une cinquantaine d'années après la fondation de la ville au début des années 1700 par le tsar Pierre le Grand, qui a fait de la ville une porte d'entrée vers l'Europe.

Pierre a gagné le marais qui allait devenir Saint-Pétersbourg après avoir remporté une longue guerre contre la Suède. Ayant décidé que ce serait le lieu d'une nouvelle capitale russe, il a fait travailler des milliers et des milliers de constructeurs conscrits au point que beaucoup sont morts, tandis qu'il employait des architectes allemands et néerlandais pour diriger la construction des bâtiments de la nouvelle ville. Pierre ordonna même aux futurs résidents, tels que les administrateurs de toute la Russie, de s'y installer pour donner à la ville une population immédiate.

Impressionné par Venise, Pierre a fait de Saint-Pétersbourg une ville de canaux, ce qui a nécessité d'importants travaux d'aménagement du delta de la Neva, avec un transport par bateau dans toute la ville, même si le climat nordique n'était pas aussi propice à la gondole. Il était un fan de Versailles et fit construire plusieurs palais autour de la ville de manière grandiose, notamment le palais du front de mer et le grand palais Peterhof. Saint-Pétersbourg est très vite devenue une créature très différente de Moscou.

Dans les années 1740, l'impératrice Élisabeth avait remplacé le fanatique Pierre et Saint-Pétersbourg prenait forme, de nombreux Russes choisissant désormais d'y vivre et les Européens affluant également dans la ville. Des architectes italiens construisirent d'étonnants palais et la crème des musiciens, artistes et autres artisans européens affluèrent à la cour de l'impératrice.

Le rêve de Pierre était que la ville soit éclairée, culturelle et qu'elle soit une fenêtre ouverte sur l'Occident, comblant le fossé qui la sépare de l'Europe, et c'est remarquablement ce qui s'est passé. Pendant près de deux siècles.

En fait, je placerais ma machine à remonter le temps au milieu du dix-neuvième siècle, après les guerres napoléoniennes, lorsque l'Europe a connu une révolution culturelle et que Saint-Pétersbourg s'est imposée comme l'une des grandes villes culturelles, riches et diversifiées du monde. À cette époque, Saint-Pétersbourg était le foyer de scientifiques, d'écrivains, d'intellectuels, de créateurs et cette ville débordait de culture.

À l'apogée de la ville, vous aviez autant de chances d'entendre parler français dans la rue que russe, et les empereurs n'hésitaient pas à céder à leur amour des belles choses européennes. En fait, les aristocrates russes étaient des mécènes enthousiastes de certains des grands peintres français, avant que le reste de l'Europe ne les rattrape, et le tsar Nicolas II était célèbre pour son amour du vin français. Seul le meilleur du meilleur faisait l'affaire.

Je pense que beaucoup de gens considèrent la révolution russe de 1917 comme la fin de la grandeur de Saint-Pétersbourg. Des forces révolutionnaires opéraient dans la ville depuis des décennies, incluant notamment l'assassinat d'un tsar, Alexandre II, en 1881. Une fois que le parti communiste de Lénine eut pris le pouvoir, les excès de la ville et son amour pour les belles choses d'Europe furent condamnés.

Des millions de personnes ont fui Saint-Pétersbourg dans le sillage de la révolution. Après le déclenchement de la Première Guerre mondiale, la ville est devenue Petrograd, car le nom de Saint-Pétersbourg était considéré comme trop germanique. Trois jours après la mort de Lénine, la ville a été rebaptisée Leningrad et la Grande Purge de Staline a balayé les dernières sensibilités de la culture et du style de vie européens dans les rues de la ville.

5

PARTIR OU RESTER ?

La décision de poursuivre l'aventure ou non se trouvait donc mise en suspens, au grand dam de Harry. Kevin et moi allions devoir traverser le monde, à la poursuite de cet improbable Récif de Lasseter* que constituait le vin de Staline. À nous de décider si le jeu en valait la chandelle. Quant à Kevin, il lui revenait de savoir s'il pouvait pardonner Neville pour – selon son expression – son « premier examen depuis qu'un entraîneur m'a fait passer un test de patinage et de contrôle du palet au hockey sur glace junior ».

Je m'avançai :

— Écoute, il n'y a pas grand mal. Il m'a l'air d'être un type correct. Et l'affaire est d'importance, potentiellement. Il voulait simplement s'assurer que nous ne nous effondrerions pas à la table des négociations.

Pendant que nous réfléchissions à notre décision, nous convînmes que Paula s'occuperait de la paperasse et que Neville et Harry nous obtiendraient les coordonnées des personnes concernées à Tbilissi. De sorte qu'en cas d'accord de notre part les choses puissent avancer rapidement.

« J'espère que vous vous joindrez à nous, avait dit Neville en nous raccompagnant. Comme vous l'avez peut-être compris, dix ans après la chute du rideau de fer, la Géorgie, c'est le Far West. Pas

---

* Récif aurifère dont Harold B. Lasseter affirma l'existence en 1929 en Australie, mais dont la véracité n'a jamais été prouvée.

de risque de vous ennuyer. Je le reconnais, c'est un endroit assez fou pour essayer de faire des affaires. Si vous y allez, mon conseil est d'arriver discrètement. Vous allez rencontrer beaucoup de gens aveuglés par les dollars, avec des armes sur les hanches et un goût prononcé pour le luxe occidental.»

En fait, cela ne semblait pas très différent de certains clients avec lesquels j'avais eu affaire au fil des ans. Je me détendis, avec l'idée de faire quelques recherches. J'attendis les coordonnées de Tbilissi et me mis au travail. Je me préparais à passer une soirée des plus habituelles, au cours de laquelle je vidais le magasin et le transformais en une série de coins de dégustation. De quoi offrir aux clients l'occasion de déguster les vins les plus extraordinaires qui soient et d'en apprendre un peu plus sur eux. D'ordinaire, la soirée se terminait en apothéose, par des ventes importantes dignes des joyaux proposés. J'étais rompu à l'organisation de tels événements, qui avaient lieu de mois en mois, chaque fois que la qualité de la sélection permettait de justifier une soirée spéciale.

Dès 19 heures, les premiers clients commencèrent à arriver. Pour certains, la déception devait être au rendez-vous. L'événement était organisé de la manière suivante : une fois la porte franchie, sur la gauche, une table leur proposait un vin de niveau moyen. Puis, au stand suivant, un vin légèrement meilleur ou plus complexe leur était présenté, et ainsi de suite, en une dizaine d'étapes, jusqu'à terminer par le plus remarquable. Il s'agissait souvent du Château d'Yquem, car c'était peut-être la seule occasion pour les amateurs de vin de Sydney de le découvrir sans avoir à dépenser des centaines de dollars pour une demi-bouteille. Les clients plus avisés, qui avaient déjà assisté à ces événements, connaissaient maintenant le système. Une fois passée la porte, ils tournaient à droite, se dirigeant directement vers la table d'honneur où les attendaient les fleurons de la dégustation. Mais là, déconvenue. Le serveur Kevin les attendait, et les resquilleurs de la file d'attente étaient invités, avec une politesse toute canadienne, à commencer le parcours à la table numéro un et à gravir les échelons, comme tout le monde.

Une fois la dégustation terminée, Kevin et moi nous partageâmes ce qui restait d'une bouteille d'Yquem, sans conteste le vin vedette de la soirée. Depuis que nous avions vu Neville, Kevin avait littéralement élu domicile dans une bibliothèque de Sydney, acquérant de manière presque magique une autorité mondiale en matière d'histoire russe. Je connaissais un peu le sujet, les détours de ma vie personnelle m'ayant donné des raisons d'approfondir le sujet.

Ma famille avait vécu en Italie pendant un an quand j'avais onze ans. Plus précisément, j'avais passé une partie du temps dans un pensionnat anglais avec mon frère et mes sœurs. Je m'étais suffisamment imprégné du mode de vie européen pour revoir mon opinion sur le fait que le sport, le surf et les copains australiens étaient tout ce qui importait sur Terre. Même pour un préadolescent têtu, vivant à Alassio pendant un an et profitant des voyages en famille en Italie et dans toute l'Europe, il était difficile de ne pas être sensible à la culture, ne serait-ce que simplement par immersion. Plus tard, lorsque j'avais seize ans, ma mère s'était remariée avec un homme appelé Jerry Kucera, un Tchécoslovaque qui avait échappé à une mort certaine sous les nazis pendant la Seconde Guerre mondiale en réussissant à traverser la frontière à ski. Une histoire dramatique mais excitante pour un adolescent australien. Deux ans plus tard, nous sommes allés en Tchécoslovaquie rendre visite au frère de Jerry et à sa grande famille. Il se trouve que nous sommes arrivés presque immédiatement après le soulèvement de Dubček, ce que l'on appelle aujourd'hui le Printemps de Prague, quand l'Union soviétique a écrasé les tentatives tchèques de donner aux citoyens des droits accrus, nettement plus importants que ceux accordés par le régime communiste. Les troubles civils, qui ont duré huit mois, avaient été réprimés, mais, lorsque nous y étions, il y avait encore des chars russes sur la place Venceslas.

J'ai toujours été fasciné par cette partie du monde. Du régime de Staline, j'avais acquis une connaissance approfondie, mais pas de celui de Nicolas II.

Heureusement, Kevin a fait ce qui lui était demandé.

— Je deviens presque suspicieux parce que tout se vérifie trop bien, dit-il avec son accent canadien. Tout ce que Neville a mentionné de façon anecdotique est vrai, pour autant que je puisse juger. Par exemple, Joseph Staline était originaire de Géorgie. Apparemment, il n'aimait pas en faire état parce qu'il était convaincu que les citoyens devaient s'identifier à leur nation et non à leur ville natale. Il est donc logique qu'au début de la Seconde Guerre mondiale, devant l'avancée des nazis, entreprenant de cacher des trésors, comme le vin, il les ait envoyés dans un lieu qu'il connaissait bien, mais qui n'était pas un endroit évident pour les pilleurs ou les fonctionnaires.

Je dégustais mon vin.

— Donc, rien dans cette leçon d'histoire ne répond à la question qui nous occupe : devons-nous nous lancer dans l'aventure ou non ?

— J'ai parcouru la liste de Harry sur ce que l'on est supposé trouver dans la cave, dit Kevin. Si le vin s'avère être vrai – et cela reste un gros « si » –, il vaut une sacrée somme d'argent.

— Si la cave personnelle de Staline s'y trouve, ainsi que les bouteilles du tsar, c'est un argument de vente majeur, fis-je remarquer. Neville a prétendu qu'il y avait une autre liste séparée qui décrivait la collection personnelle de Staline. Elle serait énorme à elle seule, avant même d'arriver aux classiques vraiment exceptionnels. Je veux dire, que vaut la « provenance » de Staline ? Sûrement une fortune, même pour les gens qui ne s'intéressent pas au vin, et en particulier les Russes.

— À condition de pouvoir sortir les bouteilles de Géorgie et de les faire parvenir à une grande maison de vente aux enchères, nota Kevin.

— Et de prouver sans l'ombre d'un doute sa provenance et son authenticité. D'autant plus que nous arriverions chez Sotheby's ou ailleurs avec peut-être trente mille bouteilles de vin bien humides et sans étiquettes.

Nous sirotions nos verres depuis un moment.

— Et en supposant que cela nous convienne d'avoir pour partenaires Harry et Neville avec leurs tactiques de durs à cuire, ajouta Kevin.

Je fis un signe de la main :

— Ah, laisse tomber. Il n'y connaît rien. Le gars est dans les mines. C'est peut-être simplement la façon de faire dans ce milieu. Tu as été balancé plus souvent que ça dans ta vie, généralement par moi.

— Oui, mais ensuite tu me sers du bon vin, comme maintenant, et ensuite, on fait des affaires ensemble. C'est aussi le plan dans ce cas-ci, pas vrai ?

Nouveau temps de réflexion et de sirotement.

Kevin brisa le silence :

— C'est dingue, tout ça. Tu t'en rends bien compte, non ? Complètement dingue.

— Mais s'ils sont réels, imagine ! lui dis-je. Tu sais comment je vois le vin, Kevin. C'est une matière organique, vivante, qui respire. Il évolue, grandit et se modifie au fur et à mesure qu'il mûrit et puis encore quand tu tires le bouchon.

Je me levai de mon siège et commençai à arpenter la pièce de long en large.

— Il fait les cent pas, remarqua Kevin. C'est toujours synonyme d'ennuis quand Johnny fait les cent pas.

— Mais imagine si ces vins sont ce qu'ils prétendent être, repris-je. Peut-être étaient-ils dans cette même cave lorsque Nicolas II et sa famille ont été exécutés. Ils ont dû voir la montée de Staline et la chute du rideau de fer. Ils ont vécu un fameux morceau d'histoire ! Ils ont été témoins de tout le cours des événements de l'Europe du vingtième siècle, reposant là, tranquilles dans leur confortable cave. Comment pourrions-nous ne pas aller voir s'ils existent vraiment ?

— Écoute, tu me connais. Je peux prendre plaisir à faire tourner tout ça dans ma tête, sans te mentir. Intellectuellement, je peux apprécier toutes ces discussions sur le cours de l'histoire. Mais, pour moi, en fin de compte, une bouteille de vin, c'est une marchandise. En ce qui me concerne, je suis surtout intéressé par ce que ces bouteilles historiques qui vous excitent tant pourraient rapporter aux enchères. Et, là, à mon avis, c'est une fameuse somme.

— Combien vaut une bouteille d'Yquem 1847? demandai-je, tendant dans sa direction mon verre où restait un fond d'un Yquem beaucoup plus jeune. L'un des plus grands vins de tous les temps, et l'un des plus rares. La liste dit qu'il y en a trois bouteilles dans cette cave. Trois! Combien valent-ils à eux seuls? Et si tu ajoutes le contexte historique, si tu ajoutes le fait que Staline ou Nicolas II a pu tenir la bouteille en mains... quelle devient sa valeur?

Kevin renchérit:

— En 1985, ce Lafite qui venait prétendument de la cave de Thomas Jefferson, Christie's l'a vendu combien?

— Cent cinquante-sept mille dollars américains, répondis-je aussitôt. Nous avions tous été impressionnés par ce prix de vente. Cela reste l'une des bouteilles de vin les plus chères jamais vendues.

— Et pourtant la provenance de ces bouteilles était douteuse, si je me souviens bien, fit remarquer Kevin.

J'approuvai.

— On les a trouvées enfermées derrière un mur à Paris, paraît-il. Le propriétaire, un type flamboyant qui prétendait être un duc hollandais ou quelque chose comme ça, n'a pas voulu révéler l'endroit exact pour que personne ne puisse vérifier.

En fait, les prétendues bouteilles de Thomas Jefferson ont fait l'objet de plusieurs enquêtes, notamment à l'instigation de l'homme d'affaires américain Bill Koch. Plus de vingt ans plus tard, il a été prouvé qu'elles étaient fausses.

— Donc, il est fort possible que nous puissions arriver à quelque chose comme ça. Ce genre de prix? Admettons, mais il importe de rester vigilants du début à la fin.

Je repris la parole:

— Nous ne savons pas grand-chose non plus sur ce correspondant local avec lequel Neville travaille. Giorgi ou George.

Il possède une mine d'or et le vignoble ? C'est lui qui décide de vendre ou y a-t-il d'autres partenaires avec lesquels nous devrions traiter ? J'ai été un peu surpris par le commentaire de Neville selon lequel George a reconnu qu'il ne connaissait pas grand-chose au vin mais qu'il pensait que certaines des bouteilles pouvaient avoir de la valeur. Cela me semble malhonnête, ou alors, c'est du bluff. S'il a vraiment raconté à Neville toute l'histoire du vin, propriété successive du tsar puis de Staline, alors il doit bien savoir que le vin a de la valeur.

— Je suppose que cela fait partie de la pièce, dit Kevin. Peut-être qu'il voulait savoir si Neville s'y connaissait en vin. Ou peut-être que les Géorgiens ne savent vraiment pas ce qu'il vaudrait sur le marché libre.

— Possible. Ou alors c'est la plus grande escroquerie de l'histoire du vin.

— Eh bien, nous avons des numéros de téléphone et des e-mails, non ? lança Kevin. Nous pouvons prendre contact avec George et lui poser ces premières questions. Nous nous ferons ainsi une idée de la situation avant de décider si nous prenons les billets d'avion.

— Ou, dis-je, l'aventurier se réveillant en moi, nous pourrions aller voir par nous-mêmes.

Là-dessus, Kevin leva son verre :

— Ça s'annonce comme une fameuse aventure !

Le lendemain, j'appelai Neville et Harry pour leur dire que nous étions partants.

NICOLAS II, DERNIER TSAR DE RUSSIE

À présent que nous nous étions décidés à y aller, j'ai entrepris de me renseigner sur Nicolas II, le dernier tsar de Russie, le Souverain condamné.

Difficile de résister à l'envie d'en savoir plus sur l'homme qui, selon toute vraisemblance, s'était procuré pour son goût personnel des dizaines de milliers de bouteilles de ce que le vin français a produit de meilleur. D'autant que son peuple était sur le point de se soulever contre lui et toute l'aristocratie, précisément pour ce que Lénine et ses partisans considéraient comme une vie d'excès. C'est une question que je me posais. Nicolas était-il à ce point inconscient qu'il a encore enrichi sa formidable cave, au lieu de sentir la sanglante révolution des Bolcheviks qui s'annonçait ?

Il semblerait que oui.

Né près de Saint-Pétersbourg en 1868, Nicolas est le fils aîné d'Alexandre III. Il devient tsar en 1894, bien qu'il ait confié à un ami : « Je ne suis pas prêt à être tsar. Je n'ai jamais voulu le devenir. Je ne connais rien au métier de gouverneur. »

Comme début de règne, on a vu mieux. Et les choses ont empiré lors de son couronnement. Premièrement, il s'est un peu lâché, organisant la présence de quatre-vingt-cinq mille militaires et de mille deux cents choristes pour être agréable à sa femme, la future impératrice Alexandra, la veille de l'événement. Ensuite, le jour même, des dizaines de personnes auraient été écrasées dans la foule, tandis que Nicolas et Alexandra souriaient joyeusement et saluaient l'assistance, inconscients de la tragédie qui se déroulait. De même, plus tard au cours de son règne, survient le désastreux Bloody Sunday, lorsque ses troupes tirèrent sur une foule de manifestants pacifiques qui cherchaient à établir une assemblée du peuple et à améliorer leurs conditions de travail. Plus de mille personnes furent tuées, ce qui entraîna des grèves dans toute la Russie, durement réprimées par les troupes de Nicolas. La tension demeurera et la suppression brutale des grèves, les pogroms antisémites, la violente répression de la tentative de révolution de 1905 et l'exécution d'opposants supposés lui vaudront le surnom de « Nicolas le Sanguinaire ».

Même son mariage avec Alexandra n'était pas la décision la plus opportune, bien qu'il semble que Nicolas se soit marié par amour. Alexandra était issue d'une dynastie aristocratique allemande, ce qui n'était pas idéal alors que le monde courait vers la Première Guerre mondiale et que le peuple russe la percevait comme une espionne prussienne, au moins potentiellement. Elle parlait principalement l'allemand, tandis que lui parlait le russe, de sorte qu'ils communiquaient le plus souvent en s'adressant l'un à l'autre en anglais. Le couple eut cinq enfants, dont Anastasia, qui est devenue une légende à part entière en tant que princesse ayant peut-être survécu à l'exécution de la famille.

Ce qui est certain, c'est qu'ils savaient vivre confortablement. Les comptes rendus rapportent que la cuisine de l'empereur comptait plus de cinquante employés et proposait trois niveaux de repas: « simple » (seulement quatre plats principaux au petit déjeuner, au déjeuner et au dîner), ainsi que « loisirs » et « apparat ». L'obsession du tsar pour tout ce qui était français s'étendait au-delà du vin, puisqu'il employait l'un des plus grands chefs français, Pierre Cubat, lequel était secondé par une équipe locale formée dans les meilleures écoles culinaires de Paris. Le menu faisait une large place aux spécialités françaises. Selon certains récits, l'empereur et sa famille mangeaient dans des assiettes en or. D'autres affirment qu'ils utilisaient des couverts en argent sur de la porcelaine portant le monogramme des Romanov. La règle voulait que toute pièce de vaisselle soit brisée dès lors qu'elle n'était pas en parfait état. Outre les créations de Cubat, d'innombrables spécialités exotiques étaient importées d'Europe, et les restes étaient si nombreux qu'ils se retrouvaient souvent dans les meilleurs restaurants de Saint-Pétersbourg. En effet, le personnel de cuisine trouvait son profit en revendant les restes des festins à une foule assemblée derrière les portes, parmi laquelle, selon certains, on trouvait même des membres de l'aristocratie.

De l'avis général, Nicolas était un personnage timide et indécis, mais il s'efforçait de conserver un semblant de contrôle des affaires publiques. En réalité, c'était Alexandra qui tenait la culotte et les conseillers sur lesquels il s'appuyait n'avaient pas forcément à cœur les intérêts du pays. Tout au long de son règne, Nicolas sera fermement persuadé que c'est Dieu qui l'avait ordonné empereur, que son règne était donc absolu et ne pouvait être remis en question. Malgré les vives critiques de l'opinion publique, il continua à mener un train de vie fastueux dans son palais d'hiver de mille cinq cents pièces, et l'une des manifestations de cette opulence consistait à acheter de grandes quantités des meilleurs vins français et à faire affluer les premiers crus de Bordeaux à Saint-Pétersbourg.

Selon un article, le vin préféré de Nicolas était le Château d'Yquem de 1847. Un autre auteur suggère qu'il appréciait également les millésimes 1874, 1881 et 1887 du Château Léoville, ainsi que le Château Lafite, le Mouton Rothschild 1887 et le Larose. Dès le début des années 1880, il avait son marchand attitré, Diktay, qui l'approvisionnait en vins. À l'époque, sa cave était estimée à soixante-quinze millions de dollars, valeur actuelle. Selon un autre récit, la Cour royale aurait consommé plus de mille cent bouteilles de vin, près de quatre cents bouteilles de Madère, quatorze douzaines de bouteilles de sherry, près de vingt bouteilles de porto et cent cinquante bouteilles de vodka, sans compter le champagne et le cognac. Tout cela en l'espace de deux mois.

Lorsqu'il ne boit pas, Nicolas se consacre à sa famille et remplit, semble-t-il, son journal officiel de nouvelles de sa femme et de ses enfants, au lieu de rapporter un compte rendu des devoirs officiels de l'État. Mais les choses commencent à vraiment déraper lorsque leur fils, Alexei, est diagnostiqué hémophile. Pour tenter de guérir le garçon, Alexandra se tourne vers un ancien paysan charismatique, moine défroqué, le célèbre Raspoutine. Ce dernier s'était fait connaître dans les cercles de la cour pour ses prétendus pouvoirs prophétiques et de guérison. Effectivement, il semble trouver le moyen d'améliorer l'état de santé du garçon, ce qui fait de lui rapidement une figure centrale, bien que totalement illégitime, de la famille et du pouvoir, contre l'avis général. Raspoutine passant de plus en plus de temps avec Alexandra, toutes sortes de rumeurs sur son style de vie et ses appétits lubriques commencent alors à circuler à Saint-Pétersbourg. De son côté, alors que la Première Guerre mondiale fait rage, Nicolas se nomme commandant en chef de l'armée russe et part en guerre. Il réussit à surpasser une défaite humiliante contre le Japon en faisant pression pour étendre le territoire de la Russie en Asie, mais la consommation excessive d'alcool avec les troupes se poursuit, tout comme les importantes gueules de bois. Un journal écrit : « Nicholasha nous a offert un excellent dîner dans sa tente. J'ai goûté six types de porto et j'ai bu un peu de nectar, ce qui m'a aidé à bien dormir. »

Même sur le champ de bataille, son amour du vin demeurait de la partie.

La légende de Raspoutine s'est construite lorsque les personnes qui l'ont effrontément assassiné ont raconté des histoires invraisemblables, expliquant que l'empoisonnement au cyanure et les tirs au pistolet n'avaient pas réussi à le tuer dans la nuit. En fin de compte, son corps a été enveloppé dans un tapis et jeté dans la rivière glacée de la Neva.

La dernière prophétie de Raspoutine à Nicolas était celle-ci : si le tsar devait être assassiné, la famille royale serait également exécutée par le peuple. Elle s'est avérée exacte. Bien qu'il ait abdiqué pacifiquement alors que la révolution était en marche, Nicolas a été assassiné dans un sous-sol quelque part en Sibérie avec Alexandra et leurs enfants, mettant ainsi fin à trois cents ans de règne des Romanov. En 2007, l'idée romantique selon laquelle des enfants se seraient échappés et auraient survécu a été démentie à la suite de tests ADN effectués sur des ossements trouvés à l'écart du reste de la famille.

Selon certains récits, les soldats révolutionnaires qui ont pris le contrôle du palais d'hiver ont pillé la cave et se sont livrés à une beuverie militaire et publique qui aurait duré des semaines. D'autres histoires racontent que Lénine a pris possession des caves, des œuvres d'art et de tout ce qui appartenait précédemment à l'aristocratie. Staline aurait pris le relais à la mort de Lénine, préservant ainsi d'innombrables trésors culturels et vinicoles.

Ce contexte et ces récits nous amènent à la question suivante : la cave impériale a-t-elle été pillée et vidée ou a-t-elle survécu, permettant à Staline de la déplacer des années plus tard, face à l'invasion nazie ? C'est ce que Kevin et moi espérions découvrir.

6

VOL POUR TBILISSI

Si une telle aventure sur fond d'énigmes s'ébauchait de nos jours, il vous suffirait de chercher sur Google tous les détails de ce qui vous attend potentiellement. Mais nous étions en 1999. Les modems faisaient encore *bing-bing-bing* lorsqu'ils se connectaient, puis mettaient une éternité à charger une seule page web, et on n'avait à disposition que des navigateurs préhistoriques comme Netscape ou Internet Explorer. À l'époque, Kevin était déjà impliqué, en tant que consultant, dans un projet avant-gardiste d'un vignoble qui voulait vendre ses vins en ligne par le biais d'une sorte de web-boutique. Ils dépensèrent des centaines de milliers de dollars pour essayer de développer un moyen de paiement virtuel. Pour la plupart, les sites web étaient basiques et les vastes mondes de connaissances n'avaient pas encore trouvé leur chemin vers la toile.

Mais certains l'avaient fait. Cette nuit-là, je passai des heures, alors que le jour du départ approchait, à essayer de trouver tout ce que je pouvais concernant l'endroit où j'allais atterrir. Le meilleur site que je réussis à dénicher était celui du Royaume-Uni, un site à but commercial créé par le gouvernement, qui contenait des informations de base sur la Géorgie moderne.

« La Géorgie, lisait-on, se trouve dans une région connue sous le nom de Transcaucasie, qui s'étend entre la mer Noire et la mer Caspienne. Elle constitue une importante jonction entre l'Europe de l'Est et l'Asie. » La Géorgie avait apparemment une superficie comparable à celle de la République d'Irlande et comptait environ

5,4 millions d'habitants. Le président Chevardnadze, ancien ministre des Finances de l'URSS, avait été élu en 1995 et, quatre ans plus tard, il était toujours aux commandes.

Je fus particulièrement intéressé par le commentaire suivant lequel les réformes économiques de 1996 avaient permis de maîtriser l'inflation, de stabiliser les taux de change, de faire croître le PIB de dix pour cent et de privatiser environ cinquante pour cent de l'économie. Y compris, on s'en doute, les vignobles et les mines d'or. Neville n'avait vraiment pas tardé avant de se lancer dans l'affaire. Je dois lui accorder cela.

Le site m'apprit que les gens parlaient une langue spécifique, le géorgien, et que la capitale, Tbilissi, où nous nous rendions, comptait 1,2 million d'habitants.

Encouragé par cette première récolte de données, je poursuivis mes recherches en ligne, en quête d'autres informations sur cette partie du monde. Je découvris ainsi que la Géorgie avait été l'un des États les plus riches derrière le rideau de fer, avec des terres agricoles et des industries productives, mais qu'elle avait beaucoup souffert depuis l'effondrement de l'Union soviétique. L'État était devenu indépendant en 1991, avec pour principale conséquence de créer un vide de pouvoir, entraînant des troubles civils, un effondrement de l'ordre public et finalement une véritable guerre civile. C'est le retour de Chevardnadze à la présidence qui avait changé la donne, sans doute par le retour en grâce des conceptions soviétiques de la vieille école, en particulier sur la meilleure façon de gérer les insurrections civiles. Les soulèvements prirent fin, même si, en parcourant davantage de sites web, je pus constater que les Nations unies étaient toujours impliquées dans la négociation d'une solution au conflit séparatiste non résolu en Abkhazie, sur la côte de la mer Noire.

Depuis cinq ans, la Géorgie s'était dotée d'une nouvelle monnaie : le lari, divisé en cent tetri. Je pris soin de vérifier si j'aurais également besoin de dollars américains pendant notre séjour, sinon pour les transactions quotidiennes, peut-être pour d'éventuelles « négociations» dans l'établissement vinicole. Le site Web commercial m'apporta la réponse : toutes les transactions officielles devaient se faire en lari géorgien.

Lorsque je demandai à Kevin quel type de monnaie et quelle somme il pensait que nous devions prendre avec nous, sa réponse traduisit une réflexion pertinente sur la réalité à laquelle nous allions bientôt être confrontés.

— John, j'ai lu que soixante-dix pour cent des Géorgiens vivent en dessous du seuil de pauvreté. Si nous leur apportons de vrais dollars américains, ça va ouvrir beaucoup de portes. De plus, nous ne savons pas si ce chiffre de soixante-dix pour cent inclut certains de nos futurs interlocuteurs, avec qui nous nous proposons de conclure un marché d'un million de dollars. Donc, je pense que nous devons absolument disposer d'une petite réserve de billets verts pour faciliter les choses si nécessaire.

— D'accord, mais c'est aussi une ville frontière, d'après ce que Neville nous a dit et ce que j'ai lu. Nous devons faire attention à l'argent avec lequel nous nous promenons.

— Ce que tu dis est vrai pour la plupart des endroits du monde, remarqua Kevin. Tu as déjà visité Detroit ?

J'ai souri.

— Non, mais c'est clair : il faut absolument prendre des dollars US.

Pendant que nous faisions nos valises, à leur grande surprise, Frank et Jillian se retrouvèrent en charge des caves de Double Bay pour toute la semaine. Il n'était pas inhabituel pour moi de me trouver à l'étranger – je me rendais parfois au Royaume-Uni ou en Europe pour acheter du vin –, mais ils ne cachèrent pas leur étonnement ni leur méfiance à l'égard de la mission que Kevin et moi étions sur le point d'entreprendre.

— Donc, en gros, si quelqu'un pose des questions, nous disons aux clients que vous allez boire avec Mikhaïl Gorbatchev, ironisa Frank.

— À mon avis, vous allez découvrir que vous êtes en retard d'une guerre, intervint Jillian. C'est Boris Eltsine, le patron là-bas maintenant.

— Tu sais bien qu'il est à la tête de la Russie, pas de la Géorgie, dit Kevin. Mais effectivement, ce qui nous intéresse, c'est du vin acheté par la mère patrie soviétique.

— Plus qu'un jour à Double Bay, fit Jillian en secouant la tête.

Tôt le matin du 14 juin 1999, Harry vint nous chercher dans la Daimler gris tourterelle, direction le terminal international de l'aéroport de Sydney. Kevin avait pris place à l'avant et moi à l'arrière.

— Vous voulez de la musique ? demanda Harry, en allumant la radio à fond sans attendre de réponse.

Le refrain du premier tube de Britney Spears envahit l'habitacle. Elle était numéro un dans les charts et, ce dernier hiver, elle passait sans cesse sur les radios.

Me tournant vers Kevin, je demandai :

— Tu penses quoi de la princesse de la pop ?

Kevin regardait par la fenêtre, absorbé par le défilé des lis gyméa qui bordaient l'autoroute de l'aéroport.

Après réflexion, il répondit : « C'est pas Aretha Franklin. »

Nous fîmes une halte dans la zone « drop-and-go » à l'entrée des départs internationaux. Harry nous prit en photo, avec nos bagages, partagé entre l'envie sincère de nous souhaiter bonne chance et la tentative d'oublier qu'il avait dû payer un quart des 7699 dollars, hors taxes, qu'avait coûté chacun de nos vols. Nous prenions l'itinéraire « kangourou » vers Singapour, puis vers Londres, avant d'embarquer pour un troisième vol vers l'est jusqu'à Tbilissi. Là nous attendaient, après plus de trente heures de voyage, une méchante dose de décalage horaire, du vin mousseux géorgien et de savoureux chocolats.

Comme promis, une fois l'aventure engagée, nous formions un partenariat entre Neville, Harry, Kevin et moi. Chacun avait déposé dix mille dollars sur le compte ouvert pour financer le partenariat et payer nos vols, notre hébergement et même les éventuels frais d'excédent de bagages pour toutes les bouteilles que nous comptions ramener en Australie.

Kevin et moi avions soigneusement établi une check-list prévoyant tout le nécessaire à emporter. Vérifiant chaque élément au moment des préparatifs, nous voulions être certains de ne rien oublier, pas même des détails techniques, comme s'assurer que nous avions des lampes fluorescentes brillantes à placer derrière les bouteilles pour vérifier leur niveau de remplissage pendant que nous examinions la cave. Nous savions que l'éclairage ne serait pas excellent, sans aucune lumière naturelle, dispensé par de faibles lampes qui n'éclaireraient probablement qu'assez mal les bouteilles. Kevin et moi avions tous deux remarqué l'état de la cave sur les photos que Neville nous avait montrées. En plus d'être humide – ce qui pouvait être bon pour les vieux bouchons – et pleine de toiles d'araignées, la cave semblait particulièrement sombre.

Mesurer le niveau de remplissage des bouteilles est une tâche essentielle, pour plusieurs raisons. La hauteur – selon le terme consacré – de remplissage du vin dans les bouteilles constitue une indication de l'état du vin, et en particulier de l'efficacité du bouchon au fil des ans. Les bouchons de mauvaise qualité laisseront échapper une quantité importante de vin lorsque les bouteilles seront mises en position couchée. Or, avec un vin ayant subi une très longue conservation, comme c'était le cas ici, un bon niveau de remplissage indiquerait que le bouchon avait bien tenu, annonçant un vin en bon, voire en parfait état. Avec le temps, j'ai développé une technique particulière pour évaluer le niveau de remplissage en prenant des photos de bouteilles debout sur un fond blanc brillant, ou devant une vive lumière blanche, de sorte que le niveau de remplissage apparaisse clairement. Cela me permet également de juger de la couleur du vin, qui constitue un autre indicateur de son état.

Toutefois, il n'est possible de recueillir de telles preuves photographiques qu'avec une lumière suffisamment puissante pour éclairer la bouteille, et j'étais donc déterminé à emporter ces lampes dans l'avion. Je voulais être aussi autosuffisant que possible, car qui savait si les Géorgiens nous aideraient ou croiraient en la nécessité de ces techniques, ou si nous pourrions obtenir l'équipement une fois sur place? Nous n'avions pas de plan B, nous dirigeant vers une région et une cave aussi inconnues, donc plus je pouvais contrôler de variables avant même de décoller, mieux c'était.

Ces genres de détails, de nécessités légales et d'inquiétudes quant à ce que nous aurions pu négliger ou oublier occupèrent entièrement nos esprits ce matin-là. Il y eut l'enregistrement des bagages, pour lequel il fallut se débattre avec le tout nouveau système de billetterie électronique de l'aéroport de Sydney, ensuite, le passage de la sécurité et des douanes, en assurant que nous ne transportions pas de cargaison illégale, et enfin l'embarquement dans le jumbo de la compagnie Qantas.

Kevin et moi échangeâmes un regard tandis que les derniers passagers prenaient possession de leur siège. Je lui dis:

— On est parés.

— Franchement je ne vois pas ce qui pourrait mal tourner.

Alors que le pilote lançait les réacteurs, que nous prenions de la vitesse puis de l'altitude, un sentiment d'aventure commença à m'envahir, mêlé cependant à une question beaucoup plus concrète: comment s'assurer de l'authenticité du vin avant de débourser un million de dollars américains.

Malgré tout l'émerveillement que m'inspirait l'histoire de ces vins, s'ils étaient réels, il s'agissait d'une affaire commerciale et la somme que l'on nous demandait de payer était importante, certainement plus que ce que j'avais jamais envisagé de dépenser pour une cave de vin. Je suis capable d'analyser l'aspect risque/récompense d'une affaire commerciale et je ne me suis jamais trop trompé au fil des ans – à quelques exceptions près, dignes d'un dîner de fête – mais alors que nous nous envolions vers le nord-ouest, je ne pouvais m'empêcher de penser que, si cette escapade se passait vraiment mal, je pourrais perdre beaucoup, non seulement financièrement, mais aussi en termes de réputation et – pourquoi mentir? – d'ego.

Concrètement, pourrais-je perdre ma maison ou les caves de Double Bay? Probablement pas. Je n'étais redevable que d'un quart de l'investissement total. Néanmoins, j'avais des papillons dans l'estomac, comme c'est probablement le cas lorsqu'on joue au poker pour la première fois, avec des enjeux beaucoup plus élevés que ceux auxquels on est habitué. J'essayais d'ignorer les risques pour ma fierté et ma réputation, ou les pièges financiers qui se dressaient devant moi, mais je ne pouvais pas ignorer le fait que je jouais à un jeu qui dépassait mon niveau de confort.

Et puis, considérez que nous nous étions embarqués sur ce vol sur la parole d'un homme que nous connaissions à peine, ce Neville, qui avait vu quelques bouteilles dans la cave mais admettait qu'il ne connaissait pas grand-chose aux vins de musée. Et à la suite de quelques appels téléphoniques enjoués avec ce personnage de George, qui parlait un anglais honnête comme seconde langue et hurlait au téléphone – mais qui était incapable de donner des détails concrets ou quelque information précise sur l'identité exacte du propriétaire de la cave, sur les vins de la collection personnelle de Staline ni de répondre aux autres questions clés sur lesquelles je l'avais pressé sans succès.

Il ne s'agissait pas seulement du prix d'un million de dollars. Si nous allions de l'avant avec l'achat, les coûts s'accumuleraient. Nous devrions trouver un moyen de transporter des dizaines de milliers de bouteilles potentiellement fragiles de Géorgie à Londres, voire à New York, en toute sécurité. Il y aurait des coûts de marketing et autres. Avec un peu de chance, si nous pouvions établir que la cave était authentique et contenait des vins classiques exceptionnels, une grande maison de vente aux enchères pourrait nous aider à faire face à ces tâches et coûts ultérieurs.

Il y avait eu des précédents dans ce domaine. L'une des plus grandes maisons de vente aux enchères britanniques – je suis presque sûr qu'il s'agissait de Sotheby's – avait organisé une vente aux enchères de la collection Massandra, au cours de laquelle les experts de la maison de vente aux enchères avaient visité l'établissement vinicole russe officiel en Crimée, authentifié les anciens vins russes et du bloc soviétique (qui n'avaient presque pas d'étiquettes), placé chaque bouteille individuelle, debout, dans un sac en cellophane, noué le haut et ajouté une étiquette Sotheby's identifiant les détails du vin. Ils ont ensuite placé les bouteilles dans des boîtes de transport en carton solide et ont transporté tous les vins à Londres pour la vente aux enchères. Quel exercice logistique et quelle dépense énorme ! Et maintenant, Kevin et moi allions peut-être leur demander de refaire exactement la même chose avec les bouteilles mystérieuses et non prouvées que nous allions visiter. Pas de pression du tout. Je n'ai pas bien dormi dans l'avion.

Dans le bagage à main de Kevin, il y avait trois caisses d'emballage en polystyrène pour douze bouteilles chacune, ainsi que beaucoup de ruban adhésif. Nous savions que ce voyage n'allait pas nous permettre de transporter un quelconque volume de vin, même si tout se passait bien à Tbilissi. Kevin et moi étions entièrement concentrés sur la découverte de ce que contenait exactement cette cave et sur l'identité de nos interlocuteurs. Il s'agissait d'explorer la cave, et non d'essayer de la transporter quelque part à ce stade.

Cependant, nous avions décidé de poser comme condition à un éventuel accord que nous soyons autorisés à emporter au moins une douzaine de vins avec nous en partant, afin de pouvoir en vérifier l'authenticité.

Neville l'avait même mis par écrit. Je portais une lettre d'introduction pour George, que je devais lui remettre à son arrivée. « Je serais très heureux si vous pouviez accorder à deux de mes collègues le type de coopération et d'assistance auquel j'ai été habitué au cours de mes sept années de participation aux affaires en Géorgie », disait la lettre. Il demandait que Kevin et moi soyons autorisés à ramener « plusieurs bouteilles de vin... en Australie, pour une analyse scientifique », et rassurait George en lui disant que ces bouteilles n'auraient pas besoin d'être ouvertes et pourraient donc être renvoyées à la cave.

George avait déjà donné son accord par téléphone, comprenant que nous devrions montrer les bouteilles authentiques à divers partenaires non géorgiens si l'affaire devait se poursuivre. Mais aussi, si les choses tournaient mal, ces douze bouteilles pourraient constituer notre seul retour sur investissement pour ce voyage. Si nous pouvions repartir avec plusieurs bouteilles de classiques français d'avant 1900, nous serions gagnants, quoi qu'il arrive.

Au pire, pensais-je tandis que Kevin dormait à côté de moi, nous aurions au moins une douzaine d'excellentes bouteilles de vin pour un dîner où nous raconterions notre aventure et, en ce cas, nos regrets de n'avoir pu aboutir.

Et c'est ainsi que nous avons traversé le monde, jusqu'à Londres, puis à nouveau à travers l'Europe et la mer Noire en direction de Tbilissi. Nous atterrîmes, rencontrâmes George à l'aéroport, passâmes consciencieusement la douane, sans poser de questions – comme promis par notre hôte jovial – et fûmes conduits à une vitesse folle à travers une ville sombre et mystérieuse. Nous nous arrêtâmes dans un hôtel terne datant des années 1950, semblable à n'importe quel Hilton vieilli que vous pourriez trouver dans n'importe quelle ville du monde, et nous tombâmes la tête la première dans nos lits.

C'était le mardi 15 juin 1999.

Nous étions à Tbilissi. Au pays de Joseph Staline.

PARTIE II

GÉORGIE

QUI ÉTAIT JOSEPH STALINE ?

Pour rester diplomates, nous dirons que Joseph Staline est l'un des personnages les plus controversés de l'histoire mondiale.

Je ne doute pas que nombre de lecteurs s'offusqueront d'une présentation aussi neutre. Lorsque quantité d'ouvrages et de sites web se posent la question de savoir qui, de Staline ou d'Hitler, a commis les pires massacres – chacun étant responsable de plusieurs millions de morts – la désinvolture ou les excuses faciles n'ont pas leur place.

Staline est né Ioseb Vissarionovich Dzhugashvili, en décembre 1878, à Gori, une petite ville géorgienne près de Tbilissi. Dès son plus jeune âge, il répond au surnom de « Koba », le héros d'un roman géorgien, qui est la moralité incarnée. Très jeune, il se fait les dents en tant que révolutionnaire. Fils d'une lavandière et d'un cordonnier ivrogne qui le maltraite, il se plonge dans la lecture de Karl Marx, avant de quitter rapidement l'école. Il s'installe à Tiflis, l'actuelle Tbilissi. Il y acquiert la célébrité, ou l'infamie, tout d'abord pour avoir été le meneur de violents affrontements entre des manifestants sociaux-démocrates russes et la police. Il est ensuite à l'origine d'un important cambriolage, toujours à Tiflis, où il dérobe des fonds destinés aux activités des sociaux-démocrates.

Mais c'est en tant que l'un des principaux lieutenants de Vladimir Lénine lors de la révolution bolchevique des années 1910 et de la révolution de 1917 que l'homme connu aujourd'hui sous le nom de Staline – « l'homme d'acier » – est entré sur la scène mondiale.

Son caractère impitoyable, sa propension à la violence et sa foi fanatique en la cause défendue par le parti étaient précisément ce que recherchait le leader Lénine. Mesurant à peine 1,63 m, Staline portait des chaussures à talons et parlait doucement avec un épais accent géorgien, se décrivant même un jour comme un « Géorgien russifié ». Il avait un bras plus long que l'autre et portait des cicatrices sur le visage pour avoir contracté la variole dans son enfance. Dans mes lectures sur le personnage, la mention la plus claire de son amour de la boisson que j'ai pu trouver était qu'il aimait faire boire les autres pour qu'ils révèlent leurs secrets.

À la mort de Lénine, lorsque Staline a succédé à son mentor en tant que secrétaire général du Parti communiste soviétique et Premier ministre de l'Union soviétique, il disposait sans doute du pouvoir politique le plus étendu de toute l'Histoire.

Il est à l'origine de la modernisation et de l'industrialisation à marche forcée des États soviétiques, ce qui a permis à la Russie de devenir une grande puissance mondiale et un État doté de la puissance nucléaire. Mais cette transformation s'est faite au prix d'une brutalité inouïe.

Dans les années 1930, ses vastes plans de modernisation de l'Union soviétique ont entraîné des famines massives, entraînant la mort de quelque cinq millions de personnes. Staline a ensuite instauré la Grande Terreur, également connue sous le nom de Grande Purge, au cours de laquelle les opposants politiques, les intellectuels, les chefs des forces armées et les groupes gênants tels que les koulaks – de riches ouvriers agricoles qui entravaient l'agriculture contrôlée par l'État – ont été éliminés, soit dans les goulags, dont environ un million de personnes ne sont jamais revenues, soit par des fusillades de masse. En fin de compte, on estime que Staline est responsable de la mort d'environ six millions de personnes dans sa volonté de faire de l'Union soviétique l'État communiste suprême. Pourtant, quelques années plus tard, alors que l'armée de Staline repoussait l'avancée des troupes nazies et libérait les camps de la mort d'Auschwitz, de Ravensbrück et de Theresienstadt, « Oncle Joe » était photographié aux côtés d'autres dirigeants alliés, immortalisant les accords de paix d'après-guerre. Aux yeux de beaucoup, ces clichés ont contribué à redorer sa réputation, effaçant en partie des années de comportement tyrannique et meurtrier.

À la fin des années 1990, de nombreux habitants de l'ancien bloc de l'Est, en particulier de la Russie et de la Géorgie, considéraient encore Staline comme un champion du peuple, un brillant dirigeant en temps de guerre et une star du socialisme. En revanche, ceux que n'enthousiasme pas le culte de la célébrité dont il continue de jouir le considèrent également comme un dictateur meurtrier. Il était complexe, sournois, cruel et déterminé, mais sans aucun doute un géant de l'histoire du vingtième siècle.

7

VOUS SOUHAITEZ ACHETER UN DOMAINE VITICOLE ?

Tbilissi, Géorgie
Juillet 1999

10 h 30, premier jour à Tbilissi. Nous attendons dans le hall de l'hôtel depuis presque une heure, nous demandant pourquoi George est en retard.

« Johnny fait les cent pas », écrit Kevin dans le journal qu'il va tenir tout au long du voyage. Dans l'ensemble, nous ne nous sentons pas trop mal, étant donné le décalage horaire et le peu de sommeil dont nous avons disposé, mais je suis suffisamment fatigué pour ne pas bien prendre le fait que George n'arrive pas comme promis. Ce retard ne semble pas être un bon présage. En réalité, nous découvrirons bientôt que George a, d'une manière générale, une vision assez élastique du concept de ponctualité.

Je porte le grand sac contenant tout l'équipement dont nous aurons besoin dans la cave pour vérifier et contrôler le vin. Kevin s'est contenté d'un sac à dos avec un appareil photo et son bloc-notes, ainsi que ses affaires personnelles. Le foyer de l'hôtel ? Des murs à dominante bordeaux avec des touches de bois marron clair. Nous pourrions être à Dallas, ou à Bruxelles, ou dans une centaine d'autres villes.

Sauf pour l'écran de sécurité placé entre nous et la rue Telavi. Au bout d'un moment, nous voyons apparaître Nino et un autre jeune homme, qui franchissent la porte d'entrée. Tous deux, par réflexe, portent la main à leur ceinture et sortent des armes de poing de leur pochette. Nous les regardons donner les armes, ainsi que les clés de leur voiture, à l'agent qui a l'air de s'ennuyer à côté de l'écran de sécurité, puis passer par le détecteur de métaux. Je remarque également que les agents de sécurité surveillent de très près l'homme derrière Nino. Visiblement, la vigilance est renforcée.

— Tu sais, dit Kevin, l'air de rien. Si nous voulions nous sauver en courant vers l'aéroport pour prendre le premier vol, ce serait le moment.

— Allons, ai-je répondu. S'ils voulaient nous tirer dessus, ils auraient pu le faire hier soir en revenant de l'aéroport. Où est passé ton sens de l'aventure?

Nino s'approche de nous, la main tendue. Il y a quelque chose d'étrange sur son visage. En fait, l'homme au masque dur de la nuit dernière esquisse à présent un sourire.

— Vous avez bien dormi? demanda-t-il avec son gros accent. Prêt pour le vignoble?

L'homme qui l'accompagnait semblait avoir une trentaine d'années. La traditionnelle veste en cuir, cette fois en version marron. Il avait les cheveux coupés à ras et une barbe naissante, plutôt une pousse de plusieurs jours non rasée sur son menton. Il était plus petit que nous deux mais nous considérait d'égal à égal.

— Voici Pyotr, dit Nino. Il est très dévoué.

Nous serrâmes la main de Pyotr, qui avait une prise ferme sans toutefois essayer de nous écraser les mains. Dans un anglais très passable, il assura qu'il était heureux de nous rencontrer. Par la suite, il s'avérera en effet être très utile.

— On peut y aller, dit Nino. George nous attend.

Kevin et moi passâmes la sécurité, suivis de Nino et Pyotr. Sans un mot, l'agent de sécurité rendit son arme à Nino, tandis que Pyotr récupérait la sienne. Nous étions un peu étonnés: c'était comme s'ils avaient remis des parapluies et les avaient ensuite récupérés en partant. Cela dit, je remarquai que les gardes restaient en état d'alerte tandis que Pyotr remettait nonchalamment le pistolet dans sa ceinture et se dirigeait vers la rue où la grosse Mercedes noire aux vitres teintées de Nino attendait, garée juste devant la porte de notre hôtel.

— Ah, oui, dit Kevin, à voix basse. Bien sûr. La voiture des mafiosi.

Je demandai à Nino :

— Vous pouvez vous garer sur les trottoirs ?

Il ricana :

— Les interdictions de stationnement, c'est pour les aborigènes.

Kevin et moi nous nous regardâmes fixement en montant sur le siège arrière. Nous ne l'avions pas réalisé à l'époque, mais « les aborigènes » était le terme que Nino utilisait pour désigner quiconque n'était pas un flambeur comme il se considérait l'être. Sans doute, sa façon de parler des autochtones, des gens quelconques. Cela produisait une impression un peu bizarre à chaque fois, la scène devait en effet se reproduire plus d'une fois pendant notre séjour. À l'approche d'un feu rouge, il se mettait du mauvais côté de la route et roulait tout droit, souvent à vive allure. « Les feux rouges, c'est pour les aborigènes », proclamait-il en regardant dans le rétroviseur et en souriant. Peut-être avait-il raison. La police ne leva jamais le petit doigt pendant qu'il se frayait un chemin dans Tbilissi.

Ce qui rend tout cela encore plus impressionnant, c'est la configuration de la ville de Tbilissi, construite de part et d'autre d'une gorge, creusée par la nature dans les montagnes, la rivière déferlant au cœur de la ville. À certains endroits, les rues de Tbilissi ressemblent davantage à celles de San Francisco, extrêmement pentues et étroites. Pas l'endroit idéal, selon nous, pour faire de la vitesse ni tenter d'établir des records.

Nino n'était pas de notre avis. Il faisait hurler le moteur de la voiture, nous avions l'impression de voler à travers les carrefours, roulant à toute vitesse vers la Savane Number One Winery.

Pyotr s'était installé, silencieux, sur le siège du passager, à côté de Nino. Kevin et moi essayions de profiter de la vue sur la rivière pendant que nous traversions la ville. Les bâtiments étaient presque tous délabrés, traduisant toutefois une ancienne grandeur. Leur style architectural était presque colonial : des arches au niveau du sol, des fenêtres à volets et d'immenses balcons surplombant la rivière.

Nous passâmes devant ce qui semblait être un opéra qui avait connu des jours meilleurs et plusieurs grands bâtiments qui, dans une vie antérieure, devaient avoir été des banques. Sans ralentir, Nino se faufilait entre les travaux routiers, qui semblaient surgir de partout, puis nous rebondîmes sur un bitume abîmé. La journée n'était pas froide, mais peu lumineuse. Le ciel gris ajoutait à l'aspect industriel et fatigué de la ville. Le soulagement ne vint que quand nous atteignîmes la rivière Kura (la rivière Mt'k'vari en géorgien, nous dit Pyotr), dont le parcours traverse la ville comme un serpent. Nous la traversâmes sur un pont de pierre avant de nous éloigner de l'eau.

Par une brèche entre certains bâtiments, on distinguait, en haut de la colline, un imposant chantier de construction qui ressemblait à une sorte de cathédrale. Je voulais demander à Pyotr ce qu'il en était, mais avec Nino au volant, il ne paraissait guère disponible.

Nos cerveaux – celui de Kevin et le mien –, fatigués par le décalage horaire, essayaient de comprendre cette ville étrange. Au bout d'un moment, nous bifurquâmes dans une longue allée, bordée d'arbres. Nous traversions, nous sembla-t-il, un grand parc. Nino s'élança sur cette route comme s'il était poursuivi par un ennemi invisible puis s'arrêta devant un bâtiment de deux étages pourvu de trois arches ornementales et d'un haut toit.

— Nous y sommes, dit Nino en klaxonnant.

Kevin et moi sortîmes de la voiture et jetâmes un premier coup d'œil à l'établissement vinicole. Je crois que son nom officiel était l'usine d'embouteillage de vin Sauplistsulo Mamouli, mais toutes les personnes que nous avons rencontrées l'appelaient différemment, tantôt la cave Savane Number One, tantôt la cave Georgia Number One.

En tout cas, entre nous, nous l'avons toujours appelée la Savane Number One. Nous nous avançâmes vers l'entrée.

Outre un grand bâtiment en arc de cercle, l'ensemble comprenait, pour les parties latérales, de petites constructions plus basses. Un jardin d'agrément avait été aménagé devant les immeubles. Au centre trônait un support central qui faisait penser à une fontaine mais qui, à y regarder de plus près, servait à jeter les mégots de cigarettes. Un luminaire, constitué de dix globes blancs semblables à des ballons, apportait une touche seventies inattendue, détonnant avec le bâtiment principal centenaire.

Sur notre droite s'élevait une construction en briques rouges avec un toit en tuiles envahi par une plante grimpante. Plusieurs voitures garées devant, des berlines pour la plupart, toutes âgées d'une dizaine d'années, voire plus. Du bruit venait de l'arrière de ce bâtiment, principalement des conversations. Nous récupérâmes nos sacs dans le coffre de la voiture de Nino, quand plusieurs hommes en jeans et polo traversèrent l'allée, disparaissant derrière un bâtiment ici, pour réapparaître plus loin. Ils nous jetèrent des regards curieux, sans saluer ni engager la conversation, sans doute pressés d'arriver là où ils allaient. Sur notre gauche, on entendait un martèlement. Cette entreprise vinicole semblait être une ruche pleine d'activité. J'étais impatient de découvrir ce qu'on y produisait.

Alors que nous observions la scène, une porte s'ouvrit dans le bâtiment principal, livrant le passage à George et à un autre homme de plus petite taille. George dévala les escaliers jusqu'à l'allée et s'approcha de nous, la main tendue.

— John ! dit-il joyeusement. John et Kevin ! Merveilleux. Bienvenue à Number One Winery – et numéro un pour une bonne raison ! Le meilleur ! De tout Tbilissi. Vous vous plairez beaucoup ici. Bienvenue.

— Bonjour, George, répondis-je. Nous sommes très heureux d'être enfin arrivés.

— Ah, ça oui, répliqua-t-il. Il y a du monde à rencontrer.

— Le domaine viticole semble bien actif, remarqua Kevin.

George approuva :

— Oh, oui, il y a de l'occupation. Il y a beaucoup de gens ici, qui travaillent dur.

— Quelle quantité de vin produisez-vous ici ? demanda Kevin.

George afficha un air confus.

— Il n'y a pas de vin. Mais bientôt.

— Alors pourquoi tout ce monde ?

— C'est qu'il y a beaucoup à faire, répondit George, avec un large sourire, sans en dire plus. Je vous présente Zurab. Il est avec moi.

Zurab nous regarda sans rien dire pendant que nous le saluions. Il portait un jean, des chaussures de course, un T-shirt avec une chemise boutonnée par-dessus. Une arme de poing sombre qui n'avait rien d'anodin était enfoncée dans sa ceinture. L'uniforme géorgien, d'après ce que nous pouvions constater. Il était présent à l'aéroport la nuit précédente mais ne nous avait pas été présenté, conduisant la deuxième voiture qui suivait notre Mercedes durant la traversée de la ville. Zurab était légèrement plus petit que Nino, de corpulence trapue. Au cours des jours suivants, il ne lâcha pas George d'une semelle.

Ce n'est que plus tard que je me rendis compte que son rôle était probablement d'être le garde du corps de George.

Kevin et moi échangeâmes un regard tandis qu'on nous conduisait de la voiture au bâtiment principal. Les murs du foyer étaient peints en vert olive et recouverts de certificats encadrés en géorgien, se rapportant à des réalisations indéchiffrables pour nous.

Quatre hommes nous attendaient, alignés comme pour honorer un membre d'une famille royale, à moins qu'il ne s'agisse du président.

George fit les présentations. En commençant par un homme bedonnant d'âge moyen, arborant une moustache hérissée et une coiffure en brosse. C'était l'homme de l'aéroport, présenté à nouveau comme M. Revaz Rustaveli, le vigneron en chef, que George n'avait auparavant appelé que M. Revaz. À côté de lui se trouvait Grigol Tsintsadze, le directeur de la cave, un homme plus âgé à la chevelure blanche. Ensuite, le directeur du marketing, un personnage à l'air un peu hagard nommé Davit quelque chose, portant un costume en lamé. Il hochait la tête, sans ouvrir la bouche.

Enfin, un homme aux cheveux argentés, vêtu d'un costume bleu à rayures. George nous le présenta comme le directeur général de la cave, M. Tamaz. Il serra nos mains fatiguées, assurant qu'il était heureux de nous rencontrer.

Avec des accents de sincérité, George s'excusa que Nana Vorobieff, la responsable du syndicat, ne puisse être là pour nous rencontrer mais nous promit qu'elle passerait plus tard. Il cita ensuite plusieurs autres noms en guise d'excuses, si bien que Kevin et moi nous demandâmes de combien de responsables une cave apparemment improductive pouvait avoir besoin.

Les présentations faites, nous fûmes tous invités à prendre place dans une petite salle de réunion équipée d'une table en bois en forme de « T ». M. Tamaz, M. Revaz et le responsable marketing s'installèrent à la tête du « T », tandis que nous nous assîmes d'un côté de la barre, non loin de Pyotr. Il pouvait s'avérer utile pour la traduction. George se plaça en face de nous, à côté de Tamaz. Grigol semblait avoir été excusé, car il s'inclina et recula vers la porte.

Une fois tous assis, George s'adressa à nous en se frottant les mains :

— M. John et M. Kevin, bienvenue à Tbilissi et en Géorgie. Notre ville est la capitale de la Géorgie. Elle est aussi un lieu historique. Ici même, l'Est rencontre l'Ouest, l'Asie rencontre l'Europe. Nous sommes un pont entre les chrétiens et les musulmans. Nous avons été indépendants après la révolution bolchevique. Mais, en 1921, l'Armée rouge a pris le pouvoir. Aujourd'hui, nous sommes à nouveau indépendants et la vie est belle.

Je pris la parole :

— Tbilissi est une ville fascinante, George. Nous sommes ravis d'être en Géorgie et d'explorer sa longue et glorieuse histoire.

George était gonflé de fierté, prêt à éclater :

— Savez-vous comment la Géorgie s'est formée ? Je vais vous raconter une histoire.

— Une histoire, approuva Kevin. Nous adorons cela.

— Au commencement, Dieu dit aux peuples du monde qu'ils devaient choisir leur pays et le délimiter. Hélas, les tout premiers Géorgiens étaient en train de faire la fête quand arriva le moment limite pour le choix. Le banquet se poursuivit, arrosé de bons vins, les plats défilant les uns après les autres. Installés sous une pergola, ils dégustaient le délicieux repas et célébraient la générosité des merveilleux ingrédients naturels, parmi lesquels les raisins de la Géorgie. Tant et si bien que Dieu finit par diviser le monde en, je ne sais pas, moi, vous voyez : l'Angleterre, la Chine, le Kazakhstan, la Grèce, après quoi, il déclara : « J'ai effectué mon travail. Il est terminé », et il se prépara à rentrer chez lui. C'est alors qu'il vit les Géorgiens, qui n'avaient pas du tout respecté l'échéance, ce qui ne les empêchait pas de bien s'amuser en faisant la fête ! Dieu, en colère, s'adressa aux Géorgiens : « Qu'est-ce que vous faites ? Vous n'avez aucun respect ni pour moi ni pour mes exigences ? » Aussitôt, le *tamada*, le maître de cérémonie, lui répondit : « Non, attendez. Vous vous trompez. Nous nous moquons de ne pas avoir d'endroit où vivre, où nous installer. Nous aimons votre monde, nous aimons toute cette belle nourriture et ce vin. C'est à toi, Dieu que nous portons un toast. À toi et à ta création. Un toast pour Dieu. Un autre toast pour la belle nourriture. Un toast pour les raisins. Un toast pour l'eau fraîche de cette rivière. Un toast pour le Tout-Puissant ! » Là-dessus, Dieu fut au comble du bonheur. Comprenant à quel point les Géorgiens aimaient le monde qu'il avait créé, il leur dit : « Vous savez quoi, je vais choisir votre pays. Je vous donne la seule place restante, celle que je gardais pour moi. Réflexion faite, j'ai le Paradis, et cela me suffit. Vous pouvez avoir cet endroit où nous sommes et l'appeler Géorgie. C'est le paradis, conçu pour Dieu lui-même. Mais maintenant, il est à vous. » Et nous y voilà.

Kevin et moi, nous arborions un large sourire, de sorte que, même si les autres autour de la table n'avaient aucune idée de ce que George avait raconté dans son anglais approximatif, ils purent voir que ses paroles nous plaisaient. Tout le monde sourit et applaudit. Un vrai bonheur que cette réunion se passe si bien.

— Nous sommes extrêmement honorés et reconnaissants d'être au paradis, George, dis-je, en m'inclinant légèrement. Merci pour cette histoire.

— Tout le plaisir est pour moi, répliqua George, avant de se tourner vers ses compatriotes géorgiens.

À ce moment, il commença à s'exprimer en géorgien dans un flot rapide de paroles adressées principalement à Tamaz et Revaz, se tournant occasionnellement vers Davit pour souligner un point. Les Géorgiens répliquèrent d'un mouvement de tête auquel répondit Tamaz, ce qui eut pour effet que George, en retour, hocha furieusement la tête et gesticula violemment des bras.

Puis, il se tourna vers nous :

— J'expliquais aux dirigeants de la Savane que vous êtes des viticulteurs australiens très expérimentés et que vous êtes très désireux et impatients d'entendre l'histoire de la cave.

Mal à l'aise, je souris et esquissai un signe de tête vers les chefs de table. Kevin resta assis comme une souche, le visage éclairé d'un léger sourire. Un seul mot sortit de sa bouche : « Fantastique ».

George poursuivit :

— Savane Winery est marquée par une histoire brillante, qui remonte à 1896. La Géorgie, bien sûr, est la patrie du vin, le berceau de la fabrication du vin.

— Oui, je crois qu'on a retrouvé ici des cruches à vin vieilles de huit mille ans. C'est exact ? demandai-je.

— Certains disent que les Égyptiens ont inventé le vin, mais non, ce sont les Géorgiens, répliqua George avec passion. Le raisin de cuve original, le numéro un sur la planète, c'est le *Vitis vinifera*, originaire de la région du Caucase, ce qui signifie « originaire d'ici ». Le terme pour désigner le vin même, *ghvino*, est le terme original. D'autres endroits du monde l'ont ensuite pris et transformé en votre vin, votre *vino*, votre *vinho*, votre *Wein*. Notre mot, *ghvino*, est le premier.

— Je ne savais pas ça, George. C'est fascinant.

— Une longue histoire, John. Une histoire remarquable, résuma George. Et Savane Number One continue d'être un fier producteur de vin pour toute la Géorgie et les marchés internationaux.

— Quel est votre rôle dans tout ça, George ? intervint Kevin. C'est vous, le propriétaire ?

George nous lança un regard appuyé, sans toutefois perdre son sourire.

— Tout va s'éclaircir. Faites-moi confiance pendant que je prépare le terrain pour nos affaires.

Si les personnes qui étaient assises autour de la table et qui parlaient anglais trouvèrent cette déclaration étrange, ils n'en manifestèrent aucun signe, laissant George enchaîner avec une histoire longue et détaillée de l'établissement vinicole, mentionnant le fait qu'il employait soixante-quinze personnes et s'étalait sur 0,77 hectare de terrain. L'installation, expliqua-t-il, a la capacité de produire quarante mille hectolitres de vin par an, ce qui, selon lui, correspondrait à 5,3 millions de bouteilles. Mais il admit qu'au cours des dernières années, cette capacité n'avait pas été atteinte, principalement en raison d'un manque de fonds de roulement.

Kevin griffonna quelque chose sur son bloc-notes et le tendit discrètement vers moi pour que je puisse le lire. « Le rideau de fer est tombé. Le capitalisme. Pas de liquidités ? »

J'approuvai d'un mouvement de tête.

George expliqua ensuite que l'établissement viticole avait eu du mal à se procurer suffisamment de bouteilles pour l'embouteillage, tandis que les coupures de courant avaient également affecté le volume de production. Malgré cela, il l'assurait, l'entreprise pourra produire cent mille litres de vin, soit 1,3 million de bouteilles, au cours de la prochaine année civile. Les ventes se feraient par le biais de contacts directs avec les consommateurs, chose aisée puisque la cave se trouvait juste à côté de l'usine. Quant au flux de trésorerie, il restait positif – Kevin écrivit: « Comment??? » – et il n'y avait pas de passif majeur associé à la Savane Numéro Un. Tout cela se trouvait expliqué en détail dans la documentation qui nous avait été fournie.

Je pris le bloc-notes de Kevin et griffonnai: « Ils pensent que nous sommes là pour acheter ce fichu vignoble. »

Finalement, George arrêta son discours. Aussitôt M. Tamaz prit le relais, se lançant dans un monologue tout aussi étranger à nos oreilles, en géorgien. Grâce à notre traducteur Pyotr, nous comprîmes qu'il expliquait comment notre injection financière et de production, ainsi que notre expertise en marketing international, permettraient à Savane Number One d'atteindre de nouveaux sommets mondiaux.

Dans son carnet de voyage, Kevin écrivit: « Si Johnny avait été debout à ce moment, il aurait fait les cent pas. »

Tandis que M. Tamaz arrivait à la fin de son discours, je demandai à prendre la parole, sans savoir exactement quoi dire ni par où commencer.

Je fus sauvé par George, qui intervint:

— C'est bon, John. Je sais à quel point vous êtes impatient, mais laissez-moi faire pour l'instant. Tout va bien.

Je compris cela comme une invitation à ne pas dire un mot dans cette réunion, sauf si on me le demandait spécifiquement. Dans toutes les circonstances, ici, c'était George qui était à la manœuvre. Nous étions obligés de lui faire confiance.

Tout le monde continua à parler pendant plus d'une heure. Il y eut des discussions sur le fait que le partenaire géorgien de la joint-venture devait fournir les installations de production et la main-d'œuvre nécessaires. On sortit des listes détaillées des équipements que l'entreprise Savane Number One possédait actuellement et on projeta des estimations d'amortissement.

Kevin ne put s'empêcher de demander l'air de rien si tous les actifs en surface ou en sous-sol étaient inclus dans l'entreprise, songeant aux vins mis en bouteille qui pourraient se trouver dans les caves. George sourit largement et répondit par l'affirmative : oui, bien sûr, selon la loi géorgienne, si vous achetez une propriété, vous êtes automatiquement propriétaire de tout ce qui se trouve au-dessous et au-dessus du sol.

Nous n'eûmes pas l'occasion d'évoquer la rumeur de la cave à vin qui se trouvait normalement sous nos pieds. Finalement, la réunion fut interrompue pour le thé et le café, l'occasion pour Kevin et moi de nous dégourdir les jambes alors qu'un faible soleil perçait les nuages gris.

— Félicitations pour ta décision d'acheter un domaine viticole en ruine, loin de tout, dit Kevin alors que nous nous promenions dans le jardin, parmi les sculptures.

— Manifestement, personne n'a la moindre idée de la raison pour laquelle nous sommes ici, répondis-je. Je veux dire, à part George. À quel jeu joue-t-il ?

— Je pense que la principale question est de savoir qui est le patron ici, reprit Kevin. Neville et George nous ont persuadés que c'était George qui possédait cet endroit et qu'il était celui avec qui nous devions traiter. Qui sont tous ces autres gars ? Les propriétaires ? Qui sont les décideurs ?

— Écoute, répondis-je. Contentons-nous de jouer le jeu pour voir où il mène. Ne parle pas des bouteilles exceptionnelles. Si possible, ne dis rien du tout. Suivons l'exemple de George.

Mais une fois que tous furent de retour dans la salle, George n'ajouta pas grand-chose, se contentant de traduire la conversation. Cette fois, il s'assit à côté de moi, afin de transmettre les commentaires ou les explications de circonstance. Pyotr avait disparu. Kevin et moi reçûmes un prospectus détaillant le programme : celui-ci commençait par le vin, l'histoire du vin, la documentation et les photos. J'avais l'impression que nous avions déjà couvert la plupart de ces sujets lors de la première partie de la réunion. J'eus un sentiment de fatigue à la suite de la lecture : quelle sorte de vin était produite autrefois, quelle était la production actuelle, la production future. Une deuxième liste précisait le mode de collecte des raisins, la date des premières récoltes, les sources, un examen de l'histoire de la cave, les inspections, les besoins en marketing, le calendrier de transfert de propriété. Et ainsi de suite.

Pendant un bon moment, M. Tamaz monopolisait la parole, presque sans arrêt tout en cochant tous ces points, selon les traductions chuchotées que George lui fournissait. De temps en temps, Revaz intervenait et Tamaz hochait la tête ou haussait les épaules comme pour dire « Bien sûr » et continuait. De temps en temps, Grigol entrait et sortait de la pièce. Quant à Davit, il intervenait sur les points relatifs à l'histoire de la cave et au marketing.

De toute évidence, Tamaz et les autres nous prenaient pour de riches investisseurs australiens, venus voir comment transformer la Savane Number One Winery en une entreprise prospère. Personne ne semblait avoir la moindre idée de notre unique intérêt pour la collection de vins du tsar et de Staline. Durant tout ce temps, George gardait la tête baissée, ne répondant que poliment aux questions qui lui étaient directement adressées par Tamaz. Kevin et moi, sous le coup du décalage horaire, hochions souvent la tête, ou souriions, et faisions semblant d'écouter, mais comme tout se passait presque entièrement en géorgien, nous n'avions aucune idée de ce dont on parlait.

Finalement vint la pause du déjeuner. Arme de poing dans la poche de son jean comme toujours, Nino apparut pour nous conduire, ainsi que George et Pyotr, dans un restaurant près de la rivière. Nous étions dans la Mercedes modèle « voiture du personnel de la mafia », dévalant les pentes de Tbilissi à près de cent kilomètres à l'heure, ne ralentissant que légèrement lorsqu'un feu rouge se profilait devant nous. Comme à son habitude, Nino négociait les virages à toute allure, traversant les intersections sans ralentir, lançant par-dessus son épaule : « Les feux rouges, c'est pas pour nous ! »

Dans quel pétrin nous étions-nous mis, Kevin et moi?

J'avais une longue liste de questions très précises que je comptais poser à George pendant le déjeuner. Malheureusement, peu après notre arrivée, Revaz, Tamaz et Grigol se joignirent également à nous autour de la table. En me versant un verre d'eau, George posa une main sur mon épaule et me glissa à l'oreille :

— Ça va passer. Profitez de votre déjeuner.

Sans réagir, j'entrepris de lire un menu en géorgien. Écrit, cela ressemble à un mélange de latin et d'arabe.

En fait, les plats étaient savoureux. La première assiette servie contenait du *khachapuri*, un aliment de base du régime géorgien. C'est un savoureux pain au fromage, composé d'une pâte à levure remplie de fromage râpé mélangé à de l'œuf. C'est un plat que nous avons souvent retrouvé pendant notre séjour, servi dans les petits cafés de la vieille ville ou dans des restaurants comme celui-ci. George nous présenta ensuite le plat suivant, un ragoût, nommé *tevzis buglama*, que l'on peut traduire approximativement par « ragoût de saumon », servi avec des pommes de terre bouillies et du riz. Vint ensuite le *kupati*, une saucisse géorgienne, dont je n'ai jamais découvert les ingrédients, sans oublier un *charkhlis mkhali*. Kevin fit tourner le mot dans sa bouche, comme s'il le goûtait en même temps que la purée violette elle-même.

— *Mkhali*, lâcha-t-il.

— Très célèbre, très traditionnel, reprit George. Nous, les locaux, nous l'appelons *pkhali*. Légumes, herbes, noix. Ça doit être préparé à la main pour être vraiment bon. Celui-ci est fait avec des betteraves.

— Des betteraves ? demandai-je.

George approuva d'un mouvement de tête :

— Oui, des betteraves. Ça va bien avec du bon vin, et cela tombe bien, nous en avons beaucoup.

Le plus intéressant, c'est que c'était notre première occasion de goûter le vin de la Savane Numéro Un. Dès l'entame du déjeuner, Tamaz avait sorti une bouteille de rouge, étiquetée « Savane » de façon fantaisiste. Kevin et moi avions tendu nos verres avec empressement, avant de renifler, de faire tourner et d'en examiner le contenu. Lorsque je le goûtai finalement, le vin m'apparut tout à fait banal.

Après cette bouteille, on sortit un vin blanc arborant le sigle « GWC ». George nous expliqua qu'il s'agissait de la Georgian Wine Company, une joint-venture entre un entrepreneur local de Tbilissi et une société néerlandaise. Je suppose que cette production nous était présentée pour afficher un exemple éclatant de la façon dont les partenariats internationaux dans l'industrie viticole locale peuvent fonctionner. Nous avons goûté le blanc et, encore une fois, il était buvable, mais rien de spécial.

Reste que même un vin de qualité quelconque peut faire son effet : détendre les nerfs tendus d'Australiens transportés à l'autre bout du monde, aux antipodes de Sydney, loin de s'approcher d'une collection de vins légendaires valant plusieurs millions de dollars. Je laissai le vin local couler en moi, appréciant le repas et la vue spectaculaire le long de la rivière Mt'k'vari. Tout le monde semblait baisser sa garde pendant le déjeuner, trinquant à notre arrivée et s'efforçant d'être amical, montrant qu'ils étaient heureux de nous avoir chez eux. George, qui était assis à plusieurs sièges de moi, discutait avec Tamaz et Grigol sans avoir l'air de parler affaires.

— George, ai-je demandé, en me penchant pour attirer son attention. C'est quoi ces grands balcons qui relient les maisons ou les immeubles de l'autre côté de la rivière ? On dirait que les gens s'y promènent.

La plupart de ces balcons étaient en bois, soutenus par des piliers et surplombant le chemin piétonnier, qui courait en dessous.

— C'est exact, John, expliqua George. Les balcons sont des lieux publics où les gens peuvent se promener, se rencontrer, manger, traîner. Ce n'est pas privé. C'est pour tout le monde. Vous voulez vous réunir ? Le balcon s'offre à vous comme une bonne option. La rivière, la ville, ça appartient à tous.

Là-dessus, Tamaz dit quelque chose et George se détourna à nouveau de moi. Je pris une profonde inspiration, avalai une gorgée de vin et me servis de la salade d'herbes et d'œufs qui venait d'arriver. Pour sa part, Kevin s'efforçait de discuter avec Pyotr.

Le pistolet posé sur la table, tout comme aujourd'hui on pose son smartphone à côté de son assiette pendant que l'on mange, Pyotr se tenait parfaitement assis et répondait dans un anglais approximatif.

— Quel est ton parcours, Pyotr? interrogea Kevin.

Il répondit en haussant les épaules:

— Je viens de Tchétchénie. Maintenant, je vis ici. Il y a eu de bonnes communications entre les deux endroits.

— La Tchétchénie, fit Kevin. Tu as dû la quitter?

— Ce n'est pas un sujet dont il faut parler, répliqua Pyotr, d'un ton définitif, quoique sans réel agacement. Juste une façon de signifier la fin de la discussion.

George s'était à nouveau tourné vers moi et nous reprîmes notre conversation. Je pointai du doigt l'énorme chantier de construction entouré de maisons que j'avais vu de la voiture, à mi-chemin de la colline opposée.

— Qu'est-ce que l'on construit? demandai-je.

La réponse de George fusa:

— La cathédrale de la Sainte Trinité. Une construction majeure pour Tbilissi. Cela fait neuf ans que nous avons été libérés du joug communiste. La cathédrale est un symbole: Tbilissi peut à présent construire de nouvelles églises, investir et faire du profit.

— Les gens ont de bons revenus? demandai-je.

— Non, c'est un énorme problème, répondit George, avec un grand sourire. Beaucoup n'ont pas de revenu. Nous avons besoin des investissements extérieurs.

Je m'apprêtais à répondre, mais George avait déjà levé la main pour m'arrêter:

— John, je sais. Je vous en prie. Tout va bien se passer. Voyez là-haut, au-dessus de la ville. La forteresse de Narikala. Très ancienne, très intéressante. Elle date du quatrième siècle! Nous vous emmènerons la visiter pendant que vous êtes ici.

Sans insister, je sirotai mon vin, comprenant que je ne pouvais pas forcer les choses. Pas ici, dans un restaurant surplombant la rivière où tout le monde prenait du bon temps.

Au lieu de cela, je demandai :

— Est-il vrai que Joseph Staline était originaire de Tbilissi ?

C'est Pyotr qui répondit :

— Il est né à Gori, une petite ville de Géorgie, mais, oui, il était un homme important en Géorgie avant de prendre part à la révolution. Il faisait partie de Messame Dassy, le groupe indépendantiste géorgien. Il s'appelait alors Dzhugashvili.

— Pas Staline ? ai-je demandé.

— Il est devenu Staline quand il fut exilé en Sibérie, par le tsar. Staline signifie « acier », expliqua Pyotr.

— Comment est-il considéré ici à Tbilissi ? demandai-je.

George soupira et s'agita sur son siège, prenant un certain temps avant de répondre. Puis, à voix basse, penché en avant :

— C'est compliqué, dit-il. Beaucoup de gens, ici et dans le monde, voient Staline comme un monstre, nous le savons. Mais, John, c'est aussi un grand homme, un Géorgien très célèbre. Peu de Géorgiens ont eu autant de pouvoir. C'est pour cette raison qu'il a ses partisans. Vous pourrez voir une photo de lui, souriant, dans un taxi ou au mur d'un restaurant. C'est notre champion, même si ce n'est pas un type bien, non ? Il est responsable de beaucoup de morts, John, pendant de nombreuses années. Bien sûr, nous sommes heureux d'être à présent une république indépendante du bloc communiste. Que Staline reste sous terre dans sa tombe. C'est le mieux.

J'avais encore une foule de questions, mais George était clairement désireux de changer de sujet.

Finalement, nous sortîmes par la porte principale pour rejoindre la Mercedes de Nino, garée à moitié sur le trottoir, juste devant la porte. Nous repartîmes en trombe vers la cave, puis attendîmes quelques minutes que la voiture de Grigol, dans laquelle avaient pris place MM. Tamaz et Revaz, arrive.

— Ce serait génial de visiter le domaine, glissai-je. Nous aimerions voir quel genre d'entreprise nous pourrions acheter.

— Bien sûr, John. C'est une idée formidable, répondit George, avant de se tourner vers Tamaz et Revaz pour discuter brièvement en géorgien.

Tandis que nous faisions le tour de la propriété, Grigol nous tenait à l'œil, le visage fermé. Les premières salles dans lesquelles nous passâmes la tête étaient des espaces de stockage abandonnés et ce qui ressemblait à d'anciennes salles de dégustation. Sous la couche de poussière qui recouvrait les vieux équipements éparpillés un peu partout, il était difficile de savoir quand ils avaient été utilisés pour la dernière fois. La lumière de l'après-midi faisait danser des tourbillons de particules de poussière dans l'air. Nous traversâmes ensuite une pièce, puis une salle plus vaste qui s'avéra être la ligne de mise en bouteille.

— Cela n'a pas été utilisé depuis des années, me murmura Kevin, alors que nous découvrions l'équipement archaïque. Je me demande quand ils ont produit du vin pour la dernière fois.

— Il y a des années, à mon avis, murmurai-je en retour.

En opinant de la tête, nous fîmes le tour de la chaîne d'embouteillage, feignant de manifester un grand intérêt, comme si, après un nettoyage rapide, en un jour ou deux, elle pourrait produire un million de bouteilles par an.

Après cela, nous nous rendîmes dans ce qui ressemblait à un grand poulailler - une parcelle de terre plate - où se trouvaient enterrés d'énormes récipients en argile rouge, jusqu'au col étroit.

— Vous connaissez le *marani* ? demanda George. Voici le *marani*, l'endroit où l'on enterre les *kvevris*.

Il désignait les récipients en terre cuite.

— Vinification traditionnelle géorgienne, en argile, pour la fabrication du *machari*. La plupart des vinifications se font maintenant selon la méthode européenne, mais nous enterrons de grands *kvevris*, pour le style traditionnel. Pour le faire correctement, il faut le sentir.

— Il va falloir que je me documente sur le sujet, George. Ça a l'air fascinant.

— Le vin en terre cuite, c'est différent. À découvrir, dit-il en ouvrant ce qui s'avéra être la porte arrière du bâtiment principal. Descendons.

Enfin. Les battements de mon cœur s'étaient accélérés.

Revaz, le vigneron en chef, passa la main à travers une porte pour allumer une faible lumière, à peine suffisante pour éclairer les marches descendant vers la cave.

Il était suivi de Grigol, le responsable du lieu, puis de Tamaz, George, Kevin et moi. Pyotr fermait la marche.

Les caves se répartissaient en plusieurs pièces, alignant des rangées de bouteilles pratiquement toutes semblables, qui s'enfonçaient dans la pénombre. De temps en temps, nous en prenions une et regardions l'étiquette. Les chiffres 89 ou 85 suggéraient l'année de production, tandis que le reste de l'étiquette était en géorgien, toujours surmontées du logo Savane. La plupart des bouteilles étaient recouvertes d'une couche de poussière, mais rien ne laissait supposer qu'elles étaient restées dans ce caveau pendant un demi-siècle ou plus.

Alors que nous remontions à la surface, Kevin demanda, l'air de rien :

— C'est tout ce qu'il y a dans les caves ?

— Il y a un deuxième niveau, et puis un troisième niveau, répondit George. Mais M. Tamaz préfère que nous continuions la conversation dans son bureau.

Et ainsi de suite, pendant trois heures. Tamaz et George échangeaient des questions et des réponses, presque exclusivement en géorgien, George se penchant de temps en temps vers nous pour nous gratifier de quelques traductions sur l'histoire de la cave et son avenir supposé glorieux. Sur la nécessité de relancer la production et les niveaux d'investissement. En fin de compte, il nous tendit un document reprenant un calendrier de dates spéculatives.

George s'efforçait de nous tenir au courant des multiples questions inutiles posées par Tamaz à Revaz sur les succès passés et les meilleurs millésimes de la cave, comme si Tamaz n'avait jamais entendu ces informations auparavant. Comme si l'idée de les poser lui était venue seulement à notre arrivée. Cela faisait l'effet d'une pantomime étrange et maladroite aux yeux de visiteurs comme nous qui ne comprenions rien à la langue.

Nous menions une lutte acharnée pour ne pas succomber à la fatigue due au décalage horaire et je pense avoir piqué du nez une ou deux fois peu avant qu'ils ne mettent fin à la mascarade et que nous puissions enfin sortir à l'air frais.

— George, l'interpellai-je, les bouteilles...

Nous étions debout à côté de la voiture de Nino, sur le point de partir. Nous n'avions pas vu une seule bouteille intéressante et je n'allais pas m'installer sur le siège arrière de la Mercedes sans le lui faire remarquer.

— Nous avons passé une journée merveilleuse, John, répondit George, avec un large sourire. Mes associés sont très confiants dans le potentiel de notre entreprise et ils ont eu l'occasion de vous faire passer l'essentiel de ce qu'ils souhaitaient vous dire. Nous pouvons approfondir le sujet autour d'un dîner, qu'en dites-vous ?

— George, je suis seulement un peu inquiet que...

— Oui, John, oui. Tout ça est bien et enthousiasmant, n'est-ce pas ? M. Tamaz ne pourrait pas être plus heureux et je le suis aussi. On va vous laisser le temps de prendre une douche avant de dîner, d'accord ?

Je restai sans bouger, sentant la colère monter en moi :

— George, nous ne sommes ici que pour quatre jours et c'est la fin du premier jour.

— Mais oui, répliqua-t-il, affichant un plaisir forcé. Quatre jours. C'est beaucoup de temps. Du temps pour plein de choses,

John. Il y a tant à explorer. Maintenant, nous allons vous donner l'occasion de vous reposer et de vous rafraîchir.

La main de Kevin s'était crispée sur mon bras.

— Oui, c'est une bonne idée, John. Faisons comme cela. J'ai franchement besoin d'un peu de repos avant le dîner.

— OK, bien sûr, embrayai-je.

Je serrai la main de Tamaz, de Revaz et du responsable marketing, lequel était réapparu en fin de journée. Grigol n'était pas venu jusqu'à la voiture.

— Merci pour cette journée fascinante et pour votre aimable hospitalité, poursuivis-je en anglais, avant que George ne termine par quelques mots dans la langue locale. J'ai hâte d'explorer le vignoble encore plus en détail demain.

Tranquillement, Nino sortit son pistolet de sa ceinture puis le plaça dans le porte-gobelet situé entre les sièges avant. Il se glissa ensuite à la place du conducteur. Kevin et Pyotr grimpèrent à l'arrière. En ce qui me concerne, j'eus le privilège de prendre place sur le siège passager avant, bénéficiant de la sorte d'une vision aux premières loges de ce que signifie conduire à grande vitesse en ignorant les feux rouges dans une ville encombrée. À l'hôtel, Pyotr et Nino nous saluèrent sans l'ombre d'un sourire.

Sans perdre de temps, je passai à la réception pour me renseigner sur les indicatifs internationaux. Une fois dans ma chambre, je décrochai le téléphone et appelai le numéro du bureau de Neville, avant que mon cerveau épuisé ne parvienne à calculer approximativement le fuseau horaire. Il était 18 heures à Tbilissi, ce qui signifie qu'il était minuit à Sydney. Pas étonnant qu'il n'ait pas décroché. Malgré l'heure en Australie, j'appelai également Harry à son domicile et sur son portable. Pas de réponse non plus.

Je raccrochai, regardai croître l'obscurité par la fenêtre et réalisai à quel point j'étais fatigué, frustré et inquiet. Je m'allongeai sur le lit, réglai l'alarme du réveil et presque immédiatement, malgré mon cerveau tourbillonnant, je tombai dans un profond sommeil.

8

TBILISSI, LA NUIT

Il me fallut trois sonneries de réveil pour sortir enfin du brouillard. Revigoré par le jet de la douche, chaud et énergique, je m'habillai, ressemblant vaguement à un humain quand Kevin frappa à ma porte à 20 h 30.

— Tu as dormi? m'informai-je.

— Oui, quelques heures. Assez pour me permettre de tenir jusqu'à la fin de la soirée. Et toi?

Tout en parlant, il passa devant moi jusqu'au lit et s'empara d'une télécommande de télévision posée sur la table latérale. Il alluma l'appareil puis se mit à changer de chaîne jusqu'à ce qu'une sorte de jeu télévisé géorgien apparaisse sur l'écran. Il monta le volume plus fort que je ne l'aurais voulu et cria en dominant le bruit: « Tu as vu cette émission? C'est marrant. »

Sous les effets sonores, les faux applaudissements du public et les rires encore plus faux de l'animateur de l'émission, je glissai à voix basse à Kevin:

— Tu ne penses pas qu'ils vont nous mettre sur écoute, n'est-ce pas?

Il haussa les épaules.

— Probablement pas, mais on ne sait jamais.

— Je pense que tu as lu trop de romans de Le Carré.

— C'est qui?

— Tu es sérieux? demandai-je, en plissant les yeux. Kevin, tu ne connais pas John le Carré?

— Il est canadien? Est-ce qu'il écrit sur le hockey sur glace?

— OK, maintenant je sais que tu me fais marcher.

— Qui? Moi?

À ce moment, un candidat remporta le prix au jeu télévisé. La musique de la victoire soulevait presque la télé de son support.

— Et si nous allions voir dans le hall si on peut trouver un verre? suggéra Kevin.

Nous éteignîmes la télé et descendîmes vers le bar qui se trouvait dans le foyer et était bien fourni en bières européennes et américaines. Après avoir choisi deux bouteilles de Stella Artois, il ne nous restait qu'à attendre l'inévitable appel de Nino à l'extérieur. Nous étions les seuls dans le bar de l'hôtel, à part deux hommes d'affaires en costume impeccable, occupés à discuter dans le coin opposé.

— Ma nuit a été courte, articula soudain Kevin, d'une voix presque normale. Plutôt que de me mettre au lit, je suis allé faire un tour à l'ambassade américaine, avant qu'ils ne ferment pour la journée.

— L'ambassade américaine? répondis-je comme un perroquet. Pourquoi?

— Je leur ai demandé s'ils connaissaient bien les vignobles locaux. Ils m'ont répondu qu'ils savaient que nous étions un couple d'investisseurs australiens présents ici pour des intérêts miniers et que nous étions vaguement intéressés par les vignobles locaux, étant donné la longue histoire de la région dans la fabrication de produits originaux venant de la vigne.

— Ont-ils entendu parler de la Savane Numéro Un? demandai-je, en sirotant ma bière.

— Mieux que ça, sourit Kevin. Ils avaient tout un dossier sur le sujet, une sorte de projet de partenariat international, je suppose dans l'intérêt des Américains quand ils arriveront ici.

Il sortit un morceau de papier de la poche intérieure de sa veste et le déplia sur la table en face de moi.

Je parcourus le document.

L'en-tête précisait: « Ambassade américaine de Tbilissi».

Puis, en caractères gras, on lisait:

« Les pistes suivantes en provenance de Géorgie ont été soumises par le représentant Bisnis à l'ambassade américaine de Tblisi [*sic*] ainsi que les coordonnées téléphoniques et électroniques du responsable de l'ambassade.»

Je m'étonnai: « *B-i-s-n-i-s ?*»

— Exactement, répondit Kevin, des cacahuètes plein la bouche. C'est peut-être le même orthographeur phonétique qui a compilé les étiquettes de la liste de la Savane Cellar d'il y a cinquante ans.

— Une longue et glorieuse carrière, ironisai-je, avant de continuer la lecture.

« Société: Sauplistsulo Mamouli Wine Bottling Factory

Sauplistsulo Mamouli Wine Bottling Factory (Savane) a été créée à Tbilissi en 1896 et emploie 75 personnes. L'entreprise possède un terrain de 0,77 hectare dans le centre-ville de Tbilissi et peut produire quarante mille hectolitres de vin par an (soit l'équivalent de 5,3 millions de bouteilles). Savane est devenue une société par actions en 1994, la direction détenant une participation majoritaire dans l'entreprise. L'utilisation de la capacité a été faible au cours des deux dernières années en raison du manque de fonds de roulement, du manque de bouteilles et de fréquentes coupures de courant. Savane prévoit de produire cent mille litres, soit 1,3 million de bouteilles, en 1996. Savane vend ses produits par le biais de contacts directs avec les consommateurs. La société dispose de ses propres points de vente associés à l'usine. La trésorerie reste positive, bien que le fonds de roulement soit faible. Savane n'a pas de passif important. Savane recherche un partenaire de joint-venture ayant des capacités de financement et de commercialisation de la production. Le partenaire géorgien fournira toutes les installations de production nécessaires et la main-d'œuvre. Contact: Tamaz Akhmeteli, directeur général, Géorgie, 380062 Tbilissi, 1 rue Petriashvili, SauplistsuloMamouli.»

Je levai les yeux au ciel:

— Attends, c'est mot pour mot ce qu'ils nous ont sorti ce matin, comme argumentaire pour notre éventuel investissement.

— C'est ce qu'on dirait, dit Kevin. Au moins, on sait que le nom de famille de Tamaz est Akhmeteli.

J'opinai de la tête.

— Donc, la cave est complètement hors service, les équipements sont obsolètes et décrépis, aucune technologie moderne... et ils tentent de vendre le tout à qui se montre preneur. Pas étonnant qu'ils aient été si enthousiastes quand George leur a dit que nous venions d'Australie.

— Il leur a probablement dit qu'il avait déjà conclu un accord avec Neville pour l'exploitation minière, et que nous étions les prochains participants à la fête, avança Kevin.

— Je ne comprends toujours pas. Nous y avons passé la journée entière et nous ne savons même pas si les vins du tsar et de Staline existent réellement.

— Il y a les photos de Neville, fit remarquer Kevin.

— Nous avons vu des photos qui, selon Neville, représentent ce qui se trouvait dans la cave, ai-je rétorqué.

— Mais Neville a mis son argent dans le partenariat à quatre. Pourquoi le ferait-il s'il nous racontait des bobards?

— Il ne l'aurait probablement pas fait, à moins qu'il n'ait d'autres intentions. Ça n'a pas de sens, je suis d'accord. Bon, supposons que les vins se trouvent bien là, dans les niveaux de la cave qu'ils ne nous ont pas laissé visiter aujourd'hui. Mais si nous ne pouvons pas les voir, impossible de les authentifier.

— Et si nous ne pouvons pas les authentifier, les voir, les prendre en main, même en tester quelques-uns, nous n'avons aucune raison d'être ici, dit Kevin.

— Cela, George le sait parce que toute notre correspondance a porté sur ces vins, et non sur le domaine.

— Alors, dit Kevin, en pointant le goulot de sa bière vers moi, il joue un jeu avec eux et a besoin que nous attendions qu'il ait fini de jouer. Tu as remarqué qu'à certains moments aujourd'hui il donnait l'impression de laisser Tamaz et Revaz s'exprimer, de les laisser palabrer ? Ce n'est pas du tout lui qui guidait la conversation.

— Mais combien de temps cela va-t-il durer ? Je vais appeler Neville demain matin, heure australienne, pour lui dire d'envoyer un signal à George. Nous n'avons plus que trois jours.

Nous terminâmes nos bières tranquillement. Nino et George étaient annoncés dans quelques minutes, ce qui signifiait que nous avions probablement une heure à tuer.

— À quoi d'autre devrions-nous penser ? demandai-je. Quelles sont tes impressions, dans l'ensemble ?

Kevin fit signe pour deux autres bières. Vu le décalage horaire et la consommation de vin à venir, c'était une mauvaise idée mais, après la journée que nous avions passée, la bière était la bienvenue.

Il réfléchit tout haut :

— J'essaie de comprendre la structure de propriété du vignoble. Je n'ai aucune idée de qui sont la moitié des gens qui se promènent dans cet endroit ou ce qu'ils y fabriquent, mais si tu regardes l'équipe de direction à laquelle nous avons affaire, il est clair que Tamaz et même le vigneron, Revaz, ont de l'influence. Sont-ils propriétaires ? Sont-ils en partenariat avec George ? S'il s'avère que le vin est là et que nous voulons le négocier, qui va prendre la décision ?

— Oui, tout à fait. Nous devons découvrir cela rapidement. Et ce Grigol ? Est-ce quelqu'un de confiance ou faut-il s'en méfier ?

— Le point positif, c'est que Pyotr a l'air sympathique, nota Kevin. Et sa traduction est pratique quand George n'est pas là.

— Je ne lui fais pas confiance, rétorquai-je. Je pense que ne devons rien lui dire de plus que nécessaire, et je n'ai pas pleinement confiance en ce qu'il dit. Nous ne pouvons pas nous permettre de prendre pour parole d'évangile tout ce qu'on nous raconte, même si c'est utile. Nous devons nous en tenir aux faits établis. Nous n'avons rien vu de ce que nous devons voir absolument. En terrain étranger comme ici, pour être sûrs, nous devons rester conscients que tout ceci pourrait n'être qu'une grosse arnaque, à moins que nous puissions prouver le contraire.

— Une journée de dingue, dit Kevin. Je ne parviens pas à imaginer que nous n'avons même pas pu voir le vin.

À cet instant, un crissement de pneus et un claquement de portières de voiture. Pas comme des coups de feu, mais le bruit était suffisant pour comprendre que Nino était arrivé.

— Une journée de folie et maintenant la nuit qui arrive ! dis-je en souriant. Croisons les doigts.

Nino attendait près de la porte, le pistolet dans sa poche comme d'habitude, pendant que George venait à notre rencontre. Nous quittâmes l'hôtel et déambulâmes dans la rue jusqu'à un endroit qui ressemblait plus à un pub qu'à un restaurant. Nous prîmes une table pour quatre. Après nous avoir servi du vin, George commanda le dîner pour tout le monde, mais ensuite, au lieu de s'asseoir, il nous fit savoir qu'il serait de retour dans quinze minutes.

Kevin et moi nous regardâmes tandis que lui et Nino quittaient le restaurant d'un pas tranquille. Aussitôt, les plats se succédèrent – de pain au fromage ou *khachapuri*, une salade de haricots rouges nommée *lobio* et le *badridzhnis khizilala*, une sorte de caviar d'aubergine. Quant au *Ikhvis chakhokhbili*, c'était un ragoût de canard, avec des notes de noix.

Il n'y avait aucune raison de rester assis devant nos assiettes, à attendre et se demander si Nino allait revenir ou si quelqu'un d'autre allait s'amener. Nous fîmes honneur au repas, échangeant nos impressions sur la ville de Tbilissi pour ce que nous en avions vu.

— Parcourir la vieille ville pour trouver l'ambassade cet après-midi était fascinant, dit Kevin. L'atmosphère est typiquement postsoviétique. Les bâtiments devaient être autrefois impressionnants, mais aujourd'hui, ils ne sont plus entretenus. Une fois la machine soviétique disparue, c'est le vide qui reste.

— Je n'arrive pas à comprendre pourquoi il y a tant d'armes partout, dis-je. Pourtant, tout le monde semble vraiment amical et détendu. On pourrait franchement imaginer les nazis défiler ici et les Nino du monde entier se transformer en tireurs d'élite sur les toits.

— Les nazis sont arrivés ici ? a demandé Kevin.

— En fait, non, répondis-je. J'ai lu un peu sur le sujet. Hitler a envahi la Russie, évidemment, mais il n'est pas venu jusqu'ici. Ce qui n'empêche pas les Géorgiens d'avoir été entraînés dans l'histoire. Selon certaines estimations, sept cent mille Géorgiens sont partis à la guerre et la moitié seulement en sont revenus.

— Bon sang ! releva Kevin. Plus de trois cent mille victimes. C'est un coup dur pour les jeunes hommes d'un petit pays.

— Énorme, acquiesçai-je. Ce qui est intéressant, c'est que pas mal de Géorgiens ont aussi rejoint les nazis, parce qu'ils n'aimaient pas trop le régime soviétique et pensaient que les nazis pourraient libérer la Géorgie s'ils étaient vainqueurs.

— Comment ça s'est passé pour eux ? demanda Kevin.

— Pas très bien. En fait, au début, Hitler les appréciait parce que les Géorgiens étaient considérés comme une race aryenne, donc pour lui, c'était bon. Mais, d'après ce que j'ai lu, quand la guerre a basculé et qu'Hitler, une fois le dos au mur, est devenu carrément paranoïaque, il a pensé que les divisions géorgiennes pouvaient fort bien travailler secrètement pour Staline, et il s'est retourné contre eux. Cela a même donné lieu à un dur combat entre les divisions géorgiennes et les nazis à la fin de la guerre, qui s'est prolongé au-delà de la fin officielle des combats. Ce fut le dernier engagement militaire de tout le conflit.

— C'est bizarre, intervint Kevin. Qu'est-il arrivé à ces nazis géorgiens une fois la guerre terminée ?

— Apparemment, Staline n'a pas été impressionné. La plupart d'entre eux ont fini en Sibérie ou dans des goulags disséminés dans le pays. On ne les a jamais revus.

— La guerre, soupira Kevin. Ce n'est pas au Canada qu'une merde pareille arriverait. Je vois bien Nino au milieu de ce genre de choses.

— Et Pyotr ? demandai-je.

Kevin se mit à rire.

— Je pense que c'est le plus dangereux de tous.

— Pyotr? Il est pourtant calme et même réfléchi.

Kevin me regarda dans les yeux :

— John, je te garantis que Pyotr est tout droit sorti d'un entraînement militaire. Il a dit qu'il venait de Tchétchénie, non ? Je l'apprécie, mais, dans cette histoire, il me semble être la personne la plus dangereuse. Je pense que Pyotr n'hésiterait pas à te tirer dessus ou, sans faire feu, à te battre à mort avec son arme.

Je me mis à rire.

— Plus dangereux que Nino ? dis-je, en imaginant les yeux sombres et la mâchoire acérée de Nino, incapable d'esquisser un sourire.

Kevin hocha la tête.

— Entre un Pyotr sans arme et un Nino avec un pistolet, je suis certain que Pyotr gagnerait facilement.

— Nous parlions du diable, coupai-je, tandis que George, Nino et Pyotr faisaient leur retour, accompagnés d'une très jolie femme brune qui devait avoir environ dix-neuf ans.

— C'est la petite amie de Nino, précisa George. Elene. Elle parle bien anglais. Ils l'apprennent à l'école.

Le pub commença à s'animer avec l'arrivée d'autres Géorgiens et la musique qui avait augmenté de volume. Je m'interrogeais sur la culture pop géorgienne, me demandant quel genre de musique était appréciée dans cette partie du monde, lorsque, déception, les premiers battements très familiers de « Billie Jean » de Michael Jackson sortirent des enceintes acoustiques.

Elene semblait plus intéressée par Nino que par la possibilité de pratiquer ses compétences linguistiques avec deux Australiens d'âge moyen, ce qui était après tout raisonnable. Pour sa part, Nino réussissait à garder un air menaçant vis-à-vis de l'assemblée tout en discutant tranquillement avec Elene dans l'ambiance musicale. Comme toujours, son arme de poing en métal sombre trônait sur la table, à côté de sa bière, à portée de sa main droite.

— *Supra* ! lança George. Mais seulement un petit supra parce qu'on a du travail demain.

Je demandai :

— C'est quoi un *supra* ?

— Vous allez voir comment les Géorgiens festoient et boivent, John. C'est toute une cérémonie. On ne dîne pas n'importe comment. Tout d'abord, le *tamada* en charge porte les toasts. Je suis le *tamada*. Regardez.

Pyotr rejoignit la table avec les boissons. D'abord, bien sûr, une tournée de vodka, avec le toast porté par George, qui nous nomma tous autant que nous étions. Ensuite, un autre toast, cette fois avec du rosé géorgien, dont il expliqua qu'il s'agissait d'un cadeau d'une autre table.

Nous saluâmes un couple d'hommes et une jeune femme à la table en question, sans savoir qui ils étaient, tandis que George allait leur glisser quelques mots à voix basse.

Une fois revenu, il commença à servir le rosé dans les verres. Je remarquai qu'il versait le vin avec soin, tourné vers nous, et toujours avec sa main droite.

— Vous avez une façon bien particulière de verser le vin, George, ai-je remarqué.

— En Géorgie, on prend la façon de verser très au sérieux, John. Jamais de la main gauche. Jamais loin du corps. Ce serait grossier. Le service à l'occidentale, trop décontracté, n'a pas cours ici.

— J'en prends bonne note. Si vous voulez bien, vous nous le rappellerez, pour que nous suivions les règles.

— Très bien. De toute façon, vous êtes les invités, a-t-il souri. Ce sont des vins géorgiens traditionnels. La technique de production est différente de celle de l'ouest. Vous vous souvenez des grands *kvevris* de la cave ? En argile rouge ? Les voici. Voyez si vous aimez ça.

Nous levâmes tous nos verres et bûmes à petites gorgées. Le vin était doux, avec une finale inhabituelle. De miel, peut-être ? Un goût légèrement oxydé, presque de sherry. Je pris une autre gorgée, pour habituer mes papilles.

— C'est intéressant, fit Kevin.

— Est-ce que ça veut dire que tu as envie de Crown Royal? lui demandai-je.

— Pas tout à fait, mais c'est presque cela, répondit-il.

La musique était montée d'un cran. Michael Jackson avait fait place à Prince. Kevin et moi nous rapprochâmes pour parler avec George.

— Une journée inhabituelle pour vous, pas vrai? dit George, avec son habituel sourire de garçon de restaurant et un peu d'ironie. Vous découvrez que tout le vignoble peut être à vous! Quel honneur et quel plaisir, non?

Nous nous mîmes à rire tous deux. Comment faire autrement?

— Nous avons quelques questions, glissa Kevin, toujours avec le sourire.

Je saisis l'occasion:

— George, je n'ai jamais pensé que ce voyage serait ennuyeux, et, sur ce point, vous ne me décevez pas

— Écoutez, messieurs, dit George, en écartant les mains. Nous sommes obligés de jouer une petite comédie avant d'arriver au vin qui nous intéresse. C'est tout. Ces hommes, ceux qui ont parlé toute la journée, ont besoin de croire qu'il y a un avenir pour eux et leur vignoble. Ils ont besoin de croire que vous vous intéressez à Tbilissi et à notre avenir, au-delà du vin qui est conservé au fond de la cave.

— Donc, le vin existe bel et bien?intervint Kevin.

Pour la première fois, George eut l'air vraiment choqué.

— Le vin du tsar? Le vin de Staline? Bien sûr qu'il existe, M.Kevin.

— Eh bien, c'est un soulagement, répondit Kevin. Je ne veux pas être discourtois, mais nous avons parcouru un long chemin pour n'entendre parler que du potentiel extraordinaire d'une chaîne d'embouteillage rouillée.

Je lançai un regard surpris vers Kevin, parce qu'il était habituellement beaucoup plus diplomate. Je veux dire, il est canadien, bon sang. À présent, il regardait Pyotr aimablement, lequel, à son tour, penché en arrière sur sa chaise, rendait à Kevin un regard apaisant, un léger sourire aux lèvres. Kevin leva son verre, mais leur échange fut interrompu.

Je repris la parole :

— Je pense que ce que Kevin essaie de dire, George, c'est que nous sommes un peu préoccupés par le fait que nous avons déjà passé un jour sur les quatre jours que nous sommes ici et que nous n'avons vu aucune preuve matérielle que le vin est bien là, sans parler de la possibilité d'évaluer ce que comporte la collection, comme nous devons le faire.

— Je comprends, dit George. Bien sûr que je comprends, John. Mais vous devez vous rendre compte que les bouteilles que vous allez voir – et vous les verrez demain, c'est une certitude, poursuivit-il en adressant à Kevin un regard appuyé –, ne sont pas de simples bouteilles pour les directeurs de la Savane Numéro Un, ni pour les habitants de Tbilissi, d'ailleurs.

George regarda derrière lui pour vérifier que nous n'étions pas entendus avant de se pencher vers nous, le visage sévère.

— Ces vins appartenaient à Nicolas II, le tout dernier tsar de Russie ! En fait, ils ont ensuite appartenu à Joseph Staline, le Géorgien le plus célèbre qui ait jamais vécu ! Il a tenu dans ses mains certaines de ces bouteilles ! Il n'est pas imaginable que vous arriviez aujourd'hui et que nous déclarions : « Les Australiens sont venus payer le vin en cash. » John, vous devez admettre que ce qui s'est passé aujourd'hui était nécessaire. Ces gars-là, Tamaz et Revaz et les autres, ils veulent conclure un marché global, édifier une grande entreprise vinicole. Ils ne pensent pas que les Australiens viennent prendre les vins pour les revendre.

— Vous donnez l'impression que nous essayons d'enlever des trésors précieux à votre peuple, George. N'est-ce pas vous qui avez évoqué l'idée de la vente avec Neville ?

George se mit à rire :

— Oui, absolument. Car qui se soucie des bouteilles ? De mon point de vue, ces vins français ont été achetés par des Russes. Ils ne signifient rien pour nous, Géorgiens. Ils ont simplement été amenés ici par Staline et, maintenant, c'est à nous de faire une affaire en les vendant. Le passage obligé, c'est de donner satisfaction à Tamaz et compagnie.

— Mais il n'y a que les vins anciens qui nous intéressent George. Quel va être leur sentiment quand cela deviendra clair pour eux?

George avait allumé une cigarette. Il la tenait entre deux doigts en agitant la main avec dédain.

— Faites-moi confiance, je connais ces gens et je sais comment faire avec eux. Demain, je leur expliquerai que vous avez tenu à voir toutes les caves, pour vous aider à décider si l'investissement en vaut la peine. Ils finiront par se lasser de toutes ces discussions et prendront de la distance. Vous disposerez de tout le temps nécessaire pour examiner les bouteilles, et Pyotr sera là pour vous aider. Quand vous en aurez fini, nous leur dirons que vous êtes toujours en train de considérer la proposition de production globale du vignoble, mais qu'une opportunité nouvelle est apparue : de lever des capitaux bien nécessaires pour la renaissance du vignoble en vendant les vins de la cave. Ils ne se mettront pas en travers de notre chemin.

— Qui sont exactement les propriétaires de la cave, George? demandai-je. Neville m'a indiqué que c'était votre propriété, mais il est clair que certains de ces autres intervenants ont, au moins, une part dans la Savane Numéro Un, non?

George fit encore un signe de la main.

— Oui, mais Neville et moi en avons discuté. Le moment venu, j'agirai pour acheter leurs parts, puis nous commencerons à rassembler les vins. Pas de raison de s'inquiéter à ce sujet. Pour le moment, contentez-vous d'être aimables, souriez et donnez des poignées de mains. Je vous promets de vous laisser le champ libre pour que vous puissiez voir les vins dans la cave dès que possible.

— D'accord, dis-je en adressant un regard à Kevin. Ce serait un soulagement. Nous sommes conscients du peu de temps que nous avons ici.

— C'est court, répondit George, mais pas au point de ne pas pouvoir partager une vodka.

Sur un geste, Pyotr se leva et se dirigea vers le bar, puis revint avec une grande bouteille de vodka et des petits verres à shot. Ce n'était pas vraiment ce dont nous avions besoin, moins de vingt-quatre heures après le vol, toujours sous l'effet du décalage horaire. Mais George s'était déjà servi.

— Il est temps de porter un autre toast, mes amis. À notre futur succès.

— C'est bien à ça que je lève mon verre, lança Kevin. À vrai dire, le but est peut-être plus proche que nous ne le pensions.

UN VIN TROP BEAU POUR ÊTRE VRAI : COMMENT LE RECONNAÎTRE ?

À bien des égards, la contrefaçon de vins anciens peut s'apparenter à un crime parfait.

Les programmes de conception graphique tels que Photoshop peuvent facilement reproduire une étiquette, en particulier lorsqu'elle date d'un siècle, époque où la recherche graphique était moins développée. Quant au papier, il peut facilement être vieilli pour donner l'impression que l'étiquette, humide et à moitié effacée, a séjourné dans une cave pendant des décennies.

Pour les contenants, le risque est faible que les acheteurs d'une bouteille ancienne soient suffisamment experts pour être au fait des subtiles différences de forme, de type de verre ou d'autres particularités révélatrices d'un produit vinicole âgé de cinquante ans ou plus.

Et puis, il y a le vin lui-même. Rares sont ceux qui savent quel peut être l'effet en bouche d'un vin après tant d'années. L'une des choses que j'ai toujours aimées dans le vin et qui m'a toujours fasciné, c'est que le vin est une chose vivante, qui respire. « Lorsque les collectionneurs ouvrent des bouteilles trafiquées, ils manquent souvent d'expérience et d'un sens affiné du goût pour savoir qu'ils ont été trompés », a écrit Patrick Radden Keefe dans le *New Yorker* en 2007.

Pour commencer, « même les vieux vins authentiques varient énormément d'une bouteille à l'autre. C'est un organisme vivant », explique Serena Sutcliffe, Master of Wine et directrice du département international des vins de Sotheby's. « Il bouge, il change, il se transforme. Il mue, évolue, change de caractère – et quand vous vous trouvez en présence de vins de quarante, cinquante ou soixante ans, même si les bouteilles ont été stockées côte à côte dans des conditions similaires, vous obtiendrez de grandes différences entre les bouteilles. »

Cette œnologue a raison. Deux bouteilles d'un même vin âgé du même millésime peuvent présenter des différences notables. Face à un très vieux vin, même le chef viticulteur d'un château peut se contenter d'estimer si l'on retrouve l'impression gustative attendue de ce vin connu après si longtemps.

Bien sûr, les vins peuvent être testés chimiquement, et l'authenticité des bouteilles et des bouchons peut faire l'objet d'un examen scientifique approfondi, mais l'acheteur habituel de ces vins n'a pas accès à de telles mesures et, d'ailleurs, ne le souhaite pas.

De surcroît, il est peu probable que la victime d'une contrefaçon se manifeste et poursuive le faussaire. Il y a un côté romantique à acheter un vieux vin, à nouer un lien avec les grandes étiquettes du monde. Dans certains cas, il y a même une grande part d'ego dans le fait de payer des prix énormes pour de tels vins, sans aucune certitude que le produit lui-même soit encore buvable. Autant d'éléments qui interviennent avant même que l'on s'intéresse au fait que la précieuse bouteille puisse avoir été remplie avec quoi que ce soit. Et puis, quelle honte ce serait d'admettre qu'on s'est fait avoir, que les vins anciens hors de prix que l'on conserve dans sa cave sont des faux.

Prenons l'exemple des acheteurs des vins de légende de Thomas Jefferson. Avec le recul, il apparaît que leur histoire – selon un document retrouvé dans un placard à Paris, mais sans que l'adresse n'ait jamais été communiquée à des fins d'authentification – était pour le moins sommaire, et le premier propriétaire des bouteilles, un Allemand appelé Hardy Rodenstock, mystérieux et jamais identifié. Pourtant, un milliardaire américain, Bill Koch, a payé cinq cent mille dollars pour quatre des bouteilles, afin de gonfler son étonnante collection de pièces exceptionnelles, comme le fusil du général Custer. Avait-il l'intention d'ouvrir les bouteilles ? J'en doute. À l'instar d'un chasseur qui accroche au mur les têtes des animaux qu'il a chassés, de nombreux collectionneurs comme Koch ne font, selon moi, qu'amasser des trophées comme symbole de leur richesse et de leur réussite commerciale. Ainsi, même lorsqu'il fut prouvé que les bouteilles de Jefferson étaient fausses, Koch les a gardées en exposition. « J'avais l'habitude de me vanter d'avoir les vins de Thomas Jefferson, a-t-il déclaré à un journaliste. Maintenant, je peux me vanter d'avoir les faux vins de Thomas Jefferson. »

Ensuite, l'attitude logique consiste à se tourner vers la maison d'enchères qui a effectué la vente. N'aurait-elle pas dû authentifier le vin avant de le proposer au public ? Sans aucun doute. Mais certains faussaires nouent au fil des ans des relations solides avec les vendeurs, il arrive que les documents produits pour attester l'historique semblent suffisamment convaincants pour satisfaire une maison de vente aux enchères, surtout si cette dernière est – disons – superficielle ou négligente. Les maisons de vente aux enchères perçoivent généralement un bon pourcentage du profit du vendeur sur les ventes de vins de collection, elles ont donc tout intérêt à ce que les vins soient authentiques. Une interrogation : l'assurance de l'authenticité, pourtant si fondamentale, n'est-elle pas souvent reléguée au second plan par l'avantage financier d'une vente qui se déroule sans se poser trop de questions ?

En tout cas, même si une maison de vente aux enchères est attentive, vigilante et à l'affût des anomalies, la tâche de confirmer définitivement l'authenticité d'un vin peut être difficile.

Avec des bouteilles vieilles d'un siècle, il faut prendre en considération les registres de la production de chaque récolte, tenus en principe méticuleusement par les établissements vinicoles. Il faut également tenir compte de l'état du monde à l'époque. Pendant les guerres du dix-neuvième siècle, par exemple, le meilleur verre était souvent réservé à un usage militaire, ce qui signifie que du verre de moindre qualité et des bouteilles de formes différentes étaient utilisés pour certains des vins français de l'époque.

Lorsque Kevin et moi sommes arrivés dans cette cave à Tbilissi, pour découvrir des rangées interminables de vins prétendument anciens, couverts d'humidité et d'épaisses toiles d'araignée, avec des étiquettes complètement détériorées sur la plupart des bouteilles, toutes ces pensées tourbillonnaient dans nos esprits. Les Géorgiens auraient-ils pu falsifier des bouteilles à cette échelle ? Auraient-ils pu produire tout le travail nécessaire à contrefaire une cave entière, sans compter le registre de cave, les dates sur les bouchons et le blason de Nicolas II sur les bouteilles françaises créées spécialement pour lui ? Ne nous montraient-ils qu'une petite partie des bouteilles susceptibles d'être authentiques, comptant sur le fait que nous supposerions que toutes les autres l'étaient également, au moment de leur remettre un million de dollars ?

Compte tenu de l'histoire fantastique (dans tous les sens du terme) du vin ayant appartenu au dernier tsar, puis à Staline, je suis entré dans la cave en sachant pertinemment que toute cette affaire pourrait n'être qu'une gigantesque fraude de la part de protagonistes géorgiens peut-être louches.

La cave allait avoir fort à faire pour détromper mon scepticisme.

9

LES CAVES

Le seul avantage du décalage horaire, c'est qu'il vous permet souvent de vous réveiller bien plus tôt que nécessaire, ce qui s'avère pratique si vous entreprenez d'organiser une lourde journée d'analyse de vins de collection dans un pays étranger, dans une cave que vous n'avez jamais visitée, avec une équipe de soutien qui ne parle pas votre langue.

Avant 5 heures du matin, j'étais levé, vérifiant et revérifiant que j'avais pris avec moi tout le nécessaire pour être aussi efficace que possible dans le laps de temps qui allait nous être accordé pour nous faire une opinion sur ce trésor viticole, *a priori* séduisant mais jusqu'à présent insaisissable.

J'étais occupé à compter les piles de rechange pour les lampes, peut-être pour la troisième fois, lorsque mon téléphone sonna. Il était un peu plus de 6 heures du matin, heure géorgienne, ce qui signifiait qu'on était aux environs de midi en Australie. J'ai pensé qu'il devait probablement s'agir de Kevin, aussi matinal que moi. J'ai donc répondu. Mais non.

— John ? dit une voix sur une ligne internationale grésillante. C'est Neville. Je voulais juste voir comment ça se passait là-bas.

— Neville ! Merci d'avoir appelé. Vous aviez vraiment raison de dire que cet endroit s'apparente au Far West.

— Comment est le vin ? Tout est là ?

L'espace d'un instant, je me suis demandé si la crainte de Kevin que les chambres soient sur écoute n'était pas fondée. Quelle importance ? Tout ce que je voulais, c'était souligner pourquoi nous étions à Tbilissi, mais les paroles de prudence de George de la nuit dernière faisaient également écho dans mon esprit.

— Nous n'en sommes pas sûrs, répondis-je à Neville. Nous avons passé une journée frustrante hier à assister à des réunions interminables avec tous les responsables de la cave, mais sans avoir pu identifier les vins précieux. J'espère et je suppose que la journée d'aujourd'hui va changer cela. À vrai dire, si vous avez envie d'appeler George pour souligner combien il est important que nous soyons autorisés à passer un peu de temps dans les caves, cela ne ferait pas de mal.

— Je vais voir ce que je peux faire, promit Neville. Donc, vous n'avez pas encore pu vous faire une idée de ce que valent les bouteilles ?

— C'est un peu difficile quand on n'a pas encore pu voir si elles existent réellement, fis-je.

— Oh, elles sont bien là, je vous assure, rétorqua Neville. Si j'ai investi là-dedans, ce n'est pas pour vous payer des vacances.

Nous nous sommes mis à rire tous les deux.

— Eh bien, nous ne sommes ici que depuis un peu plus de vingt-quatre heures, mais l'attrait de Tbilissi est incontestable. C'est une ville fascinante.

— George s'occupe bien de vous ?

— Il disparaît de temps en temps et joue à un jeu mystérieux avec certains individus qui possèdent apparemment une part de l'exploitation viticole. Mais oui, il s'occupe de nous.

— C'est bien. Faire des affaires en Géorgie est une entreprise délicate, John. Je vous ai prévenus. Mais tout se passera comme il faut. George sait qui nous sommes.

— N'hésitez pas, si vous en avez l'occasion, à le lui rappeler, j'apprécierais.

— Dès qu'on aura raccroché. Vous avez déjà pris un bain ?

Sa question m'étonna.

— Hum, j'ai pris quelques douches.

Je devinai le rire de Neville au bout de la ligne.

— Ce n'est pas ce que je voulais dire. Vous n'avez pas encore expérimenté le vrai Tbilissi, mais ce n'est pas grave. Vous avez encore quelques jours devant vous. On se parle bientôt.

En route, la conduite de Nino vers le vignoble s'avéra, autant que ce fût possible, encore plus effrayante que le jour précédent. À un moment donné, la sirène d'une voiture de police commença à retentir derrière nous. Nino fronça les sourcils en regardant dans le rétroviseur mais continua à rouler à toute allure.

— Vous ne comptez pas vous arrêter pour la police ? demandai-je.

Nino fit un signe du bras, lançant la voiture à environ cent kilomètres à l'heure sur une rue de banlieue.

— S'arrêter, pourquoi ? La police devrait savoir qu'il ne faut pas m'arrêter ! Suis-je le genre d'homme qui s'arrête pour la police ?

Cramponnés sur le siège arrière, sans rien laisser paraître, Kevin et moi échangeâmes un regard. Mais Nino semblait avoir raison. Après une minute environ, la police éteignit sa sirène et disparut. Visiblement, à Tbilissi, il y a une loi pour les uns et une loi pour les autres. Nino semblait être dans la catégorie protégée.

Nous arrivâmes en vie, juste à temps pour être invités à nouveau dans le bureau de M. Tamaz pour une autre série de discussions sur les vignobles.

— Est-ce que Neville vous a appelés ? ai-je demandé à George en lui rendant son salut.

— Qui ?

— Neville, d'Australie.

— Neville ? Il est là ?

— Non, il vous a téléphoné ?

— Quand ?

— C'est bon, George. C'est pas grave.

Avec un sentiment d'abattement, nous reprîmes nos places habituelles autour de la table en « T » pour subir, bien sûr, une heure environ de monologues sur l'avenir prometteur de la Savane en particulier et du vin géorgien en général, pour reprendre les traductions intermittentes de George. Je me trémoussais sur mon siège, frustré, incapable de faire les cent pas, cherchant à imaginer des moyens toujours plus efficaces de soumettre George à la torture, quand ce dernier se décida à prendre la parole. S'adressant à Tamaz, il lui glissa quelques mots qui eurent instantanément pour effet de faire hurler le vieil homme contre George, en agitant les bras en signe de colère.

— Qu'est-ce qui se passe? demanda Kevin en se tournant vers Pyotr.

— George vient de suggérer que cela vaudrait la peine de vous laisser entrer dans la cave, pour évaluer la valeur des bouteilles qui s'y trouvent, mais M. Tamaz refuse de vous laisser examiner la collection. Il craint que vous ne preniez l'une des bouteilles.

À ce moment, Revaz prit un téléphone et composa un numéro, dit quelque chose brièvement et raccrocha. Tout le monde resta assis en silence. Puis, Tamaz et George recommencèrent à débattre. Kevin et moi nous regardions, laissant les Géorgiens se chamailler devant nous.

Au bout de quelques minutes, Grigol apparut, tenant sous le bras une grosse liasse de papiers en forme de livre non relié. Il s'approcha du bureau derrière lequel nous étions assis et l'étala. Kevin et moi nous penchâmes sur les pages. C'était le livre original de la cave. La liste que Harry nous avait donnée à Sydney avait manifestement été traduite à partir de ce livre, mais celle-ci était rédigée dans une langue géorgienne méticuleusement calligraphiée, un mélange bizarre d'arabe et peut-être de latin avec des courbes, des empattements et des fioritures.

Nous tournâmes soigneusement les pages, en notant les dates quand nous le pouvions, tout en nous demandant comment en tirer un sens quelconque.

Puis Revaz s'approcha, reprit le livre et le remit à Grigol, qui quitta immédiatement le bureau. Revaz se retourna ensuite vers nous pour dire quelque chose en géorgien, en agitant les mains.

Pyotr traduisit :

— M. Revaz dit qu'à présent que vous avez vu le livre de la cave, que vous avez l'assurance que la collection est là et que vous avez vu les bouteilles modernes hier, vous n'avez pas besoin de voir autre chose.

J'interrogeai mes interlocuteurs :

— Que répondre à cela ?

George s'apprêtait à intervenir quand Pyotr dit à voix basse :

— Non, maintenant je vais laisser George s'en occuper.

Pendant ce temps, Tamaz s'était lancé dans un nouveau monologue, en pointant l'index et en faisant des gestes expressifs, à plusieurs reprises.

Agitant légèrement la tête en signe d'exaspération, George se tourna alors vers nous :

— M. Tamaz veut faire comprendre que les vins géorgiens qui se trouvent dans la cave sont des trésors nationaux. M. Tamaz estime que ces vins sont si importants que nous ne pouvons pas laisser deux Australiens les examiner pour tenter d'évaluer leur valeur.

— George..., tentai-je de répondre.

Mais George fit un nouveau signe de la tête. Tout sourire, il s'adressa à nous en anglais :

— Le discours sur le « trésor national » est une tradition autochtone, John. Vous savez, en Géorgie, si vous voyez un chien faire ses besoins dans la rue, personne ne veut le savoir. Mais si quelqu'un dit que la crotte a de l'importance et tente de la ramasser, cela devient un putain de trésor national.

Après avoir assisté à cet échange en anglais, Tamaz se mit à interroger George, en géorgien. Tout de suite, ce dernier leva la main pour le faire taire et lui répliqua manifestement quelque chose de succinct et de définitif, car Tamaz s'arrêta net de parler comme si George avait pointé une arme sur lui.

— Qu'a dit George ? chuchota Kevin.

Pyotr répondit discrètement :

— George a dit que si vous ne pouvez pas voir le vin maintenant, vous allez sortir, repartir vers l'aéroport et que vous ne discuterez pas une seconde de plus d'un investissement dans la cave.

— Wouah, la vérité ! m'exclamai-je. Quelles sont les chances que ça marche ?

Revaz n'avait pas l'air content. Tamaz affichait un air encore plus grincheux. Ils murmuraient entre eux, puis semblèrent prendre une décision. Nous comprîmes qu'ils acquiesçaient. Tamaz haussa les épaules tandis que Revaz se leva. Comme par magie, Grigol, le directeur de la cave, apparut à ce moment dans l'embrasure de la porte.

George se leva également, un léger sourire en coin avant de s'adresser à nous avec emphase :

— John et Kevin, M. Tamaz pense que ce serait une bonne idée que je vous montre les caves. Il y a quelques vieux, très vieux vins tout à fait remarquables dans les deuxième et troisième étages des caves et j'ai signalé que vous aimeriez probablement les voir pour vous en faire une idée.

Je soupirai :

— Enfin ! Bien joué, George.

Me tournant vers Kevin, le visage impassible, je lui demandai :

— Tu es prêt pour ça, Kevin, ou tu préfères attendre ici ?

— Non, je pense que je vais venir. Ce serait bien que je puisse me dégourdir les jambes, répondit-il, tout aussi impassible.

George avait complètement manqué notre échange, mais Pyotr, lui, sourit. Il semblait que notre militaire tchétchène pouvait saisir le sens de l'humour australien.

Sans attendre, Tamaz nous précéda pour retourner dans la cour, vers le bâtiment principal, le plus imposant, celui avec les arches. Plusieurs personnes que nous ne connaissions pas se joignirent à nous. Nous étions donc dix lorsque nous entrâmes dans le hall. L'un d'entre eux, Ivane, allait devenir notre assistant régulier au cours des prochains jours. Une femme que nous n'avions jamais vue auparavant, en gilet vert, utilisa un jeu de clés pour ouvrir une grande porte menant au sous-sol, puis s'écarta pour que nous puissions tous descendre une étroite volée de marches jusqu'au premier sous-sol, là où nous avions été autorisés à jeter un coup d'œil la veille et où se trouvaient toutes les bouteilles modernes sans intérêt. Après avoir traversé le palier, Grigol ouvrit une porte cachée dans l'ombre donnant sur des marches plus larges, descendant un étage plus bas. Le temps de trouver l'interrupteur, et nous descendîmes l'escalier, éclairés par la faible lueur du globe lumineux. Il était difficile de faire tenir autant de personnes dans le petit espace au bas des marches. Revaz scrutait les murs, comme s'il n'avait aucune idée de l'endroit où trouver la commande d'éclairage, jusqu'à ce que Grigol s'avance vers une alcôve et allume plusieurs rangées de plafonniers. La cave s'éclaira.

Elles étaient là, sous nos yeux. Les bouteilles.

D'épaisses toiles d'araignée pendaient dans toutes les directions. Partout, de longs fils blancs tissaient une toile épaisse recouvrant complètement des casiers entiers de bouteilles qui, pour le reste, semblaient en très bon état. J'avais l'impression que la pièce était envahie de poussière, mais en fait, comme Neville l'avait assuré, l'air de la cave était surtout lourd d'humidité, ce que la partie de mon cerveau d'amateur de vin reconnut immédiatement comme une bonne nouvelle. Une bonne chance que les bouchons soient encore en bon état, pour des bouteilles plus que centenaires.

La plupart des étagères étaient hautes, d'un métal gris indéfinissable, hormis une unité séparée de cinq étagères devant nous qui, plutôt que des vins, semblaient accueillir des spiritueux et d'autres bocaux et bouteilles.

Kevin fit quelques pas dans un sens, puis dans l'autre, semblant parcourir la pièce sans but particulier. Mais je le connaissais suffisamment pour comprendre que le boulier compteur de son cerveau était en train de faire des heures supplémentaires. Manifestement, rien ne manquait. Je le regardai incliner légèrement la tête puis se gratter le menton, parcourant de haut en bas la plus proche des étagères principales, et je pouvais presque entendre le cheminement de ses pensées : « Une largeur de deux bouteilles de vin, avec deux niveaux de bouteilles de chaque côté. Supposons vingt bouteilles de vin en hauteur. Jusqu'où ? Difficile à dire dans l'obscurité. Si chaque ligne horizontale fait cent bouteilles, cela donne, par étagère, deux mille bouteilles de chaque côté. »

Nos yeux commençaient à s'adapter à la pénombre. Nous pouvions distinguer les rayons qui disparaissaient vers le fond de la cave. Dans un coin, un enchevêtrement de métal et de verre brisé témoignaient d'un effondrement des supports, brisant on ne sait combien de précieuses bouteilles. D'après ce que Harry, Neville et George nous avaient dit, on pouvait s'attendre à plusieurs effondrements d'étagères du même genre, concernant peut-être vingt mille bouteilles. Mais dans cette énorme caverne souterraine, il devait en rester quarante mille au total. Face à toutes ces bouteilles, il me fallait reprendre mes esprits.

Quelques-uns des mystérieux employés de l'établissement vinicole qui nous avaient rejoints remontèrent par l'escalier tandis que Kevin et moi parcourions les allées courant entre les casiers. Comme on nous l'avait annoncé, beaucoup de bouteilles n'avaient plus d'étiquettes, ou il ne restait de celles-ci qu'un fragment des originales. J'aurais aimé sortir la torche de mon sac, mais j'étais conscient de la forte résistance de Tamaz et Revaz à l'idée que nous nous familiarisions, à ce stade, davantage avec les vins. Je ne voulais pas donner l'impression d'avoir préparé notre inspection.

Pendant que Kevin débarrassait avec soin certaines bouteilles des toiles d'araignée, afin de voir de quel type de vin il s'agissait et si les bouteilles étaient pleines, je réfléchissais à l'énorme tâche qui nous attendait : faire correspondre l'inventaire de ces interminables étagères à la liste traduite du livre de cave original, celle que Harry m'avait initialement envoyée.

Mais alors que je me tenais là, une pensée se frayait un chemin dans mon esprit, jusqu'à dominer toutes mes impressions sur la cave : si tout cela n'était qu'une gigantesque escroquerie, destinée à nous dérober un million de dollars. En regardant autour de moi, il me paraissait que cette mise en scène était incroyablement bien élaborée. Ces toiles d'araignée et l'humidité profonde des murs semblaient bien réelles. Ces vins donnaient l'impression d'avoir été réellement conservés ici pendant plus de cinquante ans. Et puis, comment faire semblant de remplir autant de bouteilles, même avec la main-d'œuvre inexplicablement nombreuse de cette entreprise en sommeil ? Pour être honnête, j'avais l'impression d'être dans la cave la plus authentique que j'aie jamais visitée, une relique absolue d'une époque révolue. Néanmoins, j'essayai de rester concentré, à la recherche de tout signe de tromperie.

Alors que je réfléchissais à cette logistique, Revaz apparut dans la pénombre, une bouteille humide et sombre à la main. Sa démarche était paresseuse, comme celle d'un vieil homme ou de quelqu'un de nonchalant. En sortant de l'obscurité, il me fit rappela un vieux film de vampires.

Je jetai un coup d'œil vers Kevin, pour voir s'il avait également été surpris, mais son regard très attentif était porté exclusivement sur la bouteille qui se trouvait dans les mains de Revaz.

Dans un bel effort de prononciation française, le vigneron en chef annonça : « 1899 Château Suduiraut ».

— C'est du tout bon vin, murmura Kevin.

Je prenais le temps de savourer cette scène. Regardez-nous, me disais-je, Kevin et moi, venant de Sydney. Nous sommes là, dans la pénombre d'une cave de Tbilissi, en Géorgie, un endroit inaccessible encore dix ans auparavant pour cause de politique mondiale. Et nous y étions entourés probablement de dizaines de milliers de bouteilles alors que je n'avais même pas imaginé en voir une seule au cours de ma vie, et encore moins autant de celles-ci réunies dans une même cave. Un Château Suduiraut de 1899 ? Un Sauternes de cent ans d'âge de l'un des plus grands producteurs de France ? C'est une bouteille que l'on aurait pu voir chez Christie's ou Sotheby's, ou peut-être dans une vitrine bien protégée au château lui-même. Une préciosité d'une valeur de plusieurs dizaines de milliers de dollars. Le fait que Revaz se promène le long des étagères et en saisisse une, parmi toutes les autres qui se trouvaient là, était un spectacle incroyable. Tout cela était-il bien réel ? Ces toiles d'araignée, un faux décor ? Pouvait-il ne s'agir que d'une mise en scène ? Cela ne semblait tout simplement pas possible.

Bon sang, qu'est-ce je voudrais que ce soit réel ! Parce que si ce n'est pas un rêve, cela signifie que je suis transporté au milieu de l'histoire. Nicolas II ! Ces vins qui portent son sceau, il les avait peut-être eus en mains. Et pour ceux que Staline aurait ajoutés à la collection ? Ce Suduiraut en faisait-il partie ? Joseph Staline avait-il fait venir ce vin de France ? L'avait-il goûté et apprécié ? Avait-il fait un détour par Saint-Pétersbourg pendant la révolution ? Avait-il été témoin de l'avancée nazie, transporté clandestinement de nuit hors de la capitale russe, vers la Géorgie ? Ces vins ont descendu ces marches jusqu'à cet endroit secret. Ils ont attendu ici, respirant tranquillement dans leur bouteille, pendant plus de cinquante ans, ignorant ce qui se passait à la surface, là-haut. Reposant tranquillement dans les casiers alors que le monde continuait de tourner, traversé de batailles épiques pour décider de l'issue d'une guerre mondiale, ressentant faiblement les secousses d'Hiroshima et Nagasaki, puis la réorganisation de l'Europe et du bloc soviétique, et enfin la marche que poursuivit le monde occidental vers la vie moderne, vers l'homme marchant sur la Lune.

Je me sentais vaincu. Cette bouteille n'était pas seulement une bouteille de vin, c'était un morceau d'histoire. Progressivement, sa valeur prenait vie dans ma tête. Combien paierait-on dans une grande salle de ventes pour un Suduiraut de 1899 ? Mais combien plus encore si vous appreniez qu'il a appartenu à la collection personnelle de Joseph Staline ou du dernier tsar, qu'il avait survécu à plus d'un siècle d'histoire russe, qu'il portait en lui cette incroyable histoire, ici, dans un vignoble géorgien isolé ? Quel prix donner à tout cela ?

Je me débattais avec ces questions, tentant d'assimiler toutes ces réflexions, pendant que Revaz faisait passer la bouteille au verre glissant et humide d'une de ses mains à l'autre.

Sous mes yeux, le vigneron en chef, pourtant le maître des lieux, laissa échapper la bouteille. Celle-ci plongea vers le sol et s'y brisa.

10

UN GOÛT D'HISTOIRE

Le vin – le très bon vin surtout – fait partie de mon univers depuis de nombreuses années, de sorte que j'ai un réflexe mental instinctif lorsque je vois une bouteille de vin d'un tel prix emportée par la gravité terrestre.

Dans le très court moment de la chute du Château Suduiraut, j'eus un mouvement pour tenter de la rattraper. Sans pouvoir empêcher la bouteille de heurter le sol en pierre dure, je pus placer mon pied dans une tentative d'amortir sa chute. Puis, comme un bon joueur de cricket, je saisis la bouteille afin de sauver le vin qui se trouvait dans la moitié inférieure encore intacte.

En tenant ce qui restait dans mes mains, je pus constater que la bouteille portait encore un morceau d'étiquette attestant qu'il s'agissait bien du Suduiraut, l'un des grands Sauternes. Revaz était rouge de gêne – on le percevait même dans la pénombre – et tout le monde était resté sans voix.

Nous nous dévisagions tous jusqu'à ce que Kevin esquisse un sourire : « Idée brillante, M. Revaz ! Nous n'aurions jamais manqué de politesse au point de vous demander d'ouvrir une bouteille, mais maintenant que c'est fait, nous pouvons passer à la dégustation. »

Pyotr traduisit, provoquant chez Revaz un sourire de soulagement, sans égard pour les œillades de Tamaz. George se mit à rire d'un rire franc, convenant qu'il était inespéré que nous puissions faire l'essai du Suduiraut. J'étais à l'affût du moindre signe qui aurait traduit une quelconque nervosité à l'idée que nous allions tester un classique présenté comme centenaire.

Grigol et Pyotr entreprirent de trouver des gobelets et une bouteille d'eau, puis de les laver. Après qu'ils eurent séché les verres avec un chiffon, je pris le relais pour filtrer le vin restant de la bouteille cassée à travers le chiffon dans une cruche, au cas où des éclats de verre se seraient retrouvés dans le précieux liquide.

L'opération effectuée, j'examinai attentivement le vin qui se trouvait maintenant dans la cruche. Même sous la faible lumière, il apparaissait d'une belle couleur dorée assez foncée.

Kevin et moi échangeâmes un regard tandis que Grigol versait à chacun une petite portion de Sauternes. Voilà le moment qui allait nous permettre de savoir si cette aventure avait un sens ou non. Allions-nous découvrir la chose promise ? Qu'allions-nous trouver au rendez-vous : excitation et émerveillement ou terrible déception ?

On me tendit mon gobelet et je le portai à mon nez, pour humer son contenu. Bon Dieu, quel bouquet olfactif.

Je fis tourner le liquide et le humai à nouveau. Tout de suite, un soupçon d'abricot très délicat et une belle richesse.

Je fermai les yeux et avalai une gorgée.

Le Suduiraut avait une finesse soyeuse avec les nuances d'abricot que j'avais détectées. Oh mes amis ! Il avait conservé une belle acidité, une merveilleuse harmonie et une magnifique douceur de Sauternes. Le vin était élégant, presque éthéré. Il était magnifique.

Le vin était superbe mais l'orchestre qui l'accompagnait était assourdissant. Je dus faire une pause car ma tête était sur le point d'exploser sous l'effet du plaisir que procurait ce vin exceptionnel et de ses promesses. J'avais pris cette aventure au sérieux jusqu'ici, mais à présent ma motivation redoublait d'importance.

Kevin écrivit une note dans son carnet. J'approchai de quelques pas pour pouvoir la lire par-dessus son épaule. Il avait écrit : « Abricot exceptionnel, caractère de coing, finesse, très vivant. » Tandis que je me trouvais à ses côtés, il souligna le « très vivant ».

Je fis un pas en arrière et repris une gorgée de ce joyau de 1899. Kevin et moi étions déterminés à rester impassibles, pour rester professionnels, mais nous trouvâmes un moment pour échanger nos regards.

Pas d'autre possibilité, c'était du vrai.

Ce Château Suduiraut 1899 était exceptionnel et certainement authentique. Cela valait-il pour la cave entière?

Je ne suis pas sûr d'avoir jamais goûté un vin d'un tel arôme.

Et je ne sais toujours pas si c'était le vin remarquable en lui-même ou les circonstances et ce qu'elles signifiaient qui lui donnaient un tel pouvoir.

Quoi qu'il en soit, j'appréciai ce verre.

Tamaz et Revaz, tout à leur conversation avec George, semblaient s'être détendus, nous montrant du doigt à plusieurs reprises. Finalement, les cadres reprirent les escaliers, nous laissant, Pyotr, Grigol, George et Ivane seuls dans la cave.

— Que leur as-tu dit, George? demandai-je.

— J'ai dit que vous deviez prendre des notes et porter une évaluation pour chaque bouteille, et que cela pourrait prendre du temps, répondit George. J'ai indiqué que cela prendrait probablement plusieurs heures mais que ce serait merveilleux s'ils pouvaient rester pour vous aider et être à votre disposition si nécessaire. Ou alors, ai-je suggéré, Pyotr, Ivane et moi pourrions le faire pour eux s'ils étaient trop occupés. Ils ont eu l'air très soulagés et sont partis immédiatement.

Il se remit à glousser joyeusement.

— Je vais aussi vous laisser, enchaîna-t-il. J'ai quelques affaires urgentes à régler mais je serai de retour pour le déjeuner. Vous pouvez enfin examiner votre précieux vin, John. Je vous le demande, essayez de ne rien casser, ne suivez pas le bel exemple de mes collègues il y a quelques instants.

Nous avons tous bien ri, puis George s'en alla. Nous nous retrouvâmes autour du registre de la cave. Grigol nous attendait.

Je tendis à Pyotr notre version du livre de la cave, traduite en anglais, sans trop savoir par qui. Je lui expliquai que ce que nous voulions faire, c'était essayer de retrouver les vins sélectionnés dans les casiers, pour voir si le livre de cave et notre liste traduite étaient exacts quant au contenu de la cave. Nous voulions voir si les bouteilles rangées dans les casiers à vin correspondaient à ce qui était écrit.

Ayant compris, il s'adressa à Grigol en géorgien et ils se mirent à consulter le livre. Je m'amusai à observer le langage corporel de leur conversation, car il était clair que Grigol essayait d'expliquer la technique du registre sans en avoir une idée réelle, tandis que Pyotr s'appropriait le processus par lui-même.

Après quelques minutes, Kevin se mit de la partie, ce qui entraîna divers échanges et débats dus à la traduction. Pyotr faisait l'aller-retour jusqu'au rayonnage voisin, examinant les marques, la numérotation et le registre pour y trouver les mêmes indications. Au bout d'une vingtaine de minutes, Kevin et lui semblaient avoir compris le système. Même Grigol paraissait ravi d'avoir trouvé un sens au fameux répertoire.

Tous les quatre, nous entreprîmes de vérifier les étagères cinq à vingt-six, classant les vins selon qu'ils étaient secs ou doux, ou par étiquette lorsqu'il y en avait une, afin de nous faire une idée des vins par rapport au livre de cave et à notre traduction.

Pendant que nous effectuions ce travail, Grigol glissa à Pyotr que, selon lui, aucun des vins secs ne serait buvable. Ce qui n'était pas encourageant, mais à ce stade, ma priorité était simplement d'identifier les vins blancs secs se trouvant sur ces étagères.

J'avais l'impression que nous étions enfin en train de comprendre le système des casiers et d'interprétation du registre quand une femme d'âge moyen, vêtue d'un gilet vert, apparut dans l'escalier en faisant tinter un trousseau de clés. Elle adressa sèchement quelques mots à Pyotr, campée en haut des marches, une main sur la hanche, renfrognée.

— Qui est-ce, Pyotr ? demandai-je.

— Mme Nana Vorobieff, répondit-il. La responsable de l'Union.

— Qu'est-ce qu'elle veut ?

Pyotr haussa les épaules.

— Elle dit qu'il est temps de fermer. Règles du syndicat. Pause déjeuner.

— Vous plaisantez. On commence à peine.

— John, nous ne sommes plus sous le régime communiste, mais le syndicat conserve beaucoup de pouvoir. Il y a des façons de procéder bien établies que personne ne peut changer. Croyez-moi. Nana a les clés des caves et elle ne nous permettra pas de rester.

Kevin afficha un air confus :

— Elle a les clés ?

— Oui, le seul jeu, dit Pyotr.

— Pas Grigol ou Revaz ?

— Non, Nana. C'est elle, la représentante du syndicat.

Pyotr glissa à voix basse :

— Il est dans notre intérêt d'obtempérer, si nous voulons pouvoir revenir ici sans problème.

Et c'est ainsi que nous nous retrouvâmes dans la voiture du mafioso Nino, traversant une nouvelle fois Tbilissi à toute vitesse vers un autre restaurant situé près de la rivière. Bien sûr, Nino se gara en travers du passage pour piétons devant la porte d'entrée.

George n'étant pas réapparu, nous n'étions que quatre : Kevin, Pyotr, Nino et moi. Ce dernier avala rapidement son déjeuner puis, en s'excusant, s'installa à une autre table où trois autres personnages du même acabit étaient assis – tous, naturellement, avec leurs armes de poing sur la table.

Durant la matinée, en raison de la présence de Pyotr, Kevin et moi n'avions pas vraiment pu discuter, ni du vin que nous avions dégusté ni de l'endroit où nous nous trouvions. Tout en faisant honneur au plat, nous fîmes semblant de converser, mais je mourais d'envie de retourner dans cette cave. Dès que nous le pûmes, nous repoussâmes nos chaises et prîmes la direction de la Savane Numéro Un.

Il n'était pas évident de se faufiler à nouveau dans la cave sans alerter Tamaz et les autres cadres, surtout avec notre arrivée en trombe, coup de frein brutal de Nino, glissade sur le gravier, puissant coup d'accélérateur avant l'arrêt final.

Tous étaient sans doute encore en train de déjeuner, car les bureaux de la direction sont restés silencieux tandis que nous nous glissions dans le bâtiment principal et dans le foyer, où la gardienne accepta de déverrouiller la porte des caves de ses clés exclusives.

Même Grigol n'était pas là, ce qui signifie que Kevin, Pyotr, Ivane et moi pûmes vraiment nous mettre au travail. Je pus enfin sortir l'arsenal de lampes de mon sac, le papier et les stylos, un appareil photo avec flash et les autres équipements que nous avions soigneusement emballés.

L'analyse d'avant le déjeuner avait permis de débroussailler le terrain. Assez rapidement, nous mîmes au point un système de validation.

La liste traduite de Sydney à la main, je choisis un vin après l'autre. En fait, toujours étonné du fait que Revaz ait été capable de trouver une bouteille de Château Suduiraut 1899 ce matin-là, je commençai par cette première rangée. « Étagère 1, dis-je à Pyotr. Château Suduiraut, 1899. Combien de bouteilles avez-vous ? »

Pyotr examina le livre de la cave, trouva la première étagère et localisa le Suduiraut 1899, un peu aidé par Kevin.

— Oui, c'est le treizième vin de l'étagère 1. Il y a vingt-neuf bouteilles, dit-il en retournant au livre de cave original.

Je pris soin de ne pas lui dire combien de bouteilles mentionnait ma liste, mais, comme de juste, le chiffre était de trente bouteilles. Moins une, depuis ce matin.

— OK, dis-je. Pouvez-vous nous montrer ces bouteilles, Pyotr ? Indiquez-les-nous.

— Ici, dit-il, en reculant et en montrant du doigt. Ça commence ici.

Puis, s'arrêtant un peu plus loin :

— Et ça se termine ici.

Bien sûr, on trouvait des bouteilles identiques entre ces deux points. Kevin, Pyotr et moi en comptâmes bien vingt-neuf. Il y en aurait donc eu trente, comme indiqué, avant qu'une bouteille ne finisse malheureusement dans les mains maladroites de l'artiste Revaz, plus tôt dans la journée.

Avec précaution, Kevin et moi portâmes quelques bouteilles jusqu'à la table où nous avions déployé notre installation lumineuse. Nous entreprîmes de photographier chaque bouteille, en les plaçant devant les lampes fluorescentes afin de déterminer le niveau de remplissage. Pour des bouteilles aussi anciennes, il était normal qu'une partie du vin se fût évaporée ou ait coulé, mais le niveau atteignait la base du goulot, ce qui était exceptionnel pour un vin de cent ans. S'il s'agissait des vraies bouteilles, cela signifiait que les bouchons avaient conservé leur efficacité après exactement un siècle.

Nous les ramenâmes ensuite à la rangée numéro un. Quelques-unes des bouteilles que nous avions laissées en place portaient encore des étiquettes presque entières, bien que très détériorées. Nous pouvions clairement lire les inscriptions, suffisamment pour discerner « Ch Suduiraut 1899 ».

Kevin et moi ne savions pas combien de temps nous pourrions rester dans la cave avant que Nana ne vienne faire tinter ses clés ou avant que ne surviennent les patrons pour nous faire déguerpir. George était toujours introuvable, mais ce n'était pas grave vu la disponibilité avisée de Pyotr.

À ce stade, l'essentiel pour nous était d'accéder aux bouteilles vraiment importantes, mais il s'agissait de se montrer subtil, car j'étais sûr que nos activités et ce qui focalisait notre attention seraient fidèlement rapportés à la direction.

Après avoir appliqué notre système sur quelques bouteilles, je parcourus ma liste et pointai du doigt au hasard une ligne. L'air de rien, je demandai à Pyotr :

— Rangée quinze. Y a-t-il un Château « Ikem » ?

Pyotr jeta un coup d'œil au registre, fit courir son doigt le long des colonnes, puis répondit :

— Oui, Ikem, c'est le numéro 44. On est en 1847, et il y a trois bouteilles.

C'est exactement ce que j'ai, pensai-je, en essayant de garder un visage impassible et de ne trahir aucune impatience.

— Pouvez-vous aller chercher ces bouteilles, Pyotr? demandai-je.

Kevin était très attentif, il observait silencieusement le va-et-vient de Pyotr vers l'étagère, tout occupé à vérifier les numéros et l'emplacement des bouteilles, à grimper sur un tabouret pour en extraire avec précaution les trois bouteilles, avant de les amener à table devant les lampes. Je priais pour qu'il ne laisse tomber aucune de ces trois bouteilles!

Nous les examinâmes. Le niveau de remplissage était élevé – épaule pour l'une, mi-épaule pour la suivante et presque mi-épaule pour la troisième. Cela semblait correct et se révélait assez encourageant pour des bouteilles d'un tel âge. Il était possible qu'elles aient été rebouchées à un moment donné, sans pouvoir deviner par qui. Mais peut-être pas. Aucune d'entre elles n'avait d'étiquette, mais la forme de la bouteille semblait correcte pour un Château d'Yquem de cent cinquante ans et la teinte était de la bonne couleur. À première vue, elles avaient l'air authentiques. Je pris une photo, d'un air décontracté.

Durant ce manège, Kevin et moi n'échangeâmes pas un seul mot. Nous n'en avions pas besoin. Nous savions tous deux qu'une seule bouteille d'Yquem 1847, l'un des meilleurs millésimes du dix-neuvième siècle de l'un des plus grands vins du monde, s'était récemment vendue soixante-quinze mille dollars. (En 2014, une bouteille d'Yquem 1847 a conquis le titre de vin le plus cher jamais vendu aux États-Unis et le vin blanc le plus cher jamais vendu dans le monde. Aujourd'hui, une bouteille d'Yquem 1847, si vous en trouvez une, à condition d'être authentique et dans un état acceptable, peut coûter plus de deux cents mille dollars américains.)

Nous en avions trois sous les yeux. Ce trio de bouteilles sans étiquette représentait probablement à lui seul les trois cinquièmes de la valeur de la cave tout entière.

— Super, merci, Pyotr, dis-je avec une apparente désinvolture. Remettons-les soigneusement en place et passons à la suite.

Soulagé de constater que les trois bouteilles remarquables avaient été contrôlées sans problème, je retournai tranquillement à ma liste puis demandai à Pyotr et à Kevin de repérer, sur l'étagère numéro neuf, un vin étiqueté « Heresbrin », suivant la traduction dont je disposais.

Sans fournir plus d'informations ou d'indices, Pyotr tourna quelques pages, fronçant les sourcils tandis qu'il examinait le registre. Puis se tournant vers Kevin, il répondit finalement : « Ah oui, c'est le vin numéro sept et il y a huit bouteilles ».

Il était extraordinaire de voir à quel point la personne qui avait établi le livre de la cave avait été précise. Ma liste correspondait exactement à ce que Pyotr m'annonçait. Après s'être dirigé vers le casier, puis avoir précisé leur position, il sortit les bouteilles. Avec soin, nous prîmes des photos du vin numéro sept de l'étagère neuf. Huit bouteilles de vin rouge, sans étiquette, avec quelques traces d'étiquettes ici et là.

Planté à côté de moi, Kevin me glissa :

— Haut-Brion ?

— C'est ce que je pense.

Kevin inclina l'une des bouteilles pour nous permettre de voir le vin à l'intérieur et surtout, grâce à nos lampes, d'en distinguer la couleur. C'était un rouge brique tendant vers le brun, qui correspondait bien à ce château et à cet âge. Il pouvait sans aucun doute s'agir du Château Haut-Brion de 1889. J'aurais adoré en déboucher un et le goûter.

— Ka-ching, articula Kevin.

— Pyotr, pouvez-vous regarder dans votre registre ce qui concerne l'étagère numéro deux ? ai-je enchaîné. Il y a un vin de 1909 inscrit sur ma liste sous le nom de « Clatesterne ». Pouvez-vous le trouver et, si la liste le mentionne, me dire combien de bouteilles vous avez et de quelle contenance ?

J'avais intentionnellement choisi un vin qui n'était pas évident. Pour savoir si ces vins étaient faux, j'avais pris un vin moins en vue, dont je connaissais très précisément l'apparence et les autres caractéristiques. Sans sourciller, Pyotr se dirigea vers l'étagère numéro deux, et trouva rapidement le vin. Jetant un coup d'œil sur les bouteilles, il déclara :

— Oui, c'est correct. J'ai quelque chose comme ça, à la position 102. Il y a treize bouteilles.

— Sûr ? demandai-je, faisant semblant de douter. Eh bien, jetons-y un coup d'œil, juste pour être certains.

Il sortit les treize bouteilles et les plaça devant la lampe.

Les bouteilles avaient toutes les apparences du fameux Château Cos d'Estournel, un deuxième cru. La capsule rouge était présente sur le dessus de la bouteille et on discernait le bout du bouchon, qui devait bien être celui utilisé par le producteur, autant qu'on puisse en juger après si longtemps. On retrouvait donc la capsule, la forme de la bouteille et l'allure générale d'un Bordeaux, si ce n'est les étiquettes qui se réduisaient à quelques vestiges.

S'il était authentique, une seule bouteille du millésime 1909 valait... difficile à dire, mais certainement quelques milliers de dollars. Et là, il y avait treize bouteilles.

Kevin me lança un regard, comme pour dire : « Vraiment impressionnant. »

J'avais tout essayé pour trouver une faille dans le système, un signe quelconque pouvant révéler que toute cette affaire cachait une fraude. Kevin, bien sûr, avait un œil encore plus aiguisé, habitué à débusquer des faux et à trouver des failles dans le système. Mais cela faisait maintenant quelques heures que nous étions sur le terrain et nous n'avions pas trouvé le moindre élément qui puisse contredire un ensemble d'indices en train de prouver de manière irréfutable que tout ceci était peut-être authentique.

Toujours aussi impassibles, nous demandâmes à Pyotr de trouver un « Margot 1919 » dans le livre de la cave, puis sur les étagères. C'est l'un de mes vins préférés, un Château Margaux : l'un des premiers crus classiques, l'incarnation de la séduction du vignoble bordelais. Cette fois encore, le contrôle attesta qu'il correspondait exactement à ce que devait être la bouteille. Nous inspectâmes ensuite plusieurs millésimes d'Yquem, simplement parce que nous n'en revenions pas de nous retrouver dans ce lieu contenant autant d'Yquem centenaires, voire plus anciens.

Il n'était pas particulièrement extraordinaire que la liste en anglais dont je disposais corresponde au livre de cave géorgien, car il s'agissait simplement d'une traduction du document original. Ce que nous trouvions remarquable, c'était que les vins sur les étagères correspondaient exactement à la liste qui m'avait été donnée. Ils étaient tous là, intacts, à l'exception de la bouteille que Revaz avait fait tomber. Ni la liste ni l'authenticité apparente des bouteilles que nous choisissions et examinions ne souffraient la moindre critique.

Après avoir observé d'un œil de faucon toute la classification et le système de numérotation dans les casiers, et la façon dont Pyotr repérait les différents vins dans le répertoire, Kevin fut forcé de conclure que tout semblait être parfaitement en ordre.

Pendant ce temps, sans doute lassé de jouer avec les vins anciens, Pyotr s'était éloigné pour allumer une cigarette. Il prit ensuite sur une étagère ce qui s'avéra être un porto portugais probablement très précieux, vieux de plus de cent ans, trouva un tire-bouchon et déboucha la bouteille sans ménagement. Nous le regardâmes brièvement, surpris de le voir si cavalier, puis plongeâmes le nez dans des gobelets pour goûter le porto. Il était superbe.

Le plus important pour nous était qu'il avait exactement le goût que l'on peut attendre d'un porto centenaire. Et là, au palais, le goût était authentique.

Les heures ainsi passées furent des plus agréables, mais je restais sur mes gardes. George n'était pas réapparu et Pyotr n'avait, disait-il, aucune idée de l'endroit où il pouvait se trouver, si ce n'est qu'il était « en déplacement pour affaires ». J'étais un peu contrarié que George ne fût pas là et qu'il n'ait montré aucun signe à propos de la liste supplémentaire, qu'il avait promis de me donner, de la collection personnelle de vins de Staline.

Néanmoins, et c'était déjà cela, j'avais l'impression que nous étions enfin près du but et de percer à jour le fonctionnement de la cave, quasi certains d'avoir authentifié quelques-unes des bouteilles les plus importantes. Nous avions progressé dans la validation de notre liste et du contenu de la cave. Nous décidâmes de continuer le travail tant que c'était possible.

Les Géorgiens, cependant, avaient d'autres plans. Dans le milieu de l'après-midi, nous entendîmes des pas dans les escaliers et les cadres se pressèrent dans la pièce. Tamaz et Revaz étaient là. Grigol, également de retour, se mit à discuter avec Pyotr, qui lui expliqua clairement son rôle, en montrant le livre de la cave et en indiquant les vins.

Tamaz jeta un œil sur notre système de lampes et sur les autres équipements mais sans paraître s'inquiéter. Au lieu de cela, il dit quelque chose à Pyotr. Celui-ci nous expliqua que M. Tamaz souhaitait que nous le rejoignions dans son bureau pour goûter une sélection de vieux vins géorgiens de sa collection.

La proposition était intéressante, car sur les quarante mille bouteilles estimées dans cette cave, notre liste suggérait que jusqu'à la moitié d'entre elles pouvaient être des produits locaux. À contrecœur, nous remballâmes notre matériel, sachant que « Nana des clés » – ou « la dame de l'Union », comme l'appelait Pyotr – se chargerait certainement de fermer la porte de la cave avant que nous puissions y revenir. Mais nous voulions aussi tester les bouteilles géorgiennes pour voir comment elles avaient subi l'épreuve du temps et si elles représentaient une partie réellement précieuse de notre éventuelle acquisition, ou si elles n'étaient qu'une perte de temps et d'énergie.

Selon le registre, les vins géorgiens étaient dispersés un peu partout, dans différentes parties des étagères cinq à vingt-six. Kevin suggéra que nous choisissions une sélection de vins locaux, en particulier là où il y avait beaucoup de bouteilles. Nous choisîmes de vieux rouges, de vieux blancs et quelques vins doux. Tout à fait accommodants, les Géorgiens s'empressèrent de prendre ce que nous avions demandé et de remonter le tout, en passant par la cour, jusqu'au bureau de Tamaz.

Tandis que Revaz s'employait à ouvrir les bouteilles, Kevin me glissa discrètement : « Un vrai boucher, ce type avec son tire-bouchon. »

Alors que nous attendions qu'on nous serve le premier vin, George apparut soudain, tout souriant, nous demandant comment nous allions, comment se passait notre journée et si nous avions été productifs. Aucune explication quant à son absence au long de ce jour, aucune excuse. Juste son rire franc et une tape dans le dos comme si nous étions de vieux amis, enfin réunis. Comme toujours, Zurab le suivait de près.

Cela aurait dû me gêner, mais il y avait chez George quelque chose d'irrésistible. C'était un gredin tellement sympathique, bonhomme et à la bonne humeur tellement communicative qu'immanquablement vous vous retrouviez à sourire avec lui. Cela dit, ce sont des traits de caractère qui suscitent aussi la méfiance de l'homme d'affaires que je suis, peu enclin à croire tout ce qu'il disait. J'étais donc toujours à l'affût de signes qui auraient traduit une quelconque duplicité. Et j'étais sûr à cent pour cent que les antennes de mon compagnon de voyage étaient réglées encore plus attentivement pour percer à travers la bonhomie quelque intention fausse. Plus que jamais, j'étais reconnaissant d'avoir Kevin comme deuxième paire d'yeux et d'oreilles.

Peut-être était-ce la séance de dégustation qui attirait le monde, mais même le gars du marketing, Davit, nous avait rejoints.

Kevin et moi étions totalement concentrés sur les vins. Compte tenu de l'histoire plus que millénaire de la production de vin en Géorgie, notre première dégustation d'un authentique vin géorgien ancien n'était pas sans intérêt.

Le premier vin proposé provenait de l'étagère six, le vin numéro cinq. Il s'agissait d'un Tsinandali, datant de 1978, donc de vingt et un ans d'âge à l'époque. Nous avons scruté le breuvage dans nos verres. Bien qu'il s'agisse d'un vin blanc, il affichait une couleur presque brun-vert. Nous le humâmes. Je trouvai qu'il n'était pas très différent d'un vieux Chenin Blanc : un nez fort, de laine de mouton. Kevin et moi nous adressâmes un petit sourire, appréciant l'expérience, puis nous prîmes une gorgée.

— Au palais, c'est net, indiquai-je.

Kevin approuva de la tête :

— Bonne acidité, aussi. Une sorte de caractère de noix d'amande.

— Effectivement. Et, au contact de l'air, il développe une sorte de nez et de palais de miel.

Kevin haussa légèrement les épaules. C'était bien, mais rien d'exceptionnel, surtout du point de vue des ventes internationales.

Nous sommes passés à l'étagère numéro sept, vin numéro six. « Un Napareuli », nous informa solennellement Revaz.

C'était un autre vin blanc, mais cette fois d'une couleur brunâtre, presque comme un thé chinois pas trop fort. Au nez, on percevait un soupçon de miel, quoique pas très distinct. Je pris une gorgée. Immédiatement, je perçus à nouveau des saveurs de noix, mais elles s'estompèrent rapidement en bouche. Quel qu'ait été ce vin, il n'était plus à son meilleur niveau.

Devant notre manque d'enthousiasme, Tamaz adressa quelques mots, sur un ton sec, à Revaz. Ce dernier se saisit d'un nouveau vin, le numéro vingt-deux, de l'étagère numéro vingt et un. C'était un rouge, un autre Tsinandali apparemment, de 1945. La couleur était exceptionnelle, surtout pour un vin de cinquante-quatre ans, mais dès qu'on l'eut humé et testé, on sut qu'il était bouchonné. Dommage. J'aurais aimé découvrir ce vin dans son plein épanouissement.

Tamaz et les autres constatèrent eux aussi que le vin était bouchonné. Comme la tension montait un peu, Tamaz ordonna à Revaz de servir un vin de l'étagère vingt : le numéro trois, que George annonça comme étant un Kvareli, un rouge de 1949. Encore une fois, la couleur était superbe mais le vin était bouchonné. Je m'éloignai de ma place derrière le bureau pour m'intéresser aux bouteilles que Revaz proposait. D'une manière générale, les bouchons semblaient plus courts que ce que l'on observe d'habitude et de qualité douteuse. S'il s'agissait des bouchons géorgiens standard, ceux que l'on trouve, j'imagine, dans la plupart des cas, il y avait de fortes chances pour qu'un certain nombre de ces bouteilles soient imbuvables, et donc invendables.

Mais Tamaz et compagnie ne s'avouaient pas encore battus. Sans attendre, Revaz servit le vin numéro huit de l'étagère numéro vingt-quatre, annoncé comme un vin de dessert de 1932. « Un Khikhvi », lança George en levant son verre. « Très vieux, très beau. Comme ma mère, Dieu ait son âme. Elle est encore en vie. »

Nous avons tous souri avant de goûter le Khikhvi. Enfin, nous avions un vrai vin dans notre verre. C'était un superbe vin qui avait bien vieilli, très proche du porto, et extrêmement vif malgré son âge. Les yeux de Kevin brillaient.

Opter pour un porto, qui a plus de chances d'avoir résisté aux années, était une bonne idée. Tamaz avait l'air content de lui et de ses vins, maintenant que nous avions salué avec enthousiasme le Khikhvi 1932.

Poursuivant sur sa lancée, Revaz nous présenta quelques vins conservés dans des pots en céramique, une tradition locale vieille de plus de mille ans. Étagère numéro quatre, le vin numéro deux : c'était un autre Tsinandali, de 1920, un blanc sec. Il affichait une couleur jaune thé, avec un nez de sherry et un soupçon de miel et de caramel. C'était prometteur. J'en pris une gorgée. Le palais était léger, presque un goût de caramel au beurre.

— Qu'en penses-tu ? demandai-je à Kevin.

— Intéressant. En fait, il est assez remarquable pour un vin blanc de soixante-dix-sept ans.

— Normal, on boit une corne, intervint George.

— Une corne ? lui demandai-je. Comment cela ?

— Oui. Un *kantsi*. Ça peut être grand et contenir beaucoup de vin. Encore mieux qu'un *deda-khelada* pour servir le très bon *ghvino*, répondit-il.

— OK, je vais mordre. C'est quoi un *deda-khelada*? s'énerva Kevin.

— C'est une chope-mère, expliqua George, tout sourire devant nos réactions. Je suis sérieux. Une grande cruche avec des petites cruches sur le côté, comme plusieurs seins.

— C'est tout à fait ça, fit Kevin. Je ne suis pas acheteur.

— Vous voulez acheter? insista George. Vous savez, la cruche-mère est une tradition historique à Tbilissi.

Kevin n'avait pas l'air convaincu mais le badinage avait servi: nous devenions tous des amis, partageant des vins dans la bonne humeur.

Revaz tendit la main vers le pot de céramique suivant. Étagère numéro quatre, vin numéro cinq, un autre Tsinandali, de 1945. On pouvait sentir la confiance dans la pièce: quel que fût l'investissement que nous comptions faire dans la Savane Number One Winery, il était clair que ces vieux vins géorgiens étaient du goût des « cadres » et nul doute que, dans leur esprit, ils ajoutaient quelques dollars supplémentaires à la valeur de leur exploitation.

Du moins jusqu'au moment où je portai à mes narines le Tsinandali 1945 et scrutai la couleur jaune sale du vin versé dans mon verre. Le vin était manifestement oxydé. Malgré tout, je pris une gorgée, obtenant au goût une trace de miel et peut-être de sherry. Mais mon visage trahit ma réaction au liquide oxydé. Kevin, lui, posa son verre en disant un simple « Non ».

Pour le coup, les Géorgiens perdirent leur sourire.

Nous en essayâmes encore quelques autres. La plupart nous apparurent potables, certains vraiment bons et quelques autres corrects mais peut-être pas au mieux de leur forme. Nous émîmes des avis encourageants, voulant faire savoir à Tamaz et à ses compagnons que nous avions vraiment apprécié leurs bons vins. George, de son côté, s'efforçait de maintenir une ambiance légère et joyeuse, avant de nous inviter à sortir de la salle.

Comme je m'en doutais, nous ne retournerions pas dans les caves ce jour-là et fûmes donc reconduits à notre hôtel.

Arrivés à destination, nous restâmes devant la porte d'entrée, le temps de voir les feux arrière de Nino s'élancer derrière le coin et disparaître. Nous étions en fin d'après-midi et, depuis notre arrivée, après la visite du vignoble et le dîner avec les Géorgiens, c'était la première fois que je me trouvais à l'air libre. Je me rendais compte que le décalage horaire continuait à affecter mon niveau d'énergie et que j'avais fourni de gros efforts de concentration pendant tout ce temps.

— Tu veux prendre un café dans le hall ? demandai-je à Kevin.

Il fit un signe de la tête.

— Non, John, marchons un peu. Nous sommes restés enfermés dans cette cave lugubre toute la journée. Prenons un peu d'air frais et profitons de ce qu'il reste de la lumière du soleil.

11

UNE PROMENADE DANS LE VIEUX TBILISSI

C'était une bonne idée. Après avoir déposé nos sacs chez le concierge, nous ressortîmes aussitôt. Kevin ouvrait la voie, ses recherches dans les ambassades l'avaient familiarisé avec le plan de la ville.

Et il avait raison, c'était merveilleux de se dégourdir les jambes et de respirer un air autre que celui de la cave. Nous pouvions entendre la rivière gronder quelque part sur notre droite, tandis que nous regardions une mère de famille avec deux jeunes enfants traverser un balcon, passer devant plusieurs portes ouvertes, saluant les voisins dans leurs salons, avant d'atteindre la porte de son appartement. Alors que nous approchions du centre de la vieille ville, de la musique se fit entendre quelque part devant nous. J'étais fasciné par la variété des magasins et les nombreuses possibilités de restauration sans prétention, la plupart semblant vendre le pain fourré *khachapuri*. Les vendeurs de rue proposaient des boulettes et du bouillon de *khinkali*, et je fus particulièrement intéressé par ce qui semblait être une sorte de bar à lait tbilissien, proposant de longs cônes verticaux remplis de différentes saveurs.

Venant de Sydney, avec sa population multiculturelle, j'étais frappé par l'uniformité des visages dans la rue. J'avais lu qu'Hitler considérait les Géorgiens comme des Aryens, mais au vu des traits et de la couleur des cheveux des personnes que nous croisions, cela ne me parut pas évident. Les boutiques reflétaient également la réputation de longue date de Tbilissi en tant que point de rencontre entre l'Est et l'Ouest, entre le christianisme à l'Ouest et les empires musulmans à l'Est. J'aurais pu faire des découvertes dans cet endroit pendant des jours.

Alors que nous passions devant un magasin, Kevin me donna un coup de coude. Sur l'étal, on trouvait des sortes de bols à boire en argile, des pichets à anse, étiquetés *kheladas*, et des cruches en forme d'animaux. Une grande cruche en plein cœur de la vitrine, avec plusieurs petites cruches attachées à ses côtés suscita son amusement.

— Je n'en reviens, dis-je. La cruche-mère était réelle.

— Tu vois, dit Kevin. Ces charmants Géorgiens ne nous raconteraient jamais de bobards.

— Ah, fis-je. Je ne m'aventurerais pas aussi loin pour le moment.

Nous continuâmes à marcher, respirant profondément. Je sentais que mon corps commençait à m'indiquer que, ce soir-là, une nuit de repos s'imposerait et que j'allais pouvoir prendre un bain et me coucher dans mon lit, sans être dérangé. Après avoir passé un bon moment dans les caves, à noter les vins historiques et même à goûter le Suduiraut 1899, je me sentais un peu plus détendu, je pensais que nous étions sur la bonne voie et je pouvais songer à la tâche qui m'attendait.

— Alors, que pouvons-nous conclure de cette dégustation? demandai-je à Kevin, alors que nous nous mêlions aux habitants, de retour vers notre hôtel.

— C'était certainement une expérience, répondit-il. Tu as remarqué que Davit, le responsable du marketing, n'a goûté aucun des vins, à part l'excellent porto?

— Non, pas du tout. Comment le situer? Je n'arrive toujours pas à le savoir.

— Je suppose qu'il fait comme tous les autres qui errent sans but dans un domaine viticole en sommeil, dit Kevin. Que penses-tu des vins récents, pour ceux qui sont buvables?

— Tu sais ce que j'ai trouvé de plus intéressant? Presque tous avaient un léger goût de caramel ou de miel. Tu l'as remarqué? C'est un caractère très étrange, surtout quand on s'éloigne des vins de dessert. Je l'ai remarqué sur les blancs secs et même sur les rouges secs. Certains vins ne présentaient plus de caractère fruité, avaient une certaine acidité et n'étaient pas oxydés, ils étaient donc encore buvables d'une certaine manière, et ils avaient cette touche de caramel au final. Maintenant que j'y pense, même le rosé que nous avons bu hier soir à l'hôtel en avait un soupçon.

— Je ne vois pas, fit Kevin. Rappelons-nous d'interroger George ou Revaz sur le sujet, bien que je ne sois pas sûr de lui faire confiance pour tout ce qui concerne les subtilités de la vinification.

— La question la plus importante concerne la vente, fis-je remarquer. Les vins géorgiens ont-ils une quelconque valeur?

Tout en marchant, Kevin fronçait les sourcils, plongé dans sa réflexion.

Finalement, il exprima son sentiment:

— Ils ont quelque chose d'intéressant mais leur valeur est discutable, vraiment. Je pense que cela dépend de la campagne de marketing de la maison de vente aux enchères, tu ne penses pas? S'il s'agit d'une grande campagne de marketing et que l'on peut construire une histoire autour d'eux comme éléments d'une collection plus large, on peut probablement arriver à les vendre. Les vieux vins de la collection Massandra se vendent très cher, alors pourquoi pas ceux-ci.

J'approuvai de la tête:

— Oui, on peut en faire déguster quelques-uns aux enchères, surtout si elles ont lieu à New York ou à Londres. Ce serait inhabituel, mais cela ferait de la publicité, et si nous pouvions faire découvrir certains des meilleurs vins, cela stimulerait les ventes des variétés géorgiennes les plus originales.

— Donc, au pire, ils stockent des produits qui vont remplir leur cave.

— Donc, on est d'accord : pour un prix de vente d'un million de dollars, nous prenons les vieux vins géorgiens. Mais il est clair que la vraie valeur réside dans les grands crus français, ai-je dit. Je n'en reviens toujours pas qu'il y ait deux cent dix-sept bouteilles d'Yquem des années 1800 et 1900 dans cette cave. Nous devons vraiment vérifier autant de ces bouteilles que possible. Une grande partie de la valeur dépend de ce vin.

— Bien d'accord, conclut Kevin.

De retour à l'hôtel, nous récupérâmes nos sacs auprès du concierge. Après quelques pas, nous appuyâmes sur le bouton de l'ascenseur. Je poussai un profond soupir.

— Mon vieux, on vient de passer une sacrée journée, dis-je en me tournant vers mon partenaire à l'air un peu hagard.

Kevin acquiesça :

— Pour sûr. Et maintenant, si tu es d'accord, je pense que je vais aller m'effondrer dans ma chambre d'hôtel vieillotte.

— Tu ne veux pas dîner ?

— On ne s'appellerait pas un peu plus tard, après s'être reposés ? Si je ne réponds pas, c'est que je me suis endormi pour la nuit, et je suppose qu'il en est de même pour toi.

— Ça m'a l'air d'un bon plan, ai-je dit. Je meurs d'envie d'un bain et de profiter d'un peu de calme.

12

SUPRA !

Vers 21 heures, j'étais contrarié de ne pas réussir à plonger dans un sommeil profond. Je m'étais pourtant glissé délicieusement dans mon lit après un long bain. Après avoir lutté contre le décalage horaire toute la journée, mon cerveau refusait à présent de succomber à mon besoin désespéré de sommeil. Au lieu de cela, je dérivai dans une forme d'assoupissement, mécontent chaque fois que je me rendais compte que j'étais revenu à la surface.

Alors, quand le téléphone sonna à côté de mon lit, j'étais à moitié endormi mais suffisamment conscient pour supposer que c'était Kevin, qui me proposerait de dîner. À mi-chemin entre vigilance et somnolence, je restai allongé. Hmm, le bougre, pensai-je. Kevin comprendra que je ne suis pas en pleine forme, que je suis un peu zombie. Mais je peux aussi bien tenter une sortie en titubant pour manger quelque chose rapidement, puis essayer de dormir à nouveau.

Je décrochai :

— Kevin?

— John ! fit la voix de George, faisant résonner le combiné. Je pense qu'il est temps pour vous de partir à l'aventure ! Kevin est déjà en route. Nous venons pour vous emmener à un bon dîner dans les montagnes. Vous êtes prêt?

— Maintenant? Pour les montagnes? articulai-je.

— Oui, dit George joyeusement. On va vous faire passer un très bon moment.

— Vous êtes en bas, dans le hall?

Mon cerveau tentait de rattraper la réalité.

— Tout de suite. D'une minute à l'autre. Nous partons maintenant. Je vous rejoins.

Et il raccrocha.

Je restai là, à cligner des yeux en regardant le plafond, puis je sortis du lit, m'habillai et me dirigeai vers le hall. Kevin m'attendait en effet, vêtu d'un polo soigneusement repassé et d'un jean couleur anthracite. Il avait l'air cool et imperturbable, du vrai Kevin. Comme si le fait d'être tiré de la fatigue du décalage horaire pour être convoqué à un dîner mystérieux dans les montagnes géorgiennes par une bande d'individus armés ne différait pas d'un mercredi soir comme les autres.

— Tu as l'air frais, me lança-t-il.

Je pestais intérieurement.

— Je ferais n'importe quoi pour que ce rêve se poursuive, continua-t-il joyeusement.

J'opinai de la tête sans parvenir à réfréner mon envie de rire.

Bien sûr, pour George, la notion de « presque immédiatement » signifiait l'arrivée de Nino en fanfare trente minutes plus tard. Il passa le contrôle habituel avec son arme à la porte de sécurité, tout comme Zurab, qui affichait la même mine renfrognée que Nino, peut-être cinq pour cent menaçant en moins. Un apprenti bandit?

— George dans la voiture, dit Nino, avec un geste de la tête, dans le style diplomatique auquel nous étions maintenant habitués.

J'espérais que Pyotr viendrait, pour ses talents d'interprète et parce que j'en étais venu à le considérer comme le seul homme, à part George, capable de rapporter fidèlement les échanges et d'offrir un compte rendu fiable de la situation.

Heureusement, depuis le siège passager de la deuxième voiture, Pyotr nous fit signe, tandis que Zurab s'installait sur le siège du conducteur. Dans la Mercedes noire, nous retrouvâmes George. Vêtu d'une chemise à col bleu clair et d'un gilet sombre, il nous accueillit avec son enthousiasme habituel, en s'exclamant: « Nous avons passé trop de temps dans les hôtels et les bureaux, mes amis australiens ! Il est temps que nous vous fassions découvrir le vrai Tbilissi. »

Il sortit une bouteille de vodka et nous versa un verre à chacun. C'est formidable ! pensai-je en levant mon verre, me disant que l'alcool me réveillerait. Puisque l'on est à Tbilissi

La voiture traversa la ville selon le mode habituel, mais heureusement à cette heure de la nuit moins de piétons se risquaient sur notre chemin.

Durant le trajet, George se pencha et nous demanda :

— Alors, vous aimez les vieux vins géorgiens ? C'est du vrai, vous êtes d'accord ?

— D'après ce que nous avons vu, c'est ce qu'il semble, répondis-je.

— Un bon complément aux vins importés, vous ne trouvez pas ?

Je haussai les épaules.

— Impossible de le dire à ce stade. Nous devons voir plus en détail, et nous n'avons toujours pas vu la liste de la collection personnelle de Staline. Nous avons absolument besoin de cette liste supplémentaire, George.

— Pas de problème. Ça va venir, dit-il, en s'appuyant sur le siège, agitant dédaigneusement la main. Vous serez satisfaits. C'est un bon deal. Tout le monde va y trouver son compte.

— Nous vous faisons confiance, George.

— Et vous avez raison. Grâce à moi, vous allez faire une bonne affaire, répliqua-t-il en riant. Vous savez pour quelle autre spécialité la Géorgie est célèbre, à part les vins ?

— Le pain au fromage ? suggéra Kevin.

— Non, beaucoup mieux. Les Amazones ! Saviez-vous que les Amazones de la légende vivent dans les montagnes géorgiennes ? Elles se coupent la poitrine pour tirer des flèches, c'est du moins ce qu'on prétend. De féroces guerrières. Grandes, très belles.

— Vous êtes sérieux ? demandai-je. Les légendes amazoniennes sont nées ici ?

La voiture ralentit.

— Vous ne me croyez pas, dit George. Il suffit de regarder par la fenêtre. Voici quelques-unes de nos Amazones.

Nous penchâmes le cou dans la direction indiquée, dans la rue. Trois filles en tenue de night-club – talons très hauts, jupes courtes et hauts noirs, avec de petits manteaux sur les épaules – attendaient à un arrêt de bus. Dès que Nino s'arrêta, elles montèrent dans la voiture. Elles devaient avoir une vingtaine d'années. L'une d'elles était Elene, la petite amie de Nino, que nous avions vue la nuit précédente. Une autre se présenta comme l'amie de George. La troisième était Natascha, une femme rousse très provocante, très maquillée. Si le fait de saluer deux Australiens d'âge moyen blottis à l'arrière d'une Mercedes aux vitres teintées pouvait la rendre mal à l'aise, elle ne le montrait pas. À ma grande surprise, la petite amie de George s'assit sur mes genoux, tandis que Natascha se percha sur ceux de Kevin. Elene avait pris place sur le siège passager à l'avant, à côté de Nino.

— Pas à dire, c'est confortable, glissai-je à Kevin.

— On ne peut mieux, répondit-il. Quand on pense à tous les sièges disponibles dans la voiture de Pyotr !

Nino partit sur les chapeaux de roue, la deuxième voiture suivant en convoi. Nous quittâmes la ville et traversâmes une campagne sombre, en pleine nuit. Je me fis la réflexion que George ne portait pas d'arme et ne semblait jamais en porter. Peut-être qu'avec des gars comme Nino, Zurab et Pyotr autour de lui, il n'en avait pas besoin. Y avait-il une sorte de hiérarchie, en termes d'autorité et de protection, que je n'avais pas encore vraiment prise en compte ? La deuxième voiture, était-ce par précaution, étant donné que nous étions assez nombreux, ou était-ce pour garder un œil sur la Mercedes ? Alors que je réfléchissais à tout cela, la petite amie de George se pencha pour pouvoir embrasser George sur les lèvres. Kevin essayait d'avoir l'air aussi décontracté que possible avec une Géorgienne glamour assise sur lui, posant des questions sur Sydney dans un anglais étonnamment correct. J'avais envie de rire. Neville n'avait pas plaisanté : la Géorgie était vraiment le Far West.

Le restaurant se situait dans les collines qui surplombent Tbilissi. Nous entrâmes dans un grand hall tendu, du sol au plafond, de rideaux d'un violet profond devant lesquels s'alignaient de grandes statues de personnages héroïques, dont l'un portait un énorme manteau.

— C'est de l'or, fit fièrement Nino, en montrant la sculpture.

— Les statues sont en or? demandai-je.

Elles semblaient plutôt être en bronze ou en un autre métal plus terne. Nino secoua la tête:

— Non, mais le manteau est en or.

— Le type de la statue porte un manteau d'or? s'étonna discrètement Kevin.

À ce moment, Natascha fit son apparition et posa une main sur l'épaule de Kevin.

— Les statues sont celles de Jason et des Argonautes, avec la Toison d'or, expliqua-t-elle. Tout cela s'est passé ici, en Géorgie.

Sa main restait sur son épaule.

— C'est vrai? demandai-je. La légende de Jason trouvant la toison d'or se déroule à Tbilissi?

— Presque, dit Natascha. En fait, à Kutaisi, une autre ville, à l'ouest. Mais on appelle toujours la Géorgie le pays de la Toison d'or.

— D'abord les Amazones, maintenant les Argonautes. La Géorgie est pleine de surprises, dit Kevin, avant de s'éloigner subtilement de Natascha pour examiner les statues de plus près.

À le regarder, on aurait pu croire qu'il n'avait jamais rien vu d'aussi fascinant que ces œuvres d'art.

Il était toujours en train de les examiner lorsque vint nous accueillir un personnage vêtu d'un costume immaculé, qui devait être le chef des serveurs. George lui murmura quelque chose qui produisit immédiatement son effet. L'air surpris, le serveur acquiesça, s'inclinant comme s'il saluait la royauté, avant de nous indiquer de le suivre.

La salle à manger du restaurant était vaste, garnie de tables réparties généreusement, laissant entre elles beaucoup d'espace. Six ou sept tables au fond de la salle étaient occupées par des couples ou des groupes de quatre convives qui discutaient tranquillement. Dans un espace à part, le long de l'immense fenêtre offrant la meilleure vue, plusieurs tables avaient été rapprochées.

Le serveur conduisit George dans cette direction, et le reste d'entre nous suivit.

— Regarde cette vue, dit Kevin, en se dirigeant vers la fenêtre. John, viens voir.

— Je peux la voir d'ici, répondis-je.

Mais Kevin me lança un regard.

— Non, tu devrais vraiment la voir de là où je me trouve.

Je m'approchai, faisant attention à ce qu'aucun Géorgien ne me suive, mais ils étaient tous en train de s'installer et de consulter la carte des boissons.

— Wouaw! Quelle belle vue! m'exclamai-je.

— Qu'est-ce que tu crois qu'il se passe avec ces femmes? me glissa Kevin, à voix basse.

— Je n'en ai aucune idée. Elles semblent être des amies, non? Bon sang, j'espère qu'elles n'ont pas été amenées ici pour nous. Les explications vont être gênantes.

— Non? Ce ne doit pas être cela, rétorqua Kevin.

Je regardai la vue et poussai un soupir:

— Kevin, nous ne connaissons pas les coutumes locales. La conduite sans foi ni loi de Nino, les armes à feu partout et à peu près tout ce qui se passe. Honnêtement, je ne présumerais de rien, de toute façon.

— On la joue comment? continua Kevin, toujours à voix basse. Juste poli et amical? Faire semblant de rien si ça s'anime?

— Exactement, répondis-je, en posant une main sur son épaule à la place de celle de Natascha. Joue-la de façon naturelle, beau gosse canadien.

Kevin se dirigea prudemment vers un bout de la table, près de Pyotr et Zurab, tandis que je prenais le siège vide à côté de Natascha, avec George de l'autre côté.

Nous surplombions les lumières de Tbilissi, entourés de l'énorme masse noire des montagnes. De temps en temps, on percevait quelques feux là où un petit village devait être perché dans les contreforts. La nuit se présentait comme une demi-lune, juste assez forte pour se refléter dans la rivière qui serpentait au fond de la vallée, loin en bas des pentes.

— Cela me plairait beaucoup de découvrir cette vue pendant la journée, dis-je à George. Tbilissi me semble être une ville vraiment magnifique, je me trompe?

— Pourquoi Ioseb Dzhugashvili aurait-il voulu partir? répondit-il. Sinon pour devenir le patron de l'Union soviétique et du monde, évidemment.

Je dus poser la question:

— Ioseb qui?

— Staline, me souffla Kevin. C'était le nom géorgien de Joseph Staline avant qu'il se pointe sur la grande scène de l'Histoire.

— Comment sais-tu ce genre de choses?

Kevin sourit en haussant les épaules.

— Une vie bien remplie. De plus, Pyotr l'a mentionné au déjeuner hier.

— Incroyable, dis-je. Tu ne rates rien. Mais je pense que, si les gens d'ici n'avaient pas joué pour les Canadiens dans la NHL, tu n'en aurais jamais entendu parler.

— Premièrement, dit Kevin, je suis un gars des Winnipeg Jets, tu le sais, et deuxièmement, tu n'as probablement jamais entendu parler de la KHL.

— Tu as raison, je n'en ai jamais entendu parler. Je devrais?

— Kontinental Hockey League... Russe, articula Nino, en se réveillant. Du très bon hockey. De l'habileté et des bagarres!

— Vous aimez le hockey? demanda Kevin.

Nino acquiesça avec enthousiasme. Qui l'eût cru, les palets étaient la clé pour déverrouiller le garde du corps de George.

Les assiettes de viande commençaient à arriver, ainsi que les bouteilles de vodka et les petites bouteilles de bière. Tout le monde s'était détendu autour de l'excellent repas, avec Nino et George posant pour des photos avec les femmes, qui semblaient passer un bon moment.

À un moment donné, George se leva et déclara que le repas était officiellement un *supra* et qu'il était *tamada* pour la soirée. Tous les clients applaudirent. Kevin et moi nous regardâmes, essayant de nous retenir de rire. C'étaient les mêmes mots que ceux qu'il avait utilisés la veille, mais maintenant George les mettait beaucoup plus en valeur.

— C'est le *tamada* qui porte les toasts, nous expliqua Natascha. C'est la tradition géorgienne : lors des mariages, des célébrations, des grandes occasions. Il est comme le grand chef de la table, il fait des blagues, reçoit les toasts et dirige les libations. À la suite de fouilles, on a trouvé des pots et des statues montrant des *tamadas* du septième siècle. Une grande tradition géorgienne.

Un verre de vin bien rempli à la main, George prononça un long discours en géorgien, puis il se tourna vers nous :

— Je porte un toast à nous tous, à nos ancêtres, à nos familles et à nos futurs descendants. Je porte un toast en l'honneur de nos visiteurs venant du monde entier, pour nos amis australiens, pour vous, John et Kevin. Je lève mon verre à notre succès.

— Difficile de ne pas boire à cela, murmurai-je.

Je tendis mon verre dans sa direction et nous bûmes tous ensemble.

Celui-là s'avéra, bien sûr, n'être que le premier de nombreux toasts. Les différents convives se levaient tour à tour et s'adressaient à George. Celui-ci opinait de la tête, riait et faisait des commentaires qui provoquaient des éclats de rire. Puis, il nous expliquait brièvement la raison du toast. Et nous nous joignions docilement à l'invitation.

Au cours du dîner, Natascha se révéla être de bonne compagnie. Elle nous expliqua qu'elle était à l'université, qu'elle étudiait la comptabilité, utile pour se lancer éventuellement dans le commerce international, et qu'elle avait étudié l'anglais pendant près de dix ans parce qu'elle avait compris à quel point cette langue serait indispensable pour ses projets.

Nous parlâmes de l'Australie, de la différence entre ce pays et la Géorgie, avant de revenir aux statues du foyer et de lui poser des questions à leur sujet. Elle m'expliqua que la légende de Jason et de la toison d'or était censée reposer sur une ancienne tradition géorgienne. Apparemment, il y a des siècles, on trouvait de l'or alluvial dans les rivières de montagne et on le recueillait à l'aide de toisons de mouton. Natascha me raconta que les toisons étaient suffisamment épaisses pour piéger les éclats d'or, tout en laissant passer l'eau, de sorte que les chercheurs d'or se retrouvaient avec une toison de mouton couverte de morceaux d'or.

— Il se peut qu'Apollonius, qui a écrit le poème grec original, ait entendu parler de cette tradition et l'ait utilisée pour expliquer pourquoi la Géorgie abrite un si magnifique trésor dans son histoire, ajouta-t-elle.

— Et Médée ? demandai-je. Est-elle inspirée d'une vraie femme géorgienne ?

Natascha me regarda droit dans les yeux avec une étincelle dans le regard :

— Vous devriez vraiment vous méfier de nous, les femmes géorgiennes, M. John. Nous pouvons enchanter n'importe quel homme, des Argonautes aux Australiens.

Je ris et levai mon verre à cette sortie, puis laissai courir la conversation sur le temps magnifique qu'il faisait depuis notre arrivée. Natascha sirotait sa vodka avec une expression amusée, un peu hautaine, attitude qui me laissait indifférent.

En fin de repas, les Géorgiens se firent encore photographier en compagnie des femmes, s'exprimant de plus en plus fort et portant plusieurs derniers toasts à la vodka, toujours menés par George en tant que *tamada*, pour célébrer le merveilleux partenariat entre l'Australie et la Géorgie.

Je voyais Kevin partager mon soulagement de constater que nos compagnes n'étaient apparemment pas plus que des petites amies ou des amies de nos hôtes, et nous étions donc détendus. Nous honorâmes une ultime invitation superflue à vider la vodka, avant de nous diriger vers les voitures et d'être ramenés à notre hôtel, dans une ambiance de musique pop géorgienne. George et sa copine étaient montés dans la voiture de Zurab. Il ne restait donc que Kevin, Natascha et moi-même sur le siège arrière de la Mercedes. Elle chantait sur la musique, dansait sur son siège et nous souriait, à Kevin et moi, tout en se penchant de temps en temps pour des bribes de conversation avec Nino et Elene, installés à l'avant.

À mi-parcours, nous nous arrêtâmes devant un banal immeuble d'habitation. La petite amie de George sortit de l'autre voiture, lui envoya un long baiser avant de faire un signe de la main et de courir pour monter les marches et entrer dans l'immeuble. Natascha ouvrit alors la portière, se dirigea vers l'autre voiture et monta sur le siège arrière où nous la vîmes s'asseoir sur les genoux de George.

Notre voiture reprit la route. Sur le siège arrière, Kevin et moi étions passablement amusés, à l'approche de notre hôtel.

Nous remerciâmes Nino pour le trajet et sortîmes de la Mercedes. George et Natascha firent de même de la voiture de Zurab pour lui dire au revoir. Après quoi, Zurab et Pyotr partirent, avec un petit signe de la main dans notre direction.

— Merci pour cette très plaisante soirée, George, dis-je. On ne s'ennuie jamais à Tbilissi.

— Ne vous y attachez pas trop, M. John, répliqua-t-il. Si vous décidiez de vous installer ici, nous ne serions plus des partenaires internationaux.

— Bien vu, dus-je admettre.

Kevin et moi embrassâmes Natascha sur la joue, puis nous suivîmes du regard la voiture de Nino l'emportant avec George dans la nuit, une traînée de musique pop dans leur sillage.

— Eh bien, nous qui parlions d'aller tôt au lit..., fit Kevin alors que nous nous trouvions seuls sur le trottoir.

Il était presque 1 heure du matin.

— Je pense que je vais rêver de Médée, murmurai-je alors que nous nous dirigions vers l'entrée. En fait, je pense que je vais rêver de tâches héroïques, dignes de la mythologie grecque, comme de sortir cette bouteille d'Yquem 1847 de la cave.

Kevin s'esclaffa :

— Oui, ce point continue de m'inquiéter. J'aurais préféré qu'il soit moins question de mythologie ce soir

Arrivé dans ma chambre, je décidai que j'étais resté assez sobre et pouvais passer quelques coups de fil. J'appelai Harry puis Neville, expliquant que nous avions enfin vu certains des vins anciens mais que nous étions contrariés de ne pas avoir encore reçu de liste ou d'informations sur la collection personnelle de Staline. Je leur demandai s'ils pouvaient appeler George pour souligner à quel point c'était important. Tous deux me promirent qu'ils l'appelleraient avant que nous arrivions au domaine viticole le lendemain.

Parfait. Je pouvais pouvoir me détendre, m'allonger et attendre ce que la partie du lendemain allait donner.

Plusieurs heures s'étaient écoulées depuis ma tentative de trouver le sommeil dans cette chambre d'hôtel quelconque, avant d'être emmené dans les montagnes. Cette fois, je me couchai dans mon lit avec grande satisfaction, l'estomac plein et légèrement ivre. Il me restait six heures avant que le réveil ne sonne.

En quelques secondes, un profond sommeil tomba sur moi.

13

TEMPÊTES DANS LA CAVE

Bien sûr, le troisième jour, lorsque nous arrivâmes à la cave, la « dame de l'Union », Nana, brillait par son absence. Personne pour ouvrir la cave.

Et comme on pouvait s'y attendre, George n'était pas là non plus. Bien malin qui aurait pu dire à quelle heure Zurab et lui allaient nous rejoindre !

Faut-il ajouter qu'à l'arrivée de George, cinquante minutes plus tard, il nous assura que non, il n'avait reçu aucun appel téléphonique d'Australie, ni de Harry ni de Neville ? Pourquoi ? Il aurait dû ?

— J'ai eu une conversation avec eux la nuit dernière et ils étaient également préoccupés par le fait que nous n'avons toujours pas reçu de précisions concernant la collection privée de Staline, soulignai-je.

— Chaque chose en son temps, John, me répondit-il. Chaque chose en son temps.

— George, la durée de notre séjour ici est limitée, insistai-je.

Il me regarda brièvement comme s'il s'agissait d'une révélation surprenante, puis hocha la tête.

— Oui, je sais, dit-il. Je vais faire en sorte d'activer les choses. Vous allez être content. Tout ira pour le mieux.

Entre-temps, une petite voiture, légèrement cabossée, avait remonté la longue allée bordée d'arbres puis s'était arrêtée dans un grincement de freins. Prenant son temps, Nana Vorobieff s'était levée du siège conducteur. Quand elle eut disparu dans le bâtiment principal, je poussai un soupir de soulagement. En fin de compte, nous allions avoir accès aux vins.

Nous avions un plan approximatif. Au cours du petit déjeuner, Kevin et moi comparâmes nos notes et décidâmes d'un programme pour la journée, que nous avions assez logiquement intitulé « Informations sur la collection personnelle de Staline ».

— Que penses-tu du « sous-sol » dans la cave, me demanda Kevin, alors que nous ingurgitions œufs, bacon, toasts-confiture, avec du café filtre. Le choix proposé par l'hôtel, très à l'occidentale.

— C'est vraiment là que ça se situe, répondis-je. J'ai entendu Pyotr et Grigol y faire allusion, et Tamaz en a parlé pendant l'un de ses délires, je veux dire ses monologues. Quand nous sommes entrés dans la cave, rappelle-toi, ils ont indiqué que l'escalier continuait jusqu'au niveau inférieur. Sur ma liste de Sydney, je pense que je peux voir où le niveau un se termine et où commence le niveau d'en dessous.

Kevin approuva en hochant la tête :

— J'ai aussi revu la liste et pointé ce que nous avons trouvé hier dans le registre de la cave et ce qui semble être sur les étagères du niveau où nous étions hier. Si mes calculs sont exacts, il doit y avoir 8424 bouteilles au sous-sol, qui ne sont pas incluses dans les trente mille que nous avons examinées hier à l'étage supérieur.

— Environ, fis-je remarquer.

— Certainement, je ne voulais pas prétendre que la liste était complètement correcte.

— Sauf que nous n'avons pas encore trouvé de discordance, notai-je. N'est-ce pas le plus étrange ? Nous passons des heures à chercher le moindre signe de fraude ou de « trous » en comparant les bouteilles physiques au livre de cave et à notre copie traduite, et il n'y en a pas eu un seul. Rien à redire.

— Nous n'avons eu qu'une journée, remarqua Kevin. Voyons comment se passe cette journée-ci.

C'est ce qui me plaisait chez Kevin. Sa capacité à persister dans la recherche des pièges, à chercher l'arnaque.

— Eh bien, dis-je, si le chiffre de 8424, ou un chiffre avoisinant, est correct, cela porterait le nombre total de bouteilles dans les deux niveaux de la cave à près de quarante mille bouteilles, ce qui correspond à ce que Neville nous avait annoncé à Sydney. D'après ma liste, la plupart des vins du sous-sol sont des vins géorgiens ou de Crimée.

— En principe, il doit aussi y avoir des Margaux de 1938, dit Kevin. Je suis quand même dubitatif sur les quinze bouteilles de huit cents millilitres. Cela me semble peu probable.

J'avais mis mon assiette de côté pour me replonger également dans ma fameuse liste.

— D'après cette dernière, il devrait y avoir davantage d'Yquem. Peut-être quarante-cinq ou cinquante bouteilles, dont du 1924 et quelques millésimes inconnus.

— Je relève encore six cent trente-neuf bouteilles de Tsinandali, le vin blanc géorgien que nous avions testé, dans des millésimes allant de 1915 à 1968. Si elles sont en bon état, elles peuvent certainement nous intéresser pour la partie « bis » de la vente aux enchères que nous avons en vue.

Une idée me vint soudain :

— Hé ! regarde ça.

— Quoi ? réagit Kevin.

— L'Yquem listé dans le sous-sol est de 1924. Une partie du Tsinandali date de, voyons, 1968. C'est bien après que le pauvre Nicolas II eut été emmené au sous-sol.

— Donc, tout en bas, il pourrait s'agir de la collection personnelle de Staline, conclut Kevin.

— Mais il est mort quand ? Dans les années 1950, si je ne me trompe ?

— Au début des années 1950, je pense, répondit Kevin. Peut-être 1953.

— Comment diable peux-tu connaître son nom géorgien d'origine, mais pas sa date de décès ?

Kevin haussa les épaules :

— Il est encore tôt. J'ai un peu la gueule de bois.

— Normal. De toute façon, cette date de 1968 signifie que le vin a été ajouté après la mort de Staline, donc on n'a toujours pas le moyen de savoir si le vin qui se trouve dans la cave est le sien. Il faut vraiment qu'on règle ça aujourd'hui.

Aucun responsable n'était présent dans la coopérative. Tandis que la Lady de l'Union faisait tinter ses clés devant nous, nous descendîmes les escaliers à peine éclairés en direction de la cave. Nous étions prêts pour une grosse journée de recoupements.

Les choses commencèrent en fanfare, avec cette déclaration de George :

— John, voici enfin la série que vous vouliez. La collection personnelle de Staline. Ce sont ces étagères-là.

Il m'indiqua une étagère tout au fond de la pièce, un peu à l'écart des autres. Je passai la disposition en revue. On pouvait distinguer plusieurs demi-bouteilles, mais les toiles d'araignée couvraient presque tout.

— Excellent début de journée, George. Merci, dis-je en prenant les feuilles qu'il me tendait.

Je scrutai le document avec attention. On pouvait y lire :

სტალინის IV კრებული ბიბლიოთეკაში

— Hum, George. C'est écrit entièrement en géorgien, fis-je remarquer.

Il se pencha vers le papier, comme s'il ne l'avait jamais vu.

— Oh, c'est vrai. Il est écrit : « Collection IV de Staline avec bibliothèque ».

— IV ? demandai-je.

— Les initiales. Ioseb Vissarionovich, dit Kevin, visiblement remis de sa gueule de bois.

— George, nous avons besoin d'un texte en anglais, dis-je.

— Oui, bien sûr, répondit-il.

Il adressa quelques mots en géorgien à Grigol, lequel quitta la pièce en emportant les documents.

— Grigol se rend au bureau pour faire traduire cela tout de suite, dit George. Avant l'heure du déjeuner, je vous le promets.

Il n'y avait rien d'autre à faire.

— D'accord, merci, George, dis-je.

— Si près et pourtant si loin, me glissa Kevin à voix basse.

Je haussai les épaules. Je regrettais que la liste, qui était à notre portée, fût repartie, mais que pouvais-je faire ? Le mieux était de nous remettre au travail.

George et Zurab s'étant éclipsés, Pyotr, Kevin et moi nous attelâmes à valider d'autres vins en comparaison avec les listes.

Cela nous prit l'essentiel de la matinée. Je passai principalement en revue les classiques français, à la recherche du moindre indice de subterfuge, que cela concerne le bouchon, la forme de la bouteille ou la couleur du vin. Pendant ce temps, Kevin et Pyotr inspectèrent les vins géorgiens, à l'étage inférieur, qu'ils découvraient. Ce dernier ressemblait beaucoup à la salle du dessus, mais avec un peu moins de bouteilles. Il semblait y avoir eu plus d'effondrements, ayant entraîné la destruction de qui sait combien de bouteilles.

À l'heure du déjeuner, Kevin se dit convaincu que la part géorgienne de la liste et du livre général de la cave était pratiquement identique à ce qui avait été renseigné, ce qui était étonnant en soi. Pas une seule bouteille qui ait suscité la moindre suspicion de fraude.

Nous avions besoin d'air frais et de soleil. Nous retournâmes au parking, où Zurab attendait, assis dans une camionnette rouge. Nous allâmes dans l'un des restaurants habituels donnant sur la rivière. Pyotr et lui engloutirent chacun la part de deux convives. Au moment de s'asseoir, Zurab n'avait même pas sorti son arme de sa ceinture. L'objet dépassait simplement de sa chemise comme une excroissance.

Après le repas, nous reprîmes la camionnette de livraison pour retourner à la Savane Numéro Un.

— On est en train de déchoir, ironisa Kevin. Pas de Mercedes.

— Nous avons peut-être déçu Natascha, dis-je.

— Sans doute n'est-ce pas la première, répondit Kevin en contemplant la vue de Tbilissi par la fenêtre.

Les heures suivantes furent formidables. Notre système fonctionnait parfaitement. Nous vérifiâmes des dizaines de vins répertoriés et de millésimes qu'il était important de vérifier si nous faisions l'acquisition de la cave. Nous cochâmes de nombreux millésimes d'Yquem, de Palmer, de Madère, et tant d'autres grands vins de différentes époques. En plusieurs exemplaires – souvent une douzaine de bouteilles ou plus – d'un même millésime. Des vins qui sont des monuments dans l'histoire vinicole. Nous comptâmes sept millésimes du sublime Château Margaux avec quarante-trois bouteilles de 1910 et vingt-quatre bouteilles de 1911 ; sept millésimes de l'aristocratique Château Latour, de 1874 à 1914, dont trente-quatre bouteilles de 1912 ; et même deux Lafite Rothschild, l'un de 1877, l'autre de 1878. Je me dis que cela commençait à frôler l'impossible. Même les œnothèques de ces imposants châteaux ne possédaient sans doute pas certains de ces millésimes, et certainement pas en de telles quantités. Il était invraisemblable de compter quatre caisses de Margaux 1910 et, sur l'étagère voisine, trois caisses de Latour 1912. Pourtant, même après avoir inspecté un grand nombre de ces vins, nous ne pûmes pas trouver de défaut ni aux bouteilles ni à propos des numéros correspondant à notre version du registre de cave. Kevin avait des dollars dans les yeux. Pour ma part, je commençais à m'échauffer à l'idée de tout ce que contenait la cave.

Quelques minutes plus tard, Grigol arriva, mais sans la traduction de la liste de Staline.

— Pyotr, s'il te plaît, peux-tu demander à Grigol où se trouve la liste traduite ? demandai-je, en essayant d'éviter toute forme d'alarme ou de colère dans ma voix.

Grigol et Pyotr palabrèrent quelques instants, les bras ballants.

Pyotr se tourna vers nous :

— Grigol dit que la liste est toujours en cours de traduction. Ce sera fait d'ici quelques minutes.

— Peut-on le croire ? demandai-je.

Pyotr me dévisagea, un demi-sourire aux lèvres.

— Nous sommes à Tbilissi, répondit-il enfin. Je fais confiance à mon collègue géorgien.

— Je pense que cela signifie qu'il faut laisser tomber pour l'instant, me glissa Kevin.

J'avais compris le message. Nous retournâmes à la vérification des vins, avec Grigol qui nous tournait autour, essayant de se rendre utile.

Vers 15 heures, l'attention de Grigol aux travaux que nous menions baissa nettement. Il semblait s'ennuyer tandis que Kevin et Pyotr passaient en revue le casier vingt-trois, bouteille par bouteille. Au bout d'un moment, nous nous retournâmes. Grigol avait ouvert une bouteille, comme Pyotr l'avait fait la veille. Cette bouteille se révéla être un Spotikach 1933, une liqueur de café. Bien sûr, nous y goûtâmes. Et c'était intéressant.

Au moment où nous terminions notre verre, nous entendîmes des pas dans l'escalier. Revaz et Tamaz firent leur apparition. Tamaz avait le visage cramoisi au point que je me demandai s'il avait bu pendant le déjeuner. Un verre à la main, les deux dirigeants nous saluèrent. Puis ils s'en prirent à Pyotr. Ce dernier ne se laissait pas faire et leur répondit également avec une certaine véhémence.

— Que se passe-t-il, Pyotr ? demandai-je.

Mais il m'ignora, se focalisant sur Tamaz, lequel criait et s'agitait dans tous les sens. Puis, Revaz désigna la bouteille de Spotikach et interrogea Grigol. Celui-ci haussa les épaules et prit un air désolé, tout en se radoucissant et en me désignant.

Se tournant vers les quatre bouteilles de Château d'Yquem que nous avions devant nos lampes, pour les photos et pour vérifier le niveau de remplissage, il me dit en anglais :

— Pourquoi touchez-vous aux bouteilles ?

— Parce que George nous a autorisés à le faire, répondis-je, avec la ferme intention de ne pas me mêler de la gestion de la cave.

Tamaz et Revaz se retournèrent et entamèrent une vive discussion avec Pyotr, qui semblait rendre coup pour coup. L'explication ne leur suffit manifestement pas et ils quittèrent la pièce d'un pas furieux.

Nous demandâmes à Pyotr ce qui s'était passé.

— Ils ne sont pas contents qu'on boive dans la cave.

— La bouteille que Grigol a ouverte ? Tu lui as dit que ce n'était pas nous qui l'avions ouverte ?

— Bien sûr, fit Pyotr. Mais ils croient ce qu'ils veulent, non ? Par correction envers mes collègues géorgiens, je ne peux pas vraiment répéter ce que Grigol a voulu dire.

— C'est inutile. Je le sais déjà, rétorquai-je, me rappelant le doigt de Grigol pointé droit sur moi.

Kevin et moi échangeâmes des regards, nous demandant ce qui se passait en ces lieux où coulent les rivières les plus profondes. Mais de nouveaux bruits de pas nous empêchèrent d'en discuter. Voici Nana Vorobieff, la dame de l'Union, faisant cliqueter son jeu de clés et nous indiquant, sans qu'il soit nécessaire de saisir la langue, qu'il était temps de vider les lieux pour qu'elle puisse fermer les verrous. Il n'était même pas 16 heures.

Une fois remontés, nous restâmes sur le parking et attendîmes George. Nous étions tous silencieux. Kevin et moi n'étions clairement pas satisfaits et aucun des Géorgiens ne semblait tenté de faire la conversation, sauf dans les meilleurs moments. Ce n'était pas le meilleur des moments.

Finalement George arriva, dans la camionnette rouge conduite par Zurab. Il écouta Pyotr lui expliquer ce qui s'était passé. Il leva ensuite la main dans notre direction, les doigts écartés : un symbole universel pour signifier « restez calmes, je m'en occupe ».

Puis, il entra dans le bâtiment. Aussitôt commença une grande dispute en géorgien, qui dura ce qui nous sembla une demi-heure.

— Cela suffit, glissai-je à Kevin.

J'entrai dans le bureau de Tamaz, avec Pyotr et Kevin dans mon sillage. Surpris, Tamaz, Revaz et George cessèrent leur dispute à notre irruption dans la pièce.

— Qu'est-ce qui se passe, George ? Nous perdons du temps, dis-je.

Là-dessus, Tamaz se déchaîna dans une sorte de staccato géorgien.

— M. Tamaz veut savoir pourquoi vous buviez ces vins, dit George.

— Nous n'avons ouvert aucune bouteille, répondis-je. Nous avons bu, bien sûr, ce Suduiraut 1899 que Revaz a laissé tomber, et le porto que Pyotr a ouvert hier. La seule chose que nous avons bue aujourd'hui, c'est la bouteille ouverte par Grigol, une liqueur de café Spotikach. Je suis presque sûr qu'il a prétendu que c'était moi qui l'avais ouverte, ce qui n'est évidemment pas le cas.

George se retourna alors vers Tamaz et Grigol pour leur adresser, en géorgien, quelques mots sur un ton vif. Grigol prit un air sceptique tout en se défendant avec force, tandis que Tamaz se contentait de nous toiser avec colère.

« Au diable tout ça », me dis-je, et je me faufilai entre Pyotr et Kevin en direction de la porte donnant vers le parking. Nous ne disposions toujours pas d'un relevé complet ni même des éléments concernant la liste de Staline. Il ne nous restait plus qu'un jour et nous devions assister à ces palabres inutiles. D'un autre côté, je ne pouvais pas brandir la menace d'un départ immédiat, car le trésor alléchant de cette cave me tenait sous son emprise. Nous étions allés trop loin pour reprendre maintenant l'avion.

Au bout d'un moment, force fut de constater que le bâtiment derrière moi était devenu silencieux. Plus de cris ou de disputes. Je me tenais tranquillement debout, appuyé contre la camionnette de livraison, me demandant ce qui se passait à l'intérieur.

C'est Kevin qui en sortit le premier. Il arborait ce sourire tranquille signifiant que, même si la tempête était passée, il s'était en fait beaucoup amusé à la regarder. C'était une expression que je lui connaissais bien.

Pyotr et George suivirent, puis Tamaz et Revaz. Tout le monde souriait. Tamaz sortit une plaisanterie qui le fit s'esclaffer, ainsi que George et Revaz.

— C'est de nouveau la franche camaraderie, dis-je à Kevin, sans dissimuler mon étonnement.

— Je ne serais pas étonné de découvrir qu'une somme d'argent a été échangée pour une certaine raison, dit Kevin. Mais oui, il me semble que tout va bien.

— Alors, retournons dans les caves et, au travail !

14

UNE DOUZAINE À CHOISIR

Ce soir-là, Kevin et moi prîmes notre dîner de travail en tête-à-tête. Nous n'avions plus qu'une journée à passer dans la cave – à condition que Tamaz, Revaz et les dames de l'Union nous l'autorisent – et nous voulions donc nous assurer de ne pas la gaspiller. Cette soirée était l'occasion de souffler un peu, de rassembler nos impressions, de comparer nos notes de dégustation et de réfléchir à l'état d'avancement de nos stratégies et de nos programmes. Nous nous attendions à recevoir un autre coup de fil de George, pour nous proposer une autre folle aventure nocturne, mais il ne se manifesta pas. Peut-être que lui aussi avait besoin d'une nuit de repos. À moins qu'il ne soit à l'opéra avec Natascha et son amie. Peut-être aussi George avait-il une femme et cinq enfants dont nous n'avions jamais entendu parler.

Kevin me fit un signe de l'autre côté de la table : nous dégageâmes les assiettes pour faire place à nos blocs de notes et autres paperasses.

Il ouvrit la discussion :

— Tu te rends compte que nous n'avons toujours pas abordé le sujet le plus délicat de tous.

— Tu veux dire : est-ce que les gens à qui nous avons affaire appartiennent à la mafia géorgienne?

Kevin poussa un soupir.

— Oh, j'ai dépassé ça.

— Bon, alors : qui possède réellement la cave et qui peut négocier la vente des vins ?

Il se mit à rire.

— Bonne question, mais la mienne est plus immédiate.

— OK, alors, quelle est cette autre question délicate ?

Kevin m'apporta la réponse :

— Comment convaincre tous ceux qui ne s'appellent pas George d'honorer notre accord d'avant le voyage, stipulant que nous pouvons emporter au moins une douzaine de bouteilles anciennes avec nous quand nous repartons ?

— J'y ai beaucoup réfléchi, dis-je en prenant une gorgée de vin géorgien. Il est essentiel que nous retournions avec ces bouteilles. Mais je suppose qu'il va nous falloir de l'argent. C'est ce qui semble la solution à tous les problèmes par ici, comme on l'a vu aujourd'hui avec le fiasco de la dégustation.

— Nous devrons avoir avec nous une quantité suffisante de monnaie américaine, demain, juste au cas où, dit Kevin. Et nous devons prévoir une liste des vins que nous aimerions emporter, pour qu'il y ait le moins de place possible à la discussion.

— Nous avions abordé cette question avant même de monter dans l'avion, tu te souviens ? rappelai-je, en cherchant mon carnet. Le voici. J'ai écrit que nous avions convenu de les choisir selon plusieurs critères. Le premier était de choisir des bouteilles qui ont des caractéristiques connues ou qui comportent des moyens permettant une identification aussi complète que possible, afin de réduire toute ambiguïté sur l'authenticité de la collection. Nous voulons certainement des Yquem, car c'est la base de la valeur de la cave. La liste indique qu'il y a deux cent dix-sept Yquem des années 1800 et 1900. Il peut même se trouver ici des millésimes que le château lui-même ne possède pas dans sa vinothèque.

ÉTAGÈRE	RANGÉE	NOM	MILLÉSIME	TAILLE	BOUTEILLES	
1	9	Chateau Ikem	1881		10	
1	19	Chateau Ikem	1874	0.75	10	
1	21	Chateau Ikem	1854	0.75	6	
1	43	Chateau Ikem	1891	0.75	11	
1	44	Chateau Ikem	1847	0.75	3	600 000+
1	45	Chateau Ikem	1888	0.75	2	
2	19	Chateau Ikem	1864	0.70	18	
2	27	Chateau Ikem	1861	0.80	4	
2	28	Chateau Ikem	1864	0.80	1	
2	63	Chateau Ikem	1861	0.75	1	
2	96	Chateau Ikem	1877	0.75	3	
3	28	Chateau Ikem	1851	0.75	6	
29	4	Chateau Ikem Français		0.40	46	
29	16	Chateau Ikem	1924	0.70	15	
29	17	Chateau Ikem	1924	0.40	18	
29	37	Chateau Ikem		0.70	12	
29	51	Chateau Ikem	1924	0.70	9	
30	22	Chateau Ikem	1940	0.80	3	
30	30	Chateau Ikem		1.00	6	
30	38	Chateau Ikem	1858	0.75	21	
30	41	Chateau Ikem	1859	0.75	5	
30	42	Chateau Ikem	1874	0.75	7	
					217	

— Le deuxième objectif est de choisir des bouteilles qui peuvent témoigner de l'étendue de la cave aux yeux d'une maison de vente aux enchères comme Christie's, par exemple.

— Le troisième est de choisir des bouteilles qui ont de la valeur en elles-mêmes, de sorte que si toute cette aventure échoue, ce qui, avouons-le, pourrait bien arriver, nous aurons en notre possession des bouteilles qui, à elles seules, pourraient se vendre assez cher pour couvrir les frais de ce voyage, les dépenses liées à la mise en place du partenariat et les autres frais encourus jusqu'à présent.

— La dernière note que j'ai inscrite dans mon carnet, dis-je en faisant semblant de plisser les yeux, c'est un commentaire d'un certain Kevin Hopko, qui disait que nous devrions nous réserver le droit de ne pas vendre les douze bouteilles, car elles pourraient aussi être débouchées lors d'un dîner vraiment mémorable entre amis.

— Et je maintiens ce commentaire, fit Kevin. Heureusement que je suis là pour émettre de temps à autre des avis originaux, réfléchis et sensés.

— Donc, poursuivis-je, vu le nombre de bouteilles qui nous intéressent, nous devrions essayer avec deux douzaines et, s'il le faut, revenir à douze. De plus, nous ne voulons pas de vins géorgiens, mais de vieux Bordeaux ou des châteaux Yquem. L'idéal serait de pouvoir en emporter et les tester chimiquement pour établir qu'ils sont authentiques. De toute façon, avec autant d'Yquem centenaires dans cette cave, nous devons absolument en emporter quelques-uns avec nous.

Nous passâmes en revue les vins que nous avions trouvés dans le registre de cave au cours des deux derniers jours. Une liste commença à prendre forme.

Nous décidâmes qu'un Lafite 1877 serait un choix solide, pour sa valeur intrinsèque, pour impressionner la maison de vente aux enchères et pour sa capacité à être authentifié. Un Margaux 1884 prit aussi place sur la liste, puis nous avons réfléchi aux différents Yquem. Ces trois bouteilles alléchantes d'Yquem 1847 me trottaient dans l'esprit. Était-il possible que les Géorgiens ne se rendent pas compte de la rareté de ce trio de bouteilles ? En laisseraient-ils filer une seule ?

Nous convînmes qu'il n'était pas nécessaire de choisir un autre Suduiraut 1899. J'aurais bien sûr adoré avoir cette bouteille dans ma cave personnelle, non seulement à cause de sa qualité, mais aussi pour le souvenir de la dégustation du vin de la bouteille cassée, et du moment où les lumières se sont allumées, indiquant que la cave n'était pas un fantasme. Cependant, nous avions déjà testé ce vin et il ne faisait aucun doute qu'il était authentique. Dès lors, qu'est-ce que des bouteilles supplémentaires nous apporteraient de plus ?

Alors que nous nous occupions à rassembler nos deux douzaines de bouteilles de rêve, il nous apparut qu'il restait encore plusieurs vins exceptionnels à vérifier le dernier jour, représentant une part importante de la valeur de la cave, d'après ce que nous pouvions déduire de notre liste.

Kevin et moi parcourûmes les pages pour la millième fois.

Je lus :

— Étagère numéro deux, vin numéro vingt-sept, quatre bouteilles d'Yquem 1861. Nous devons absolument les vérifier.

— Étagère numéro trois, vin numéro vingt-huit, c'est aussi du Yquem 1851, dit Kevin. À vérifier aussi.

Je souris.

— L'étagère numéro trente, le vin numéro trente est aussi un Yquem, mais il n'y a pas de millésime. Nous pourrions aussi nous y intéresser, pour voir si nous pouvons déterminer le millésime à partir des bouchons de liège.

— Je pense que c'est une bonne idée, dit Kevin. Quelles chances avons-nous de recevoir demain la liste de la collection personnelle de Staline, dans une langue lisible ?

— À peu près les mêmes que de monter dans l'avion avec deux douzaines de bouteilles d'Yquem de cent cinquante ans d'âge.

Kevin leva son verre de rosé :

— Tu as peut-être raison.

— Tu veux un dessert ? demandai-je. Ils ont de la crème brûlée.

Kevin secoua la tête, l'air méfiant.

— Je ne fais jamais confiance à un dessert qui tremblote, dit-il d'un ton catégorique.

— Regarde, qu'est-ce que tu en dis ?

Et je mangeai le dessert tout seul.

Pyotr vint nous chercher avec la camionnette de livraison le lendemain matin. Dès son arrivée, je remarquai qu'il paraissait très tendu. Alors qu'il nous avait beaucoup aidés jusque-là et s'était montré plutôt amical, il se montrait d'une extrême dureté. Nous le vîmes se disputer avec le garde de sécurité de l'hôtel pour laisser son arme avant de nous rejoindre dans le hall. Il avait déjà laissé son arme sans protester auparavant, dès lors je m'interrogeai sur son humeur. Comme les autres fois, au moment de passer la porte, le personnel de sécurité se soucia exclusivement de la présence de Pyotr, sans sembler voir Nino ni Zurab.

Afin d'éviter le risque de confrontation, nous traversâmes le contrôle de sécurité pour retrouver Pyotr dans la rue. Une fois avec nous, il parut plus amical. Quant à sa façon de conduire, elle était nettement plus calme que celle de Nino, ce qui était un autre soulagement.

À l'établissement vinicole, après les échanges de civilités avec Tamaz et Revaz, nous nous dirigeâmes vers la cave. Toute la rancœur due à l'outrage de la veille – notre consommation effrontée des précieux vins – semblait s'être évaporée. Mais Revaz indiqua que, cette fois, il nous accompagnerait, ce qui me contraria : nous arrivions à l'heure, mais il ne nous restait qu'un jour pour terminer l'inventaire de la cave, et le vigneron en chef était incroyablement lent et lourd à gérer.

Je demandai à Pyotr d'expliquer gentiment à Revaz que nous étions profondément inquiets de ne pas avoir reçu de précisions concernant la collection personnelle de Staline, après plusieurs demandes répétées, ces derniers jours, et que nous venions de passer une journée entière à attendre la traduction de la version géorgienne. Ce que je ne demandai pas à Pyotr de traduire, c'était mon impatience de pouvoir évaluer la cave. Car ces bouteilles n'étaient plus seulement des bouteilles de vin. Elles avaient à nos yeux une valeur historique, comme véritable objet de collection en lien avec la personne de Staline. Elles étaient essentielles à notre entreprise.

La température de la cave en ce dernier jour était vraiment fraîche, si bien que nous nous retrouvâmes en gros pulls, nous disant que nous aurions préféré respirer un autre air, avec davantage de lumière. Peut-être honteux de ne pas nous avoir remis la liste de Staline, Revaz produisit une liste plus détaillée, que nous n'avions jamais vue, des vins du sous-sol. Nous y passâmes la matinée, à vérifier plusieurs Yquem, un Lafite et d'autres classiques.

Comme les deux jours précédents, j'étais toujours à l'affût du moindre indice qui aurait révélé le caractère non authentique de la cave. Kevin et moi n'avions besoin que d'une seule bouteille d'un prétendu Bordeaux qui n'aurait pas la bonne forme, la bonne couleur ou un bouchon suspect, et nos avertisseurs internes se seraient déclenchés. Cependant, le deuxième niveau du sous-sol semblait aussi bien documenté et conforme à tous égards que la cave principale située au-dessus.

Nous avons déjeuné dans une cafétéria non loin de la cave Savane, en compagnie de Pyotr et d'un de ses amis, un type vêtu d'un grand pardessus qu'il conserva sur lui, dans la chaleur du restaurant, pendant toute la durée du repas. Alors que nous nous apprêtions à rentrer, Kevin glissa un mot à l'oreille de Pyotr. « J'ai pensé que ce serait bien d'aller chercher de l'argent », me souffla Kevin, alors que nous étions assis à l'arrière. « Pyotr semble savoir où il faut aller. »

Quelques minutes plus tard, nous nous arrêtâmes chez un antiquaire. Pyotr adressa quelques mots à son ami en pardessus. Ce dernier sortit de la voiture et se plaça contre le mur de la boutique, près de la porte d'entrée. Je me demandai s'il dissimulait une mitraillette sous son manteau. Rien ne pouvait me surprendre.

La boutique d'antiquités était fantastique. Nous aurions pu – surtout Kevin – y rester toute la journée en d'autres circonstances. On y trouvait de tout, depuis les fameux vases, des lampes classiques, de vieux livres et les bibelots que l'on trouve dans les magasins d'antiquités du monde entier, jusqu'à une impressionnante collection de fusils, pistolets, épées et autres matériels militaires.

Certains de ces objets semblaient dater de plusieurs siècles, tandis que d'autres armes et uniformes étaient beaucoup plus modernes, datant de la Seconde Guerre mondiale ou même plus récents, selon mon œil non averti.

— Nous pourrions avoir besoin de l'un d'entre eux, fit Kevin en montrant un petit pistolet de fantaisie dont les deux canons divergent à mi-longueur suivant un angle à 45 degrés. Au cas où Tamaz et Revaz nous chargeraient en même temps.

Après s'être approché du comptoir, Pyotr engagea tranquillement la conversation avec le propriétaire, qui disparut presque aussitôt dans l'arrière-boutique. Tout de suite après, Pyotr demanda à Kevin de lui montrer ses chèques de voyage. Pendant que je m'intéressais de près aux épées de l'époque de la Révolution, ils se regroupèrent, puis Pyotr serra la main du propriétaire et nous sortîmes tous du magasin. L'homme au manteau était resté à son poste, les deux mains toujours cachées dans les plis de son manteau, jusqu'à ce que nous nous retrouvions tous les trois en sécurité dans la voiture. À ce moment, il monta sur le siège passager et donna le signal du départ.

Kevin se pencha vers moi :

— Soit nous venons de cambrioler ce magasin d'antiquités, soit mes reçus de chèques de voyage viennent de s'allumer sur les réseaux internationaux de cybercriminalité du monde entier, ou peut-être les deux.

— Combien as-tu reçu ? demandai-je.

— Mille dollars américains.

Je soulevai ma chemise pour que Kevin pût voir le rebord marron d'une pochette cachée sous la ceinture de mon jean.

— Alors nous disposons de deux mille dollars si nécessaire, dis-je.

Kevin avait l'air sincèrement étonné.

— Tu as porté ça sur toi pendant tout ce temps ? Entouré d'armes et de bandits, dans une ville comme celle-ci ?

— Sans sourciller, rétorquai-je.

Quand nous redescendîmes dans la cave, un miracle s'était produit. George était là. Il nous tendit aussitôt un recueil de pages agrafées qui s'avéra être la version anglaise traduite de la collection personnelle de Staline.

— C'est bien ce dont vous aviez besoin, oui ? N'oubliez pas que votre George préféré est toujours là pour vous aider.

— C'est bon à savoir, George. Merci, répondis-je. Et à ce propos, pendant que vous êtes là, il faut qu'on discute des vins que nous comptons emporter avec nous demain.

— Partir ?

Il avait l'air confus.

Je poursuivis :

— Souvenez-vous. C'est ce dont nous avions convenu, avant de venir en Géorgie. Nous avons dit que nous devions ramener quelques vins anciens pour les faire tester, prouver leur authenticité et convaincre nos partenaires que toute la cave est authentique.

— Quel genre de test ? demanda-t-il.

— Il y a plusieurs techniques, dit Kevin. Toutes les matières organiques, qu'elles soient dans le vin ou non, contiennent un isotope radioactif, le carbone 14, qui se désintègre à un rythme connu. Donc les testeurs chimiques peuvent mesurer le taux de désintégration et connaître l'âge approximatif du vin.

— OK, dit George.

— Cela devrait être facile parce que, lorsque les essais nucléaires ont eu lieu dans les années 1950 et 1960, les niveaux mondiaux de carbone 14 ont augmenté, donc les vins dans votre cave ne devraient pas refléter cela. Si l'on observe ce niveau élevé, cela signifierait qu'ils sont plus jeunes que les années 1950 et nous aurions un problème.

— OK, répéta-t-il.

— Le tritium est également un autre indice, qui ne devrait pas être particulièrement élevé si les vins ont réellement plus d'un siècle, poursuit Kevin.

— Très bien, fit George en inclinant la tête.

— Et puis, il y a aussi un scientifique, un certain Hubert, en France, qui utilise des rayons gamma à basse fréquence pour tester le vin sans même ouvrir la bouteille, dit Kevin. En dirigeant le rayon gamma vers le vin, il peut détecter la présence de l'isotope radioactif césium-137, qui ne peut se produire qu'en réaction à des retombées nucléaires, donc, encore une fois, si le vin ici date vraiment d'avant 1900, cet isotope ne peut pas être présent.

— Je vois, dit George.

— Kevin, je ne veux pas interférer dans tes explications scientifiques, mais à mon avis, George doit avoir compris environ trois pour cent de ce que tu viens de dire, fis-je remarquer.

— Oh, OK, désolé, fit Kevin. George, la version courte est que nous devons vraiment tester le vin.

— Oui, je ne comprends pas les détails, mais je vois la nécessité, dit George en fronçant les sourcils. Mais cela va être difficile.

— George, dis-je. À aucun moment, vous n'aviez mentionné qu'il y avait d'autres propriétaires du vignoble ou que nous devions traiter avec des gens comme Tamaz. Vous devez faire en sorte que cela soit possible. Je ne dramatise pas en disant que, si nous rentrons à Sydney sans bouteilles, toute l'affaire tombera à l'eau car nous ne pourrons pas prouver que les vins sont authentiques. Et alors, pas de million de dollars à espérer de notre part.

— Combien de bouteilles voulez-vous emporter ? demanda-t-il.

— Idéalement, vingt-quatre.

— Vingt-quatre ! C'est beaucoup de bouteilles, dit-il, semblant penser que j'avais dit la moitié de la cave.

— Nous devons montrer la variété des vins. Nous devons leur permettre de tester n'importe lequel de ces vins, de vérifier qu'ils sont ce que nous prétendons qu'ils sont. Nous avons besoin d'une preuve de foi de votre part et de celle de votre peuple, George.

George réfléchit un long moment, puis soupira : « John, je comprends. Je me souviens de notre discussion précédente. Je n'avais pas réalisé que vous parliez de tant de bouteilles, mais chaque chose en son temps. Je vais entreprendre d'expliquer cela à M. Tamaz et aux autres. »

— Merci, George. C'est très important.

— Mais je ne pense pas que vous pourrez prélever la moindre partie de la cave personnelle de Staline, dit-il en désignant les pages que j'avais en main.

— D'accord, eh bien, laissez-moi voir ce qu'il y a là-dedans, et ce qu'il serait préférable de prendre comme échantillons dans la grande cave, dis-je.

À ce moment, George se pencha vers moi et glissa à voix basse :

— Et puis, John, il se peut que nous ayons besoin d'un peu d'argent pour convaincre certaines personnes.

— J'espère que ce ne sera pas le cas, mais je vous laisse faire, George. Nous sommes partenaires, vous vous rappelez ?

— Je pensais que vous étiez un acheteur et moi un vendeur, mais dans ce cas précis, nous avons un intérêt mutuel, reconnut-il.

Puis il éclata de son rire franc.

— Tout ira bien, John. La vente aura lieu, et ce sera merveilleux. Tout ira bien. En tout cas, je l'espère.

Je descendis à la cave inspecter les étagères qui contenaient, d'après ce qu'on nous avait dit, la collection de Staline. À mon inquiétude quant à la négociation sur la possibilité d'emporter des bouteilles chez nous se mêlait l'excitation de pouvoir enfin me trouver en tête-à-tête avec les pièces de collection favorites de Staline.

Dans la pénombre, à la lumière des torches, nous nous rapprochâmes pour déchiffrer la liste traduite en anglais, intitulée « La collection de IV Staline – inventaire ».

La liste apparaissait beaucoup plus diversifiée que la collection générale. Staline avait manifestement des goûts plus larges que ceux du tsar – et le simple fait de pouvoir le discerner à partir de la liste était un plaisir, comme si nous nous approchions de l'homme réel, plutôt que du personnage historique. Staline avait acheté de l'Yquem, dont une bouteille de 1924 d'un contenu de quatre cents millilitres, ce qui était inhabituel. Il y avait quinze autres bouteilles d'Yquem 1924 plus standard, puis une autre entrée pour encore plus d'Yquem 1924, dix-huit bouteilles. Mais il avait aussi rassemblé quatre-vingts bouteilles de cognac Hennessy Jubilee. Je ne savais pas ce que c'était. Il avait de la chartreuse française, du whisky et une vodka répertoriée comme « 50 degrés », ce qui signifiait sans doute cinquante pour cent d'alcool. Il y avait du gin 1923 Bols, d'Angleterre, et 104 bouteilles de brandy Chacha, également à cinquante pour cent.

« Quand le vieux Josef a décidé de se mettre à la bouteille, il ne s'est pas gêné », dit poétiquement Kevin, en consultant le document.

À mon tour, je parcourus la liste, m'y reprenant plusieurs fois, captivé non seulement par les noms et les étiquettes, mais aussi par l'histoire qu'elle racontait de l'homme Staline. Ses goûts, ses préférences. Comment il en était venu à préférer le genièvre Bols aux autres gins, comme la liste semblait le suggérer. Comment il avait pris goût à la Chartreuse, si c'était vrai. Kevin investiguait les rayons, examinant les bouteilles une à une. Une série de bouteilles l'intriguait. Presque complètement cachées sous les toiles d'araignée, elles étaient pour la plupart dépourvues d'étiquettes. Sur certaines, cependant, on pouvait lire, en français, le mot « miel ». Elles ne semblaient pas figurer sur la liste, nous ne savions donc pas trop de quoi il s'agissait.

— Pourquoi collectionner du miel dans une collection de vins et spiritueux ? s'interrogea-t-il.

— Je ne suis pas sûr, mais il y a sans doute une intention.

— Je vais devoir creuser la question, dit Kevin. Autre chose : que signifient, dans la liste, ces références au vin « durci » ? Qu'est-ce que ça veut dire « durci » ?

— Et pendant que nous y sommes, dis-je en riant, as-tu remarqué cette petite mention au dos de la liste ?

Kevin se rapprocha et lut par-dessus mon épaule : « Collection du roi Alexandre III ».

— Tu te moques de moi.

— Le père de Nicolas II, dis-je.

Nous passâmes deux heures à parcourir la collection personnelle de Staline, à prendre des photos de quelques bouteilles et à enlever les toiles d'araignée de nombreuses autres. À présent que nous disposions de la liste et que nous pouvions valider les bouteilles les plus importantes, je commençais à souffler et à apprécier notre irruption dans l'Histoire. Je ne pouvais m'empêcher d'imaginer Staline, à Saint-Pétersbourg, se promenant parmi les casiers remplis de ces bouteilles fraîches arrivées de France, portant des étiquettes neuves, le vin venant d'être soutiré.

Kevin et moi partageâmes nos impressions.

— Oui, me dit-il, ces bouteilles, je veux aussi les exposer dans mon bureau à Sydney, avant de les vendre. Voyons lesquelles nous pourrions emporter chez nous.

Il suffisait de dire que nous voulions sélectionner quelques bouteilles pour les authentifier pour que les Géorgiens commencent à suivre nos mouvements de beaucoup plus près.

Immédiatement, Grigol nous rappela, par l'intermédiaire de Pyotr, que nous ne devions manipuler ni emporter aucun des vins étrangers. D'un mouvement de la tête, nous obtempérâmes :

— Bien sûr...

Dès qu'il fut sorti, nous commençâmes à collecter les bouteilles que nous avions sélectionnées. Nous leur apposâmes de petites étiquettes, soigneusement attachées au goulot avec des élastiques, notant le vin et l'année, le rayon et le numéro, car la plupart étaient dépourvues de toute indication. Le bouchon d'un des Yquem indiquait qu'il datait de 1870 et quelque chose, le dernier chiffre étant illisible. Nous avons braqué des torches sur le bouchon à l'intérieur de la bouteille. Même résultat, nous n'avons pu lire que 187...

Nous l'avons quand même prise. L'intention, de toute manière, était de faire valider par des experts en vin, de préférence du château lui-même, que la bouteille était authentique et de déterminer de quelle année elle était.

Sans nos petites étiquettes, avec leur élastique, il aurait été difficile de savoir à quoi correspondaient les bouteilles. Une fois retirée de l'étagère, donc des références de la liste, chaque bouteille n'était qu'un flacon sombre rempli d'un quelconque liquide. Et, comme on l'a dit, la plupart n'avaient pas d'étiquettes et leur bouchon était souvent noirci, comme dans le cas de cet Yquem. Nos étiquettes allaient jouer un rôle crucial, nous veillâmes donc à ce qu'elles soient bien fixées.

Nous avons ainsi rassemblé vingt-quatre bouteilles, une collection des must, pourrait-on dire, dont un Yquem de 1847 et l'un des Yquem de 1924, de la collection personnelle de Staline.

— Et pourquoi pas? On verra bien ce qui se passe, dis-je.

Peu après, Revaz, le vigneron en chef, réapparut dans l'escalier de la cave, suivi de George. La rougeur de betterave de son visage ressortait, même dans la faible lumière.

Kevin me glissa:

— C'est maintenant que les jeux commencent.

George entreprit d'expliquer les choses à notre place. Durant les explications, Revaz n'arrêtait pas de secouer la tête et de faire de grands gestes.

Pendant plus d'une heure, ça discuta. George s'exprimait calmement, élevant rarement la voix, tout en raison et en explication. Parfois, il pointait le doigt dans notre direction pour faire une remarque ou désigner les bouteilles, alignées comme un jury silencieux sur la table, devant nos lumières LED à présent refroidies.

Au bout de quatre-vingt-dix minutes, George vint nous expliquer qu'il serait peut-être judicieux d'offrir un cadeau aux dirigeants de l'établissement vinicole afin de « calmer le jeu ». Un chiffre de mille cinq cents dollars fut avancé. Nous suggérâmes mille cent dollars. George négocia alors habilement jusqu'à ce que nous arrivions à mille deux cent cinquante dollars. Kevin et moi puisâmes dans nos réserves secrètes et donnâmes la somme à George.

J'avais bon espoir que l'affaire soit conclue, mais, on s'en doute, il y avait encore un problème. Revaz n'avait pas cessé de prononcer le nom de Tamaz. En fin de compte, nous montâmes tous à l'étage, tandis que George et Revaz disparurent dans le bureau de Tamaz.

Nous avions retrouvé nos places dans la salle de conférence où s'étaient déroulées toutes ces réunions interminables quelques jours auparavant. Voyant que nous en avions bien besoin, Pyotr alla nous chercher une bière.

C'est ici que, dans ses notes, Kevin écrivit : « John s'énerve ».

C'était peu dire que j'en avais assez. Je faisais les cent pas en sirotant ma bière. Nous étions tout près du but et pourtant cette bande de guignols, à la tête d'un vignoble moribond, pouvait tuer toute l'opération sur un coup de tête.

N'y tenant plus, je dis que j'avais besoin d'air et sortis me balader sur le parking et dans le jardin à l'abandon. Peu de temps après, Kevin, Pyotr, Ivane et Nino vinrent me rejoindre. Pour occuper le temps, Kevin demanda à Pyotr de prendre quelques photos de nous avec chacun d'eux, de Kevin et moi, et de la cave elle-même. Il ne m'était pas venu à l'esprit, jusqu'à ce que Kevin sorte son appareil photo, que c'était très certainement la dernière fois que nous nous trouvions à la Savane Numéro Un, au cours de ce voyage en tout cas. J'étais donc heureux de garder un souvenir, même si j'appréhendais l'issue des négociations à l'intérieur. Comme Nino et Pyotr insistaient pour que nous posions avec des armes de poing à la ceinture, nous nous prêtâmes au jeu, faisant de notre mieux pour ressembler à des caïds locaux.

Finalement, alors que nous en terminions avec les séances photo, George émergea de la cave. Il nous mit tout de suite au courant de ce qui se passait. En résumé, Tamaz voulait une sorte de contrat et l'approbation des « autorités ».

Nous n'avions aucune idée de qui étaient ces « autorités ».

Des appels téléphoniques furent passés. Reprise des discussions. Nous retournâmes à l'intérieur et terminâmes nos bières.

Une heure plus tard, nous fûmes conviés à nouveau aux négociations. Nous convînmes que nous repartirions avec « six ou sept » bouteilles seulement. Kevin et moi avions immédiatement compris que cela signifiait une douzaine.

Revaz nous indiqua clairement qu'il était hors de question d'emporter quelque cru dont il n'existait que quelques bouteilles.

J'entendais toujours rester discret sur la valeur de l'ensemble de la collection, mais je voulais aussi nous donner la meilleure chance de repartir avec quelques-unes des bouteilles en or.

— George, dis-je. Rien qu'en raison de son âge et de son état, l'Yquem 1847 est la meilleure bouteille que nous puissions prendre pour impressionner une maison de vente aux enchères.

Il consulta la liste, puis s'exclama :

— Mais, John, il n'y en a que trois. Honnêtement, je ne pense pas que ces hommes vous laisseront prendre celle-là. Il y a beaucoup d'autres Château d'Yquem parmi lesquels faire votre choix, non ? En un plus grand nombre de bouteilles.

Nous en avions d'autres parmi nos vingt-quatre bouteilles, et je décidai donc de laisser partir l'alléchant 1847 pour le bien de tous. Je le remplaçai dans notre sélection par un vignoble désormais considéré comme l'un des premiers crus emblématiques, un Château Mouton Rothschild, répertorié comme datant de 1874. Notre liste traduite indiquait qu'il s'agissait en fait d'un Buton-Rothschild, mais je supposais que Mouton était devenu Buton au fil du temps.

En fin de compte, pour autant que je sache, Revaz pu garder les mille deux cent cinquante dollars en devise américaine. Je ne suis pas sûr que Tamaz ait été au courant de l'accord. Et pour être honnête, je m'en fichais.

Sans trop de difficulté, nous pûmes faire entrer nos deux douzaines de bouteilles par la portière de la Mercedes de Nino.

— Je me demande si le retour de la voiture du personnel de la mafia est lié aux dollars US que nous venons de leur verser ? se demanda Kevin.

George prétexta un travail à terminer, mais nous assura qu'il nous rejoindrait ensuite pour boire un verre pour notre dernière soirée.

— George, dis-je. Pouvez-vous garder les douze autres bouteilles que nous avons choisies? Elles nous seront nécessaires, mais nous devrons trouver un moyen de les récupérer plus tard.

Une fois à l'hôtel, Pyotr nous rejoignit dans la chambre de Kevin, où nous avons soigneusement débarrassé les bouteilles de la saleté et des toiles d'araignée qui les recouvraient.

Nous procédâmes avec un soin extrême, en veillant à ne pas détacher quoi que ce fût d'important, comme le soupçon d'une étiquette, et à ne pas salir les vignettes manuscrites que nous avions attachées. Enfin, nous les emballâmes dans le conteneur en polystyrène transporté depuis l'Australie, en perspective de ce moment. Puis nous enveloppâmes le tout dans du papier bulle et le plaçâmes dans une boîte en carton, que Kevin scotcha de manière experte. Le précieux colis était aussi protégé que possible.

15

DERNIÈRE NUIT À TBILISSI

Le travail accompli, je jetai un coup d'œil par la fenêtre. Le crépuscule tombait.

Je me dis que je pouvais enfin me détendre. Nous disposions d'une douzaine de bouteilles d'un étonnant vin ancien et nous avions pu recenser le contenu de la cave, autant qu'il était possible.

Nous étions vendredi soir et c'était notre dernière nuit à Tbilissi. Nous pouvions baisser la garde, suffisamment pour profiter du dîner sans avoir à batailler avec les boss de la cave ou devoir résoudre d'autres problèmes.

Pyotr conservait son rôle d'assistant attitré et semblait assez heureux de dîner avec nous. Il choisit de nous emmener dans un restaurant appelé le Mirage, juste en face de l'hôtel. On disposait d'une vue magnifique sur la rivière, sur fond de grands bâtiments trapus, probablement des bureaux gouvernementaux, sur l'autre rive et en aval. Depuis le restaurant perché tout en haut de la colline, dominant le vieux Tbilissi, on distinguait l'énorme statue de Kartlis Deda – la mère fortune de la Géorgie – tenant un bol de vin dans la main gauche et une épée tendue, représentant la liberté et ce que les Géorgiens étaient prêts à faire pour la garder.

— À Mamma Georgia! lançai-je en portant un toast à la statue.

Pyotr et Kevin reprirent:

— À Mamma Georgia!

Et nous vidâmes nos verres.

Kevin se sentait aussi détendu que moi. Enfin, nous allions pouvoir profiter d'une nuit tranquille dans une ville que nous connaissions à peine. Pris par l'ambiance, Pyotr commanda du caviar d'esturgeon, du fromage de chèvre frit et, à ses dires, le meilleur vin géorgien de la liste, un rouge bien vieilli. À la première gorgée, je retrouvai immédiatement le même caractère de caramel que j'avais détecté pendant tout le voyage, aussi bien parmi les vins géorgiens anciens que nous avions dégustés à la cave que dans les vins plus courants bus pendant nos repas.

Enfin je compris. Il y avait du sucre dans le vin. La technique de vinification géorgienne devait inclure un léger sucrage du vin au moment de sa fabrication, ce qui expliquait pourquoi même les très vieux vins avaient cette finale légèrement confite. Comment ne m'en étais-je pas rendu compte plus tôt? C'était tellement évident, une fois que je l'avais compris. Je supposai que j'avais d'autres choses plus importantes en tête toute la semaine.

Nous décidâmes de jouer la fonction de *tamada* à tour de rôle. Nous portâmes donc un toast aux vins sucrés. Puis à la Géorgie. Ensuite à Tbilissi. Bien sûr, au tsar Nicolas II. À Pyotr, pour son aide, avant que celui-ci ne portr un toast en notre honneur, cela va de soi. Tandis que le vin coulait à flots, Pyotr semblait heureux d'avoir pu s'exprimer en anglais. Nous étions ravis de la vue sur le fleuve la nuit. Nous étions satisfaits du bon repas. Nous étions satisfaits de l'univers.

C'est dans ce moment de plénitude que George, Zurab et Nino firent leur entrée, accompagnés de la petite amie de Nino, Elene.

Impossible de faire autrement que de boire à la santé des derniers arrivés, puis à l'Australie et, une fois encore, à la Géorgie.

Nous levâmes même nos verres en l'honneur de la statue de la mère de la Géorgie.

— Quand a-t-elle été érigée? demanda Kevin.

— Dans les années 1950, répondit George. Elle célèbre les mille cinq centsans de Tbilissi. Je l'aime et j'aime cette ville. Nous vivons dans un paradis, où abonde tout ce que nous pouvons souhaiter.

À cela aussi, il fallut lever nos verres.

George n'arrêtait pas de me lancer des sourires sans que je sache s'il se réjouissait de la réussite de notre visite et de la perspective encourageante d'une vente ou s'il s'agissait d'un sourire de traître. En tout cas, je devais admettre qu'il avait très bien géré la journée, en veillant à ce que nous quittions le domaine viticole en emportant des bouteilles.

Je lui fis part de mes remerciements, auxquels il répondit par un haussement d'épaules, en souriant :

— Je comprends la grande inquiétude de Messieurs Tamaz et Revaz. Le vin est au centre de leur attention, ils savent que c'est bien plus que du vin. C'est un artefact culturel de l'époque des Soviets. Il renvoie à toute une histoire. Ces bouteilles sont restées là, dans la cave, bien à l'abri, pendant tant d'années. Puis des Australiens arrivent, avec moi seul comme unique garantie, personne d'autre, et puis vous dites que vous voulez emporter quelques-uns des meilleurs vins, simplement sur une poignée de main. Mais c'est un pan d'histoire ! Nous savons, vous et moi, que ces bouteilles de vin ont une cote dans les grandes maisons de vente aux enchères, mais nous savons aussi qu'il s'agit de vins hors de prix, si vous voyez ce que je veux dire.

Pyotr était penché en avant, très attentif.

— Est-ce un problème ? demandai-je.

— Un problème ? Qu'est-ce qui est un problème ? me demanda George, l'air perplexe.

— Le fait que les bouteilles sont considérées comme des artefacts culturels et historiques, Tamaz et compagnie…

George fit un signe de la main, dédaigneux :

— Ces hommes ne sont pas un problème. Nous n'avons pas de problème. Je m'occupe de tout ici. Vous vous occupez de l'argent.

— À des partenaires de confiance ! répondis-je en levant mon verre de rouge.

— À nous ! dit George. Tu sais, John, dit-il en s'inclinant vers l'avant, il y a le vin que vous voulez, bien sûr, mais le vignoble lui-même est important aussi, à nos yeux. Tamaz et toutes ses réunions du premier et du deuxième jour, sur le fait de vouloir investir, de rendre sa splendeur à Savane : ce n'est pas que du vent.

— Du vent d'ici ? demandai-je.

— Ça aussi. Même moi, qui ai à l'esprit le dollar américain et la valeur des vins de cette cave, même moi, j'aime l'idée que la Géorgie reprenne la première place sur la scène mondiale du vin. Il est important pour mon pays que nous construisions, que nous exportions, que nous ayons un savoir-faire à présenter au monde entier.

— Je comprends, George. En fait, je vous promets que je vous aiderai de toutes les manières possibles, mais gérer des vignobles n'est pas ma spécialité. Investir les fonds nécessaires, trouver l'équipement, ce ne sont pas les affaires dont je traite. Mais il y a beaucoup de gens en Australie qui le font et je serais très heureux d'essayer d'établir le contact, si cela peut aider.

— Merci, John, répondit-il, l'air soudain très sérieux. Vous savez, il y a une pression sur moi. De la part des autres. Mais il est évident que cela facilitera nos affaires concernant les vins si Tamaz et compagnie vous considèrent également comme un partenaire de l'entreprise, mais les deux choses sont distinctes. Nous pouvons vendre le vin de toute façon, mais toute aide que vous pourriez nous apporter sera la bienvenue.

— Quel genre de pression, George ?

— Je ne souhaite pas en dire plus. Des pressions.

— Très bien, souhaitons-nous d'être libérés des pressions et un plein succès de la vente.

Je levai mon verre et nous trinquâmes ensemble, les yeux dans les yeux. George, à présent, avait perdu son sourire.

Alors que je me remettais à l'écoute des conversations, Nino parvint à faire comprendre, à travers son langage limité, qu'il était impatient de voir les Jeux olympiques, qui se dérouleraient l'année suivante à Sydney.

— Vous serez aux Jeux ? me demanda-t-il.

— Je suppose, répondis-je, bien que je ne sois pas un grand amateur de sport.

Pour être honnête, j'étais plus intéressé par la vente de vin que par toutes les fêtes olympiques qui auraient sans doute lieu à ce moment-là.

— Je vous annonce qu'il y aura des feux d'artifice sur le pont du port de Sydney, dit Kevin, impassible.

Comme je demandais si la Géorgie avait une équipe olympique, Pyotr nous expliqua qu'après la chute de l'Union soviétique, certains Géorgiens avaient participé à une « équipe unifiée » aux Jeux olympiques de Barcelone en 1992 : une sorte d'équipe de remplacement pour les athlètes des différents anciens États soviétiques pendant que leurs pays nouvellement libérés avaient d'autres chats à fouetter.

Ce n'est que quatre ans plus tard que les Olympiens géorgiens ont enfin pu participer aux Jeux sous leur propre drapeau. Ce moment historique et symbolique pour le peuple géorgien s'était produit trois ans avant notre visite, lors des Jeux olympiques de 1996, qui eurent lieu – pure coïncidence – à Atlanta, la capitale de l'État américain de Géorgie.

— Pour la première fois, des Géorgiens participaient à des compétitions et – voyez-vous ça ! – en Géorgie, mais loin de Tbilissi, souligna George, en complément de l'explication de Pyotr. Au lieu de cela, c'est la Géorgie, aux États-Unis : la patrie du Coca-Cola, pas la patrie originale du vin et de Staline. Mais au moins, il était là, dans le défilé de la cérémonie d'ouverture. Notre drapeau.

Par la fenêtre, on voyait flotter le drapeau géorgien au sommet de ces bâtiments gouvernementaux, de l'autre côté de la rivière. À cette époque, à la fin des années 1990 et au début des années 2000, le drapeau géorgien était d'une couleur différente, principalement rouge foncé, avec des bandes horizontales noires et blanches dans le coin supérieur gauche, là où se trouve l'Union Jack sur le drapeau australien. Il avait été le drapeau de la République démocratique de Géorgie pendant trois ans, de 1918 à 1921, avant que le pays ne soit absorbé par l'Union soviétique.

Je demandai quels étaient les sports favoris en Géorgie. Pyotr me répondit d'un air nonchalant que l'équipe obtenait généralement de bons résultats au judo, à la boxe, à l'haltérophilie, tous les sports de combat.

— Le tir à l'arc est également populaire, dit-il.

— Pas le tir à l'arme? fit Kevin, à nouveau impassible.

— Nous considérons que c'est plus un mode de vie qu'une activité sportive, expliqua Pyotr en souriant, ce qui, en retour, amusa Kevin.

Le baroudeur tchétchène avait compris notre sens de l'humour.

Il suffit de ce trait d'humour pour que George, maintenant rétabli tacitement comme *tamada* au *supra*, entame une autre série d'invitations à boire.

En fait, il fit bien plus. Il se leva de son siège et cria quelque chose en géorgien au directeur du restaurant. On appela un membre du personnel, lequel fila dans une arrière-salle, avant de revenir avec une longue corne, lacée d'argent. Du vin fut versé généreusement dans l'ouverture.

George rugit:

— À ce glorieux *kantsi*! À notre vin!

Et nous dûmes tous boire à tour de rôle dans le *kantsi*.

— Puis-je porter un toast? demandai-je quand le *kantsi* arriva jusqu'à moi.

— Bien sûr, John, dit George, en inclinant la tête.

Je levai la corne:

— À l'amitié et à l'hospitalité des merveilleux Géorgiens que vous êtes! lançai-je.

— John, dit George avec un demi-sourire. Nous avons un dicton ici en Géorgie, qui dit: « Un ennemi peut venir jusqu'à la porte de votre maison. Mais une fois qu'il est entré, il devient un ami.»

Avant que j'aie pu y réfléchir, George s'était levé. Il frappa dans les mains:

— J'ai une idée merveilleuse. Venez, on s'en va.

— Où va-t-on, George ? interrogea Kevin.

Il élargit son sourire :

— Je veux prendre un bain avec vous.

— Excusez-moi ? dis-je.

— Une magnifique tradition de Tbilissi ! Vous ne pouvez pas partir sans avoir pris un bain de soufre après le dîner.

— Vous plaisantez ? fit Kevin.

Nous nous regardâmes, un défi aux odeurs d'alcool planait dans l'air.

— Tant que nous sommes à Tbilissi... dis-je, en contenant mon envie de rire.

Kevin haussa les épaules avant de sourire en retour.

— Et pourquoi pas un tetri, pour des laris ? dit-il.

— Je vais conduire, annonça George. Nino, les clés.

Nous nous entassâmes sur la banquette arrière, avec la petite amie de Nino. Ce dernier semblait inquiet, assis sur le siège passager de sa propre Mercedes. Zurab prit le volant de l'autre voiture avec, sur le siège passager, un type que je ne reconnus pas. Peut-être avait-il attendu à l'extérieur tout le temps que nous étions tous au restaurant.

De toute la visite, nous n'avions jamais vu George conduire. À présent, nous comprenions pourquoi. Là où Nino était un conducteur fou, mais techniquement très compétent, George était tout simplement inepte au volant. Peut-être était-ce dû à tous les toasts – personne ne semblait se soucier de compter le nombre de verres qu'il avait bus ici – ou peut-être manquait-il de pratique. Heureusement, le trajet n'était pas long. Nous dévalâmes les rues, Elene se heurtant à Kevin ou à moi chaque fois que nous tournions brusquement au coin d'une rue. Après quoi, elle nous jeta un regard un peu timide pour s'excuser, avant de lancer une bordée d'injures dans la direction de George. Nul besoin de traduction pour comprendre l'essentiel. Entre-temps, George avait allumé la radio et chantait joyeusement en conduisant.

Heureusement, il finit par s'arrêter dans la rue Abano, juste en dessous d'une grande cathédrale, devant ce qui semblait être les bains de soufre.

Nous sortîmes de la voiture en titubant. L'odeur d'œuf gâté du soufre emplissait l'atmosphère, au point que je dus me boucher le nez. Après avoir récupéré ses clés, Nino et sa copine disparurent dans la nuit.

— Bon, il n'est pas amusant, dit George, sans animosité. Venez, vous allez adorer ça.

Zurab et l'autre type restèrent dans leur voiture, un peu plus loin dans la rue. On voyait de la fumée de cigarette sortir de la fenêtre.

— Où sommes-nous, George ? demanda Kevin.

— Abanotubani, dit-il. Bain numéro cinq. Très célèbre. C'est la partie la plus ancienne de la ville. Au cinquième siècle, un grand roi, Vakhtang, a découvert ces sources chaudes en chassant. Il a construit toute la ville à partir de là.

Pyotr intervint :

— Le nom Tbilissi se traduit par « endroit chaud ».

— À cause de ces sources d'eau chaude ? demandai-je.

— C'est ce qu'on raconte, dit Pyotr.

— Il y a beaucoup de bains publics dans cette partie de la ville, précisa George. Celui-ci est le meilleur. On y trouve des locaux, pas des touristes. Sans vouloir vous offenser.

— Pas de souci, répondis-je.

Kevin et moi regardions le bâtiment. Il était entièrement en briques rouges, des murs au toit où une série de dômes en briques s'élançaient vers le ciel comme autant de seins à la Salvador Dalí.

À l'intérieur, les murs étaient entièrement recouverts de mosaïques traçant des motifs complexes, faites de petits carreaux de toutes les nuances de bleu.

George discuta rapidement avec le préposé derrière le comptoir, puis on nous conduisit vers des salles privées où nous attendaient d'immenses baignoires faites de gros blocs de pierre, comme une rocaille de jardin.

Les sources portaient vraiment bien leur nom. Elles étaient très chaudes. Pyotr m'avertit, alors que je rougissais et haletais en m'adaptant à l'eau brûlante, que la température pouvait frôler les quarante degrés. Nous nous assîmes tous les quatre, nus, dans l'eau jusqu'à la poitrine, le temps que nos corps s'habituent à la chaleur. Après environ vingt minutes, la porte de notre salle privée s'ouvrit, livrant le passage à un homme âgé d'une soixantaine d'années. On voyait sur son visage inexpressif qu'il était de ces gens habitués à voir tout ce qu'on peut imaginer. Un écran totalement blanc. Il n'aurait pas pu avoir l'air plus ennuyé en entrant dans ce lieu rempli d'hommes nus. Sans parler, il indiqua d'un air pressé une longue dalle de marbre sur le côté de la baignoire.

— Vous d'abord, John ! dit George, remarquant sans doute l'expression de gêne sur mon visage.

— Vraiment ?

— Bien sûr. Allez, n'ayez pas peur. C'est juste un vieux Géorgien. Il ne mord pas.

Je me mis à rire. « Quand j'étais à Tbilissi... je suis sorti du bain et me suis approché de la pierre », raconterais-je plus tard.

— Face contre pierre, indiqua Pyotr depuis la vapeur du spa.

Je m'allongeai sur le ventre.

L'homme commença à me frotter le corps, vigoureusement, avec une sorte d'ustensile rugueux, pas vraiment en acier ni en laine, qui me rappelait un gant de cuisine. Il commença par mon dos, puis passa aux jambes et aux bras. Ce n'était pas vraiment douloureux, mais j'avais l'impression que la peau était passée à la râpe.

Le gommage s'arrêta lorsqu'il se dirigea vers la baignoire où les autres se prélassaient, y plongea un seau, puis jeta le contenu sur moi. Je haletais, mais c'était fantastique.

Puis, le ponçage recommença. Cette fois, sans honte, sur mon derrière et à l'intérieur des jambes. Un autre seau d'eau, puis un massage, les mains de l'homme s'acharnant sur mes épaules et mon cou, les muscles de mon dos et le bas de mon dos.

Je respirais profondément et finis par me détendre sous la pression du massage. Tout comme la température de la baignoire, tout était à la limite de l'atroce, au point que c'en était fantastique. Je sentais mes muscles se détendre et commençais à comprendre pourquoi cette incroyable activité nocturne était un passe-temps vieux de plusieurs siècles à Tbilissi.

Après m'avoir frotté et pilonné, le vieil homme remplit une sorte de sac avec une substance mystérieuse et commença à masser ma peau maintenant bien échauffée. C'était une sorte de savon, qui moussait et dégageait une odeur agréable tandis qu'il m'enduisait tout le corps de manière experte. Finalement, ce qu'il restait de moi fut autorisé à tituber pour se glisser comme un savon dans le spa, accueillant malgré la chaleur. Pendant que les autres prenaient place, tour à tour, sur la dalle de pierre, chaque muscle de mon corps se détendait après presque une semaine d'intense concentration, de tension et d'alternance de succès et de doutes.

Quand tout fut terminé, nous nous rhabillâmes, puis nous dirigeâmes vers la voiture de Zurab et y grimpâmes. Le mystérieux individu était parti. Il y avait donc assez de place pour que George, Pyotr, Kevin et moi prenions nos aises. Je suppose qu'il devait s'agir d'une sorte de garde du corps. Je ne le sus jamais.

Aucun d'entre nous n'avait envie de parler, assoupis par le repas et le vin, et légèrement désorientés après l'expérience du bain de soufre traditionnel. À l'entrée de notre hôtel, on nous sortit, Kevin et moi, de la voiture et nous saluâmes nos hôtes jamais ennuyants.

— À demain matin, John et Kevin, dit George, par la fenêtre, alors que Zurab s'apprêtait à partir. Ce soir, vous allez dormir. Je vous le promets.

Il avait raison. Ces bains se montrèrent efficaces. Je me souviens à peine avoir posé la tête sur l'oreiller.

Le lendemain matin, c'était le jour du départ.

Pyotr arriva tôt, juste pour traîner, d'après ce que je constatai. Malgré son côté inquiétant et sa façon, sans le vouloir, de mettre sur les nerfs tous les agents de sécurité de notre hôtel, Pyotr avait été correct avec nous et nous avait bien rendu service.

Je partageais pleinement l'observation de Kevin selon laquelle, même désarmé, Pyotr était en fait plus dangereux que Nino, Zurab et les autres bras musclés de George réunis. Mais, quand j'y pense, il est resté serviable et poli pendant tout le séjour, même si nous étions, comme je l'ai dit, toujours sur le qui-vive, craignant une arnaque, et que nous avions dressé nos murs.

Le dernier jour, après avoir fait le tri de notre matériel, nous donnâmes à Pyotr ce que nous ne comptions pas emporter chez nous, en souvenir de notre séjour. Il semblait sincèrement heureux que nous lui laissions nos lampes et d'autres équipements qu'il n'était pas nécessaire de ramener en Australie. Nous lui demandâmes également de garder nos emballages en polystyrène pour les bouteilles, au cas où il trouverait le moyen d'emballer les douze bouteilles restantes laissées à George et de nous les envoyer. Je lui laissai ma carte de visite, l'invitant à m'appeler si jamais il venait en Australie. Je lui rendrais avec plaisir l'hospitalité à Sydney.

George et Nino arrivèrent pour nous conduire à l'aéroport. Un dernier voyage terrifiant en voiture, zigzaguant à des vitesses allant jusqu'à cent vingt kilomètres à l'heure dans le trafic de Tbilissi, Nino pestant sur les autochtones qui osaient se mettre sur son chemin. Ce sont des aspects du séjour à Tbilissi que je ne risque pas d'oublier.

Lors de notre dernier passage dans l'aéroport de Tbilissi, nous étions au milieu de la nuit. En plein jour, c'était une autre histoire. On croisait des animaux… Dans la zone d'enregistrement, puis à travers la sécurité et jusqu'aux salles d'embarquement, des groupes déambulaient accompagnés de chèvres ou d'autres animaux. Je me suis dit, incrédule, qu'on ne les autoriserait pas à prendre l'avion avec ce genre de compagnons. D'autres passagers étaient chargés de ces sacs à fermeture éclair en toile de jute bleue, rouge et blanche, remplis d'on ne sait quels produits de contrebande ou de spécialités géorgiennes bon marché à destination de Moscou.

Partout, les gens fumaient à l'intérieur, y compris les hôtesses de l'air, qui avaient l'air de s'ennuyer. Elles se jetaient mutuellement la fumée au visage les unes des autres, ce qui laissait présager qu'elles empesteraient la cigarette pendant le vol.

Je me détachai de ce spectacle étrange pour me concentrer sur les opérations à effectuer. Nous devions enregistrer nos bagages et les séparer de ceux que nous gardions avec nous, notamment la douzaine de vieilles bouteilles, soigneusement emballées. Kevin avait signé un document – un carnet – lui permettant d'emporter les bouteilles, comme bagage à main, dans l'avion, sans devoir payer de droits, en les plaçant sur un siège inoccupé, à côté de lui. Nous avions fait tout ce que nous pouvions pour les protéger le mieux possible.

Nos hôtes géorgiens étaient restés à proximité, pendant que nous terminions l'enregistrement de nos billets et, à présent, tandis que nous étions assis pour un dernier café dans la salle d'embarquement.

— George, dis-je. C'était très agréable.

— Pour nous aussi, John. Vous avez été des hôtes merveilleux, répondit-il. J'attends avec impatience la prochaine phase de notre entreprise.

Je souris :

— C'est aussi ce que j'espère sérieusement. Il y a encore quelques problèmes à régler, mais ce n'est probablement pas l'endroit pour essayer de les résoudre.

— Bien sûr, dit-il, en souriant aimablement. Quels problèmes ?

Je fis un geste des épaules :

— Il s'agit surtout de la propriété. Et la valeur culturelle des bouteilles continue de m'inquiéter. Nous ne pouvons pas vous donner votre argent ni sortir les vins de la cave pour les emmener à Londres ou à New York, puis voir débarquer un représentant du gouvernement géorgien annonçant que les vins lui appartiennent, soit par le biais d'actions dans la cave, soit parce que les bouteilles ont le statut d'icônes nationales, et pas seulement de vins ayant une valeur commerciale.

George prit un air peiné et fit un geste de la main.

— John, je vous en prie, ne vous inquiétez pas de tout ça. J'ai un oncle au gouvernement. Je vais m'en occuper. Il n'y aura aucun problème.

— Eh bien, c'est bon à savoir, George. Parce que c'est ce qui fait obstacle à un accord.

— Ça, et la confirmation scientifique que les bouteilles que nous emportons sont authentiques, souligna Kevin.

— Oui, Kevin, je comprends, dit George. Ne vous inquiétez pas non plus pour cela. Les bouteilles sont vraies. Vous le savez bien qu'elles sont vraies. Tout ira bien. Nous allons tous être riches !

Qu'ajouter à cela ? Nous nous serrâmes une dernière fois la main, avant de passer les portes de notre avion et de nous installer pour le long voyage vers Heathrow.

— Devons-nous commander du vin à l'hôtesse ou suffit-il d'ouvrir une des bouteilles qui sont à côté de moi ? interrogea malicieusement Kevin.

— Je suis vraiment soulagé que nous ayons réussi à emmener la douzaine, dis-je. Pendant un moment, j'ai cru qu'il nous faudrait plus de temps.

— Avec tout ce que tu racontes sur leur caractère d'icônes nationales, j'avais fini par craindre qu'on se fasse arrêter à l'aéroport.

— Qui sait ? Tout semble possible en Géorgie. C'est bien que nous soyons en sécurité dans l'avion.

— Oui, sains et saufs. Prêts à nous envoler.

Puis, après un moment, il ajouta :

— Avant qu'ils nous arrêtent à Heathrow.

J'aime beaucoup Kevin, mais il peut être vraiment con.

PARTIE III

APRÈS LA GÉORGIE

16

KEVIN SE FAIT UN AMI

Kevin et moi nous quittâmes à l'aéroport d'Heathrow à Londres. J'avais quelques réunions en perspective, là et en France, pour négocier l'achat de stocks auprès de certains distributeurs européens. J'aurais aimé me rendre chez Sotheby's ou Christie's pour préparer les discussions concernant la cave géorgienne, mais je savais que c'était prématuré et que j'étais loin d'être suffisamment avancé dans l'opération pour en parler à qui que ce soit.

De son côté, Kevin était chargé de ramener à Sydney notre précieuse cargaison de douze bouteilles, avec toutes les précautions requises.

Nous nous trouvions à l'intersection de deux couloirs dans les arrivées internationales de Heathrow : celui de Kevin vers le transit et le vol de retour, tandis que je prendrais l'autre couloir, vers la récupération des bagages et la sortie.

— Eh bien, dis-je. Nous voulions de l'aventure...

Kevin se mit à rire.

— Je dois dire qu'après tous les voyages que nous avons faits au fil des ans, c'était l'une de nos escapades les plus sauvages.

— Je pense qu'on s'en est bien sortis. Nous avons fait un bon travail d'audit de la cave, nous avons confirmé que les vins sont authentiques et l'exactitude du relevé de la cave, au moins pour l'essentiel. Et nous avons réussi à ramener une douzaine de bouteilles, qui permettront de couvrir les frais du voyage, si ce n'est plus. C'est un meilleur résultat que ce que nous aurions pu espérer lorsque Neville nous a parlé de cette entreprise.

— Et nous avons pu poser pour des photos avec des armes à la ceinture, ajouta Kevin.

Je m'esclaffai :

— Oui, on a même fait ça. Franchement, on pensait à quoi à ce moment-là ?

— Que, quand on est à Tbilissi, on fait comme les Tbilissiens, conclut-il en me tendant la main.

Kevin et moi n'avons jamais été très portés sur les embrassades. Nous nous serrâmes la main chaleureusement en souriant. C'est un plaisir lorsque les personnes avec lesquelles vous travaillez peuvent véritablement compter parmi vos meilleurs amis.

Nous nous souhaitâmes un bon voyage pour la suite, même si mes sentiments étaient davantage dirigés vers le grand carton rempli de bouteilles enveloppées de plastique à bulles que Kevin transportait sur son chariot que vers l'homme lui-même. Il avait bien compris.

Ce n'est que lorsque nous reprîmes contact à Sydney quelques semaines plus tard que Kevin me raconta ce qui s'était passé dans la salle de transit après mon départ.

Il s'était promené dans la zone hors taxes, comme on le fait quand on a quelques heures à tuer entre deux vols. Dans la galerie habituelle de « boutiques exclusives » qui semblent exister dans toutes les salles de transit du monde, il repéra un marchand de bons vins.

Bien sûr, Kevin se mit à fouiner dans les rayons de la boutique. À un moment, il fut intrigué de voir qu'une bouteille de Château d'Yquem était exposée dans une vitrine, derrière le comptoir. En scrutant l'étiquette à distance, il put voir que l'Yquem était un millésime 1985, soit environ quatorze ans d'âge à ce moment-là.

— Puis-je vous aider ?

L'homme derrière le comptoir semblait, selon Kevin, âgé d'une vingtaine d'années, à peine. Son badge indiquait : « Directeur ».

— Puis-je voir ce Château d'Yquem, s'il vous plaît? demanda Kevin en indiquant la bouteille.

Le gérant regarda par-dessus son épaule puis répondit de manière hautaine:

— Je suis désolé, monsieur, mais nous ne pouvons permettre aux clients de manipuler des vins aussi précieux que ce beau classique français.

Kevin le regarda alors fixement:

— De quelle année est-il? D'ici, on dirait 1985.

— C'est exact, monsieur, fit le manager. Un millésime exceptionnel. Je crains que nous ne devions vraiment traiter un vin aussi précieux avec le plus grand soin et le plus grand respect.

Kevin sourit, imaginant ce que ce «manager» aurait dit s'il avait pu voir ce que contenait le bagage à main de Kevin. Il pensa lui dire: «Tant qu'on y est, que pensez-vous de cet Yquem de 1870, qui a cent dix ans de plus que le vôtre, et que je transporte par plaisir?»

Mais il ne le fit pas. Au lieu de cela, en Canadien bien élevé, il remercia le gérant pour le dérangement et partit en riant intérieurement.

17

LA POUSSIÈRE RETOMBE

Sydney, Australie
Août 1999

Et ainsi, riches d'aventures comme celle-là, parmi tous les épisodes incroyables vécus à Tbilissi, nous retournâmes à nos travaux quotidiens. Au cours de ces quelques jours en Géorgie, nous avions fait provision d'assez d'histoires pour combler les dîners de toute une vie.

De mon point de vue, le travail ne faisait pourtant que commencer. Après être allé sur place, avoir vu ces bouteilles, les avoir eues en main et même goûté quelques vins, je devais maintenant, d'une manière ou d'une autre, depuis mon bureau à Sydney, à treize mille cinq cents kilomètres de là, sortir de cette cave quarante mille bouteilles des vins les plus rares du monde.

J'avais à peine déposé mes sacs chez moi que j'étais déjà au téléphone et devant mon ordinateur pour essayer de confirmer l'achat que nous avions en vue.

Visiblement, George partageait mon enthousiasme. Moins d'un jour après mon retour à la maison, il envoyait son premier courriel demandant plus ou moins quand il pouvait s'attendre à recevoir notre confirmation d'achat de la cave.

Je lui répondis que nous avions quelques problèmes à régler de notre côté, mais que nous devions rester en contact.

L'appel suivant que je devais passer était destiné à Neville. Mon répondeur à la maison n'avait pas chômé pendant mon absence et, ces derniers jours, j'avais reçu deux appels de Neville.

Sa voix sur les messages était amicale et enthousiaste.

Le premier message, arrivé le mardi 22 juin : « Bonjour, John, c'est Neville Rhodes. Je me demandais simplement si vous étiez rentrés et comment s'était passé le voyage. Je suis très intéressé de savoir si la cave vous a plu, à vous et à Kevin. À bientôt. »

Le deuxième message datait de deux jours plus tard : « John, encore Neville. Je suppose que vous n'êtes pas encore rentrés. Je me demandais juste si nous pouvions discuter des bouteilles et si vous êtes convaincus qu'elles sont authentiques. J'espère que tout va bien et à bientôt. Au revoir. »

Puis, la veille de mon retour : « Bonjour, John. C'est Paula Stanford. Vous vous souvenez peut-être de la réunion que nous avons eue dans le bureau de Neville Rhodes, pour vous donner des informations sur la cave de Tbilissi. Neville et moi aimerions organiser une réunion, si possible, dès que vous serez de retour. Veuillez m'appeler par l'intermédiaire du bureau de Neville. Merci. »

— Eh bien, il semblerait que Neville soit toujours un partenaire déterminé dans l'entreprise, pensais-je en le rappelant.

Bien sûr, je tombai sur son secrétaire, qui me promit de transmettre un message.

Comme toute une journée s'était écoulée sans que je reçoive de réponse, je lui envoyai un e-mail : « *Bonjour, Neville, c'est John Baker. Je suis de retour et j'ai plusieurs histoires à raconter. Oui, nous avons à parler des vins et du séjour instructif chez vos amis géorgiens. J'ai même pris un bain. Parlons-en dès que possible, pour envisager les prochaines étapes. À bientôt.* »

Après cela, j'appelai Harry et lui racontai brièvement comment nous avions réussi à inspecter la majeure partie de la cave sans y trouver aucun défaut. Je l'imaginais à l'autre bout du fil se frottant les mains avec ravissement, comme un méchant de pantomime. Après tout, il y avait de l'argent dans l'air.

Mais pas tout à fait.

Comme je le fais toujours, je me servis du tableau blanc qui se trouve dans mon bureau pour y noter les éléments essentiels et visualiser la situation.

« Un million de dollars », écrivis-je. Puis une coche.

Je n'étais pas vraiment préoccupé par l'investissement d'une telle somme. À nous quatre et avec la confirmation presque certaine que les bouteilles n'étaient pas des contrefaçons, nous savions que nous vendrions la cave entière pour beaucoup plus que le prix d'achat, avec les frais. Maintenant que nous étions sûrs que le relevé de la cave correspondait à peu près à la réalité, Kevin était chargé de faire une estimation et de me recontacter à ce propos.

J'inscrivis alors : « Donner l'argent à George ? » Et je fis une croix.

Aussi plaisant et amical qu'il se fût montré, je ne pouvais pas me permettre de faire confiance à George plus que nécessaire, ni à Tamaz et aux autres cadres. Nous ne pouvions évidemment pas leur transférer un million de dollars dans l'espoir qu'ils nous remettent le vin. Le contenu de cette cave et les cadres de l'entreprise viticole pourraient disparaître aussi mystérieusement que l'argent.

J'ajoutai un point d'interrogation à côté de la croix et décidai d'y revenir.

La question suivante était : « Le titre de propriété du vin ? ».

Qui possédait réellement, légalement, la cave et toutes les bouteilles ? Rien n'était encore clair, malgré les fanfaronnades de George. Tamaz et Revaz avaient-ils des parts ? D'autres personnes avaient-elles une participation ? Avant de conclure un marché, nous devions nous assurer que George avait le droit légal de vendre. Cela me dérangeait de ne toujours pas être fixé sur ce point, même après une semaine sur place et toutes ces longues heures ennuyeuses passées en réunions inutiles sur le développement futur et la propriété de l'établissement vinicole. Un autre point d'interrogation apparut sur le tableau blanc.

En dessous, j'écrivis : « La douane ? ».

Les mots de George à l'aéroport me revenaient en mémoire. « Pas d'inquiétude, John. Je m'en occupe, je m'en occupe. On peut arranger tout ça. » Son prétendu oncle au sein du gouvernement qui, apparemment, pouvait faire disparaître tous les problèmes de douane. Même pour ce qui pourrait être interprété comme des bouteilles historiques et significatives. Pour être honnête, je n'étais même pas sûr de ce que George voulait dire par « arranger ça ». À clarifier. Un troisième grand point d'interrogation.

Enfin, je notai : « Hommes en costumes ». Souligné. Deux fois.

C'était mon scénario de cauchemar et, étrangement, il ne pouvait se dérouler que si nous payions l'argent à George et que tout se passe bien.

Je m'éloignai du tableau blanc et le passai en revue mentalement. Supposons, le mystérieux oncle parlementaire de George a parlé et a effectivement convaincu les douanes géorgiennes que quarante mille bouteilles de vin quittant le pays ne posent aucun problème. Superbe. C'est théorique, car nous ne transporterions pas réellement le vin de cette façon, mais supposons que nous parvenions à emballer et à transporter les bouteilles en toute sécurité jusqu'à Londres ou New York. Elles sont en place chez Sotheby's ou ailleurs, prêtes à être vendues aux enchères. Résultat : le jour J, une foule nombreuse et fortunée afflue, chéquiers en mains, pour acheter ces vins célèbres, historiques, exceptionnels. Le vin de Staline ! Le vin de Nicolas II ! Et même le vin d'Alexandre III !

Supposons toujours. Kevin, Neville, Harry et moi sommes là à faire tinter nos verres, à quelques instants de voir les vins se succéder sous le marteau du commissaire-priseur lorsque des hommes en costume apparaissent et annoncent qu'ils sont mandatés par le gouvernement géorgien, en charge des affaires culturelles et des artefacts historiques. Ils annoncent que nous n'avons aucun droit légal de vendre le vin. Ils déclarent qu'il ne s'agit pas de simples bouteilles de vin, mais d'un trésor culturel et qu'ils ont donc le droit, selon la loi géorgienne, de le réclamer pour l'État. En réalité, on pourrait peut-être trouver à redire sur ce point, car la cave a été sortie de Russie par Staline, ce qui fait que les vins sont plus russes que géorgiens, mais cet argument serait de faible poids en cas d'urgence. Peut-être aurait-on affaire, du reste, à des Soviétiques chargés de défendre les positions officielles sur la préservation du patrimoine culturel.

Que fait la maison de vente aux enchères ? En tout état de cause, la vente est annulée, et à ce stade de l'opération, nous perdons tous notre mise.

Pendant un moment, je ruminai cette idée, en fixant les mots que j'avais écrits. « Des hommes en costume ».

Puis, je me rendis compte que tout se résumait à un titre. La propriété d'une très grande part de la collection de vins restait douteuse. Nous devions simplement éclaircir ce point et être irréprochables avant de pouvoir approcher l'une des principales maisons de vente aux enchères. George devait prouver, légalement et sans équivoque, que le vin lui appartenait et que les autorités douanières géorgiennes autoriseraient la sortie du pays des bouteilles de vin, sans opposer aucune condition. Le gouvernement devait reconnaître notre achat, avant que nous ne payions un centime ou que nous n'essayions de faire sortir quelque autre bouteille de cette cave.

Quelques jours plus tard, Neville, Harry, Kevin et moi nous retrouvâmes dans le somptueux bureau de Neville avec sa vue imprenable. Je parcourus la fameuse liste à l'intention de tous ceux qui étaient présents. Auparavant, au téléphone, j'avais donné à Neville et à Harry un bref aperçu de la façon dont les choses s'étaient déroulées à Tbilissi, de sorte que lorsque nous arrivâmes au bureau, ce n'était que poignées de main, tapes dans le dos et félicitations. Je me sentais comme l'équipage d'Apollo 11 de retour sur Terre. Neville, en particulier, était tout sourire, estimant que nous avions fait un excellent travail et se disant impatient de connaître nos conclusions.

Mais à présent que j'exposais ma liste de préoccupations, l'ambiance se faisait plus circonspecte.

— Tout dépend toujours de l'authenticité des bouteilles, dit Harry.

— Nous devons faire des tests chimiques, convint Kevin. Il faudrait analyser certains des châteaux présents dans la cave, en particulier Yquem, car une grande partie de la valeur est dans les Yquem, s'ils veulent bien nous parler. Mais tout porte à croire qu'ils sont véritables. La question qui se pose est : devons-nous verser l'argent à l'avance pour que les Géorgiens autorisent la sortie des bouteilles pour la vente ?

— Voyons, dit Neville. John, comme vous l'avez vu, c'est un peu la loi du fusil là-bas. George va considérer que si lui et ses partenaires disposent des bouteilles, alors elles leur appartiennent. Si nous les voulons, nous devons les payer. Il n'y a pas de climat de confiance. Dans leur esprit, ce sera une transaction pour des dollars US.

— Mais John a clairement indiqué que nous ne pouvons être sûrs de disposer des bouteilles et d'être en mesure de les vendre qu'une fois que nous aurons remis le million, dit Harry.

J'attendis mon tour avant de suggérer :

— J'ai peut-être une idée. Il me semble que, parmi les problèmes auxquels nous sommes confrontés, les trois plus importants sont le manque de clarté du titre de propriété, la capacité à faire sortir les bouteilles de Tbilissi et ensuite notre droit de les vendre, le jour venu, sans intervention du gouvernement géorgien, des douanes ou des fonctionnaires culturels. Vous êtes d'accord ?

— C'est mon interprétation, dit Neville.

— Et si nous proposions à George un partenariat, au lieu d'un achat pur et simple ? Je pense que nous devons lui donner de l'argent, comme vous l'avez dit, Neville, sinon nous ne verrons jamais les bouteilles. Je suis d'accord. Mais que se passerait-il si nous proposions de lui verser la moitié du montant convenu – cinq cent mille dollars US – en signe de bonne foi, pour confirmer le partenariat ? En ce cas, nous serions propriétaires de la moitié de la cave et lui conserverait la moitié. En vertu de ce partenariat, nous serions alors chargés de transporter les bouteilles, de les conditionner, de mener la campagne de marketing et de nous occuper de la vente proprement dite. Toutes choses que nous devons faire de toute façon. Cependant – et c'est là l'essentiel –, George resterait propriétaire des bouteilles. Contractuellement et formellement, il serait garant de tout ce à quoi il s'engage, puisqu'il n'arrête pas de dire qu'il n'y a pas de problème, comme le dédouanement, la confirmation du titre de propriété et la neutralisation des douaniers géorgiens, si cela devait arriver. Pour que la vente soit conclue, c'est lui qui doit régler ces questions, pas nous. Notre contrat et notre partenariat avec lui devraient stipuler qu'il est le propriétaire des vins et que nous avons été engagés pour vendre les vins pour lui, ce qui nous rapporte la moitié du bénéfice.

Je pris une longue inspiration pour laisser à chacun le temps de digérer ce que je venais de proposer, puis je passai à la deuxième partie de mon plan.

— Évidemment, tout cela doit être formulé de manière telle que notre part soit en béton. Pas question d'être considérés comme des copropriétaires. Je suis sûr qu'un bon avocat peut s'occuper de cela. En cas de problème, c'est George qui est le propriétaire des vins, pas nous, donc si quelqu'un prétend que nous sommes les propriétaires ou que nous exportons des vins qui ne devraient pas être en notre possession, la réponse est que nous ne sommes que ses agents, qui vendent le vin pour lui.

Tout le monde réfléchissait.

— Mais, en ce cas, John, nous renonçons à cinquante pour cent d'un gros bénéfice, dit Harry.

— C'est vrai, Harry, c'est ce que nous faisons. Mais honnêtement, je ne suis pas sûr que nous soyons en mesure de gérer le champ de mines potentiel que nous pourrions avoir à traverser si George n'est pas lié à l'aspect logistique de l'entreprise. Il a besoin d'avoir des raisons très tangibles en termes de profit pour jouer son rôle. Bien sûr, peut-être que je suis trop prudent et qu'aucune de mes craintes ne va se concrétiser, mais si c'est le cas?

Je pris une gorgée d'eau, puis je conclus mon raisonnement:

— Pour être clair, je ne me vois pas m'impliquer dans la remise d'un demi-million ou d'un million de dollars américains sans avoir l'assurance que nous pourrons exécuter la vente et en tirer le profit attendu.

Tout le monde était plongé dans une profonde réflexion.

— Ça a beaucoup de mérite, dit Neville. Nous disons à George que nous convenons de prendre le risque commercial, mais que le risque de titre de propriété nous inquiète, comme une épée de Damoclès.

— Qu'en penses-tu, Kevin? demandai-je.

— Je pense que c'est un plan intéressant, dit-il. Presque toute la fosse aux loups que nous avons pour interlocuteurs se trouve en Géorgie. Il faut donc agir localement, ce que nous ne pouvons pas faire. George ne reçoit que la moitié de son million de dollars, mais il a en charge la moitié de l'opération de vente, et il sait qu'il obtiendra bien plus que cinq cent mille dollars pour sa part de la vente du vin.

— C'est un changement majeur par rapport au point de départ de George, dit Harry. Il pourrait juste vouloir l'argent.

— Eh bien, ce n'est pas ce qui va se passer, dis-je. Je pense pouvoir le convaincre qu'il peut obtenir beaucoup plus d'argent en suivant notre plan. Je pense que George pourrait apprécier d'être un partenaire dans une entreprise internationale comme celle-ci.

— Et nous aurions la certitude que la vente ne sera pas sabotée, acquiesça Neville. Mais écoutez, nous avons tous besoin de digérer ça, parce que, avec cette formule, nous allons passer de cent pour cent de propriété de la cave à la moitié. Vous avez besoin de temps pour prendre cette décision.

Nous fîmes une pause, le temps de prendre un café et de discuter entre nous. Mais en fait, avec une proposition aussi importante sur la table, la conversation ne dura pas longtemps. Très vite, Neville et Harry déclarèrent qu'ils n'avaient pas vraiment besoin de temps pour réfléchir et que le plan à cinquante pour cent leur semblait la solution la plus sûre et la plus raisonnable.

— Parfait, super, dis-je. Si nous sommes tous d'accord, je pourrais proposer ce scénario à George et voir ce qu'il en dit. Il est aussi très désireux de trouver des investissements pour la cave elle-même, pour la rétablir. Neville, je ne sais pas si c'est quelque chose qui vous intéresse ?

— Non, dit Neville. Je veux seulement des droits miniers là-bas et une part de ce trésor viticole, car c'est moi qui l'ai déniché. Je ne veux acheter ce vieux vignoble que s'il s'avère qu'il y a du charbon ou de l'or en dessous.

— Très bien, répondis-je. Donc, nous sommes d'accord pour proposer un partenariat à George, au lieu d'une vente directe ?

— D'accord, dit Harry, mais allons droit au but. En supposant que les quarante mille bouteilles environ soient authentiques, quelle est la valeur de la cave ?

— Kevin est encore en train de calculer ce montant, répondis-je.

— Vous devez avoir une idée approximative, dit Harry à Kevin. Dans votre tête, il doit y avoir une estimation.

— Il est difficile de donner un chiffre en dollars avant d'avoir terminé mon travail, dit Kevin. Je dois examiner les ventes comparables au niveau mondial, voir combien d'autres bouteilles d'un millésime rare se trouvent dans des collections connues, ou sont disponibles dans les principales ventes aux enchères ou au détail. Je dois également estimer ce que cette provenance de Staline et compagnie pourrait apporter comme plus-value par rapport aux prix normaux du marché. Je vais devoir faire beaucoup d'hypothèses.

Neville parut quelque peu énervé :

— Kevin, personne ne vous demande de signer avec votre sang. Nous voulons simplement savoir si, en investissant un demi-million de dollars US plus les coûts, nous pouvons espérer un retour décent.

Kevin s'agita un peu et fronça les sourcils.

— Bien sûr. Si je devais inscrire un chiffre sur le tableau, maintenant, je dirais probablement deux millions et demi à trois millions de dollars US.

Nous réfléchîmes tous à cela.

— Comme prix total de vente aux enchères? dit Harry.

— Cela pourrait être plus si les vins géorgiens frappent l'imagination du public, fit remarquer Kevin.

— Nous devons absolument entrer en contact avec un grand château et leur présenter quelques bouteilles, insistai-je. Et aussi choisir un partenaire de vente aux enchères pour connaître son point de vue sur les coûts et les éventuels problèmes.

— D'accord, allons de l'avant sur cette base, dit Neville. J'attends de votre part une estimation plus formelle lorsque vous en aurez une. Harry, tu peux rester un moment?

Neville nous conduisit aux ascenseurs. Il nous serra de nouveau la main, très aimable, nous disant son plaisir que nous soyons de l'aventure en tant que partenaires, que notre expertise était vraiment la bienvenue. Il fut question d'un barbecue dans sa ferme de Hunter Valley, une manière de se rencontrer la prochaine fois en dehors du travail. Nous convînmes que c'était une bonne idée.

Ensuite, Kevin et moi nous retrouvâmes seuls, redescendant en silence vers le rez-de-chaussée, fixant tous deux l'intérieur de la porte de la cabine.

— L'estimation, c'est réellement ce que tu penses? lui demandai-je, presque certain que Kevin jouait un peu avec eux.

— Bien sûr que non. Je n'ai encore aucune idée du montant réel. Je te le dirai quand j'y serai arrivé. Mais, oui, ça va être beaucoup plus que ce que je viens de leur dire.

Je souris.

Alors que nous sortions du bâtiment et nous dirigions vers la voiture, Kevin poursuivit:

— Ils ont vraiment marché avec ton idée de propriété à cinquante pour cent. J'ai été surpris. Neville est pragmatique, donc je le voyais bien suivre ta logique, mais je ne pensais pas que le vieux Harry renoncerait aussi facilement à la propriété à cent pour cent.

J'eus un mouvement des épaules :

— Harry est impliqué dans beaucoup d'affaires et aime faire des profits, mais en même temps il évite les fonds trop risqués. La moitié de la part de George est comme une police d'assurance sur le capital investi par Harry et je pense qu'il y a trouvé de quoi le rassurer. Sans l'engagement total de George, ce que nous sommes sur le point de tenter serait beaucoup plus délicat.

À notre retour, le personnel des caves de Double Bay voulait tout savoir. Pour les mettre au courant de l'affaire, nous organisâmes un grand dîner un soir, après la fermeture de la boutique. Au cours du repas, Kevin et moi racontâmes à tour de rôle certaines parties de l'aventure. Frank et Jillian portaient particulièrement leur attention aux bouteilles de la cave et aux caractéristiques de l'assortiment.

Dans le fil du récit, je signalai que, sur une étagère de la cave, nous avions trouvé de mystérieuses bouteilles mentionnant le miel, ce qui nous avait déconcertés.

— Ah, oui. *Chouchen*, lâcha Jillian dans un haussement d'épaules.

— Pardon ? dis-je.

— *Chouchen*. C'est du breton : une liqueur à base de miel, originaire de Bretagne, la partie la plus à l'ouest de la France. Tu sais, la partie celtique ? Les pêcheurs boivent du *chouchen* quand ils reviennent de la mer. C'est très doux. Mais c'est un truc dangereux, un faux ami. Il était fait avec la cire des rayons, des abeilles, du venin, tout. La légende veut que le venin fermente et rende le *chouchen* superpuissant. Les hôtels de Bretagne ont encore des crochets au bar pour que les pêcheurs y attachent leurs ceintures, parce que trop de *chouchen* affecte l'équilibre et qu'on peut tomber à la renverse de son tabouret.

Kevin et moi échangeâmes des regards.

— J'ai l'impression que notre expertise a raté quelque chose, là, dit Kevin.

J'approuvai :

— Nous devrons les vérifier à nouveau, si nous y retournons. Et faire en sorte de ne jamais boire ce contenu.

Kevin rigolait :

— Ça a l'air mortel.

— Comme tout dans la vie, Kevin, c'est une question de modération, dit Jillian.

Kevin acquiesça.

— OK, c'est bon à savoir. Je m'y connais en matière de modération.

Vers la fin de la première semaine après mon retour à Sydney, George envoya un nouvel e-mail, adressé à Kevin et à moi.

« *Cher Kevin,*

J'ai été heureux de recevoir l'information que tous les vins sont bien arrivés et que vous en avez pris livraison. N'hésitez pas à me faire savoir si vous avez besoin de plus de détails sur les vignobles ou l'industrie du vin en Géorgie.

John, pouvez-vous me fournir le projet de développement d'un vignoble ? Je veux l'utiliser comme ébauche pour tracer une ébauche pour Winery Numéro 1.

Salutations,

George Aramhishvili. »

Au cours des deux semaines suivantes, cela devint le thème de nos échanges d'e-mails : George ne cessait de lancer des demandes de pistes pour le redéveloppement de vignobles tandis que nous posions nos propres questions. Ainsi, Kevin voulait savoir ce qu'il en était des vins « durcis » que nous avions trouvés dans la liste lorsque nous avions finalement reçu les détails de la cave de Staline. Et, plus important encore, George pouvait-il faire livrer les douze autres bouteilles que nous avions mises de côté ?

George répondit :

« *Je vais me renseigner sur le mot "durci". Je pense qu'en géorgien, c'est* shemargrebuli, *qui est une sorte de vin de Porto. En ce qui concerne les bouteilles, j'ai reçu de Tamaz la permission divine d'accorder douze bouteilles au prochain envoi. Il apprécie particulièrement le Chato Ikem. Il me raconte des plaisanteries concernant les prix : dix mille pour dix bouteilles de Chato Ikem.*

Cordialement, George. »

Kevin et moi prîmes tous deux le temps de digérer cet e-mail, attentifs à la tournure des phrases. Finalement, c'est Kevin qui répondit, expliquant qu'il était encore en train de rassembler des informations sur la réhabilitation des vignobles et sur les équipements qui pourraient être nécessaires, et qu'il ferait parvenir tout cela à George très rapidement. Il rappelait également le besoin d'informations sur les vins « durcis », car il y en avait un certain nombre et cela freinait son évaluation globale de la collection. Enfin, Kevin indiqua qu'il était sur le point de réserver un laboratoire et un technicien pour l'analyse des bouteilles dont nous disposions, et qu'il avait donc vraiment besoin que la douzaine restante nous parvienne. « *Je parlerai à Dieu au nom de Tamaz pour les autres bouteilles,* écrivait-il. *Au cas où je ne recevrais pas de réponse, pourriez-vous envoyer les douze autres bouteilles dès que possible. C'est un processus coûteux et j'aimerais ne le faire qu'une fois.* »

C'était audacieux de la part de Kevin, me dis-je. Je ne m'attendais pas à ce que nous voyions arriver les douze autres bouteilles. Quoi ? George, Tamaz ou un autre employé de la cave de Tbilissi allaient-ils empaqueter soigneusement la douzaine de bouteilles anciennes qu'ils ne voulaient pas que nous prenions au départ, et nous les envoyer ? C'était peu probable. Mais en suivant la chaîne d'e-mails, au lieu des bouteilles, nous reçûmes une réponse surprenante.

« *Merci pour les informations que vous avez promis de m'envoyer,* répondit George. *Les vins durcis sont des vins de type "Porto". Dans le langage viticole local, "durci" signifie "fort". En ce qui concerne les bouteilles, j'ai faxé à Neville les résultats de tests antérieurs sur la collection de vins effectués il y a des années. J'espère qu'ils seront utiles.* »

J'appelai aussitôt Kevin.

— Neville ne t'a-t-il jamais dit que George lui avait fourni des informations sur des tests effectués précédemment sur les vins ?

— Pas un mot. En principe, c'est quelque chose qu'il aurait dû nous communiquer.

— Peut-être un oubli. Ou peut-être que George vient juste de lui envoyer ces résultats. Nous allons lui demander.

Invariablement, même si nous avions compris que nous ne verrions jamais l'autre douzaine de bouteilles, George nous les faisait miroiter, dans des courriels, pour nous rappeler qu'elles étaient là, avec toutes les autres. Tout au long de ces semaines, nous envoyâmes des courriels ou téléphonâmes à George pour discuter de la propriété de la cave et de la façon de faire sortir les bouteilles de Géorgie, tandis qu'il parlait constamment de la reprise imminente de la cave, qui inclurait les bouteilles.

Pendant tout ce temps, je soumis à George mon idée de partenariat à parts égales. Il fut d'accord, assez rapidement d'ailleurs. Il suffisait de lui présenter la proposition pour qu'il soit convaincu. Il comprit immédiatement que ce plan pouvait lui rapporter plus d'un million de dollars et je pense qu'il apprécia l'idée d'être associé à ces Australiens qu'il estimait et en qui il avait peut-être même confiance. Il apprécia également l'idée d'être partenaire dans le marketing, y voyant sans doute l'occasion de construire sa propre relation avec Londres, si c'est là que nous opérions la vente. Je ne lui en dis pas plus que nécessaire, car nous n'avions pas encore finalisé l'accord et de nombreux éléments pouvaient encore mal tourner. Mais nous commençâmes à rédiger des accords juridiques à Sydney, tout en discutant des éventuels avocats disponibles, pour s'occuper de ces documents et confirmer qui était propriétaire du vin.

Cette question me tourmentait plus que toutes les autres. Nous étions de retour depuis plus d'un mois, nous avions échangé des dizaines de courriels et de coups de téléphone, et nous ne savions toujours pas qui était propriétaire de la Savane Number One Winery et de tous ses actifs, y compris les caves. Après un long appel téléphonique avec George, au cours duquel nous avions passé en revue tous les détails de notre proposition et essayé à plusieurs reprises de poser cette question essentielle, je me retrouvai à rédiger une note au bas de ma page, libellée comme suit : « Est-ce que vous, George, avez la position légale pour accepter ceci ? »

Il parlait certainement comme s'il était l'homme de la situation. Mais il l'avait toujours fait, avant même notre départ pour Tbilissi, sans avoir cru nécessaire de mentionner tous les autres responsables que nous avions découverts à notre arrivée à Tbilissi. Lorsque je l'interpellai encore sur la sécurité et la procédure d'exportation du vin, sa réponse fut la suivante : « *Le plan de reprise prévoit qu'après celle-ci nous nommions notre conseil de surveillance, notre conseil d'administration. Neville, Kevin et John sont des membres à part entière des deux conseils. Mes employés remplaceront tout le personnel actuel, y compris le personnel de sécurité en quelques semaines. Des serrures de style banque suisse seront placées immédiatement.* »

Cet e-mail m'ouvrit les yeux.

— Ce qu'il dit, expliquai-je à Kevin, c'est qu'il n'a pas le contrôle de la société à ce stade, mais si nous pouvons nous mettre d'accord pour vendre la cave historique et rétablir la Savane Numéro Un comme une entreprise en activité, il se mettrait dans une position où il pourrait tout reprendre.

— Restons concentrés sur notre accord, qui consiste à acheter la moitié des parts du vin, répondit Kevin. J'aimerais avoir l'avis de Neville sur le sujet.

— Je l'ai appelé deux fois, mais il n'a pas répondu. Dans un e-mail de George, il y avait un autre passage qui mentionnait Neville. Ça disait : « *Nous devrions envisager la prise de contrôle la semaine prochaine au plus tard. Nous avons besoin d'une mise initiale de cent quarante mille dollars pour tous les documents légaux en vue d'une reprise complète. Le solde de la moitié du paiement viendra après cela ainsi que le solde final après l'expédition des vins et l'achèvement de toutes les procédures d'exportation conformément aux instructions de Neville.* »

— Selon les instructions de Neville, nota Kevin.

— Je suppose qu'ils parlent de l'exploitation minière. Peut-être que Neville a juste mentionné qu'il nous aiderait pour la partie exportation, si nécessaire.

Les e-mails et les discussions juridiques continuèrent pendant une semaine environ. Comme je restais sans nouvelles de Neville ou de Harry, je continuais de tenter de conclure un accord avec George, en faisant appel au bureau de KPMG à Sydney pour préparer les documents. Je rédigeai un résumé d'une page à l'intention de George, précisant mon plan. Celui-ci prévoyait que les cinq cent mille dollars US initiaux seraient placés sur le compte fiduciaire d'un avocat, qui serait libéré lorsque la cargaison des vins franchirait la frontière ou quitterait les eaux géorgiennes. Cela signifiait que George ne recevrait pas un centime à moins que les vins ne quittent effectivement la Géorgie. Je suppose qu'il dut accepter cette disposition, car nos avocats poursuivirent le travail de rédaction de l'accord.

Mon télécopieur continuait de tourner à plein régime. Un matin, à mon arrivée au bureau, je découvris un fax du Bureau juridique des entreprises, le conseil juridique de la Géorgie.

La lettre donnait l'avis juridique officiel de Tbilissi sur ce à quoi nous avions affaire. Elle expliquait que la Cave géorgienne Numéro Un (la Savane, comme nous l'appelions) avait été privatisée en 1993 et dressait la liste des activités de la société. La lettre indiquait qu'en 1996 les actionnaires de la cave étaient M. Tamaz (dix-sept pour cent) et M. Revaz (onze pour cent). Mais de nouveaux changements, intervenus en 1998 avaient à nouveau modifié l'actionnariat. C'était seulement un an avant notre visite. Il était donc logique que, peu de temps après ce dernier changement de propriétaire, quelqu'un ait décidé que la vente des vieux vins de la cave serait un bon moyen de réunir les capitaux dont ils avaient tant besoin. Il n'y avait aucune mention du nom de George ou d'une société lui appartenant. D'où

George tenait-il ses parts, ou son emprise, pour prendre des décisions aussi importantes ?

Je m'assis et réfléchis à la question. Il n'y avait aucun doute – nous l'avions constaté sur place –, George avait un poids considérable à la Savane Numéro Un et auprès des cadres. Il était manifestement un acteur majeur dans cette affaire, même si, juridiquement, il n'avait, semble-t-il, pas encore fait son entrée dans la propriété. Ou bien George faisait-il partie des nouveaux propriétaires, à moins qu'il ne soit, pour ces derniers, qu'une marionnette ?

Le point positif dans la lettre était qu'elle décrivait le stock et les actifs de l'établissement vinicole et indiquait clairement que : « L'entreprise possède de vieilles traditions et des collections uniques d'échantillons de vin, dont ceux de la collection de Staline et des tsars russes Alexandre III et Nicolas II. »

C'était un beau document à en-tête légal que nous pourrions présenter à une salle des ventes comme preuve de notre droit. En fait, dès que nous aurions reçu les autres documents indispensables de George et de ses sbires, nous serions en position de force pour organiser la très prometteuse vente aux enchères de cette étonnante collection. Quelle que soit la quantité de documents juridiques et de droits de propriété à remplir, je conservais plus que jamais ces bouteilles en ligne de mire.

Pendant tout ce temps, outre ces tractations, j'essayai de gérer ma charge de travail habituelle. L'activité des caves Double Bay était importante. C'était une excellente affaire et le personnel était à la hauteur. Avec la flambée des prix de l'immobilier dans ce quartier de Sydney, la fièvre préolympique, le printemps dans l'air et l'été à nos portes, nous avions parfois du mal à suivre.

Un soir, j'étais assis à mon bureau à faire de la paperasse, une heure environ après la fermeture, quand Kevin entra, tenant une liasse de feuilles A4. Il voulait me faire part d'une « comptabilité créative » qui pourrait m'intéresser.

Je levai les yeux et manifestai ma curiosité :

— Aha ! L'évaluation de la cave géorgienne ?

Il hocha la tête.

— Tu es la seule personne au monde que je connaisse qui dise « Aha ! », mais c'est amusant.

— Eh bien, cela appelle un verre, quel que soit le chiffre. Dois-je choisir un bon vin ou un très bon vin ?

— Plutôt bon, je pense.

J'allai chercher une belle demi-bouteille d'un Bordeaux très respectable, un Château Pichon Baron, et je nous servis un verre à tous les deux.

Kevin avait pris sa place habituelle en face de moi, inspectant son verre avant de goûter le Bordeaux. Il n'était manifestement pas pressé d'en venir au fait.

— Ah, John, dit-il comme s'il se parlait à lui-même. Comme c'est approprié. Un compagnon d'écurie de notre bien-aimé Suduiraut. C'est un grand Château, Pichon Baron, qui fait partie du cercle le plus restreint des Pauillac, avec un terroir exceptionnel. Une appellation qui, je pense, va encore s'améliorer dans les années à venir.

J'avais compris dès ce moment qu'il n'apportait, de toute évidence, pas de mauvaises nouvelles, et qu'il la jouait d'un air un peu suffisant.

— OK, roi du suspense, arrête de jouer. Je t'écoute.

Il sourit et se pencha en avant.

— Le chiffre clé que tu attends très vraisemblablement est huit, dit-il, avec son air impassible de Canadien.

— Huit ?

— Peut-être sept, admit-il.

— Peux-tu en dire plus, juste un peu ?

Il me dit qu'il le pouvait, si je lui permettais quelques astérisques et notes en marge. Pourrions-nous faire sortir les quarante mille bouteilles? Combien de casiers feraient une chute, causant la perte de combien de bouteilles, avant ou pendant le transport?

— J'admets que c'est peu probable, dit-il, parce que les casiers que nous avons vus semblent assez solides. Mais je pense que nous devrions prendre en compte le fait que certains pourraient glisser pendant le déchargement des bouteilles.

— Oui, d'accord, dis-je.

Kevin avait d'autres préoccupations.

— Pouvons-nous trouver une firme spécialisée dans l'emballage suffisamment fiable et prudente pour prendre soin de vins aussi fragiles? Outre l'âge des bouteilles, il y a d'autres dangers. Pendant les guerres du siècle dernier, par exemple, le meilleur verre a parfois été détourné pour l'effort de guerre, pour fabriquer des lunettes télescopiques et d'autres équipements optiques importants. Les entreprises vinicoles ont dû faire de leur mieux pour trouver d'autres matériaux pouvant servir dans la fabrication des bouteilles. J'ai même lu que, dans certains cas, des bouteilles de seconde main ont été utilisées. Combien d'entre elles se trouvent parmi les richesses de la cave, prêtes à se briser à la première manipulation?

— Oui, d'accord, Kevin. Je suis d'accord que c'est à prendre en compte. Mais toutes les bouteilles que nous avons eues en main semblaient correctes et ne montraient aucun signe de fragilité excessive. Tant qu'elles sont soigneusement conditionnées, il ne doit pas y avoir de gros risques de détérioration, ai-je répondu. Mais j'aime ta façon de penser et, effectivement, nous devons être conscients de tout cela.

— La bonne nouvelle, dit Kevin, c'est que si l'on met toutes ces questions de côté et que nous parvenons à sortir intact l'essentiel de la collection, mon estimation approximative est que la cave devrait atteindre entre sept et huit millions de dollars US au marteau. Ça va probablement énerver Neville et Harry, mais je ne peux pas être plus précis que ça à ce stade.

Je souris et haussai les épaules:

— Kevin, c'est génial. Nous n'avons pas besoin d'avoir plus de détails à ce stade. Ce que tu me dis signifie que nous pourrions facilement couvrir le coût total de l'achat à George, plus les frais de déménagement et d'organisation de la vente aux enchères. Nous savons que ces coûts vont être considérables, mais ce chiffre signifie qu'il devrait rester un très bon bénéfice, même après tout cela. Tu es d'accord ?

— Si nous sommes déjà parvenus à convaincre George, Neville ou Harry d'accepter l'idée du cinquante/cinquante, je pense qu'un simple coup d'œil à ces chiffres devrait les persuader du bénéfice potentiel global, dit Kevin. Chacun y trouvera son compte.

Il avait raison, mais la vérité était que je n'étais plus seulement dans cette aventure pour l'argent, et que je n'étais pas opposé à l'idée de faire des efforts. Je m'étais pris au jeu, considérant l'affaire comme le feraient les *Aventuriers de l'Arche perdue* : vivre l'épisode le plus extraordinaire qu'un acheteur de vin puisse jamais espérer dans sa vie professionnelle. En plus d'offrir à George davantage que son prix initial d'un million de dollars, il serait gratifiant de contribuer à faire connaître au monde entier les merveilles de la Géorgie, son histoire et son potentiel en tant que destination touristique et viticole. Kevin et moi voulions livrer la cave, et la livrer en bon état, en utilisant toute notre expertise et nos compétences. En d'autres termes, nous étions très motivés pour réussir, et l'estimation de Kevin nous donnait la certitude financière de pouvoir continuer.

Encouragé par ces nouvelles, j'envoyai un e-mail à Neville et Harry pour leur faire part de l'estimation de Kevin, puis je pris rendez-vous avec nos avocats du bureau de KPMG à Sydney. Nous peaufinâmes l'accord officiel, que je tenais à envoyer au moins à George pour que nous puissions juger de son implication à ce stade de l'opération. Rien de tel que de demander à quelqu'un de signer un document pour que toutes les parties concernées consolident leur réflexion ou règlent les points qui posent problème. Une fois l'accord signé et la certitude que George et les siens entendaient bien aller jusqu'au bout, j'aurais enfin quelque chose à présenter à Sotheby's, Christie's ou toute autre grande maison de vente aux enchères.

L'accord stipulait que, au moment de la signature, nous paierions cent mille dollars US, en dépôt, pour les vins et sur avis juridique valide attestant que George était habilité à conclure la transaction en tant que propriétaire des vins.

Le texte contenait de nombreuses dispositions précisant les rôles de chaque protagoniste du processus. Les marchandises devaient être préparées sous la supervision d'un expert, et le vendeur de la moitié de la cave (George) était chargé de faire livrer les vins en toute sécurité au port ou à l'aéroport désigné par l'acheteur (nous). En tant qu'acheteurs, nous étions responsables du fret et de l'assurance des marchandises exportées. Cependant, il était clairement indiqué que George ou les vendeurs de Savane Number One étaient « responsables de toute autorisation gouvernementale préalable à l'exportation ».

La livraison serait considérée comme effectuée dès que le vin aurait quitté la Géorgie pour être exporté vers le pays désigné. J'étais raisonnablement confiant dans le fait que la destination serait le Royaume-Uni. Personnellement, je penchais pour le choix de Sotheby's, étant donné qu'elle avait déjà organisé la mise en marché de la collection Massandra, provenant de la cave officielle de Russie. La vente que nous projetions ne comprenait pas de vins français anciens et c'était l'un des aspects sur lesquels nous fondions nos espoirs d'évaluation. Mon idée était que nous leur montrions nos bouteilles échantillons, déjà authentifiées, et que Sotheby's envoie un expert à Tbilissi pour authentifier les bouteilles restantes et, de la sorte, confirmer notre scénario. Sotheby's certifierait le vin et se chargerait de la mise en caisses, un peu comme elle l'avait fait pour la collection Massandra. Étant donné qu'ils avaient déjà réalisé ce genre d'opération, assez colossale, nous resterions également ouverts à leurs conseils, voire à un meilleur plan, s'ils en avaient un. Cette partie de l'affaire ressortait plus de leur domaine que du nôtre.

Comme expliqué à George, les quatre cent mille dollars restants seraient placés sur le compte fiduciaire. Des dispositions étaient prévues pour « un ajustement du montant de l'investissement », en fonction de l'état des bouteilles à leur arrivée en Angleterre. Si l'on devait constater des dommages importants ou si des bouteilles avaient disparu en cours de route, ces coûts seraient déduits du montant global et le solde de quatre cent mille dollars serait ajusté en conséquence.

La clause neuf mentionnait spécifiquement que le vendeur devrait indemniser et protéger l'acheteur en cas de violation d'une garantie du contrat. En clair, si quelqu'un s'en prenait à nous au sujet du vin après son expédition, en prétendant qu'il appartenait au peuple géorgien ou qu'il n'appartenait pas à George, nous serions couverts.

Cher Kevin, écrivit George le mardi 10 août. *Comment vont les choses de votre côté ? Pouvons-nous accélérer le tempo ?*

Environ une semaine plus tard, George m'écrivit : « *Cher John, quand pensez-vous que la prise de contrôle puisse avoir lieu ? Cette semaine ?* »

Je pouvais sentir l'anxiété de George, alors que l'affaire commençait à se préciser. Ou peut-être était-ce de l'impatience, parce qu'il était maintenant certain que la vente pourrait avoir lieu ? Les sommes évoquées, en lari géorgien, étaient considérables. Nous avions toute l'attention de George.

Jusqu'à ce qu'il apparut que nous ne l'avions plus. Après cette rafale d'e-mails pressés, pendant trois semaines entières, tout resta silencieux du côté de Tbilissi. Pour savoir à quoi s'en tenir, Kevin envoya un courrier, demandant si tout allait bien.

Le lendemain, nous reçûmes une réponse de George.

« *Tout se passe comme prévu, sous la supervision personnelle de Neville. De mon côté, j'ai seulement besoin d'une semaine de plus pour compléter les papiers. Après cela, vous pourrez commencer votre partie du travail. Nous avons un Conseil juridique maintenant. Je peux vous donner l'adresse e-mail si vous êtes intéressé par leurs services. Amicalement, George.* »

J'appelai Neville, mais il ne répondit pas. J'envoyai ensuite un e-mail, lui demandant de me rappeler. Était-il actuellement à Tbilissi? Qu'est-ce que George voulait dire par la « supervision personnelle » de Neville? Ce dernier ne nous avait pas dit qu'il conseillait George pour s'assurer que l'accord soit mené à bien. Mais si c'était le cas, c'était une excellente idée, étant donné leur relation en matière minière. Il pourrait faire en sorte que l'accord soit mené à bon port plus facilement.

Une semaine plus tard, je reçus un nouveau courriel de George.

« *Tous les documents de prise de contrôle sont prêts et sont actuellement en route vers Sydney pour approbation de Neville. Dans les cinq jours ouvrables qui viennent, vous pourrez commencer votre activité auprès du nouveau directeur et propriétaire de la Cave Numéro Un, M. Neville Rhodes.* »

Je venais de lire ces lignes, lorsque mon téléphone sonna. Je jetai un coup d'œil à l'en-tête de l'e-mail et vis que Kevin avait été mis en copie.

Je décrochai le téléphone et lançai un « Salut, Kevin ».

— C'est toi le businessman, dit Kevin au bout du fil. Explique-moi pourquoi notre vieux copain Neville vient de devenir directeur et propriétaire de Savane Number One.

Je pinçai les lèvres, absorbé dans ma réflexion.

— Ce que je peux imaginer, dis-je au bout d'un moment, c'est que Neville et George ont trouvé que c'était le meilleur moyen de s'assurer que nous pourrions faire sortir le vin des frontières géorgiennes. Ainsi, c'est garanti. Depuis le début, nous nous sommes demandé à qui appartenait la Savane Numéro Un et si George pouvait, juridiquement, décider de vendre la collection. Si c'est Neville qui occupe ce fauteuil, nous sommes libres de le faire, n'est-ce pas?

— Je suppose que oui, dit Kevin. Tu ne trouves quand même pas bizarre que Neville n'ait pas pensé à nous expliquer ce plan?

— Tout à fait bizarre, je suis d'accord. Neville est super sympa, mais il ne semble communiquer que quand il le veut. Maintenant, je ne vais pas le lâcher, pour vérifier que tout est bien en ordre, de notre point de vue.

Je m'assis à mon bureau. Je pris une profonde inspiration et, le regard dans le vide, je rédigeai mentalement des lettres à Neville. Nous avions un accord formel de quatre partenaires en place, donc je voulais seulement comprendre comment ce développement était conçu pour aider notre vente de vin. En fin de compte, je décidai d'aborder la question sous un angle moins direct. J'écrivis à Neville, expliquant que je me rendrais à Londres la semaine suivante et que j'avais besoin d'un document de sa part, en tant que propriétaire officiel de la Savane Numéro Un, attestant que j'étais habilité à entamer des discussions à propos de la vente de la cave avec les personnes concernées.

« *Neville, je suis sûr que vous comprenez que je ne peux pas discuter de la cave d'un simple point de vue conceptuel. Il faudrait que je dispose d'un accès documenté et d'une capacité irrévocable à livrer le vin, pour pouvoir les accrocher et nous mettre dans la meilleure position de négocier* », avais-je écrit.

J'imprimai la lettre et la faxai au numéro personnel de Neville.

Deux jours de silence plus tard, j'envoyai un e-mail à George, lui demandant de me tenir au courant de l'évolution de la situation.

« *J'envoie à Neville les documents nécessaires à la réalisation de la reprise effective*, me répondit George. *J'essaie également de le contacter depuis plusieurs jours, sans succès. Peut-être que vous pouvez agir plus efficacement de votre côté. Steven Thrush est à Tbilissi ces jours-ci, il part demain pour Sydney, je vais donc envoyer un message à Neville par son intermédiaire également.* »

Je plissai les yeux sur mon écran, perplexe : qui est Steven Thrush ?

J'étais maintenant à deux jours de mon vol pour Londres, sans pouvoir aborder la question de la vente avec Sotheby's. Comme j'avais le temps, je fis quelques recherches, pour découvrir que ce Steven Thrush était impliqué dans Alaniya Gold. Il s'agissait donc probablement d'un collègue de Neville dans le domaine minier.

Je n'appréciais pas le vide dans lequel nous nous trouvions. J'appelai Harry à plusieurs reprises. Il se contenta de hausser les épaules, disant qu'il n'avait pas eu de contact avec Neville et qu'il ignorait l'état de la situation. J'essayai Paula, l'avocate de Neville, mais elle ne me rappela pas. J'avais un accord international, en grande partie rédigé, pour l'achat et la vente de vin précieux valant des millions de dollars et voilà que mes propres partenaires étaient devenus muets. Je ne comprenais pas et je commençais à être un peu nerveux, vu la façon dont les choses évoluaient.

Certaines personnes comme certaines affaires peuvent s'avérer compliquées, mais mon principe a toujours été qu'il faut rester concentré sur le problème principal et ne pas laisser les aspects secondaires compliquer davantage les choses. Concrètement, George voulait échanger sa cave pour des dollars américains, et nous étions prêts à payer. Donc toutes ces discussions, la propriété du vignoble et les autres complications n'étaient que du bruit, tant qu'elles ne torpillaient pas réellement l'affaire. C'est le propre des gens intelligents de conserver leur ligne jusqu'à l'objectif final. Je décidai donc de suivre cette voie.

De toute façon, je ne suis pas du genre à abandonner facilement. Je continuai d'appeler Neville. La veille de mon départ pour Londres, je faillis tomber de ma chaise quand il répondit.

— John, dit-il, me procurant le bonheur d'entendre sa voix chaleureuse. Comment allez-vous ? Désolé, j'ai été un peu difficile à joindre. Je suis sur plusieurs fronts.

— C'est ce que j'ai compris, dis-je. C'est pourquoi j'ai appelé. Neville, que se passe-t-il ? J'ai quelques questions, à la suite de mes échanges avec George. Ai-je raison de penser que vous avez maintenant le contrôle du conseil d'administration de la Savane Number One Winery ?

— C'est exact, dit Neville. Je suis maintenant le directeur et le propriétaire de cette entreprise.

— Le propriétaire ?

— Absolument, dit-il.

— D'accord. Alors, Neville, si nous arrivons avec un camion pour sortir du stock de cette cave, est-ce que, comme propriétaire, vous êtes en mesure d'autoriser le transport, ou est-ce que quelqu'un peut nous en empêcher?

— Non, je n'ai pas encore le contrôle, dit-il.

— Pourquoi?

— Parce que George doit faire établir les documents légaux en Géorgie, pour autoriser le transport.

— Donc George peut agir à la fois en notre nom et en votre nom?

— Bien sûr.

— Dois-je me rendre à Tbilissi pour traiter avec les avocats, comme George l'a suggéré, pour faire établir ces documents?

— Ce serait une façon de faire, dit Neville. En ce qui me concerne, je ne viendrai pas. Nous n'avons pas besoin d'une équipe de football là-bas. De toute façon, on se tient, hein, John? Je dois vraiment y aller. Faites un bon voyage à Londres.

Après avoir raccroché, je me rendis compte qu'il ne m'avait toujours pas donné son accord pour que j'approche Sotheby's officiellement.

J'avais toute la durée du voyage à Londres puis en France – je ne devais pas oublier les achats de vins pour le magasin – pour faire le point sur la situation. Neville étant désormais propriétaire de l'exploitation viticole, nous n'avions plus à nous demander à qui nous avions affaire. Normalement, plus de Tamaz ou de Revaz pour nous barrer la route. Mais cela signifiait-il que nous devions maintenant verser cinq cent mille dollars à Neville pour la moitié du lot de vins qu'il essayait soi-disant d'acheter?

Ce qui me tracassait aussi, c'était que Neville, même dans sa nouvelle position de force en tant que propriétaire, n'avait pas été en mesure de confirmer que nous pouvions faire sortir le vin de Tbilissi.

À mon retour en Australie, j'avais contacté Alan Bennett, un associé du service juridique de KPMG, et lui avais expliqué où nous en étions. J'en avais assez de piétiner, empêtré toujours dans les mêmes questions. J'avais décidé d'investir un peu d'argent dans une recherche juridique pour avoir des certitudes, une fois pour toutes. Alan avait mentionné que KPMG disposait d'un bureau en Azerbaïdjan, le pays situé au sud de la Géorgie, et nous avions décidé de demander l'aide de ce bureau. Alan et moi avions rédigé un mandat, portant sur les mêmes vieilles questions : à qui appartenait le vin, les différentes autorités impliquées, les licences et les approbations nécessaires à l'exportation, et la probabilité d'une réclamation officielle considérant les vins comme artefacts, pendant ou après l'exportation. De plus, à titre d'information, la personne vendant le vin était-elle également autorisée à faire partie du groupe acquéreur ? Situation qui semblait être à présent celle de Neville.

Apprenant que j'avais décidé d'attendre cet avis juridique, Kevin se contenta de grogner : « Je suis presque certain que les avocats vont dire que nous avons une chance sur deux que le gouvernement géorgien autorise la vente et, de l'autre côté, George et Neville diront que tout est OK, il faut verser l'argent. »

Je soupirai. Tout cela commençait à me prendre la tête. Je fis donc la seule chose logique en un tel cas. Je quittai la ville, pris la direction du nord pour rendre visite à une amie, Anne, à Noosa. Deux journées de bonne compagnie, à partager du bon vin et de bons plats. Me promener dans le parc national, observer les tortues et les dauphins dans l'océan, fut un bon moyen de me vider l'esprit, encombré des préoccupations géorgiennes. Arrivera ce qui doit arriver, pensais-je. On ne doit pas forcer les choses. Et d'ailleurs, c'est impossible. Et puis, il y avait la dimension aventure, pas seulement l'argent. Tout est maintenant entre les mains des experts. Laissons-les distribuer les cartes et nous verrons comment elles tombent.

Ce soir-là, Anne avait organisé un dîner avec quelques amis de la région et elle annonça que nous allions jouer à un jeu appelé *Jolene.*

— Tu connais la chanson de Dolly Parton? me demanda-t-elle. Une personne est Jolene et toutes les autres doivent jouer le rôle d'une femme qui a peur que Jolene leur prenne leur homme. C'est à elles d'expliquer succinctement et avec passion pourquoi Jolene ne peut pas leur prendre leur amoureux. Une fois que tout le monde a exposé son point de vue, la personne qui joue Jolene décide quel homme elle prend, selon son désir.

— Waouw. C'est une spécialité de Noosa?

— Non, c'est une spécialité d'Anne, répondit-elle. Pour avoir posé cette question, M. John Baker, mon cher ami, vous jouerez le rôle de Jolene.

— Votre bonheur dépend de moi, dis-je en me versant un autre vin.

Ça promettait d'être amusant.

18

QUAND LES CHOSES SE GÂTENT

Les contacts d'Alan Bennett en Azerbaïdjan mirent plus de deux mois à rendre leur rapport. Entre-temps, nous étions passés à l'an 2000, sans que le redoutable et très médiatisé bug du millénaire ne vînt détruire les systèmes informatiques du monde entier. J'étais sans nouvelles de Harry ni de Neville, mais il y avait eu Noël et le Nouvel An, puis les vacances d'été. Je ne fus donc pas surpris par le ralentissement de la correspondance. George avait échangé de joyeux courriels de bons vœux de Nouvel An avec Kevin et moi, prédisant que le nouveau millénaire verrait arriver le moment où nous allions enfin vendre le vin et devenir riches ! Mais le reste du mois fut calme.

Je passai un peu de temps à Melbourne, à observer le marché et à conseiller un ami dans un projet de nouveau restaurant. La directrice et sommelière en chef était une femme nommée Jane Thornton dont j'appréciai la manière de mettre sur pied son équipe et son affaire. C'était un monde dans lequel je n'avais fait qu'une brève incursion, en conseillant un ami de Sydney et en investissant dans son restaurant. Mais ici, je pris plaisir à accompagner une équipe professionnelle de gestion, dans le domaine de la restauration, qui partait de zéro. Comme toujours, j'étais prêt à vivre de nouvelles expériences et à m'ouvrir à de nouveaux univers de connaissances. J'étais impressionné par Jane, qui était intelligente, avait toutes les qualités et se montrait pourtant chaleureuse et drôle avec son équipe. Elle avait un CV impressionnant, où il apparaissait qu'elle avait géré ou été sommelière de quelques-uns des meilleurs restaurants de Melbourne. Sans aucun doute, elle s'y connaissait en matière de vins et, bien sûr, je dus raconter quelques épisodes de mes aventures géorgiennes. Les réactions de ma nouvelle collègue me plurent, particulièrement devant le tableau des dizaines de vieux Yquem anciens entassés dans la cave obscure.

Une fois le restaurant opérationnel, je repris la direction du nord pour retourner à mes occupations et me remettre au travail dans la boutique.

Une semaine plus tard environ, je reçus un courrier d'Alan contenant l'avis circonstancié de ses experts. J'invitai Kevin à me rejoindre. Nous nous assîmes de part et d'autre de mon bureau avec chacun une copie et Kevin commença la lecture à haute voix.

« Il est très probable que les vins soient classés officiellement par le gouvernement géorgien comme des vins de collection. Ils devront être conservés dans une vinothèque. »

— Tu sais ce que ça veut dire : une atmosphère appropriée, coûteuse, à température et humidité contrôlées, et une haute sécurité.

— On est loin du mode de conservation avec les toiles d'araignée, de la cave suintante d'humidité de la Savane, ajoutai-je en fronçant les sourcils devant ma copie. Et qu'en est-il de ces phrases :

« En tant que vins de collection, ils ne pourraient pas être exportés. Cependant s'il s'agit de vins anciens qui ne sont pas reconnus comme pièces de patrimoine, ils peuvent être exportés. »

— Encore mieux, dit Kevin :

« Si les vins sont classés comme biens culturels conformément à la législation géorgienne compétente en matière de protection du patrimoine, alors un certificat autorisant leur exportation doit être obtenu auprès du ministère de la Culture. S'ils ont plus de cent ans ou s'ils possèdent une valeur culturelle particulière, ils ne peuvent pas être exportés. »

— Eh bien, zut ! ajouta Kevin.

Je poursuivis.

« Si les vins sont exportés sans avoir obtenu les certificats ou autorisations appropriés, il est alors possible que les autorités géorgiennes entreprennent des démarches à l'étranger en vue d'obtenir leur restitution, notamment en engageant des procédures judiciaires et en invoquant la Convention de l'UNESCO sur la protection des biens culturels. »

— Et voilà, la mention sur votre tableau blanc : « des hommes en costume », dit Kevin en soupirant.

— Oui, dis-je. Il y a un risque. Je maintiens qu'il y a un argument contre le fait que les vins français soient considérés comme un patrimoine culturel géorgien. Ils ont été volés en Russie et n'ont rien à voir avec la Géorgie, à part le fait d'être restés dans cette cave pendant cinquante ans, et peut-être le lien avec la ville natale de Staline. Je ne suis pas sûr que les voisins azerbaïdjanais comprendront grand-chose à toute cette histoire. Quoi qu'il en soit, comme on s'y attendait, tout se résume à la propriété et aux droits d'exportation. Selon notre accord, c'est à George de régler ce problème. Envoyons-lui ce rapport, ainsi qu'à Neville et voyons ce qu'ils en disent.

La réponse du bureau de Neville vint par Paula, l'avocate. Elle concluait qu'après avoir discuté avec George, ils ne voyaient aucun problème à obtenir les permis d'exportation.

N'étant pas totalement convaincu par cette réponse, j'appelai Neville à plusieurs reprises. Sans succès. Tout ce que nous allions entreprendre à partir de maintenant pouvait nous coûter de l'argent. Il ne fallait donc pas prendre les risques identifiés à la légère. Mais je n'étais pas non plus impressionné par les conclusions du rapport au point de ne plus vouloir avancer ni par le fait qu'elles s'appliquaient avec précision à l'exportation de vin.

Peu de temps après, Harry me contacta. Nous passâmes en revue toutes les complications possibles et évoquâmes le silence de Neville. Harry était également préoccupé par les coûts risquant de survenir, notamment le fait que nous devions payer des frais mensuels pour avoir un compte bancaire au nom de l'entreprise alors que rien ne se passait. Il décida de le fermer.

— Mais Harry, objectai-je, rien n'empêche de rouvrir le compte dans une semaine, si nous avons des nouvelles de Neville ou de George.

— Alors nous aurons économisé une semaine de frais, ce qui est une bonne chose, dit-il. Laissez-moi faire.

En fait, ce fut sa femme, Eva, qui me contacta une semaine plus tard, pour me dire qu'elle avait fermé le compte. À l'origine, nous avions versé chacun dix mille dollars, pour disposer d'un capital d'exploitation de quarante mille dollars. Nous avions dépensé environ vingt-huit mille dollars et il restait 11 966 dollars sur le compte à la fermeture. Je reçus un chèque de 2991,60 dollars.

J'écrivis à George, soulignant une fois de plus que, légalement, cette affaire était entre ses mains et que Kevin et moi attendions son avis, en tant qu'agent sur place. « *Nous sommes toujours désireux de poursuivre l'aventure, George,* écrivis-je. *À condition de ne pas être concernés par les problèmes soulevés par KPMG. Vous comprenez la situation en Géorgie bien mieux que nous ne pourrons jamais la comprendre. C'est donc à vous de jouer. J'espère que vous allez bien, John.* »

Le temps continuait de s'écouler, dans un inquiétant silence. En écrivant cela, il peut sembler curieux de penser qu'un mois et demi était passé sans que cette question ne fût résolue. En réalité, j'étais extrêmement pris par les caves de Double Bay. Particulièrement par le lancement d'une entreprise de culture et de pressage d'huile d'olive dans laquelle je m'étais engagé, et aussi d'autres projets professionnels et personnels. Je ne suis pas du genre à rester sans rien faire quand les choses ne vont pas comme je le voudrais. Bien sûr, j'avais relancé Neville et Harry pour essayer de savoir où en étaient les choses, mais je n'allais pas rester assis près de mon téléphone et de mon ordinateur à attendre leur réapparition.

George m'envoya finalement un courriel. Une fois de plus, il revenait avec la proposition de discuter d'une possibilité d'investissement de ma part dans l'industrie du vin géorgien, en fournissant du capital d'exploitation et de l'expertise. Il précisait : « *Comme nous l'avons évoqué lors de notre visite* ».

Je répondis, poliment j'espère, que je n'avais aucune intention de discuter d'une quelconque entreprise commerciale autre que celle dont George, Neville ou Paula ne m'avaient pas parlé depuis un certain temps. « *Faisons en sorte de pouvoir déplacer et vendre les bouteilles, puis nous pourrons parler d'autres projets* », écrivis-je.

La frustration s'accumulait au fil du temps.

— Nous sommes à un courriel de la victoire, confiai-je à Kevin, tandis que nous nous interrogions sur ce qui se passait à l'autre bout de la ville dans le bureau de Neville et, à l'autre bout du monde, dans le cerveau de George. Nous avons juste besoin que Neville, en tant que président et propriétaire de la Savane, nous écrive pour nous dire qu'ils ont réglé les détails de l'exportation avec le gouvernement géorgien et que nous pouvons procéder à la vente. Un seul e-mail.

— Peut-être que Neville est en train de l'écrire en ce moment même ? dit Kevin. Peut-être n'arrive-t-il pas à choisir la police parfaite pour un e-mail aussi enthousiasmant.

— Je serais heureux avec n'importe quoi. Je me satisferais d'un texte au crayon sur du papier de boucherie. Qu'il nous donne le feu vert et allons-y ! Tu te rends compte que notre voyage à Tbilissi date d'il y a presque un an ?

— La conduite de Nino me manque chaque jour, répondit Kevin. Sérieusement, John, préparons le travail, pour être prêts à agir dès que Neville nous donnera le feu vert. Tu retournes à Londres dans une semaine ou deux, n'est-ce pas ? Pourquoi ne pas contacter déjà Sotheby's ? Pourquoi ne pas essayer de rencontrer quelqu'un d'un château ? Prendre une des bouteilles et commencer le processus d'authentification ?

— Tu as raison. Nous avons trop avancé dans ce projet pour abandonner la partie. Il est temps d'aller de l'avant.

Le lendemain, soudain, je reçus une lettre de la société de Neville, adressée à ma société, à celle de Kevin et à celle de Harry. Le courrier indiquait que l'accord conclu en juin 1999 nous chargeait « d'organiser l'achat de la cave », et que cela n'avait pas été fait. Suivait la bombe : « *J'ai dû acheter la cave avec mes propres ressources. Je constate également que le compte bancaire de l'entreprise commune a été clôturé le 30 juin. Par conséquent, l'entreprise est terminée.* »

Trois paragraphes abrupts mettaient tout à l'eau.

Depuis des mois, nous craignions que les Géorgiens se jouent de nous. Nous pensions que c'était George qui essayait de nous escroquer d'un million de dollars. En fait, en y pensant, à 23 heures ce soir-là, un verre de vin rouge corsé – ce n'était pas le premier de la soirée – à la main, mon imagination commença à s'envoler. Neville avait-il, depuis le début, l'intention d'acheter la cave ? Peut-être était-ce déjà conclu avant de prendre l'avion ? Avec George de mèche, Neville nous a laissés, Kevin et moi, partir pour la Géorgie, établir l'authenticité et la valeur de la cave, puis il a mis en scène les événements qui se sont passés depuis notre retour, de manière à nous faire apparaître comme déficients, le forçant à mettre fin à l'entreprise commune. Si c'est bien ce qui s'est passé, je ne pouvais pas croire que nous soyons tombés dans le panneau.

Et Harry, le candide, victime également de la machination ? En retournant tout cela dans ma tête, je commençais à croire que ce n'était sans doute pas le cas. J'avais trouvé étrange à l'époque que lui et sa femme aient aussi rapidement fermé le compte en banque. À présent, je spéculais sur la façon dont ce développement avait ouvert la voie aux manœuvres de Neville.

Peut-être qu'il n'y avait que Kevin et moi qui étions hors-jeu.

Quelques jours plus tard, je reçus un appel de Paula Stanford, du cabinet de Neville. Elle me déclara qu'elle voulait récupérer les douze bouteilles de vin que j'avais prétendument dérobées en Géorgie et qui étaient la propriété de M. Rhodes.

— Vous parlez sérieusement ? demandai-je à l'avocate.

— Très sérieusement, M. Baker.

— Eh bien, je vous informe que je n'ai pas de vin de Géorgie, répondis-je. Et que je n'ai pas apporté une seule bouteille de Géorgie en Australie.

Techniquement, c'était vrai. Bien sûr, je ne l'ai pas fait, pensai-je en raccrochant sans prêter attention aux propos bredouillants de Paula. J'espérais seulement qu'elle n'avait pas le numéro de Kevin, vu que la douzaine de bouteilles se trouvait dans son bureau.

Finalement, l'homme en cause, Neville Rhodes lui-même, m'écrivit pour me dire qu'il avait versé cent mille dollars de caution pour le vignoble de Savane et que cela signifiait que toutes les bouteilles, dans le vignoble ou en Australie, étaient à lui. Il me reprochait mon hostilité à l'égard de Mme Stanford et me demandait d'accepter la fin de notre contrat et, bien sûr, de lui livrer son précieux vin.

Il me paraît vain de détailler l'ensemble des qui-dit-quoi des échanges qui s'ensuivirent. Je dis à Neville que la seule raison pour laquelle nous n'étions plus en affaires ensemble était qu'il avait refusé de répondre à nos appels ou à nos courriels. En réponse à cela, il prétendit nous avoir écrit en avril pour nous expliquer la situation, mais n'avoir pas eu de nouvelles de notre part, en retour. Je répondis. Il répondit. Je répondis... et puis je passai à autre chose.

Son dernier mail disait : « *L'aventure est terminée. Veuillez me restituer le vin qui m'appartient sans délai. Vous m'éviterez ainsi de devoir recourir aux avocats.* »

Je relus cette dernière ligne et soupirai. Pourquoi les gens qui refusent de discuter raisonnablement menacent-ils toujours de recourir à des avocats ? Probablement parce qu'ils connaissent leur propre imbécillité. Voilà qui est ennuyeux.

19

AU MILIEU DES DÉCOMBRES

— Et si l'on disait à Pyotr et Nino que Neville a kidnappé leurs mères?

Malgré toute la gentillesse venant de ses gènes canadiens, Kevin pouvait adopter une attitude très dure, qui souvent m'amusait, même si ce matin-là, il plaisantait probablement.

— La vengeance type mafia géorgienne n'est pas notre méthode habituelle d'opération, fis-je remarquer.

— Cela nous ferait pourtant du bien.

— Je vois les choses sous un autre angle, répliquai-je en m'avançant vers lui. Il y a une chose que notre vieil ami Neville a oubliée.

— Que nous, les Canadiens, avons infligé Bryan Adams au monde et que nous n'avons pas peur de recommencer?

— Plus alarmant que ça!

— OK, quoi donc?

— Il ne sait rien de ce vin, dis-je avant de reprendre ma place et de boire une gorgée d'eau. Et nous, si.

— Un bon point, approuva-t-il d'un mouvement de tête.

Je poursuivis:

— Si nous n'avons pas été capables de résoudre les problèmes de douane, la question des biens historiques ni la logistique d'exportation, avec tout notre bagage et notre expérience, je ne vois pas comment lui y parviendrait. Mais peut-être que les questions de douane ne le préoccupent pas au même degré que nous.

— Maintenant qu'il est le propriétaire, peut-être qu'il a des astuces pour assurer l'expédition.

— Imaginons. Mais même dans ce cas, et alors ? Comment va-t-il approcher Sotheby's ?

Kevin hochait la tête en tournant sa cuillère dans son café.

— Un exploitant de mine d'or qui prétend avoir quarante mille bouteilles d'Yquem hors d'âge, etc. Incapable de leur donner des détails précis. Peu probable qu'il y arrive.

— Exactement, dis-je. La logistique d'exportation exige des experts. La seule possibilité qu'il a de vendre cette cave est de nous impliquer. Ou alors il devra tout recommencer. Envoyer sur place d'autres Kevin et John, pour réaliser un nouvel audit. En l'état actuel des choses, toi et moi en savons plus sur le contenu de cette cave que n'importe qui d'autre dans le monde, y compris probablement les Géorgiens. Penses-y. Nous avons toutes nos notes qui recoupent la liste de cave traduite avec la cave réelle, plus nos notes authentifiant ce qui se trouve sur les étagères individuelles, plus nos notes de dégustation *et* tes notes d'évaluation. Ils n'ont rien de tout cela.

— Mais Neville en est propriétaire, John. Il a rompu notre accord. Nous n'avons aucun moyen d'aller chercher le vin s'il a coupé les ponts avec nous.

— Il aura besoin de nous, pour le marketing, l'authentification et l'exportation hors de Tbilissi, si c'est bien ce qu'il veut faire.

— À condition que nous soyons prêts à l'aider ! s'exclama Kevin. Parce qu'il y a l'autre voie qui est, pardonne mon style direct : « Qu'il aille se faire voir ! »

— Nous avons bien sûr toujours cette option. Seulement, je trouve qu'il est difficile de laisser tomber. Pense à tout ce trésor. Des dizaines et des dizaines d'antiques Yquem, Margaux, Latour et Lafite ! La plupart des experts de la corporation vinicole seraient stupéfaits de voir un seul Yquem du dix-neuvième siècle dans leur vie. Nous, nous savons où des centaines de ces vins sont cachés.

— Si nous ne pouvons pas les vendre, je m'en fiche, se contenta-t-il de répliquer. Ils peuvent aussi bien être sur la lune, cela reviendrait à la même situation. Dès lors qu'ils se trouvent dans la Savane Numéro Un et qu'ils appartiennent à Neville, George, Pyotr ou Natascha, ils n'ont aucune valeur pour nous. Je propose de passer à autre chose.

Nous restâmes assis en silence pendant un moment, plongés dans nos réflexions, jusqu'à ce que je résume mon sentiment :

— En tout état de cause, nous n'aurons peut-être pas vraiment le loisir de passer à autre chose. C'est bien le genre de bonhomme qui n'hésitera pas à nous envoyer une armée d'avocats.

— Dans quel but ? Récupérer la douzaine de bouteilles ? En ce cas, très bien, il va avoir affaire à nous.

20

DIVISER LA DOUZAINE

Nous nous retrouvâmes deux jours plus tard dans le bureau de Kevin. Nous restâmes un moment à regarder en silence les superbes goulots sombres et épurés de douze anciennes bouteilles de vin, encore en grande partie recouvertes de papier bulle. Kevin et moi les sortîmes délicatement des cartons, une par une, les essuyâmes doucement avant de les poser sur la grande table en chêne qui lui servait de bureau.

— Nous ne pouvons pas toutes les garder, dis-je avec tristesse. Rappelons-nous ce fait. Pas question de toutes les conserver.

— Ou si, mais alors, nous devons les emmener dans une nouvelle demeure en Amérique du Sud et changer nos noms en Pedro et Juan, fit Kevin.

— Je n'y suis pas attaché à ce point-là, dis-je en souriant. La grande question est de savoir comment répartir ces douze bouteilles de très grande valeur entre quatre parties.

— Chaque bouteille vaut un bon prix, fit remarquer Kevin. Gardons celles qui couvrent complètement nos frais et laissons-leur les autres.

Je hochai la tête.

— Mais nous devons les répartir équitablement et raisonnablement, pour que nous en sortions avec dignité. Je ne veux pas de coup de sang ni d'accusations d'aucune sorte. Ce partenariat se termine de manière assez insatisfaisante comme ça.

— Donc on doit y veiller, tout en s'assurant qu'au final on ait tous les deux des exemplaires de la collection de Staline, précisa Kevin.

— Cela va sans dire. Le fait d'en disposer nous donne un avantage, ai-je dit. Quelles bouteilles prends-tu ?

Nous avons passé les bouteilles en revue. Il y avait l'Yquem de 1870 et quelques, celui pour lequel nous ne pouvions pas trouver le quatrième chiffre du millésime. Kevin avait noté, lorsque nous l'avions choisi, que le niveau de remplissage était très, très élevé, ce qui est exceptionnel pour un vin de plus de cent ans.

Un autre Yquem était de 1858.

Le Coutet était une rareté de la cave, car il avait conservé une grande partie de son étiquette. Il datait de 1864. Celui-là aussi était rempli à ras bord. Une bouteille d'une valeur extraordinaire.

Il y avait un Margaux de 1919.

La liste continuait. À présent que nous n'étions plus dans la cave, au milieu de ces milliers de bouteilles anciennes incroyablement précieuses, la valeur de chacune des douze bouteilles nous sautait aux yeux.

— Le problème, dit Kevin, au bout d'un moment, c'est que je n'ai pas particulièrement envie de m'asseoir autour d'une table avec Neville et Harry, pour entendre quels vins ils souhaitent et pourquoi. D'ailleurs, Neville ou son pit-bull, Paula, diront que tous les vins leur appartiennent, ce qui ne va pas faciliter la discussion.

— Pas question que cela se passe de cette manière, rétorquai-je. Répartissons les bouteilles honnêtement, pour éviter tout motif de dispute. Nous en avons pris possession dans le cadre du partenariat à quatre, elles doivent donc être divisées comme telles. Kevin, comment vois-tu cette répartition en quarts de lots ? Selon leur valeur ? C'est possible ?

Kevin se leva, plissa les yeux et mit en marche son cerveau de calculateur. Je pouvais le voir en plein exercice.

Il passa un doigt sur le haut d'une bouteille, puis le fit glisser pour se poser brièvement sur le bouchon d'une autre. J'étais silencieux, sachant comment il travaille. Je pouvais presque entendre son cerveau ronronner.

— D'accord, lâcha-t-il finalement. Le Salkhino 1956 – tu sais, le vin doux géorgien? Qu'il aille à Neville, ainsi que le Château Margaux 1919 et le Château d'Yquem 1858. Cela me fait mal de me séparer de celui-là, mais c'est un véritable joyau. S'il le possède, il sera forcé de reconnaître qu'avec cela il a obtenu vingt-cinq pour cent, en fait plus d'un quart de la valeur totale des douze bouteilles.

— Et Harry? demandai-je.

— Eh bien, figure-toi, j'en ai déjà discuté une fois avec lui. Peu de temps après notre retour, je lui ai parlé de la douzaine. Il m'a dit qu'il était surtout intéressé par ce Coutet 1864, celui avec le morceau d'étiquette. À lui seul, à cause de l'étiquette et du niveau de remplissage, il vaut beaucoup d'argent. Il voulait absolument avoir cette bouteille.

Dans ma tête, je repassai les prix de vente que j'avais vus récemment, et j'essayai de me rappeler à combien s'élevait la cote des Coutets. Et cette bouteille-ci avait cent trente ans.

— Penses-tu qu'elle vaut vingt-cinq pour cent de la valeur totale des douze bouteilles, à elle seule? demandai-je.

— Je pense que l'on peut tout à fait aller en ce sens, acquiesça Kevin.

Je frappai dans les mains:

— Super. Alors, que nous reste-t-il? Tu commences. Je veux que tu sois satisfait.

En les évaluant une par une, Kevin fit le tour des bouteilles restantes. Le fait qu'il choisisse en premier ne suscitait en moi aucune inquiétude. Kevin et moi avions confiance l'un en l'autre. Il n'allait pas me faire un croche-pied. Et de toute façon, je trouverais mon compte avec les bouteilles qui finiraient dans ma cave, en compagnie de mon unique paire de Lady Grange et de quelques autres raretés. Il n'y avait rien de décevant au sein de cette précieuse douzaine.

— Tu sais quoi ? dit finalement Kevin. Je suis très attiré par l'Yquem que nous ne pouvons pas dater. La bouteille de 1870 et quelques. J'aimerais l'authentifier et l'exposer. Ou pouvoir la vendre une fois qu'on sera sûrs de son âge.

— Juste cette bouteille ?

— C'est suffisant, répondit-il. Crois-moi, si c'est du vrai, ça vaut pas mal.

Il me restait donc sept bouteilles, ce qui semble beaucoup, mais elles valaient certainement davantage comme curiosités que pour leur valeur marchande. On trouvait deux cognacs géorgiens, un madère géorgien, un muscat de Crimée, un porto Kardenakhi de 1953 et un Saamo de 1929, le vin doux géorgien. Mis dans un présentoir de Double Bay, ces six vins susciteraient certainement peu d'intérêt. Et dans une vente aux enchères internationale ? C'était difficile à dire.

La septième bouteille avait incontestablement de la valeur. Il s'agissait du Château Mouton Rothschild 1874, bien qu'il soit en fait répertorié comme un « Buton », nom donné au Château Mouton Rothschild au début du dix-neuvième siècle. Cette bouteille avait une grande crédibilité, en tant que véritable premier cru vieilli pendant plus d'un siècle.

— Avant de nous mettre d'accord, j'ai une idée, dit Kevin. Tu gardes la moitié du droit sur ma bouteille d'Yquem, et j'ai la moitié du droit sur tes sept bouteilles. Même si nous avons divisé la douzaine par quatre, gardons notre moitié mutuelle comme une seule entité dans nos esprits. Cela signifie que si les chiffres de vente concernant nos huit bouteilles finissent par pencher d'un côté ou de l'autre, ni toi ni moi ne nous sentirons lésés. Nous sommes dans le même bateau depuis le début.

— Bonne idée, dis-je en lui serrant la main. À présent, que fait-on des bouteilles de Harry et Neville ?

— Je les remets à Harry, avec une évaluation écrite portant sur chaque vin, expliquant le mode d'évaluation, avec tous les détails, pour qu'il n'y ait pas de malentendu sur la valeur de leur part, dit

Kevin. Il pourra transmettre les bouteilles à Neville lors de leur prochaine rencontre pour célébrer leur karma à deux.

Comme on l'a dit, pour un Canadien, Kevin peut être assez bon pour garder rancune.

Quelques semaines plus tard, et après que Kevin eut livré le vin à Harry, je reçus une lettre venant du cabinet Gadens Lawyers. Elle disait que Kevin et moi possédions le vin appartenant à Neville Rhodes et nous enjoignait de le restituer. La lettre précisait qu'il y avait douze bouteilles de Château d'Yquem et que nous devions les faire parvenir dans les sept jours, faute de quoi une action en justice serait engagée.

Où Rhodes avait-il trouvé que nous avions une douzaine de bouteilles d'Yquem ? Et comment se faisait-il qu'il n'ait pas reçu le vin que Kevin avait confié à Harry pour le lui remettre ?

Je répondis :

« *En ce qui me concerne, je n'ai pas apporté de vin en Australie et je ne dispose pas de douze bouteilles de Château d'Yquem millésimé. Je vous suggère de vous adresser au responsable de la co-entreprise dont M. Rhodes faisait partie et qui dispose des informations nécessaires. Vous y trouverez peut-être réponse à vos interrogations. Bien à vous, John Baker.* »

J'étais en train de sceller la lettre quand je reçus un appel d'une assistante de Jane Thornton, mon amie qui était occupée par le nouveau restaurant à Melbourne. Ils organisaient une fête après le lancement, pour montrer que le lieu était opérationnel et marquer sa réussite. Et aussi pour remercier toutes les personnes qui y avaient contribué. L'assistante de Jane précisa que Jane avait demandé de transmettre qu'elle aimerait que je sois là, et voulait savoir si je pouvais venir.

« Bien sûr », répondis-je. Je ne suis jamais du genre à manquer une fête, surtout avec une proposition de vins dont je savais qu'elle serait d'un très bon niveau, puisque c'était Jane qui avait fait la sélection.

En raccrochant, je me surpris à penser que c'était l'assistante qui avait dit que Jane souhaitait que je vienne, et non pas elle-même directement. J'ai parfois tendance à chercher trop dans les détails. C'était probablement le cas cette fois. Quoi qu'il en soit, je décidai résolument de partir vers le sud.

Je me rendis jusqu'à la poste. J'étais tellement pris par l'envie de revoir Jane que je me rendis à peine compte du moment peut-être historique où je postais ce qui serait vraisemblablement ma dernière lettre en lien avec cette improbable cave géorgienne.

Je restai devant la boîte aux lettres renfermant ma lettre, et je ris presque aux éclats en retournant aux caves de Double Bay. Puisque je ne possédais pas personnellement d'Yquem de Géorgie, je n'en étais pas techniquement responsable, et j'étais donc quasi certain d'être en règle sur le plan légal. La lettre à laquelle j'avais répondu semblait indiquer que Harry n'avait pas transmis à Neville sa part de la douzaine, comme il avait été demandé. Je savourai la perspective de la conversation qui s'annonçait entre eux après l'arrivée de ma réponse.

Et moi ? J'en avais fini avec tout ça. J'avais vécu une folle aventure, j'avais eu la chance de goûter certains des vins les plus exceptionnels et les plus étonnants que j'aie jamais pu imaginer – avec en tête ce Château Suduiraut 1899, qui restera à jamais gravé dans ma mémoire viticole. J'avais visité le pays de la Géorgie et trouvé sur ma route des personnages hauts en couleur. J'avais appris quelques leçons sur le monde des affaires et la confiance à accorder à certains partenaires et avais quand même réussi à récolter sept excellentes bouteilles de vins très anciens pour ma collection personnelle. À vrai dire, j'avais toujours su que le pari était risqué, mais quelle aventure nous avions vécue ! Quelle expérience sans pareille !

Et à présent ? Eh bien, pour commencer, il y avait une femme belle et intelligente habitant Melbourne qui m'avait invité à une fête. Et j'avais mon magasin de vin à gérer. La vie continue.

Je comptais bien laisser Neville et Harry continuer à se chamailler pour leur part de la douzaine et pour toute la cave.

Prendre la porte de sortie, c'était faire preuve d'intelligence.

21

NOUVEAU DÉPART

Sydney, Australie
2000-01

Être intelligent…

Le problème d'un tel qualificatif est qu'il ne tient pas compte de mon penchant naturel pour l'aventure. Ou, pour être plus pratique, du fait que j'avais déjà investi beaucoup de temps et d'efforts dans cette folle campagne géorgienne.

Pendant un certain temps, Staline et ses vins mystérieux m'étaient sortis de l'esprit. Durant cette période, mes occupations avaient été si nombreuses que j'avais pu chasser les trésors de Tbilissi de mes pensées.

Les Jeux olympiques de 2000 étaient enfin arrivés, entraînant toute la ville dans une ambiance de fête, du moins était-ce mon impression. Comme je l'avais espéré, les Jeux furent bénéfiques pour moi, car les habitants de Double Bay multiplièrent leurs achats en vin dans la perspective des soirées télé organisées dans la plupart des foyers.

Je n'avais jamais vu Sydney dans un tel état de bonheur collectif. Le spectacle habituel des gens qui se promènent, le visage fermé, écouteurs sur les oreilles, en écoutant des walkmans ou en parlant au téléphone portable, s'était évanoui. Il avait suffi que des étrangers expriment leur enthousiasme pour la médaille d'or que l'Australie venait de gagner, ou pour le record du monde en natation, alors qu'ils faisaient la queue pour un café ou les transports en commun.

Le Canada était parvenu à remporter trois médailles d'or, en triathlon, en lutte et en tennis double masculin. Ces succès laissaient Kevin relativement froid. Il nous expliqua que, pour les Canadiens, le Saint Graal est l'or en hockey sur glace aux Jeux olympiques d'hiver, suivi par le ski alpin puis le curling, et que venait seulement ensuite tout ce qui concerne les Jeux olympiques d'été. En outre, conformément à sa réputation, il se montrait plus intéressé par la quantité d'or contenue dans les médailles d'or que par les performances elles-mêmes. (Il s'avère que, selon les règles olympiques officielles, les médailles d'or doivent être composées d'au moins quatre-vingt-douze et demi pour cent d'argent et d'un minimum de six grammes d'or réel. Ainsi vous savez tout.)

Kevin me raconta s'être rendu dans l'enceinte olympique de Homebush pour assister aux finales de plongeon, qui, selon ses dires, lui avaient procuré « peut-être un millionième de l'excitation d'un très mauvais match de hockey (sur glace) ». Il s'était retrouvé à côté de quelques Canadiens et il avait discuté de la mort récente de Pierre Trudeau, Premier ministre canadien de longue date, pendant toute la durée de l'événement. Il s'était ensuite rendu à la finale de boxe et, entre les rounds, avait encore parlé de Trudeau avec d'autres Canadiens. Il avait été marqué par son décès. Le corps de Pierre Trudeau reposait dans la chapelle ardente à Ottawa, et les Canadiens pouvaient venir lui rendre un dernier hommage, alors même que la cérémonie de clôture des Jeux olympiques se déroulait à l'autre bout du monde. Ce genre d'hommage national est, nous expliqua-t-il, habituellement réservé aux héros populaires canadiens, comme la légende du hockey montréalais Maurice « Rocket » Richard.

Pour nous, non-Canadiens, les Jeux continuèrent à accaparer toute notre attention. Comme tout le monde, nous avions installé un téléviseur à grand écran dans le magasin pendant toute la durée des Jeux olympiques afin que les clients puissent voir les compétitions tout en faisant leurs achats de vin. Entre les ventes, je me retrouvai non seulement à encourager Cathy Freeman et les autres Australiens aux Jeux, mais aussi à prêter attention aux sportifs géorgiens sous leur drapeau, désormais familier, rouge avec, dans le coin, des rayures noires et blanches.

De temps à autre, mon intérêt presque inconscient pour ces équipes portait ses fruits. Au fur et à mesure que les Jeux de Sydney se déroulaient, il y eut même quelques « Giorgi » géorgiens en compétition, tel Giorgi Vazagashvili qui remporta une médaille de bronze en judo, et un autre, Giorgi Asanidze, qui décrocha la médaille de bronze dans la section quatre-vingt-cinq kilos de la compétition masculine d'haltérophilie.

Quelques mois auparavant, j'aurais été au téléphone avec notre Giorgi, ou je lui aurais envoyé un e-mail, pour partager de telles nouvelles. L'un des derniers messages échangés était un courriel dans lequel je demandais à George s'il avait une préférence pour les livres sur le vin en français ou en anglais, et il m'avait répondu que l'un ou l'autre lui convenait. Je me demandai si lui ou quelqu'un d'autre pouvait lire les deux langues, à moins qu'ils n'aient jamais eu l'intention de lire les livres. Tout était un peu trouble quand on avait affaire aux Tbilissiens.

Je ne le sus jamais et à présent nos lignes de communication étaient rompues. Chez nous, les Jeux olympiques se terminèrent par le déferlement prévisible de feux d'artifice au-dessus et tout autour du Harbour Bridge, puis nous retournâmes tous à nos vies habituelles. Les casques d'écoute musicale et les étrangers silencieux reprirent leur place dans les banlieues.

Fin 2001, environ un an après les Jeux, à ma grande surprise, je fus convié à une réunion par l'un des principaux détaillants d'alcool du pays. J'avais été en quelque sorte un pionnier de la transformation des simples magasins en un espace véritablement accueillant, attractif et bien informé, bien loin du distributeur de spiritueux de quartier ou du service à la demande d'un hôtel de base, et il semblait maintenant que les grandes chaînes de vente au détail, en constante expansion, voulaient avoir leur part de ce nouveau concept.

Les cadres de Vintage Cellars expliquèrent que leur vision de la croissance de leur entreprise exigeait une présence stratégique dans les banlieues orientales cossues et qu'ils avaient ciblé mon humble magasin comme le modèle dont ils avaient besoin, pour son emplacement et sa crédibilité.

— Sans vouloir vous offenser, je ne suis pas sûr de me voir travailler pour une chaîne de magasins, leur dis-je.

— Pas de problème, me répondit le négociateur en chef. Nous ne vous invitions pas à rester.

Au lieu de cela, ils me firent un gros chèque. Nous nous entendîmes et conclûmes un accord sur le champ. La vente se déroula ensuite assez rapidement et sans accroc.

Je me retrouvai ainsi à annoncer à Kevin, Jillian, Frank et au reste du personnel que je partais. C'était la fin d'une époque, mais à mesure que je me faisais à l'idée, j'étais de plus en plus excité à l'idée de me lancer dans une nouvelle aventure. Tout comme j'avais toujours considéré les bouteilles de vin comme des produits de commerce – des produits à déguster –, et non des objets de vénération, en affaires, j'avais toujours été pragmatique. Malgré tout, je me souvenais de ces années de Double Bay comme celles parmi les plus heureuses de ma vie professionnelle, et reconnaissais qu'il m'était difficile de m'en éloigner.

La vente eut cependant un autre impact majeur. Car Vintage Cellars prouva qu'ils étaient des hommes d'affaires avisés. En analysant le mode d'exploitation de Double Bay, ils comprirent où se trouvait la véritable valeur de l'entreprise. Aussi demandèrent-ils à Kevin et Frank de rester, après mon départ, pour que les caves ne perdent pas leur souffle. Kevin fut bien payé pour continuer à remplir son rôle irremplaçable, c'est-à-dire faire la chasse aux vins anciens, dénicher des lots de vins dans le cadre de divorces et explorer d'autres pistes typiquement kéviniennes.

J'avais envie d'un peu de repos. J'allai donc passer quelques semaines à Melbourne pour voir ce restaurant, et Jane, avant de retourner dans le nord et de me lancer dans une série de nouveaux projets. Pour avoir une source de revenus fiable, je créai une nouvelle cave, à Epping, au nord-ouest du centre d'affaires de Sydney, non loin des grandes tours de télévision qui dominent le paysage de ce côté de la ville. Pour cela, je choisis de faire équipe avec Tim Bourne, le responsable de mon premier magasin, le Newport Bottler. Une fois de plus, je me retrouvais devant le défi de repartir de zéro, à devoir constituer une nouvelle base de clients fidèles, à créer des événements incitant les habitants à venir tester et acheter les meilleurs vins qui soient.

Je créai également une activité secondaire appelée Bordeaux Shippers. Il m'était en effet apparu que toutes mes années d'importation de vins pouvaient déboucher sur quelque chose d'officiel. Je m'étais déjà rendu à Bordeaux à plusieurs reprises pour mon travail, et j'avais même fait la visite extérieure du Château d'Yquem, considérant avec révérence le château fortifié et les vignes. Mais à présent, dans le cadre de mes nouvelles fonctions, je me rendais à Bordeaux une ou deux fois par an, afin de repérer les vins à importer, susceptibles de trouver des acheteurs, en gros ou au détail, sur le marché australien. Mon premier voyage sous cette nouvelle bannière avait été la célèbre dégustation de l'Union des Grands Crus, qui s'était tenue un week-end de mai. L'occasion d'approfondir mes connaissances sur les vins produits par les grandes maisons du Bordelais, et de multiplier, autant que possible, les dégustations. Ainsi, durant mon séjour, j'avais organisé des visites dans un certain nombre de châteaux afin de rencontrer les propriétaires ou les viticulteurs, en particulier dans les crus classés.

Parallèlement, encouragé par mes débuts dans la restauration, je commençai à consacrer plus de temps et d'efforts à ce milieu. Avec l'essor de Sydney, la nouvelle tendance des promoteurs d'un nouveau restaurant était d'impliquer des investisseurs, pour le capital de départ et pour apporter leur expertise. Les restaurants étaient devenus la nouvelle bourse, les investisseurs misaient leur argent dans des entreprises qui, selon eux, possédaient les bons atouts : un chef célèbre, un bon emplacement, un menu intéressant ou d'autres actifs tangibles pouvant transformer le lieu en un restaurant prospère. Et, si l'entreprise était vendue au sommet de sa popularité, procurer un gain confortable. Par exemple, un de mes grands amis, José de la Vega, avait investi dans le restaurant Otto de Maurice Terzani sur le Finger Wharf de Woolloomooloo et l'affaire avait très bien réussi. Lorsque les mêmes investisseurs, dont José, décidèrent de renouveler l'opération, en prenant des parts d'un nouveau restaurant appelé Nove, juste à côté du Otto, José me fit monter à bord.

Ainsi, tout au long de 2002 et en 2003, mon occupation consista à établir ces nouvelles relations commerciales et à me former davantage à la gestion de restaurants au cours de fréquents voyages en Europe. La belle vie.

Même si nous n'étions plus collègues de travail, Kevin et moi nous retrouvions régulièrement. Il aimait passer aux soirées vins que j'organisais à Epping, tantôt pour donner un coup de main, tantôt pour simplement dire bonjour. Nous débouchions une bouteille après le départ des clients, et Kevin me racontait ses dernières aventures, qui souvent, à mon oreille bien entraînée, paraissaient dépasser quelque peu ses attributions d'employé de Vintage Cellars. De temps en temps, un « projet parallèle » lui permettait d'obtenir quelques bouteilles en échange de l'un des Grange les plus rares de sa collection personnelle. Ou encore de discuter avec des collectionneurs indépendants qui pouvaient ressentir le besoin de rémunérer ses conseils amicaux. Il s'était, de la sorte, aventuré en dehors du domaine du vin, son instinct d'entrepreneur à l'affût de toute bonne opération pouvant opérer tout autant dans l'industrie des montres de luxe et bien d'autres domaines.

— J'imagine que tu n'étais pas engagé dans des petits boulots à côté pendant que tu travaillais pour moi, lui dis-je, en haussant un sourcil.

— Jamais plus de trois à la fois, répondit-il. Question de respect.

Bien sûr, la Géorgie revint dans la conversation plus souvent qu'à son tour.

— Ah, ces Yquem, soupira-t-il. Toutes ces bouteilles d'Yquem...

— Je me demande où elles se trouvent maintenant, répondis-je. Nous ne les avons jamais revues et nous n'avons jamais entendu qu'on les mentionnait dans une salle des ventes anglaise ou américaine. Elles étaient si rares et précieuses que nous l'aurions certainement su si elles avaient été vendues aux enchères. Je me demande vraiment ce que Neville en a fait.

— Il les a probablement vendues sur eBay pour vingt dollars chacune, dit Kevin.

J'imaginais la scène, en riant :

— Faites une offre : de vieilles bouteilles sans étiquette venant de l'étranger. Peut-être du cidre.

— Oui, pas mal, fit Kevin, en levant son verre. Ce n'étaient que des bouteilles. Des bouteilles probablement exceptionnelles, qui auraient représenté beaucoup pour nous, ça, c'est sûr. Mais bon, seulement des bouteilles.

— Exactement, répondis-je en faisant honneur à son toast. Et puis, on s'est bien amusés, non ?

22

L'HOMME EN NOIR

Sydney, Australie
Juillet 2003

— C'est lui, dit José de la Vega en faisant signe à l'homme qui venait d'entrer dans la salle, occupé à faire, du regard, le tour des tables.

Dès qu'il nous eut repérés, il se faufila entre les convives.

— Hmm. Un type intéressant, dis-je à José.

— Il s'habille toujours comme ça. Depuis que je le connais.

Nous étions dans l'Icebergs Club Bistro, un bar d'où l'on jouissait d'une vue éblouissante sur la plage de Bondi, surplombant des piscines en eau libre. C'était le genre de journée chaude et ensoleillée qui vous dope le moral, surtout lorsque de grosses vagues viennent s'écraser sur les murs de la piscine, éclaboussant les nageurs, tandis que des habitants de Sydney bronzés se prélassent en bikini ou en slips de bain sur les bords en béton.

Le fait que l'homme qui s'approchait de nous était vêtu de noir de la tête aux pieds – pantalon noir, chemise noire, blazer noir – et portait même un chapeau noir enfoncé juste au-dessus de ses yeux, était d'autant plus surprenant. À la rencontre entre Jesse James et Johnny Cash. Il semblait avoir à peu près mon âge.

Une fois que l'homme eut rejoint notre table près de la fenêtre, José fit les présentations :

— John Baker, Terry Bourke. Terry Bourke, John Baker.

On se serra la main et je lui servis un verre de vin.

Après un échange de civilités, la conversation porta d'abord sur l'emplacement exceptionnel où nous nous trouvions. Puis Terry me demanda :

— Vous ne regrettez pas d'être sorti de votre investissement dans Icebergs, John ? José et vous étiez dans la phase de développement, mais vous avez décidé de vous retirer, si je ne me trompe ?

— C'est exact, répondis-je. Nous avons récupéré notre mise, plus ou moins. Mais, assis ici aujourd'hui, je dois admettre que cela m'aurait plu de conserver une partie de cet endroit. Vous êtes restés ?

— Oui, dit Terry. Ça a bien marché, en ce qui me concerne.

— Ah, bien, content pour vous, ajoutai-je. On gagne un peu, on perd un peu. C'est la règle.

— Terry vit ici au-dessus, dit José. C'est le roi de Bondi.

Notre rencontre avait une raison précise : José était sur la piste d'un nouveau projet de restaurant venant de Maurice Terzani, l'entrepreneur en restauration avec lequel nous avions pas mal travaillé, après sa vente du Nove, le restaurant de Woolloomooloo. Cette fois, il explorait l'idée d'un espace qui deviendrait le « North Bondi Italian Food ». Terry était également pressenti comme investisseur, raison pour laquelle José avait souhaité que nous nous rencontrions. José appréciait mon approche non industrielle de ces projets et il avait pris l'habitude de m'utiliser comme une sorte de caisse de résonance pour les présentations de restaurants. Dans le cas présent, si je me montrais intéressé, José étudierait le projet plus en profondeur, pour nous deux. Mais maintenant, assis en face de Terry, je devais admettre que j'avais quelques réserves.

J'allai droit au fait :

— Écoutez, avec Maurice, cela s'est bien passé, et cette idée de North Bondi pourrait être une autre bonne idée. Mais j'ai quand même l'impression que nous jouons à la roulette russe chaque fois que nous nous impliquons dans ce type d'entreprise.

— Que veux-tu dire, John ? demanda José.

— Maurice a derrière lui une belle carrière, avec beaucoup de succès, de l'originalité, du dynamisme. Mais avez-vous remarqué que les choses ont semblé moins bien fonctionner lors de ses opérations les plus récentes ? Selon moi, si l'on voit l'évolution des choses, il est certain que l'une des nouvelles entreprises de Maurice va échouer. Alors, la question est de savoir si ce sera le North Bondi ou un autre projet. Lançons les dés en espérant que ce ne soit pas le nôtre.

Avec le recul, mon opinion montra surtout que je n'avais pas beaucoup de nez dans ce domaine, parce qu'en fait Maurice s'avéra être un très bon opérateur pendant encore de nombreuses années, multipliant les succès dans un secteur qui compte toujours une part de ratés. Je suppose que je n'avais pas le coffre pour cette aventure.

Derrière le bord de son chapeau noir, Terry me regardait. Ses yeux brillaient d'amusement.

— José, je comprends pourquoi tu aimes avoir John comme deuxième avis, dit-il.

— Vous êtes de mon avis, Terry ? demandai-je.

L'homme en noir haussa ostensiblement les épaules :

— Je reconnais que Maurice a commis quelques faux pas en cours de route, mais c'est le jeu, en ce domaine. Ses victoires m'ont suffisamment rapporté pour ne pas être dérangé, de temps en temps, par un pétard mouillé.

— Comme les entrepreneurs américains qui émergent dans ce nouvel espace technologique dans, comment l'appelle-t-on ? La Silicon Valley ? intervint José. Investir dans vingt-cinq nouvelles start-up technologiques et espérer que celle qui marche rapporte assez d'argent pour couvrir les vingt-quatre qui n'ont pas marché.

— Je pense jouer pour de meilleurs ratios que ça, glissa Terry. Surtout avec l'explosion de la bulle technologique de ces deux dernières années. Mais oui, cela m'aurait plu d'avoir des actions d'AOL quand Time Warner est venu nous voir.

Notre plat principal était achevé. Nous terminions notre verre de vin avant le café.

— Tu sais, John, dit José. Terry et toi avez quelque chose d'autre en commun dont je ne t'ai pas parlé, mais qui pourrait t'intéresser.

Je jouai la comédie, écarquillant les yeux en m'adressant à Terry.

— Vous pensez aussi que c'est la CIA qui a fait tomber les tours jumelles?

— Ah! s'amusa Terry. Non, mais c'est presque ça.

— Terry a beaucoup travaillé en République de Géorgie, à l'époque de l'Union soviétique. Un endroit que tu connais bien, John, fit José.

Il avait piqué ma curiosité.

— C'est vrai? Quel genre de travail, Terry?

— C'était en ma qualité d'avocat, bien loin de tout ce qui concerne l'investissement dans la restauration, dit-il. J'ai passé un certain temps là-bas, à écrire des lois et à établir des statuts relatifs à la propriété privée à l'époque où la Géorgie est devenue indépendante et où personne ne savait vraiment comment mettre en place de telles lois. On rencontrait sans cesse des aspirants propriétaires et des gens d'affaires qui s'interrogeaient: « Mais si l'État n'est pas propriétaire, que se passe-t-il alors? » On m'a demandé d'intervenir et j'ai aidé à rédiger les directives.

— Incroyable. Vous avez donc participé à la décision selon laquelle, en Géorgie, la propriété d'un bien comprend non seulement les bâtiments et le terrain au niveau du sol, mais aussi tout ce qui se trouve au-dessus et au-dessous du sol?

Il me regarda, bouche bée.

— Comment pouvez-vous savoir cela? demanda-t-il.

— Croyez-moi, j'ai eu des raisons de réfléchir à cette question.

Il me fallut le reste de la bouteille de vin et une tournée de café pour raconter à Terry la version abrégée de l'histoire, non seulement le lien entre le vin et les tsars et Staline, mais aussi nos tentatives infructueuses pour expédier le vin hors du pays en toute sécurité et légalité. Terry était fasciné. Il m'arrêtait de temps en temps pour poser une question ou clarifier un point juridique. Je lui parlai de Nino et de son équipe qui portaient des armes partout où ils allaient, et de la voiture de mafioso. Cela le fit rire. C'était exactement comme cela qu'il s'attendait à trouver la Géorgie, quelques années après avoir quitté la république embryonnaire.

— Avez-vous entendu le mot « oligarque » ? me demanda-t-il. Il s'agit d'une classe russe montante, très riche et très influente, que l'on trouve également dans les pays de l'ancien bloc soviétique. Ces types sont comme des parrains de la mafia, ils dirigent tout et ont les mains dans de nombreuses combines. Le mot vient du grec ancien *oligarkhia*, qui se traduit grossièrement par « le pouvoir d'un petit nombre ». Ils ont profité du vide postcommuniste pour se constituer très rapidement et en toute opacité une richesse incroyable. Certains d'entre eux sont d'anciens militaires. D'autres ont fait fortune par la contrebande de produits occidentaux comme des ordinateurs ou des jeans vendus au marché noir. C'est à l'époque de Boris Eltsine qu'ils ont pris racine, mais ce n'est que maintenant que le monde se rend compte que ce sont eux qui dirigent tout là-bas.

— J'ai entendu dire que l'actuel président russe, Vladimir Poutine, était l'un d'entre eux avant de se lancer dans la politique, fit remarquer José.

— Je suis presque sûr qu'il était un agent de carrière du KGB, mais il semble aussi avoir des sources de richesse indépendantes, acquiesça Terry. En fait, Poutine a fait du bon travail en alignant les oligarques sous son pouvoir. Ils étaient un peu incontrôlables sous Eltsine. Poutine semble avoir passé un accord avec les principaux oligarques pour qu'ils puissent continuer à faire ce qu'ils font – c'est-à-dire à peu près tout ce qu'ils veulent – tant qu'ils jurent fidélité au gouvernement de Poutine. Deux d'entre eux ont refusé. Ils ont dû quitter la Russie très rapidement, tandis que d'autres semblent avoir disparu sans laisser de trace.

— Je ne serais certainement pas surpris si certaines des personnes auxquelles nous avons eu affaire étaient au moins liées à l'équivalent géorgien des oligarques, dis-je. Ils semblaient avoir la mainmise sur cette ville, sans aucun scrupule.

— Et alors, pour le vin, où en êtes-vous ? Où se trouve-t-il, à présent ? demanda Terry.

— Nous n'en avons aucune idée, répondis-je. Nous nous sommes retrouvés dans une impasse, pour des aspects juridiques, des problèmes d'exportation et à cause du caractère culturel et historique. Avec, en plus, le changement de propriétaire de l'exploitation viticole au profit d'un magnat australien de l'industrie minière. À partir de là, je n'avais plus de marge de manœuvre.

Terry regarda José.

— C'est dommage que John n'ait pas eu Wolfgang avec lui pendant toutes ces péripéties.

— Qui est Wolfgang ? demandai-je.

— Wolfgang Babeck, répondit Terry. Un type formidable. C'est un avocat ici à Sydney. Il est le conseiller européen de Dibbs Barker Gosling, un petit cabinet d'avocats très puissant. Il a fait de fréquents séjours en Géorgie, précisément à l'époque où elle est devenue une république, avant même que j'y aille. Je pense même que c'est lui qui a rédigé la Constitution officielle de la Géorgie, après la fin du régime communiste. Au moins, il a contribué à sa rédaction. Si vous voulez connaître les subtilités de la loi géorgienne ou si vous voulez débloquer une situation, Wolfgang est votre homme.

La tête me tournait. Tous ces avocats que l'on peut trouver à Sydney, qui sont des experts en droit géorgien. Et dont je n'avais jamais entendu parler auparavant. Je n'arrivais pas à y croire.

Après le déjeuner, je repris le chemin vers mon bureau à Epping, un long trajet qui me faisait traverser toute la ville. Je respirais le sel de la plage de Bondi, le bras exposé au soleil sur le rebord de la portière pendant que je conduisais. Si seulement j'avais su pour Wolfgang et Terry quelques années auparavant.

Je me faufilais dans la circulation, lorsque mon attention fut attirée par une bannière flottant le long de la route après les studios Fox. Il s'agissait bien d'un drapeau géorgien, flottant juste au-dessus de ma tête. Je tendis le cou pour voir la banderole suivante, qui portait un Union Jack. Il s'agissait de bandes publicitaires installées pour la Coupe du monde de rugby, qui devait débuter à Sydney ce mois-là. La Géorgie semblait avoir une équipe en compétition. De cela non plus, je n'étais pas au courant.

Était-ce un signe? Je venais de rencontrer le Johnny Cash des avocats, qui m'avait parlé de l'homme-loup de la Constitution de la République géorgienne, et maintenant le drapeau géorgien me faisait signe du haut de ma voiture.

Quelle journée! Une fois au bureau, je réglai quelques affaires urgentes, puis je survolai mon courrier électronique.

Je le fais ou je ne le fais pas?

Comme je l'ai déjà dit, si j'avais été intelligent, je serais resté en dehors.

23

UNE NUIT DE MYSTÈRE ET DE ROMANCE

— Kevin Hopko, je vous présente Jane Thornton. Jane, Kevin.

— Bien, bien, bien, dit Kevin en serrant la main de Jane. J'avais hâte de vous rencontrer, Jane.

— Moi aussi, dit Jane en souriant.

— Et si vous avez été invitée à un dîner d'Options, poursuit Kevin, c'est que notre homme a manifestement une grande estime pour vos connaissances en matière de vin.

Jane se mit à rire, un peu nerveusement :

— Je l'espère. Je suis en tout cas ravie d'être ici.

— Ne vous emballez pas, vous deux, coupai-je. Ce n'est qu'un dîner.

Les dîners Wine Options avaient été organisés par quelques-uns d'entre nous pendant une dizaine d'années, à la fin des années 1990 et au début du nouveau millénaire. Le concept était amusant. Des détaillants, des producteurs de vin, des personnes qui travaillaient dans le secteur, qui cultivaient un véritable amour du produit, se réunissaient pour un dîner tous les trois mois environ. De temps en temps, un consommateur de l'un de nos magasins, que nous estimions pour ses connaissances et sa cave, était également invité.

La soirée avait ses règles. Seules huit personnes étaient autorisées à participer, la distribution changeant en fonction des personnes disponibles le soir donné.

Plus important encore, il fallait avoir un bon palais et connaître le vin. C'est pourquoi il était si agréable pour moi de pouvoir inviter ma nouvelle partenaire, Jane, en tant que participante à part entière. Je savais que sa connaissance du vin, grâce à son travail, était d'un niveau tel qu'elle avait sa place à la soirée et qu'elle pouvait pleinement l'apprécier. Dans la main qui ne serrait pas celle de Kevin se trouvait une bouteille de vin soigneusement emballée dans du papier brun, une feuille d'aluminium dissimulait la capsule pour que personne ne puisse voir le bouchon. Même moi, j'ignorais de quoi il s'agissait.

C'était le moment fort de la soirée. Les huit participants devaient apporter une bouteille de vin travestie de la même manière. La règle voulait que nous dégustions les vins dans l'ordre, tout en profitant du repas au restaurant. Pour chaque vin, la personne qui l'avait apporté posait cinq questions et c'était aux sept autres participants, en tant que dégustateurs aveugles, d'essayer de répondre correctement aux questions et, à la cinquième, d'identifier le vin.

Le jeu représentait un véritable défi, même pour les dégustateurs les plus professionnels. Bien sûr, le vrai plaisir de la soirée était de déguster huit excellents vins, tous très différents. Car personne ne s'avisait d'apporter un vin quelconque provenant du supermarché du coin. Lorsque c'était le cas, cela signifiait qu'on ne souhaitait plus être invité.

Le dîner de ce soir-là se déroulait au Welcome Hotel à Rozelle, précisément à l'ouest du Centre d'affaires de Sydney, dans les ruelles de Balmain. C'était un gastro-pub qui servait une excellente cuisine. Avantage important : l'un des membres de l'équipe organisatrice du dîner entretenait de très bonnes relations avec le propriétaire, qui ne voyait donc pas d'inconvénient à ce que nous apportions notre propre vin.

Lors de la plupart des dîners Options, le vin était relativement jeune, parfois âgé de dix ans, de vingt ans tout au plus. L'objectif était de présenter différents styles et régions viticoles. Au moment où l'on faisait sauter les bouchons, on ne savait jamais ce qu'on allait découvrir.

La soirée avait commencé, et nous n'allions pas être déçus.

Frank Dangelico, mon ancien gérant de cave de Double Bay et mon partenaire dans l'organisation de ces soirées Options, s'était levé le premier et nous avait servi un vin blanc. En habitué, qui avait assisté à presque tous les dîners, il ne chercha pas de détours. « Première question, annonça-t-il. Hémisphère nord ou hémisphère sud ? »

Nous fîmes tous tourner le vin, le scrutâmes, approchâmes notre nez au-dessus du verre. On fronçait les sourcils. On prenait une petite gorgée.

— Waouw, beaucoup d'intensité, dit Kevin.

— Une acidité assez élevée, nota un autre.

— Frankie, vous l'avez laissé reposer, décanté pendant un moment ? demandai-je.

— Oui, bien sûr, John. C'est un vin qui s'en porte mieux et je voulais que vous le goûtiez sous son meilleur jour. Mais arrêtez d'esquiver ! Allons, quel hémisphère ? insista-t-il.

Nous humâmes et goûtâmes à nouveau. La plupart d'entre nous penchaient pour l'hémisphère nord. Quelques-uns n'étaient pas sûrs. Un seul a évoqué l'hémisphère sud.

— Hémisphère nord, confirma Frank. En fait, je peux vous dire qu'il est français. Deuxième question : le cépage. Grenache blanc, Roussanne ou Picardan ?

Cet indice permit à la plupart d'entre nous de savoir que ce vin provenait presque à coup sûr de la vallée du Rhône, car ce sont quelques-uns des principaux cépages de cette région. Mais le groupe se divisa néanmoins. J'étais catégorique quant à la présence de Grenache Blanc, mais Jane était tout aussi sûre de sentir la Roussanne. Le reste de la tablée se montrait tout aussi indécis, nommant plusieurs autres types de raisins.

— C'était un peu une question piège, admit Frank. Les trois sont présents, plus, eh oui, le Bourboulenc, la Clairette Blanche et quelques autres.

Nous protestâmes tous en disant que la question n'était pas juste, mais seulement pour plaisanter. Ce vin était vraiment un excellent choix pour ouvrir la partie.

— Question trois : plus ou moins de cinq ans d'âge ?

Quatre participants furent catégoriques : il s'agit d'un vin nouveau, âgé de moins de cinq ans. Trois étaient tout aussi certains qu'il avait plus que cet âge.

— C'est un millésime 1996, confirma Frank. Donc, sept ans d'âge – ce qui signifie que, oui, vous pouvez encore vous en procurer. OK, avançons : quelle région de France ?

C'était une question classique du dîner des Options. Comme je l'ai dit, l'indice précédent de Frank conduisait directement à la vallée du Rhône, ce qui me suggéra un piège. Aucun moyen de savoir si Frank essayait de nous mener sur une fausse piste. Parfois, la personne qui présentait le vin voulait simplement voir si le public était capable de distinguer un Bordeaux d'un Bourgogne, mais je connaissais suffisamment Frank pour soupçonner qu'il y avait autre chose en jeu.

Nous nous accordâmes tous sur le fait qu'il s'agissait d'un vin du Rhône, attendant un démenti. Mais non, Frank nous sourit simplement, avant de demander :

— Est-ce qu'il s'agit d'un vin du nord du Rhône, du sud du Rhône ou d'ailleurs ?

La table commença à se diviser. Plusieurs participants optèrent pour le Rhône nord, surtout parce que c'était un vin blanc. Quelques-uns d'entre nous préférèrent le sud. Nous étions tous d'accord pour dire que « ailleurs » n'était qu'une tentative de nous déstabiliser, ce qui entraîna beaucoup de plaisanteries amicales entre Frank et la tablée. Les vannes plaisaient dans les deux sens.

Il venait du sud du Rhône.

— Très bien, les connaisseurs, dit-il. Quelqu'un veut tenter sa chance à la question cinq et nommer le vin ?

Grand silence.

— Je vais essayer, dis-je. Vous avez confirmé qu'il provient du sud du Rhône, où plus de quatre-vingt-dix pour cent des vins sont rouges, ce qui réduit les possibilités d'un excellent vin blanc comme celui-ci. Je me demande si ce ne serait pas un Château Beaucastel, un Châteauneuf-du-Pape blanc ?

— Bien joué, John, dit Frank en s'inclinant légèrement. Vous avez en effet raison.

— Merci, Frank, répondis-je. Et c'est un excellent choix pour un tel dîner. Je ne l'ai goûté que deux fois auparavant, je crois, et pas dans ce millésime. Quel blanc magnifique !

Jane me regarda d'un air incrédule. Je me penchai pour lui glisser :

— Bienvenue à un dîner d'Options, Jane. Il s'agit de jouer l'homme et non le vin. Nous avions ce vin à Double Bay et Frank le recommandait souvent aux clients qui voulaient quelque chose d'un peu spécial, c'était donc plus facile à deviner qu'il n'y paraît.

Elle se mit à rire :

— Sans blague. Personne ne peut vous battre !

— Eh bien, certains le peuvent, semble-t-il. J'ai entendu parler d'un certain Rudy Kurniawan à Los Angeles qui a, dit-on, un nez incroyable et qui s'est lancé dans l'achat de grands vins pour se constituer une cave.

— Lui aussi est jeune, fit Kevin de l'autre côté de la table. Je suis d'avis qu'il faut des décennies pour apprendre.

Ainsi se poursuivit la soirée. Au programme de dégustation, il y eut un Gewurztraminer français très fruité, en provenance d'Alsace : le Wolfberger Altenberg de Bergheim 1997. Ensuite, un Shiraz Clonakilla 1995, qui était plutôt un Viognier Shiraz. Un Cabernet Cape Mentelle 1991 fut trouvé fort correct par Kevin, autre habitué des dîners. La bouteille de Jane s'avéra être un délicieux Nebbiolo 2000 de Jasper Hill, qui se mariait parfaitement avec le Penfolds Bin

80A 1980 du grossiste Ian Hunt. Une autre habituée, Melissa Parker, nous surprit tous avec un NV Ste Genevieve Texas Red : plusieurs convives réussirent à déterminer son origine nord-américaine, mais personne ne put identifier le producteur ou le vin. Et il y eut aussi un très bon Cabernet Kenwood ArtistSeries 1992, de Sonoma.

De l'avis de tous, c'était Kevin qui avait produit le vin de la soirée, un Château Cheval Blanc 1986. Il s'agissait d'un vin formidablement séduisant provenant de l'un des très grands Châteaux de Bordeaux, et la bouteille de Kevin était un brillant exemple du travail du Château. Même après six autres vins mystères remarquables, nous fûmes tous époustouflés.

Beau joueur, je lui levai mon verre :

— Kevin, mon vieil ami et comparse, comme d'habitude, il est très difficile de venir après toi. Mais je vais faire de mon mieux.

Un peu plus tôt, j'avais déjà ouvert et vérifié ma bouteille, puis remis le bouchon en place pour pouvoir la transporter sans rien épancher. À ce moment, en retirant à nouveau le bouchon, je le dissimulai immédiatement dans ma poche, afin que personne ne pût le voir. Je versai tout de suite le liquide ambré clair dans les huit verres.

Chacun prit un verre. Je faillis rire en observant leurs visages. Les convives regardaient le vin, le reniflaient, scrutaient le verre à nouveau. Quelques-uns manipulaient leur verre comme si c'était du combustible, comme s'ils tenaient entre leurs mains quelque chose de dangereux. Je voyais qu'ils se creusaient la tête pour interpréter ce qu'ils sentaient et goûtaient. Tous, à l'exception peut-être de Jane, la seule débutante, avaient compris que l'on sortait des habitudes du dîner des Options.

Je humai et goûtai à mon tour, aussi curieux que les convives. Mais eux, contrairement à moi, ignoraient de quoi il s'agissait.

— Hémisphère Nord ou Sud ? demandai-je.

Nord, tout le monde était d'accord. Ce n'était pas un vin d'Australie, de Nouvelle-Zélande, d'Afrique du Sud ni d'Amérique du Sud.

J'approuvai de la tête :

— Correct.

Je laissai un silence.

— Avant ou après la Seconde Guerre mondiale?

Comme je m'en doutais, la question les bloqua. Il s'agissait, bien sûr, d'une marge de temps absurdement large, et quand l'un d'entre nous verrait-il un vin des alentours de la Seconde Guerre mondiale ou avant, qui sait?

La seule personne qui n'avait pas l'air étonné était Kevin. J'avais vérifié avec lui la veille s'il était d'accord pour que je fasse ce coup d'éclat. Il n'avait pas émis d'objection. À présent, tranquillement assis, il appréciait le spectacle.

Le vin fut annoncé comme datant de 1945. De la sorte, l'attention de l'assistance était à son comble. Parce que, bien sûr, toutes ces personnes, parmi lesquelles certains de mes amis et collègues les plus proches dans le domaine du vin, savaient d'où il devait provenir. Ils étaient tous au courant de la folle aventure géorgienne que Kevin et moi avions tentée quelques années auparavant.

— Oh, oublie les cinq questions, John, lança Ian Hunt. Pour l'amour du ciel, raconte-nous tout!

— D'accord, répondis-je, avec un grand sourire. C'est un muscat de Crimée de 1945. Et, oui, c'est l'une des bouteilles que Kevin et moi avons réussi à ramener de Tbilissi jusqu'en Australie. Selon les archives, le tsar Nicolas II a fondé la cave à Massandra en Crimée, juste à côté de Yalta, l'année de son couronnement, en 1894. Ce Muscat est l'un des nectars les plus célèbres de la cave, connu sous le nom de Red Stone White Muscat parce que cultivé dans les vignobles entourant un énorme monolithe calcaire, le Red Stone Rock.

— Le fait qu'il s'agisse d'un 1945 le rend intéressant pour sa jeunesse par rapport à l'époque où Staline a dû cacher les autres vins que nous avons vus à Tbilissi. D'une certaine manière, cela lui confère aussi moins de valeur. Du moins pour moi et mon approche romantique envers tous ces vins chargés d'histoire, car il ne provient pas de Saint-Pétersbourg, comme les autres, mais a dû être acheté après la fin de la guerre.

— Pensez-vous qu'il s'agisse encore d'un des vins personnels de Staline, John ? me demanda un participant.

— Je ne pense pas que ce soit possible, dis-je, puisqu'il s'agit d'un 1945. C'est bien pourquoi, parmi les vins qu'il nous reste, à Kevin et moi, je me suis dit que c'était un bon candidat à déboucher et à partager avec des amis.

Nous levâmes tous nos verres en l'honneur de Tbilissi, au vin, aux grands dîners et aux amis. Le Muscat fascinait par son origine et se révéla le compagnon idéal pour notre dessert.

Une fois la dégustation terminée, nous nous levâmes de table et des groupes de conversation se formèrent. Jane se dirigea vers la salle de bains, me laissant seul avec Kevin pour la première fois de la soirée.

— Il n'y a rien à dire, me glissa-t-il. Jane est merveilleuse.

— Oui, vraiment.

— Essaie de ne pas gâcher ça, me dit-il.

— D'accord. Merci pour tes conseils de sage. J'en tiendrai compte. Qu'est-ce que tu as pensé du Muscat ? Je l'ai trouvé étonnamment buvable.

— Oui, ces vignerons de Crimée s'y connaissent vraiment. Je devrais garder un œil sur ce marché. Même si la Géorgie a été un fiasco, au fur et à mesure de l'évolution politique en Crimée et dans d'autres États ex-russes, d'autres bouteilles pourraient faire surface.

— C'est amusant que tu parles de ça, ajoutai-je en continuant de parler à voix basse. Devine avec qui j'ai été en contact ?

Kevin prit un peu de recul pour me regarder dans les yeux.

— Harry ? dit-il enfin. Il t'a recontacté pour te dire qu'il n'est plus associé à Neville, qu'il est vraiment, vraiment désolé et qu'il a une piste pour une cave cachée en Antarctique qui appartenait à Robert Falcon Scott.

— Tu y es presque. En fait, tu es étonnamment près. Mais très loin.

— Vas-y, frappe-moi, dit Kevin.

— J'ai échangé des messages avec notre ami George.

— Giorgi Aramhishvili?

— Lui-même.

Kevin se mit à rire bruyamment, un gros rire sonore qui fit tourner les têtes dans notre direction.

— Bon, dit-il. J'ai hâte d'entendre ça, mais c'est une discussion qui risque de prendre la journée. Je ne passerais pas au magasin?

En rentrant chez moi en taxi, tard dans la nuit, Jane me dit:

— Je n'arrive toujours pas à croire que tu viens de déboucher l'une des douzaines de bouteilles que tu as réussi à sortir de Géorgie.

— Que veux-tu dire?

— Tu as traversé tant d'embûches pour finalement devoir abandonner ces bouteilles de grande valeur, les Yquem et autres, à Neville et à l'autre type.

Je souris.

— Harry, il doit se contenter d'une Daimler géante. Je pensais qu'il avait besoin d'une bonne bouteille pour s'en sortir dans la vie.

— N'empêche, dit-elle. Après tous ces efforts, il ne te reste qu'une poignée de ces précieuses bouteilles, et tu en vides une avec des copains! Je n'arrive pas à croire que Kevin ait accepté d'entrer dans le jeu.

— Il a compris, dis-je en haussant les épaules.

— Comprendre quoi? demanda-t-elle. Sérieusement, je suis curieuse de savoir.

Je regardais les rues sombres de Sydney défiler pendant que je réfléchissais à ce que j'allais répondre. Nous sommes passés par Hyde Park et le sanctuaire.

— Jane, de mon point de vue, c'est juste une bouteille de vin. Le fait que lui soit attachée cette folle histoire sur la façon dont nous l'avons obtenue est amusant, mais je ne veux pas qu'elle moisisse dans ma cave pendant les trente prochaines années. Bien sûr, je pourrais la vendre pour – en fait, je n'en connais pas le prix –

et ce serait évidemment, logiquement, la chose à faire, le choix financièrement responsable. Mais où serait le plaisir dans tout cela? Je préfère découvrir quel goût a ce vin et que certains de mes amis, assez connaisseurs pour apprécier réellement ce qu'ils dégustent, en profitent également. Tu as vu leurs visages? C'était un beau moment. N'était-ce pas la conclusion idéale de la soirée?

— Eh bien, oui, absolument. C'était un vin fantastique pour terminer, dans tous les sens du terme.

Je lui souris.

— Alors voilà. Pour moi, le vin est soit un investissement, soit un plaisir. Celui-ci, parmi tous les vins que nous avons ramenés, était celui qu'il fallait simplement apprécier. Et c'est ce que nous avons fait. Maintenant, il n'existe plus, mais nous en avons le souvenir et je pense que personne ne l'oubliera jamais. Je suis très heureux que tu aies été là.

Jane se blottit contre mon épaule et posa sa main sur ma poitrine.

— C'était bien. Tu peux être un peu étrange, mais tu es vraiment généreux, marmonna-t-elle.

— Merci, dis-je simplement.

— Mais ne me fais pas un coup pareil avec une bouteille d'Yquem de 1870, d'accord?

Je me mis à rire franchement. Je ne peux rien promettre, mais je pense que c'est peu probable.

24

CE N'EST PAS LA FIN...

Le lendemain, Kevin passa dans mon établissement, comme convenu. Je souris quand il posa les pieds sur le coin de mon bureau, comme au bon vieux temps à Double Bay.

— Je suis content d'avoir ouvert le Muscat hier soir, lui dis-je. Les autres l'ont apprécié aussi. Jane, elle, pense que je suis fou.

— Eh bien, ça veut dire qu'elle commence à vraiment te connaître.

Je lui répondis par une grimace.

— Au fait, qu'est-ce qui t'occupe? Nous n'avons pas eu l'occasion de parler hier soir et je te trouve bien silencieux, ces derniers temps. Cela m'inquiète toujours. Ça veut dire que tu prépares quelque chose.

— J'ai été très occupé. Je travaille sérieusement au lancement d'une marque de montres de luxe. Il va me falloir aller en Chine. Et aussi, tu vas adorer ça, je viens juste de rentrer du sud du Queensland, où j'ai été envoyé pour enquêter sur l'une de ces caves à divorce qui sont ma spécialité.

— Laisse-moi deviner, dis-je. Une grotte géante pleine de vieux journaux?

— Oh, non, un endroit plein de bons vins. Beaucoup. Quelques bons vins français des années 1970, beaucoup de vins australiens moyens, et puis, cachées sous des packs de bière, plusieurs grandes taies d'oreiller remplies de marijuana et quelques petits sacs en plastique remplis d'une mystérieuse poudre blanche.

— Bon sang. Qu'est-ce que tu as fait?

— J'ai poliment offert une somme décente, mais pas trop élevée, pour les bonnes bouteilles, et j'ai expliqué que je n'étais pas vraiment intéressé par l'achat des autres marchandises. Tout comme je n'avais pas vraiment envie d'informer la police locale de ce que l'ex-mari de la patronne pouvait bien trafiquer dans cette cave.

— Quelle scène!

— Oh, tu n'en as pas idée. Et pourtant, tu sembles avoir une histoire encore plus incroyable à raconter. Comment va notre Georgi? Et qui a contacté qui?

— C'est moi, avouai-je. Quand j'ai vu que la Géorgie jouait dans la Coupe du monde de rugby qui vient de débuter, j'ai écrit sur un coup de tête. Il m'a promis de m'envoyer un maillot de rugby géorgien.

— S'il s'amène avec la douzaine de bouteilles que nous avons choisies et que nous n'avons jamais revues, ça me va. Une chose que je dois reconnaître, Johnny, c'est que tu n'abandonnes pas facilement.

Je souris, puis lui parlai de Terry, l'homme en noir, et de Wolfgang, l'autre avocat qui s'y connaissait en droit constitutionnel géorgien.

— Quand on y pense, ce sont les complications juridiques qui nous ont fait dérailler, pas vrai? Ces gars-là pourraient être en mesure d'aider à trouver la solution.

— Sauf que Neville et peut-être Harry sont sur notre chemin.

— Et quand bien même, dis-je, en nous servant un autre verre.

Kevin me fixait de son regard impassible.

— C'est ce que les Anglais appelleraient un « puits enceint », dit-il. Un « puits » bien lourd.

— Je ne suis pas sûr que ce soit exactement cela, mais oui, c'était un vrai « puits ». J'ai écrit à George et il m'a répondu le lendemain, dès qu'il a vu mon e-mail, je pense, si l'on tient compte des fuseaux horaires. Je l'ai imprimé.

Je lus les quelques lignes. « *Merci pour votre e-mail. J'ai été très heureux de recevoir votre message. La cave se porte bien, dans le même état que vous l'avez laissée.* »

— Le vin est toujours là, dit Kevin. C'est intéressant. Et nos amis de Sydney, toujours intéressés ?

— Pas vraiment, répondis-je. Neville est sorti de l'affaire. George dit qu'il les a laissé tomber, qu'il n'est plus impliqué. Il n'a pas donné beaucoup de détails, mais il me dit qu'ils seraient très intéressés à reprendre la négociation avec nous. Comme on ne se refait pas, il rappelle que les vendanges approchent et qu'ils ont vraiment besoin de nous, ou de quiconque, pour les aider à financer les opérations de la société vinicole.

Kevin sourit :

— Tu parles d'une journée.

— Je sais. Il est incroyable. Il a aussi de nouveaux numéros de téléphone et de fax, qu'il a fournis.

— Donc, nous ne savons rien de ce qui s'est passé avec Neville ?

— Si, parce que, depuis, j'ai échangé trois autres e-mails avec George.

Kevin inclina la tête.

— OK, très bien. On va faire ça à la dure, espèce de fripouille. Allez, vas-y, enchaîne...

Je m'esclaffai.

— Je voulais que tu en profites ! J'ai écrit à George pour lui demander si Neville était toujours dans Alaniya Gold, ou s'il n'était plus dans le coup en Géorgie. Il m'a répondu qu'il pensait que Neville était toujours impliqué dans la mine d'or. Du coup, j'ai voulu savoir si lui-même avait toujours l'intention de rester dans le domaine des mines d'or. Il m'a répondu, je cite : « *Bonne question, probablement pas. Neville m'a fait un sale coup il y a deux ans, qui nous a menés devant la justice.* »

— Alors, qu'en penses-tu ? interrogea Kevin. On retente le coup ?

— Je dois avouer que je suis tenté. Mais cette fois, si nous y allons, ce serait sur nos propres fonds. Le vin se trouve toujours dans la cave. Neville et Harry ont quitté la scène et, pour autant que je sache, nous sommes toujours les seuls à avoir fait un audit. Nous avons à notre disposition un couple d'avocats à Sydney qui peut nous faire franchir les obstacles qui nous ont arrêtés la dernière fois. Pourquoi ne pas essayer? Pense à tous ces fabuleux Yquem et à leurs copains, des joyaux comme nous n'en avons jamais vus au cours de toutes nos années dans le secteur et d'un niveau que nous ne retrouverons sans doute plus jamais.

— Tu sais, cela fait quelques années que j'y pense, dit Kevin. Tout comme toi. Nous devons juste couvrir nos arrières sur ce point. Il faut que George nous laisse quelques bouteilles supplémentaires pour couvrir les dépenses. Et nous devons faire tout cela dans les règles, et rapidement.

— Bien d'accord, dis-je. Plus question que cela traîne pendant des années à discuter des problèmes de douane.

— Quand dois-tu aller en France la prochaine fois? me demanda Kevin, après un moment de réflexion.

— Pour mon entreprise Bordeaux Shippers? Dans deux semaines.

Il me regarda droit dans les yeux.

— Tu devrais prendre mon Yquem. Le 1870 quelque chose. Y a-t-il une chance de pouvoir visiter le château et de rencontrer les vignerons? Voir s'ils confirmeront son authenticité? Si nous pouvions vraiment faire valider cette bouteille, cela ouvrirait les portes des salles de vente et d'autres opportunités. Même si nous pensons que le vin est authentique, Yquem est la pierre angulaire de la cave et de notre investissement éventuel. Nous n'avons jamais fait le travail nécessaire pour prouver qu'il est authentique. Or cette preuve est primordiale pour nous, pour avoir une certitude.

J'acquiesçai de la tête.

— Tu as raison. C'est essentiel. Cela me plairait de savoir si je peux visiter Yquem et je connais peut-être la bonne personne à Bordeaux pour organiser cette visite.

— Tu veux dire que tu connais un type qui connaît un type...

— Dans tous les cas, je vais passer quelques coups de fil, répliquai-je. Mon ami Jean-François est quelqu'un de formidable, d'habile. Il vit à Bordeaux et connaît Pierre Lurton, le président d'Yquem. Je pense qu'il pourrait organiser une visite pour qu'ils examinent la bouteille. Je vais me faire un plaisir de lui demander. Alors, on revient dans la partie?

Kevin haussa les épaules.

— Après tout, qu'est-ce qui pourrait mal tourner? interrogea-t-il, sarcastique. Ça vaut au moins la peine de poser quelques questions, si la voie se libère.

25

REMISE EN ROUTE

Presque immédiatement, dès la reprise de nos échanges par e-mail, je constatai un changement d'attitude chez George. Quelques années s'étaient écoulées et il avait manifestement pris quelques coups, sans doute de Neville et peut-être d'autres. Il y avait une pointe de défiance dans ses attitudes, qui ne correspondait pas au George franc et rieur dont je me souvenais.

Lorsque je soulevai la vieille question de savoir comment se passerait le passage du vin par la douane géorgienne, pour qu'il ne soit pas confisqué comme bien patrimonial, il balaya rapidement mes inquiétudes, assurant que ce n'était pas un problème et que n'importe quelle valeur pouvait être déclarée. Selon lui, il suffirait de sous-estimer la valeur du stock de vin, afin de ne devoir payer, le cas échéant, qu'un minimum de taxes. Nous pourrions exporter puis vendre le stock de bouteilles sans qu'il y ait de difficulté.

Devant mon scepticisme quant à cette stratégie, il écrivit: « *C'est comme ça, John. Arrêtez de vous inquiéter. Ce que nous voulons savoir, c'est quelles bouteilles et à quel prix ? Quel calendrier avez-vous prévu ? Comment pouvons-nous garantir la bonne fin du marché, en particulier que les bouteilles ne disparaîtront pas une fois passée la frontière ?* »

Cette réponse m'avait contrarié, et je le lui dis. Auparavant, nous avions toujours négocié de bonne foi.

C'est un peu l'ancien George qui me répondit: « *John, je vous comprends, mais mes partenaires ne voient dans la vente des bouteilles qu'une opération de routine. J'espère que nous mènerons ce projet à bien.* »

Je me demandai s'il s'agissait des mêmes partenaires ou de partenaires différents. M. Tamaz et compagnie étaient-ils toujours impliqués dans l'entreprise viticole ? J'avais l'impression que le terrain avait bougé depuis que nous étions séparés.

Fort heureusement, George ne revint pas sur l'idée d'investir dans les prochaines vendanges, ce qui fut un soulagement, et il se montra également plutôt réceptif par rapport au fait que nous aurions besoin de quelques bouteilles pour couvrir les dépenses que nous aurions engagées. Mais il ne put s'empêcher d'ajouter, sur un ton sarcastique : « *Il se pourrait que vous en ayez encore, non ?* »

De toute façon, à la fin de cette nouvelle conversation, il avait accepté de mettre quelques bouteilles, de notre choix, dans un entrepôt, comme garantie pour nos frais. Tout en restant toutefois étrangement évasif à propos de l'endroit où elles seraient stockées et sans préciser la manière dont nous les récupérerions si l'affaire ne se faisait pas. Je l'informai que Kevin ou moi devions faire des prospections en Europe et que j'avais besoin de bouteilles d'une valeur de quinze mille à vingt mille dollars. Il s'est contenté de me répondre de manière énigmatique : « *Très intéressant, l'Europe. Bien !* »

Mais alors que j'exprimais mon souhait d'une assurance concernant les frais que je devrais engager, il me répondit qu'il ne pouvait garantir aucune protection. Je lui demandai ce qu'il voulait dire. À nouveau, il souleva le problème suivant : en cas d'exportation de l'ensemble de la cave, il ne faudrait pas qu'elle disparaisse tout à coup. Il revenait avec sa question : « *Pouvez-vous garantir le résultat d'une vente aux enchères ?* »

« *George*, lui répondis-je, *si vous ne pouvez pas me faire confiance, ce ne sera pas possible. Au bout du compte, nous devons travailler ensemble. L'Australie n'est pas le Far West.* »

Il s'ensuivit une absence de correspondance de deux jours. Je me demandais si l'affaire n'était pas près de se terminer aussi vite qu'elle avait redémarré, mais George m'envoya un nouvel e-mail : « *Pas de problème. Quelles bouteilles voulez-vous et à quel prix ? Peut-être pourrions-nous vendre pour cent mille dollars de bouteilles afin d'avoir un capital opérationnel des deux côtés, et pas seulement pour quinze mille dollars. Je vous propose de demander à votre avocat de Sydney de rédiger un contrat.»*

Donc, apparemment, nous étions toujours en commerce. Je répondis que c'était une bonne idée et que j'allais mettre mon avocat sur le coup. Je lui rappelai aussi que je n'avais toujours pas reçu le maillot de rugby géorgien.

Pendant que je me livrais à cette curieuse danse avec Tbilissi, Kevin se montrait plus pratique en dressant le planning des opérations.

Comme Jane se trouvait être en ville, nous nous retrouvâmes tous autour d'un déjeuner. Kevin se dit ravi qu'elle participe à l'« El Dorado géorgien », suivant sa nouvelle expression.

Une fois que nous eûmes repoussé les assiettes, il nous tendit la feuille avec le tableau chiffré.

— Le calendrier d'avancement nous indique où nous en sommes, où nous allons et ce que nous devons faire pour mener à bien ce projet, commença-t-il. J'ai répertorié les tâches, les commentaires, les coûts approximatifs, les dates, les délais et la répartition des fonctions pour chacun. Par exemple, comme tu l'as mentionné, George veut que nous demandions à un avocat de rédiger, d'une part, un accord nous permettant d'accéder à une partie du stock de bouteilles pour couvrir les frais, et d'autre part, de rédiger un accord de confidentialité afin que tu puisses représenter le domaine et nous-mêmes devant Sotheby's ou toute autre maison de vente aux enchères. Ces deux tâches sont là, confiées à toi, et probablement à Wolfgang, s'il accepte d'être notre homme.

Je jetai un coup d'œil sur les colonnes.

— C'est génial, Kevin. Merci. Tu as même prévu une colonne pour les « Questions ».

— Oui. À mon sens, vu les quelques complications du passé, nous devons au moins les noter comme des éléments à tenir à l'esprit. Nos partenaires passés, comme Rhodes : qu'est-ce qui a été convenu avec qui et quelle influence sur la suite des opérations ?

— Il semble que de nombreux frais juridiques sont à prévoir, intervint Jane. Le contact avec une grande maison de vente aux enchères est nécessaire assez rapidement.

— Je ne sais pas. Je veux dire, nous devons avoir cette réunion, c'est certain, mais sommes-nous suffisamment avancés pour pouvoir rédiger cet accord de confidentialité à temps pour le voyage en Europe, tout proche ? demandai-je. Tout a été si lent avec les documents officiels, chaque fois que nous avons essayé d'avancer sur ce point. Il me paraît peu probable que Wolfgang puisse rédiger le document et qu'ensuite George le signe – à supposer qu'il ait le droit de le signer, chose dont nous ne sommes toujours pas sûrs après toutes ces années – avant que Jane et moi ne prenions l'avion la semaine prochaine.

Kevin manifesta son impatience en haussant les épaules.

— Nous devons essayer d'avancer, non ? Demandons à Wolfgang de rédiger le projet d'accord. Si, par miracle, George le signe, vous pourrez peut-être avoir des contacts avec Christie's ou Sotheby's pendant que vous êtes à Londres. Sinon, tu fais l'autre visite dont nous avons parlé et nous en restons là.

Jane dévisagea Kevin, puis moi.

— L'autre visite ? C'est quoi l'autre visite ? Qu'êtes-vous encore en train de comploter tous les deux ?

Je souris.

— Seulement dans le bon sens, j'espère. Il est temps d'aller à Yquem pour leur présenter la bouteille de Kevin. Peu importe les accords juridiques ou les documents de partenariat si cette bouteille n'est pas authentifiée comme un produit authentique. En d'autres termes, si un de mes amis là-bas peut l'organiser, que dirais-tu de faire un saut dans un château célèbre pendant que nous sommes à Bordeaux ?

Jane fronça les sourcils et fit semblant de soupirer.

— J'ai déjà vu la tour Eiffel. Alors d'accord. S'il le faut. Allons faire un tour à Yquem.

— Les gars, j'aimerais être là quand ils verront la bouteille, dit Kevin.

— Tu peux venir? Tu as une raison de te trouver en Europe qui te permettrait de passer? demandai-je.

— Non, dit Kevin avec tristesse. Je ne peux vraiment pas le justifier. Et d'ailleurs, je dois repartir en Chine. Mais ce n'est pas grave. Tu connais cette partie du monde et les bonnes personnes. Tu t'occuperas de la bouteille. J'attendrai de voir comment ça se passe. Une fois que nous aurons l'authentification officielle, nous pourrons donner le feu vert à Wolfgang pour la paperasse et enfin mettre toute l'affaire en route.

— Je promets de te ramener un dôme de neige souvenir avec la tour Eiffel, lui dis-je.

Kevin soupira et mit sa tête dans ses mains.

— C'est sérieux? Ce serait génial. Mais, écoute, juste pour me faire plaisir. Sur ta liste de choses à faire, avant le dôme de neige, pourrais-tu, s'il te plaît, ne pas oublier d'écrire « Appeler Jean-François »?

26

UNE LETTRE D'AMOUR DE LONDRES

Londres, Royaume-Uni
Août 2003

Ayant vécu une vie enrichissante et variée, j'ai des théories sur beaucoup de sujets. L'une de mes théories concerne les objets précieux. La voici : plus vous traitez un objet précieux comme un objet fragile et délicat qui risque de se briser, plus il a de chances de se briser. Appelez cela la loi de Murphy (tout ce qui peut mal tourner tourne mal) ou simplement l'ironie de l'univers.

Ainsi, alors que Jane et moi nous préparions à prendre l'avion vers l'Europe, je pris la bouteille de Château d'Yquem, le Sauternes presque certainement centenaire, je l'enveloppai dans du papier bulle et du carton résistant pour bien la protéger. Je l'emmaillotai dans des chemises, puis je l'emballai avec précaution, en la plaçant bien serrée avec tous mes autres bagages. Elle n'était même pas toute seule. Il y avait aussi d'autres bouteilles, dont une pour un ami londonien, Linden Wilkie, et de l'huile d'olive pour Jean-François à Bordeaux. Je lui avais parlé de mes premiers investissements dans Boundary Bend Olives (le propriétaire de la marque Cobram Estate), et il était impatient d'en avoir une bouteille.

Nous nous envolâmes un mardi et atterrîmes à Londres par un matin d'août froid, mais ensoleillé. Bien sûr, dès que nous fûmes arrivés à l'hôtel, la première chose que je fis fut de vérifier mon précieux chargement et je fus soulagé de voir que la bouteille était en bon état. Je la replaçai soigneusement dans ma valise, enveloppée de chaussettes et entourée d'une serviette de l'hôtel.

Aucune rencontre n'était planifiée avant trois ou quatre jours. Nous décidâmes donc de combattre le décalage horaire en marchant dans les rues de Londres. Je m'étais rendu dans la capitale anglaise à de nombreuses reprises, mais je la considérerais plutôt comme une destination de travail, au même titre que Melbourne ou, dernièrement, Bordeaux. Jane, pour sa part, n'était pas allée à Londres depuis des années. Alors, à deux, dans une nouvelle magie, nous avons décidé de savourer ce bon moment et d'apprécier la ville avec un regard neuf.

Ce fut pour moi un véritable bonheur de localiser des icônes de la musique que je n'avais jamais eu l'occasion de voir. En tant qu'ancien copropriétaire de l'une des salles de concert rock'n'roll de Sydney dans les années 1980, à l'époque des INXS, Midnight Oil, Cold Chisel et autres groupes classiques, je pris plaisir à effectuer une sorte de pèlerinage dans certains des lieux phares de la vie nocturne londonienne.

Un matin, sans dévoiler notre destination, je conduisis Jane à la station de métro la plus proche. Nous prîmes la direction de St John's Wood et sortîmes des profondeurs à la hauteur de Finchley Road.

Sachant que j'avais joué au cricket dans ma jeunesse et que j'aimais assister à des matchs, elle pensait m'avoir démasqué très tôt.

— On va à Lord's? me demanda-t-elle en voyant un panneau indiquant la Maison du cricket, apparemment toute proche.

— Ce n'est pas là que nous allons, répondis-je, en lui prenant la main.

Nous descendîmes vers l'ouest, le long de Grove End Road pendant environ un demi-kilomètre, traversant l'agréable banlieue de la classe moyenne supérieure de Londres, avant de nous arrêter au carrefour entre Grove End Road et Garden Road.

Je me tournai vers Jane, interrogateur. Elle regarda autour de nous.

— Non, dit-elle. Je ne sais pas pourquoi nous sommes ici. Où sommes-nous?

Nous fîmes quelques pas vers le nord, puis j'indiquai une plaque de rue sur laquelle on pouvait lire « Abbey Road, NW8 », malgré la multitude de graffitis des précédents visiteurs.

— Tu vois ce passage pour piétons...

— Oh, tu plaisantes ! Abbey Road ! dit-elle, pleine de reconnaissance. Donc, si les Beatles avaient fait quelques pas de plus dans cette direction, pour la photo, l'un des plus grands albums de tous les temps aurait pu s'appeler Grove End Road.

— Je pense que les studios Abbey Road sont exactement là, ai-je dit, en me tournant vers un bâtiment situé juste à gauche du passage pour piétons probablement le plus célèbre du monde.

Nous passâmes plusieurs jours comme cela, heureux d'explorer à notre guise les sites les plus connus de Londres.

Au British Museum, nous voulûmes voir les brouillons manuscrits des paroles des Beatles, puis nous passâmes devant différents pubs ou théâtres célèbres, comme le Tramshed sur Woolwich New Road, à l'est de la ville et au sud de la Tamise, où des groupes comme Dire Straits et Radiohead ont débuté avant de connaître le succès. Dans le West End, nous assistâmes à une représentation théâtrale, avant de visiter la Tate Britain et d'autres galeries. Nous étions vraiment en mode touristique. J'aurais voulu que cela ne se termine jamais.

Bien sûr, nous avons aussi très bien mangé et bu. Pour notre plus grand plaisir et au nom de la « recherche professionnelle » de Jane, nous testâmes toute une série de restaurants intéressants, invitant souvent des amis à elle ou à moi à nous rejoindre pour le repas.

Ainsi, nous déjeunâmes avec Neil Beckett et Sarah Basra du magazine *The World of Fine Wine*, une publication qui venait d'être lancée, devenue, à mon avis, le meilleur magazine qui soit sur le vin. À l'époque, il était en train de trouver ses marques, mais je leur dis pendant le déjeuner que j'aurais peut-être un article passionnant à leur proposer, si la suite de mon voyage se passait comme je l'espérais. Je restai un peu mystérieux, pour faire monter la pression et leur intérêt, même s'ils voulaient que je leur en dise davantage à propos de l'éventuel papier.

— Ça concerne le vin, finis-je par lâcher, comme si je cédais.

— John, vous n'avez pas l'air de comprendre comment fonctionne le processus éditorial d'un magazine, dit Neil en me lançant un regard amical. Vous savez que nous sommes un magazine de vin très réputé, qui essaie - parfaitement - d'être le meilleur au monde. Nous pouvons publier votre histoire à la seule condition qu'elle soit aussi bonne que vous le dites.

— J'apprécie, dis-je. Vous voir fulminer m'amuse parce que je ne vous en dirai pas plus.

— Tu n'as pas changé, dit Neil en riant. Toujours la bonne formule.

— D'accord. Et si j'avouais que j'ai caché une bouteille d'Yquem, que je compte apporter au château même. Et que, une fois le vin débouché, je m'attends à ce qu'ils parviennent à déchiffrer l'année sur le bouchon pour confirmer qu'elle a au moins cent vingt ans.

— Joli, dit Neil en hochant la tête. Waouw, c'est exceptionnel! Et dans votre monde de la vente au détail, j'imagine que ça vaut beaucoup.

— Combien, vous pensez? demanda Jane.

Neil prit le temps de réfléchir.

— Les prix ne sont pas vraiment la spécialité du magazine, mais si je devais deviner, en livres? Je suppose que ça pourrait faire trois mille livres, peut-être dix mille livres, ce qui montre que je ne suis pas vraiment au fait. Je sais que ça dépend de plusieurs éléments, comme l'état de conservation, le niveau de remplissage et, bien sûr, la provenance.

— Le niveau de l'épaule est très haut, fis-je remarquer.

— Écoutez, les bouteilles anciennes, c'est toujours amusant, dit Sarah. Mais n'avons-nous pas déjà vu des Yquem aussi vieux, John ?

— Eh bien, Sarah, tout ce que je dirai sans dévoiler le fond de l'affaire, c'est qu'il y en a d'autres là d'où il vient – beaucoup d'autres – et que c'est dans cette provenance que se trouve toute l'histoire.

Ils en étaient bouche bée.

— Beaucoup d'anciens Yquem ? demanda Neil.

— Et des Lafite, des Mouton et les autres grands crus, répondis-je.

— Tous cent ans au minimum ?

— Pas tous, mais la plupart. Certains sont plus récents, ils ne datent que des années 1930 et 1940.

— Allons, pouvez-vous nous dire la provenance ? insista Neil.

— Franchement, Neil, où serait le plaisir ? le taquinai-je. Écoutez, sérieusement. Si mon Yquem s'avère être un faux, alors je n'ai rien. Pas d'histoire pour vous ni les coûts de mon voyage. Mais si c'est un vrai, l'article s'écrit tout seul.

Sarah sourit.

— Vous, les Australiens ! Toujours à vivre la grande aventure. Bien, allez traîner à Yquem. On verra si ça nous intéresse.

— Mais si la bouteille est authentifiée, vous nous donnez l'histoire, hein ? dit Neil.

On se serra la main.

— Bien sûr. Aucun autre magazine sur le vin ne nous a invités à déjeuner depuis que nous sommes ici.

— Attendez, je n'ai jamais dit que je payais, protesta Neil, en riant.

Nous continuâmes à plaisanter et partageâmes l'addition.

Le dernier jour de notre séjour à Londres se passa en réunions pour les affaires de Bordeaux Shippers. J'appelai aussi Jean-François.

— Comment vas-tu? dis-je pour ouvrir la conversation.

— Ça va bien, John. Et toi?

Je l'imaginais dans son beau bureau bordelais, rempli d'antiquités et de lampes à abat-jour, au deuxième étage d'un ancien immeuble de trois étages en pierre jaune, dans la vieille ville, sur le quai des Chartrons, côté ville de la Garonne. Jane allait adorer cet endroit.

— La bouteille, tu l'as avec toi? me demanda Jean-François au téléphone.

— Oui, bien protégée. Nous partons demain pour Paris et nous serons à Bordeaux dans quelques jours.

— Magnifique. J'ai contacté mon ami Pierre et il est prêt à vous rencontrer, si vous pouvez nous prévenir environ vingt-quatre heures à l'avance. Il est au château pour les quinze prochains jours. Il n'a pas l'intention de voyager, donc tout devrait bien se passer.

— Jean-François, pour ce service, je te promets une très bonne bouteille.

— Eh bien, il suffit que vous l'apportiez ce jour-là.

— Pas bonne à ce point-là, dis-je en riant. De toute façon, en pratique, celle-ci appartient à mon ami Kevin.

— Un ami t'a prêté une bouteille d'Yquem centenaire pour la transporter à travers le monde?

— Plus ou moins. On se fait confiance.

— C'est ce qu'il semble, dit Jean-François. J'ai hâte de voir cette incroyable bouteille, et de te voir, John.

— Je rappellerai quand nous serons à Bordeaux, la semaine prochaine, pour confirmer. Merci encore.

— De rien, cher ami.

Il raccrocha. Il me restait quelques minutes avant le retour de Jane, occupée à faire des courses. Je composai, l'un après l'autre, une longue série de numéros, patientant à l'écoute des bourdonnements à l'autre bout de la ligne, avant le son de la connexion.

— Gamarjoba? dit une voix masculine.

— George, c'est John Baker.

— John! Quel plaisir d'avoir de vos nouvelles! Comment s'est passée votre journée?

— Ma journée se passe bien. Je suis à Londres, pour une prospection d'achat de vin.

— Vous avez rendez-vous avec les maisons de ventes aux enchères?

— Eh bien, je n'ai toujours pas reçu de votre part les formulaires m'autorisant à le faire. Donc non, je ne pense pas que ce sera pour cette visite.

— Je vous ai dit que c'était bon. Pourquoi hésiter?

— Ce n'est pas comme cela qu'ils fonctionnent, George. Je ne peux pas me pointer avec une proposition de plusieurs millions de dollars en disant: « Je connais un type qui a dit que c'était bon. »

— Ah! Trop de paperasserie dans votre monde, John! Vous, les Occidentaux, devriez être un peu plus géorgiens. Il suffit de secouer les choses.

— Il y a du vrai dans ce que vous dites. George, j'ai prévu de visiter le Château d'Yquem la semaine prochaine, pour faire authentifier une des bouteilles. Une fois que nous aurons la preuve de son authenticité par un certificat, nous pourrons progresser, j'en suis certain.

— C'est juste, dit George. Cent pour cent d'accord. Aucun problème. Ensuite, nous pourrons passer au prix de vente. Mes partenaires s'impatientent, John. Ils disent que vous devez nous apporter les deux millions rapidement ou ils se tourneront vers d'autres partenaires qui sont intéressés.

Il y avait beaucoup à décoder dans ce que George venait de dire. Je repris mon souffle, après le coup.

— Quelles autres parties intéressées, George?

— Oh, vous le savez, il y en a d'autres. Vous n'êtes pas la seule personne au monde à s'intéresser à Staline, au tsar Nicolas et à toutes ces bouteilles, John.

— Vous êtes en discussion avec d'autres, pour conclure un marché? Vous n'en aviez jamais parlé avant, George.

— Personnellement, non. Mais d'autres que moi, ici, oui. Tout ce que je peux vous garantir, c'est une négociation.

— Ces autres personnes ont visité la cave? Fait un audit?

— Ne nous occupons pas d'eux. Concluons simplement notre affaire, pour que ça se passe bien. Et que nous puissions gagner les sommes d'argent que nous avons en vue.

— À ce propos, vous venez de dire deux millions. D'où ça vient? Nous avons toujours parlé d'un prix d'achat global d'un million de dollars US, qui est maintenant de cinq cent mille puisque vous restez propriétaire de la moitié de la cave.

— Non, le prix est de deux millions. Neville a promis deux millions, au minimum. C'est dans le deal que nous avons avec lui.

— Mais Neville est sorti de l'affaire. Et chaque correspondance, chaque conversation, chaque projet d'accord que vous et moi avons échangé a toujours mentionné un million comme prix.

— John, j'ai des partenaires qui...

— George, il faut que vous vous occupiez de votre partie, dis-je en élevant la voix. Vous n'arrêtez pas de parler de ces partenaires. Il s'agit de Tamaz et compagnie? Ceux que nous avons rencontrés? Ou avez-vous de nouveaux partenaires? C'est à vous de contrôler votre part. Notre prix a toujours été d'un million de dollars et je suis profondément troublé que vous essayiez de le doubler par téléphone. Pas d'entourloupe, George. Ou je m'en vais et vous ne verrez pas le premier dollar.

— Je m'occupe de ma partie, dit George. Faites valider les bouteilles, et nous pourrons parler de l'exportation de la cave.

— Il me manque toujours la preuve que vous avez réservé ces nouvelles bouteilles pour couvrir les coûts de ce voyage et les autres frais, George.

— C'est en cours, dit-il.

— Et je n'ai toujours pas de pull de rugby géorgien.

George rit au téléphone.

— John, rassemblez la somme et exécutez votre part du contrat. Après, je vous achèterai une équipe de rugby.

Ce soir-là, Jane et moi dînâmes avec Linden Wilkie et sa femme, Aiko. Linden, qui était devenu un grand ami, était venu s'installer à Londres des années auparavant.

— Linden dirige The Fine Wine Experience, expliquai-je à Jane alors que nous attendions nos entrées. C'est une entreprise fantastique. Il aborde les grands vins français en partant du principe qu'il s'agit d'apprécier la bouteille de vin et de la partager. Les grands vins, pour lui, sont faits pour être bus en toute convivialité.

— Je pense que vous devez bien vous entendre tous les deux, répondit-elle en souriant.

Linden acquiesça.

— C'est vrai. Je n'ai jamais été du genre à me soucier d'investissement ou d'étiquettes. J'aime les arômes, le côté vivant des vins et le plaisir de partager une dégustation en groupe – par exemple, un quatuor comme nous. C'est l'occasion de discuter des différentes nuances, d'avoir les sens en éveil.

— Précisément, dis-je, en me baissant pour saisir quelque chose derrière ma chaise.

Je me retournai vers la table et tendis à Linden une bouteille de Wendouree Shiraz 1990, de la Clare Valley en Australie. Un vin magnifique.

— Oh, tu en as trouvé un ! dit Linden, rayonnant de bonheur. Tu as dû chercher longtemps ?

Je ris, me demandant si je devais avouer la vérité. Je finis par hausser les épaules.

— Tu sais, quand nous avons parlé la dernière fois et que je t'ai demandé ce que je pouvais t'apporter, tu as parlé du Wendouree. C'est alors que, soudain, j'ai eu une idée. Je suis descendu dans ma cave personnelle, me rappelant qu'on m'avait offert cette bouteille lors d'un déjeuner ou un dîner, je ne me souviens plus. Qu'elle n'avait pas été bue ce soir-là et qu'elle avait fini parmi mes bouteilles. Donc maintenant elle est à toi.

— C'est absolument génial. Merci, John, dit Linden. Moi aussi, j'ai quelque chose pour vous.

Il glissa le bras vers l'étagère située derrière lui et en sortit une bouteille de Mas de Daumas-Gassac, un cru réputé, mais inhabituel du Languedoc, dans le sud de la France. Jusqu'à présent, cette région n'était pas connue pour ses grands vins, mais j'avais entendu dire que Daumas-Gassac était particulier.

— Ah oui...! Pas facile à trouver.

— Je reconnais que ça a demandé quelques efforts, admit Linden. De plus, c'est un très bon millésime.

Il prit ensuite quelques minutes pour décrire les caractéristiques des vins du Languedoc, expliquant pourquoi certains millésimes avaient été meilleurs que d'autres au cours de la dernière décennie. Jane l'écoutait en sirotant son vin. Quand il eut terminé, elle lâcha tranquillement :

— Linden, si vous me permettez, vous semblez jeune pour être si bien informé de tout cela.

— J'ai commencé assez tôt, répondit Linden. J'ai travaillé comme sommelier dès ma première année d'université, en Nouvelle-Zélande. Puis, par plaisir, j'ai animé des soirées vin, et je ne me suis jamais arrêté.

— Il est venu à Londres pour être au cœur de l'action, dis-je. Et ça semble avoir fonctionné.

— En effet, dit Linden. Bien que le marché soit plutôt encombré par ici. J'ai l'intention de changer d'air, mais pas tout de suite.

— À quoi pensez-vous ? demandai-je.

— L'Asie. Même si cela signifie que je vais devoir me muer en véritable homme d'affaires, plutôt que rester un passionné avec une entreprise. Un énorme intérêt pour les grands vins commence à se développer là-bas. Vous savez, dans ma jeunesse, j'ai passé un an à Hong Kong, dans le cadre d'un échange étudiant. Depuis, je ne cesse de penser à ce que l'on pourrait faire là-bas, à la culture et au fait qu'une véritable entreprise de classe mondiale et une société d'organisation d'événements pourraient se développer dans cette partie du monde.

— Espérons qu'ils continuent à s'intéresser au marché des vins anciens, dis-je. Parce que – je croise les doigts – il se pourrait que, tôt ou tard, j'organise une vente aux enchères.

Nous trinquâmes à cette perspective, à nos retrouvailles, à la rencontre de Linden et Aiko avec Jane, à ma rencontre avec Jane, à Londres, à Dire Straits et à tout ce qui nous vint à l'esprit au cours de ce long dîner arrosé d'au moins une bouteille de vin de trop. D'autant plus que le lendemain, nous devions nous lever tôt pour prendre l'avion pour Paris.

27

UN TROTTOIR PARISIEN

Paris, France
Août 2003

Lorsque le réveil sonna à 5h45, tous les verres de la nuit précédente dansaient encore dans ma tête. C'est à peine si une douche écossaise suffit à réveiller mon corps pour me permettre de bouger. Jane et moi entreprîmes de boucler nos bagages. C'est à ce moment que je me rendis compte que j'avais déjà rassemblé trop de bouteilles pour pouvoir les mettre toutes dans mon bagage en soute.

Je considérai les quatre bouteilles alignées sur le bureau de notre chambre d'hôtel, dont le Daumas-Gassac de Linden, un rouge de la Loire que j'avais sélectionné, mais encore jamais goûté, la bouteille d'huile d'olive Cobram Estate de Jean-François et l'Yquem, encore enveloppé dans du papier bulle, logé dans un manchon à vin en caoutchouc fabriqué à partir d'une combinaison de plongée. J'avais déjà fermé ma valise, mais je savais qu'à l'époque les bouteilles emballées étaient autorisées comme bagage à main entre Londres et Paris. Je plaçai donc toutes les bouteilles dans un solide sac à vin rembourré que nous avions emporté, en pensant qu'il serait certainement utile.

— Tu es sûr que cela convient pour l'Yquem? demanda Jane.

— Jane, tu connais ma théorie. Plus tu t'inquiètes pour une bouteille, plus tu t'exposes à un désastre. Emballons-la soigneusement, mais traitons-la comme les autres et tout ira bien. Il y a deux couches de rembourrage, comme pour les autres bouteilles, pour donner au sac plus de résistance.

Une fois à l'aéroport, nous prîmes quelques cafés dans la salle d'embarquement, suffisamment pour survivre au court vol. Nous sortîmes entiers de l'aéroport Charles de Gaulle et nous engouffrâmes dans un taxi vers notre hôtel, dans le centre de Paris. C'est Jane qui avait réservé une chambre, connaissant l'hôtel pour y avoir déjà séjourné. Il était très bien situé, tout près du Marais, à quelques pas du Centre Pompidou. Mon quartier préféré de la capitale française. On y retrouvait l'air bohème et arty de SoHo à New York, mais avec tout ce qui caractérise Paris, à proximité de tous les principaux lieux de visite ainsi que de nombreux bons restaurants et bars.

En arrivant à l'hôtel, encore sous le coup des excès de la nuit précédente, nous sortîmes du taxi, encombrés des sacs de courses, de nos bagages et du sac avec les vins, que nous transportâmes sur l'antique trottoir aux pavés irréguliers. Penché pour payer le chauffeur, j'étais persuadé que Jane avait le sac de vin à l'épaule ou en main, comme nous en avions convenu, pour qu'il soit en sécurité. Mais dans la confusion, le personnel de l'hôtel se chargeant de sortir les valises du taxi, le sac de vin se retrouva parmi les autres sacs. C'est alors que, du coin de l'œil, j'en vis un se renverser.

C'était l'une de ces fractions de seconde où l'on sait, au fond de soi, que le sac qui vient de basculer n'était pas l'un des nombreux sacs quelconques qui auraient pu tomber sans incident.

Tout ce dont je me souvenais, c'est que le sac à vin se trouvait à l'horizontale. Mais alors que je le ramassais et après avoir vérifié le polyuréthane de la housse de protection, je me disais que l'Yquem ne devait pas avoir subi de dommage, qu'il était bien protégé.

Jusqu'à ce que je constate que le sac était légèrement humide, signe qu'une bouteille avait dû se casser. Et jusqu'à ce que je me rende compte que c'est de la pochette que j'avais en main que suintait le vin.

— Oh merde, dis-je. C'est l'Yquem.

Jane était vraiment horrifiée. Sous le choc, son visage était devenu blanc.

Pour ma part, j'étais près de m'évanouir, mais je fis face. J'ouvris la pochette de la combinaison et le papier bulle et je sentis l'endroit où la bouteille centenaire s'était fissurée, au niveau du joint à la base de la bouteille. En fait, le manchon et l'emballage avaient rempli leur office en maintenant l'ensemble du paquet fermement, si bien que seule une petite partie du vin avait pu s'échapper. Comme j'avais repéré où se trouvait la cassure, je retournai la bouteille, réussissant à conserver la majeure partie du précieux liquide.

Mais à présent, planté sur ce trottoir français avec, dans les mains, une bouteille renversée et fissurée d'un Château d'Yquem probablement authentique de 1870 et quelques, je ne savais que faire.

— John... dit Jane. L'Yq...

— Jane, ça va aller, dis-je en la regardant dans les yeux tandis qu'elle retenait ses larmes. Écoute, les bouteilles se cassent. Ça arrive. Une fois que c'est fait, c'est fait. Il nous reste l'essentiel du contenu. Ce n'est la faute de personne. Sauf la mienne, de ne pas l'avoir protégée correctement dans mes bagages, comme je l'avais fait depuis l'Australie.

Elle n'avait pas l'air convaincue. Au cours de nos voyages, l'habitude était que je porte les valises et les sacs les plus lourds, tandis que Jane s'occupait des petits sacs. Mais dans les circonstances présentes – nous n'étions pas en forme, le trottoir était inégal, les grooms prenaient les sacs sans nous demander notre avis – c'est la loi de Murphy qui a prévalu. Ce n'était certainement pas la faute de Jane et je ne voulais pas qu'elle le pense. J'aurais dû placer la bouteille dans mes bagages. Je n'aurais pas dû être paresseux avec une gueule de bois ce matin-là. J'aurais dû l'avoir sur moi tout le temps.

Si j'avais juste...

Si nous avions pu...

Si seulement...

C'était fait. Toutes ces pensées étaient vaines. La bouteille s'était brisée, voilà tout.

Il fallait maintenant sauver ce qu'on pouvait. Tenant toujours précautionneusement la bouteille, je courus jusqu'au magasin du coin, juste en bas de la rue. J'achetai deux petites bouteilles d'eau Perrier munies de bouchons à vis.

Je donnai les bouteilles d'eau à Jane. Elle les vida aussitôt dans le caniveau. Tandis que les portiers de l'hôtel portaient tous nos sacs et nous aidaient à prendre notre chambre, je restai au chevet de la bouteille cassée, la traitant avec le maximum de précaution et de délicatesse.

J'étais dans une sorte de choc post-traumatique. Le vin serait maintenant exposé à l'air et risquait d'être détérioré au contact de l'oxygène. Il y avait urgence à le verser dans les bouteilles à bouchon à vis, pour le conserver dans les meilleures conditions possibles. Idéalement sans oxygène, ou du moins avec le moins d'oxygène possible dans le haut des nouvelles bouteilles.

Nous secouâmes les bouteilles de Perrier pour éliminer les dernières gouttes d'eau, puis je sortis délicatement l'Yquem brisé de la poche en tissu de combinaison de plongée. Jane m'aida à dérouler le papier bulle et je pus enfin voir la pauvre bouteille telle qu'elle était. Le fond était cassé, sans doute en raison de la fragilité de ce vieux verre. Heureusement, en retournant le flacon, j'avais réussi à conserver plus de la moitié du liquide.

Je versai avec précaution le reste du vin dans les bouteilles de Perrier. Je ne pus m'empêcher de grimacer en les laissant volontairement déborder, gaspillant un peu du précieux Yquem, pour m'assurer que Jane puisse visser les bouchons sans laisser d'air.

Les deux bouteilles étaient maintenant remplies. Je constatai qu'il s'agissait de bouteilles de deux cent cinquante millilitres. Dans l'ancienne bouteille d'Yquem, il restait moins d'une tasse de vin. J'avais donc réussi à conserver plus de cinq cents millilitres.

Notre vin étant maintenant enfermé en toute sécurité dans les bouteilles de Perrier, il ne nous restait plus qu'à filtrer le vin restant dans un verre à vin, en le passant dans une petite serviette pour retenir les éventuels éclats de verre. Les restes de la bouteille centenaire furent posés avec précaution sur une autre serviette. Jane et moi nous regardâmes. Le choc était derrière nous.

— Qu'est-ce qu'on fait maintenant? demanda-t-elle.

— J'ai envie de pleurer.

— Moi, je prendrais bien un verre, dit-elle en lorgnant vers le demi-verre d'Yquem 1870 et quelques.

— Oui, tu as raison, répondis-je. Pourquoi pas?

Jane goûta en premier. Elle ne dit rien, perdue dans un brouillard par la rencontre brutale d'un arôme et d'une saveur exaltants. Elle me tendit le verre. Je fis tourner le vin dans le verre, scrutai le liquide sombre, le humai et finalement je pris une gorgée.

C'était superbe. Même avec toutes mes années de formation en la matière, je n'étais pas vraiment sûr de ce qu'un Château d'Yquem de cent trente ans d'âge était censé avoir comme palais, mais si vous me l'aviez demandé, j'aurais imaginé quelque chose de ce genre.

— Oh, bon sang!

Avec le recul, je regrette seulement, lorsque je vécus cette expérience unique dans une vie, d'avoir eu la gueule de bois et de m'être demandé si je ne risquais pas de faire une crise cardiaque dans cette chambre d'hôtel parisienne pendant que je goûtais ce vin.

J'aurais dû faire une analyse organoleptique de ce vin et rédiger, sur-le-champ, des notes de dégustation détaillées. Mais je restai là, la tête battant la chamade, près de perdre mes esprits.

Parce que, honnêtement, le souvenir de cette gorgée est un peu flou.

Ce qui n'est pas flou, c'est que Jane me regarda tranquillement, après avoir goûté le vin. Puis elle vint vers moi et m'entoura de ses bras.

Nous restâmes ainsi pendant un moment jusqu'à ce qu'elle se détache pour me regarder droit dans les yeux:

— John, j'ai bien remarqué que, dans les moments qui ont suivi la rupture de la bouteille, tu t'es plus soucié de moi et de mes sentiments que de ton cher Yquem. Il y avait là une preuve d'amour. Tout simplement.

Elle m'embrassa doucement.

Je ne dis rien. Elle avait raison. J'étais plus préoccupé par le regard pétrifié que j'avais lu sur son visage que par la bouteille. Nous avions réussi à sauver la situation en ce sens que, selon toute vraisemblance, nous avions conservé suffisamment de vin pour que les experts du Château d'Yquem puissent le tester et se faire une assez bonne idée de ce qu'il était il y a encore quelques jours, avant l'accident. Nous avions la bouteille originale, le bouchon enfermé dedans. Nous avions la capsule et le verre. Nous avions pris des photos de tout cela et, même si nous étions contraints de nous résigner devant la situation, il y avait un moyen d'avancer.

Ce dernier revers n'était qu'un épisode de plus de la saga de la découverte du vin de Staline.

Évidemment, rien de tout cela n'apportait de réponse à la question incontournable et inévitable qui planait si lourdement dans l'air parisien ce matin-là.

Comment diable allais-je annoncer la nouvelle à Kevin ?

28

DE LA CASSE À BORDEAUX

Nous nous résolûmes à oublier le désastre de la bouteille cassée pour profiter de quelques jours merveilleux à Paris. Ma filleule, Ana, y vivait à l'époque. Elle suivait une formation de flûtiste au Conservatoire de Paris. Ce fut un plaisir, pour Jane et moi, de la suivre à travers la ville pour découvrir ses lieux favoris et partager de bons moments.

Nous connaissions tous deux suffisamment Paris pour éviter tous les passages obligés des touristes. Nous prîmes un réel plaisir à nous promener dans certains arrondissements moins prisés. J'emmenai Jane dans le quartier populaire de Belleville, qui fourmille de boutiques d'arts et d'excellents restaurants abordables. De son côté, elle m'emmena au jardin du Luxembourg où nous savourâmes le défilé des Parisiens branchés.

Secrètement, dans ma tête, un débat faisait rage. Devais-je dire à Jean-François ce qu'il était advenu de la bouteille ? Les dirigeants du Château d'Yquem daigneraient-ils encore perdre leur temps avec un Australien imprudent coupable d'avoir brisé une bouteille aussi précieuse ? Et s'ils ne prenaient même pas la peine d'ouvrir les bouteilles de Perrier ? Je repensai à la gorgée de vin que j'avais partagée avec Jane, juste après le désastre. Cela ressemblait à de l'Yquem et, pour autant que je m'en souvienne, étant donné mon état de déconfiture, au nez et au palais, cela correspondait à ce qu'on pouvait espérer d'un Yquem centenaire. Ces sensations superbes ne pouvaient-elles venir que d'un vin qui a vieilli pendant cent trente ans? Les vignerons d'Yquem n'allaient-ils pas se montrer suspicieux, à présent que le précieux liquide se présentait sous la forme ridicule de bouteilles de Perrier?

Nous prîmes ensuite le chemin de Bordeaux, filant dans un train à grande vitesse à travers de splendides paysages. Je ne me lasse jamais de la France. J'étais heureux, la tête de Jane sur mon épaule, de voir les régions successives défiler par la fenêtre, se distinguant par de subtiles différences, comme les toits en ardoise cédant la place à la terre cuite à mesure que nous progressions vers le sud-ouest.

La vieille ville de Bordeaux, une ville portuaire, est à mon avis l'une des plus belles d'Europe. Elle figure sur la liste du patrimoine mondial de l'UNESCO en tant qu'exemple urbain et architectural caractéristique du dix-huitième siècle, rassemblant des centaines de bâtiments historiques, y compris sur le port lui-même, et une immense place, ainsi que deux cathédrales impressionnantes. Celle de Saint-André possède des parties datant d'avant 1100, tandis que l'église Sainte-Croix se distingue par le fait qu'elle se trouve sur le site d'une abbaye du septième siècle. Il n'est pas faux de dire que Bordeaux est chargée d'histoire. Après nous être promenés dans la ville, nous allâmes admirer les œuvres de Renoir, Picasso, Matisse et d'autres maîtres au musée des beaux-arts de la ville. Et, cela allait de soi, je ne pus m'empêcher d'entraîner Jane dans le musée du Vin et du Négoce – un musée consacré, comme on s'en doute, à l'histoire du commerce du vin. On peut y découvrir les techniques de production du vin utilisées dans la région depuis deux mille ans. Ce qui ne laisse pas d'impressionner, sauf pour un Géorgien, dont le rapport avec la vigne est quatre fois plus ancien.

Après ces visites, nous nous rendîmes enfin au bureau de Jean-François, qui nous accueillit chaleureusement. Comme je l'avais pensé, le contact entre Jane et lui s'établit rapidement. Pour ces retrouvailles, nous nous assîmes autour d'un bon dîner. Bien sûr, Jean-François manifesta immédiatement son impatience de voir la fameuse bouteille.

— En fait, j'aimerais que tu ailles la chercher, suggéra-t-il, alors qu'il nous raccompagnait à notre hôtel, en passant devant les énormes piliers corinthiens du Grand Théâtre. Je voudrais la voir tout de suite.

— Chaque chose en son temps, répondis-je. Je ne veux pas gâcher la surprise.

Ce qui était tout à fait vrai, mais probablement pas de la manière dont il pouvait l'imaginer.

Au programme du lendemain, outre la dégustation de l'Union des Grands Crus, qui constituait toujours un moment fort de mes déplacements à Bordeaux, importante aussi pour mon entreprise Bordeaux Shipper, nous visitâmes le Château Léoville Las Cases, un second cru de Saint-Julien très apprécié et l'un de mes vins préférés de l'appellation. Parmi les propriétaires de châteaux locaux, Jean-Hubert Delon n'était pas connu pour être le plus sociable. À notre arrivée, après avoir échangé les politesses d'usage et alors qu'en compagnie des spécialistes de la vinification, nous commencions la dégustation de différents millésimes, il ne me parut pas acquis de pouvoir rencontrer en personne le maître des lieux.

J'avais toujours mis un point d'honneur à soigner ma tenue pour ces visites de châteaux. Certains acheteurs internationaux n'hésitaient pas à se présenter en jeans. Pour ma part, je considérais que l'on me faisait l'honneur d'accéder au cœur du monde viticole, souvent dans des châteaux ayant des centaines d'années d'histoire, ayant connu des générations de la même famille. Le moins que je pouvais faire était de porter une veste et d'avoir l'air d'un marchand de vin respectable, plutôt que d'un touriste.

C'est peut-être la raison pour laquelle, lorsque Jean-Hubert passa par la salle de dégustation, alors que nous en étions à mi-parcours, il se joignit à nous et sembla nous apprécier, Jane et moi. Il connaissait déjà bien Jean-François, de sorte qu'il se détendit, se montrant plus bavard au fil de la dégustation. D'autres acheteurs m'avaient dit que Jean-Hubert ne parlait que le français. Je fus donc quelque peu surpris lorsqu'il s'adressa à nous dans un anglais passable. Je n'étais certes que légèrement surpris. Comme c'est le cas pour beaucoup de Bordelais, quand ils voulaient parler anglais, ils le pouvaient ! Dans l'ensemble, ce fut une visite intéressante et agréable. J'achetai quelques actions au nom de l'entreprise, puis nous nous quittâmes tous en bons amis.

— Je compte me coucher tôt ce soir, dit Jean-François en nous ramenant à notre hôtel. Demain, nous visiterons Yquem ! *À bientôt*[*].

— Tu n'as pas envie de prendre un dernier verre avant de partir, Jean-François ? demandai-je.

— Ma foi, dit-il en hésitant, bien installé sur le siège du conducteur. C'était une grosse journée, mais ce serait impoli de refuser. Nous, Français, aimons donner l'exemple en matière d'hospitalité, expliqua-t-il en se tournant vers Jane, les yeux pétillants.

— Et nous, les intrus de l'hémisphère sud, nous apprécions sincèrement, dit-elle.

Jean-François s'esclaffa de son rire franc :

— *Un moment. Je vais garer la voiture*[*].

— Tu ne lui as toujours pas parlé de la bouteille, dit Jane alors que nous regardions mon ami partir à la recherche d'un parking.

— Je sais. Je me sens très mal à ce sujet. J'ai peur de l'humilier ou de le décevoir. Il a été très aimable avec moi, mais comment lui avouer cela ? Je ne veux pas sortir d'ici avec le titre de premier acheteur de vin australien physiquement expulsé du Château d'Yquem.

— Au moins Kevin trouverait que c'est une fin acceptable à l'histoire, fit remarquer Jane.

— Sans doute. Maintenant que Jean-François se joint à nous, nous devons faire en sorte que cela reste un dîner plutôt raisonnable. Seulement deux verres chacun ! Je ne vais pas me pointer avec une bouteille cassée et, en plus, une gueule de bois.

---

* En francais dans le texte original.

— N'avons-nous pas dit qu'il se joignait à nous pour un seul verre? demanda Jane.

Finalement, nous fûmes sages et n'en prîmes que trois.

C'est au milieu du troisième verre – un Sauternes d'un niveau inférieur à celui du château que nous devions visiter le lendemain – que je dis à Jean-François:

— *Mon ami**, il y a une chose que je dois te raconter.

Et c'est ce que je fis. Sans rien édulcorer. Je lui dis que j'étais fatigué et pas au mieux de ma forme après le dîner avec Linden, que j'aurais dû faire plus attention, mais que, voilà, la bouteille s'était cassée, que je l'avais retournée et que j'avais finalement sauvé une bonne partie de son contenu dans des bouteilles Perrier à bouchon à vis. Je me sentais assez mal.

Jean-François écoutait attentivement, écarquillant les yeux à chaque rebondissement de l'histoire. Lorsque j'eus enfin terminé et que je lui présentai une des bouteilles de Perrier comme preuve, il la fixa, me regarda, se tourna vers Jane, regarda à nouveau la bouteille et finit par éclater de rire.

— Je peux imaginer toute la scène. John, nous avons tous transporté du vin de valeur en nous mettant dans tous nos états. Tu viens de tirer la carte la plus malchanceuse.

Il se remit à rire.

— Tu as cassé la bouteille, dit-il en agitant les mains d'un air incrédule. Tu as détruit le plus vieil Yquem que j'aie – enfin, que j'aurais jamais pu voir.

— Jean-François, si tu veux annuler la réunion, je comprendrai. Je ne veux pas te mettre dans l'embarras ou nuire à ta réputation parmi tes collègues, dis-je.

— Oh, non, ce n'est pas nécessaire, dit-il en agitant une main dédaigneuse. Écoute, le rendez-vous avec Sandrine Garbay est pris. Bien sûr, nous devons y aller.

— Qui est Sandrine Garbay? demanda Jane.

— C'est la vigneronne en chef d'Yquem, dit Jean-François.

— Le chef viticulteur est une femme ? dit Jane, vraiment étonnée.

— Bien sûr, dit Jean-François en haussant les épaules. Et c'est la meilleure dans son domaine. Pierre Lurton, le président du château, pourrait bien aussi être présent.

Mon ami me lança un sourire cruel.

— Je suis sûr qu'il sera intéressé de voir les restes brisés de l'œuvre de ses ancêtres.

— *Mais arrête** ! dis-je, en souriant toutefois, soulagé que la réunion ait lieu.

Jean-François prit le temps de finir son verre. Il fronça les sourcils :

— Explique-moi encore comment tu as sauvé le vin. Tu as dit que tu avais retourné la bouteille ?

Avec le sourire, je lui racontai mes faits d'armes de chasseur de vin aguerri. Il opinait de la tête.

— Eh bien, demain s'annonce comme une journée intéressante, dit-il en se levant de son siège. Maintenant, elle a encore gagné en intérêt.

LES VINS DE BORDEAUX

La plupart des histoires de la région de Bordeaux font remonter les premières vignes aux environs des années 43 à 60, soit à l'époque de l'occupation de la Gaule par l'armée romaine. L'idée de départ était de fournir aux soldats un approvisionnement local en vin, mais la réputation de la qualité du produit ne tarda pas à se répandre. Un personnage historique, Pline l'Ancien, qui avait été commandant romain dans les territoires qui constituent aujourd'hui l'Allemagne, a écrit sur le vin de Bordeaux à son retour à Rome, seulement quelques années avant d'être tué dans l'éruption du Vésuve, près de Pompéi. De son côté, la Grande-Bretagne du premier siècle prenait également conscience de l'existence d'un vin de bonne qualité en provenance de ce qui allait devenir plus tard le Bordelais.

Le sol et le climat parfaits pour la culture de la vigne, associés à un accès facile aux cours d'eau, Garonne et Gironde, pour expédier le vin vers les ports océaniques, puis vers tout l'Empire romain : la recette du succès de Bordeaux n'a pas vraiment changé depuis cette époque, si ce n'est l'échelle.

On note le progrès rapide de la production, jusqu'en 1152, date à laquelle une native de la région, Aliénor d'Aquitaine, épouse un noble anglais, Henri Plantagenêt, qui deviendra bientôt le roi Henri II. Bien sûr, le vin de Bordeaux était à l'honneur lors du mariage royal, ce qui le mit en vogue. La ville devint même la deuxième plus grande cité sous contrôle anglais, après Londres, et en fit la championne de l'exportation de vin vers la Grande-Bretagne. Au point que le roi Richard Cœur de Lion fit de Bordeaux sa base d'opérations européenne, afin d'être plus proche des vignes.

Malgré la popularité de la région en tant que zone viticole, un problème subsiste toutefois jusqu'à l'approche des années 1600. La majeure partie des terres entourant Bordeaux, le long du fleuve, était plate et marécageuse. C'est l'arrivée des Hollandais qui change la donne. Ils assèchent les marais, offrant ainsi plus de terres utiles pour les vignes et permettant également la construction de meilleures routes, pour un transport rapide vers le nord.

L'industrie viticole de la région a connu de nombreux hauts et bas, notamment la confiscation des domaines de la royauté et des aristocrates à l'époque de la Révolution française, même si nombre d'entre eux, rapidement contrôlés par des groupes d'actionnaires, ont pu continuer à fonctionner. On notera, parmi les éléments positifs, la décision « marketing » de Napoléon III, en 1855, de classer les vins de la région en cinq célèbres crus : premier, deuxième, etc. – assortissant le classement d'une échelle de prix correspondante.

Le secteur viticole bordelais a survécu à deux guerres mondiales, à la Grande Dépression et à de nombreuses menaces naturelles telles que de multiples orages de grêle dévastateurs et la décimation des vignes par les attaques microscopiques, mais mortelles de champignons, l'oïdium puis le mildiou, et enfin le phylloxéra, un minuscule insecte.

L'invasion du phylloxéra a eu des conséquences durables. Comme les nouvelles vignes ne pouvaient plus être plantées aussi densément, les vignobles ne pouvaient plus produire qu'une quantité réduite de vin. Cette production limitée, en particulier les années de signature – comme 1982, le premier millésime encensé par le célèbre auteur œnologue Robert Parker – a coïncidé avec une croissance des nouveaux marchés en Asie, en Chine en particulier, ce qui a entraîné une hausse spectaculaire des prix des vins les plus recherchés des meilleurs châteaux. C'est la formule magique pour tout commerçant, qu'il vende du bon vin, de la mode ou des voitures : pouvoir proposer un produit très recherché dont la quantité est limitée. L'étiquette de prix est toujours à la mesure de la soif du client.

29

LE CHÂTEAU D'YQUEM

Même en faisant abstraction de ses célèbres vignes, la région de Bordeaux est un centre d'affaires prospère. La ville de Bordeaux elle-même comprend d'importantes industries spécialisées en aviation militaire, et des technologies médicales et scientifiques de pointe y sont également développées. Ces dernières années, la ville a fait l'objet d'une profonde rénovation. De nouveaux tramways circulent désormais dans le centre et le long des berges, en remplacement des entrepôts à l'abandon, qui abritaient autrefois le commerce du vin de Bordeaux sur les Quais des Chartrons.

Mais bien sûr, la région est surtout connue pour sa production de vin, qui représente environ quatorze milliards d'euros par an. On ne s'étonnera donc pas de trouver nombre de Bordelais au volant de belles voitures.

Jean-François était l'un d'eux. Après le déjeuner, il nous conduisit au sud-est de la ville. À mesure que nous avancions dans la campagne, le paysage vallonné se couvrait de plus en plus de vignes. L'autoroute suivait plus ou moins le cours de la rivière, la Garonne, visible de temps en temps au loin sur notre gauche. C'était un paysage magnifique.

— Vous savez qu'une part majoritaire d'Yquem a été vendue il y a cinq ans à Louis Vuitton?, dit Jean-François tout en conduisant.

— Le comte s'en défait? Lui qui dirigeait le château et supervisait la production de vin? C'est bien ça? demandai-je.

— Oui. Il s'est battu contre la vente pendant un certain temps. Puis, avec un joli chèque pour la part familiale, il a été maintenu dans ses fonctions de gérant. Quand il a finalement pris sa retraite, ils ont promu Sandrine Garbay au poste de maître de chai. Elle avait à peine trente ans.

— Vous la connaissez bien ? demandai-je.

— Un peu.

Jean-François haussa les épaules.

— Elle a l'air très simple, très peu affectée par son statut et sa réussite. Elle me plaît.

Alors que nous dépassions la Cadillac, que nous entrions dans le département de la Gironde, en direction de Sauternes, je sentis mon pouls s'accélérer. Nous étions dans un pays viticole des plus importants, probablement le meilleur de la planète, du moins pour les vins doux. Château Rieussec, Château Guiraud, Château Raymond-Lafon : autant d'appellations de renommée mondiale à quelques minutes les unes des autres. C'est là, sur une colline couverte de vignes, sur le point culminant de la région, que se trouvait le château, but de notre visite. À son approche, impossible de manquer ses murs très reconnaissables de couleur sable et son toit en tuiles rouges, avec une couverture plus sombre pour les tourelles de la maison principale et la petite tour sur la droite.

Château féodal à l'origine, le Château d'Yquem a été largement rénové et agrandi à la Renaissance. Il a d'abord été un domaine royal, ce qui n'est pas étonnant, puisqu'il a appartenu à la couronne anglaise, puis, après 1453, à la famille royale française. En 1593, il a été acquis par la famille Sauvage d'Eyquem – Ramon Felipe Eyquem avait fait fortune comme marchand de harengs et de vin – avant de devenir la propriété de la famille Lur-Saluces, par le mariage en 1785 de l'héritière Sauvage d'Eyquem, Françoise-Joséphine, avec le comte Louis Amédée de Lur-Saluces (qui se trouvait être le filleul de Louis XV, pour qui s'intéresse aux liens royaux). À l'exception d'un bref passage en tant qu'hôpital militaire pendant la Première

Guerre mondiale, pendant des siècles, le château a toujours été voué au perfectionnement du Sauternes.

Lors de mes précédentes visites, j'étais toujours resté à l'extérieur du mur d'enceinte, à observer le portail avec envie. Mais à présent, c'est sans la moindre hésitation que Jean-François s'engagea dans l'allée, puis dépassa l'obélisque de pierre blanche dressé à la rencontre des chemins. Un blason y était gravé, usé par je ne sais combien de décennies ou de siècles passés à cet endroit. On pouvait distinguer deux lions, une couronne et un cimier. À l'extérieur du bouclier, on trouvait des feuilles de vigne et des grappes de raisin sculptées dans la partie inférieure.

Je connaissais très bien la couronne visible au sommet du motif. Elle se trouve sur toutes les bouteilles d'Yquem. Quant à l'écusson, on le trouve sur la pastille qui couvre le bouchon.

Nous franchîmes les portes de fer grandes ouvertes. Jean-François conduisait prudemment sur le chemin qui traverse les célèbres vignes. Nous arrivâmes au château et laissâmes la voiture au parking parmi une douzaine d'autres, presque toutes des Renault ou des Citroën, à l'exception d'une luxueuse Audi.

Jane savourait le moment, affichant un sourire ravi. J'imagine que, pour une sommelière de Melbourne, loin de chez elle, l'expérience devait être forte. Il en allait de même pour moi. Je me sentais comme un gamin dans un magasin de bonbons. Derrière l'allée, on trouve des jardins impeccablement entretenus, partout, des rosiers aux couleurs vives, et des pelouses qui descendent en pente vers les vignes. Constitué d'un bâtiment de deux étages surmonté de greniers, le château lui-même se dresse majestueusement, complété par un bâtiment plus bas, à toit plat, allongé derrière l'emblématique façade au million de bouteilles.

— On dirait que nous ne sommes pas les seuls visiteurs aujourd'hui, dit Jean-François en désignant du menton les autres véhicules. Peut-être ne sommes-nous qu'une dizaine de personnes à apporter du vin centenaire pour la petite dégustation de Sandrine ?

— S'il te plaît, arrête, dis-je. Je me sens déjà assez mal de penser à la manière dont nous apportons le vin, sans avoir un public plus large.

Jean-François m'adressa un sourire malicieux. Il nous dit de patienter le temps de vérifier à l'intérieur si nous étions attendus.

Jane et moi restâmes à côté de la voiture. Elle me serra dans ses bras.

— Ce doit être un moment incroyable pour toi.

— Ça l'est vraiment, répondis-je, le visage dans ses cheveux. J'ai toujours rêvé d'être reçu officiellement à Yquem. Peu importe ce qu'il adviendra de cette cave géorgienne. Toute cette escapade m'a apporté tant d'expériences, d'aventures et de souvenirs...

Jane, souriante, recula d'un pas pour me regarder.

— Un bénéfice potentiel de plusieurs millions de dollars dans l'air, et toi, tu ne vois que l'aventure. C'est ce que j'aime chez toi.

— Regardons où nous sommes. Toi et moi, sous le soleil du Château d'Yquem, sur le point de rencontrer les producteurs de l'un des plus grands vins du monde. Sans Tbilissi, je ne serais pas ici. Donc je suis reconnaissant, quoi qu'il arrive, à la cave géorgienne et même aux imbroglios avec Neville et Harry et le reste. Cela me fait penser à une interview de Sidney Nolan, le peintre, qui expliquait que le sentiment de bonheur, d'être pleinement heureux, est quelque chose qu'il chérit parce que personne ne peut vous enlever ce moment. Peu importe les désagréments ou les ennuis éventuels. C'était Nolan? Je pense que oui. Une interview d'archive lors d'une rétrospective, je crois, à son décès.

Jane se détacha doucement de moi et me fit un clin d'œil.

— En tout cas, c'est follement romantique, de qui que cela vienne. Profite de ce moment de plénitude parce que, tout rêveur que tu sois, la vie va certainement tout gâcher.

— Je pense que Nolan l'aurait mieux dit, concédai-je Il avait une meilleure façon de manier les mots et de comprendre l'art que moi.

Jean-François ressortit du château, accompagné d'un jeune homme, vêtu d'un pantalon chino, d'une chemise impeccable, digne d'un homme d'affaires, et d'un blazer bleu. Ajoutons à cela des chaussures bien cirées et une coupe de cheveux élégante.

— John, Jane, permettez-moi de vous présenter Youenn, un assistant des propriétaires. Il a proposé de nous guider pour une petite visite du vignoble avant d'entrer pour discuter de nos affaires, dit Jean-François.

Nous serrâmes la main de Youenn et le saluâmes de quelques mots. Il parlait un anglais impeccable et semblait avoir beaucoup voyagé. Il avait, nous dit-il, visité Sydney et Melbourne, ainsi que la Hunter Valley et d'autres régions viticoles d'Australie.

Tout en discutant, nous nous avançâmes dans les jardins jusqu'aux vignes. Youenn aborda le sujet de la récolte et des processus de vinification propres au château.

— Vous pouvez constater que les vignes ne sont pas au mieux de leur forme en ce moment, dit-il, du moins en termes d'effet esthétique. C'est parce que nous sommes occupés à déterrer le sol. C'est quelque chose que nous faisons deux fois par an, la mise à terre et le déterrage, pour garder le sol aéré.

— Il n'y a presque pas de mauvaises herbes, dit Jane. Vous utilisez des désherbants?

— Jamais de désherbant chimique, dit Youenn. Le seul ajout au sol est l'engrais, mais il est uniquement organique et utilisé avec parcimonie.

— C'est-à-dire? demandai-je.

— Le domaine entier compte cent vingt-six hectares, mais seulement cent hectares sont utilisés pour la production à la fois, afin que les vignes et le sol puissent se reposer, expliqua Youenn. Même comme cela, seuls vingt hectares sont fertilisés chaque année. Nous ne voulons pas que le sol devienne trop riche ou trop fertile, car cela nuirait au caractère des raisins, en quelque sorte. Nous donnons donc au sol juste assez de compost naturel pour qu'il soit sain sans être trop puissant.

— Quel est votre régime de taille? demandai-je.

— Nous intervenons au début de l'hiver, et assez sévèrement. Nous taillons la plupart des vignes à l'aide d'un éperon. Le Sauvignon est taillé à quatre-vingt-dix pour cent, mais le Sémillon et les Guyot simples le sont de manière moins forte.

Nous marchions au milieu des vignes, et je ne pouvais m'empêcher de penser aux siècles de grands millésimes qui étaient issus de ces pentes.

— Parlez à John et Jane de la main-d'œuvre viticole, dit Jean-François. Les femmes de la vigne.

Youenn se mit à rire.

— Ah oui, *les femmes**.

— Hmm, ça m'intéresse, dit Jane.

Youenn désigna une ouvrière un peu plus loin sur la colline.

— Nous comptons vingt travailleuses de la vigne. À chacune est assignée une parcelle spécifique dans le vignoble. Cela signifie qu'elles connaissent personnellement toutes les vignes de leur parcelle, qu'elles les soignent et les surveillent.

— Que font-elles, pratiquement, tout au long de l'année? demanda Jane.

— Elles taillent les vignes en vert, comme pour la taille des bourgeons, dit Youenn. Elles sont chargées de lier les vignes et d'éliminer les pousses latérales. Évidemment, au fur et à mesure que la moisissure du Botrytis s'installe dans le raisin, il faut surveiller et évaluer précisément sa progression. Rien n'est laissé au hasard. Nous aimons la nature et travaillons avec elle, mais la nature doit aussi travailler avec nous pour créer exactement le raisin requis. Nos ouvriers effeuillent également le côté est des vignes à l'approche des vendanges, afin que, le matin, la rosée sur les raisins puisse sécher plus rapidement.

— Pourquoi seulement le côté est? demanda Jane.

— Parce que, lorsqu'il y a de la pluie, elle vient de l'ouest. Les feuilles laissées à l'ouest pourront ainsi protéger les raisins, expliqua-t-il.

— Que se passe-t-il si les raisins botrytisés ne vous satisfont pas, au moment de la récolte ?

Youenn haussa ostensiblement les épaules.

— Il y a eu des années où Yquem n'a tout simplement pas produit de millésime. S'il ne correspond pas à nos normes, nous le récoltons et nous vendons le jus à d'autres producteurs.

— Donc, vous passez par pertes et profits le travail d'une année entière ? dit Jane, incrédule.

— La qualité est essentielle, *madame**. La dernière année sans millésime a été 1992. Avant cela, il y a eu 1974, 1972 et 1964. Neuf fois au total. Le comte Alexandre a établi nos normes très strictes et, jusqu'à ce jour, nous les avons respectées. C'est pourquoi Yquem jouit d'une aussi grande estime. À présent, ne pensez-vous pas que nous devrions retourner au château ?

Nous nous frayâmes un chemin à travers les vignes, en admirant la magnifique façade du château, avant que Youenn ne nous fasse entrer. Notre œil fut immédiatement attiré par le fameux escalier en pierre en colimaçon, les miroirs et les tapisseries. Aucun doute, nous étions bien dans un château français.

Youenn ne s'attarda pas et nous emmena tout de suite dans la salle de dégustation. Nous y rejoignîmes un petit groupe, des hommes pour la plupart, déjà occupés à humer et faire tourner des verres de vin couleur nectar.

— Ah, Youenn, tu tombes bien, dit un homme un peu plus âgé, lui aussi tiré à quatre épingles. *Bonjour**, je m'appelle Serge, je suis le responsable marketing d'Yquem.

Nous nous serrâmes tous la main tandis que Jean-François faisait les présentations. Puis, il nous escorta jusqu'à un groupe plus important.

— Nous avons aujourd'hui la chance de compter parmi nous des hauts responsables de chez nos très bons amis du Château Lafite, au nord de Bordeaux, expliqua Serge. Nous aimons comparer nos notes et discuter de l'évolution de nos récoltes. Outre notre réussite individuelle, il nous importe que tous les premiers crus de Bordeaux soient sains et prospères.

J'avais déjà rencontré l'une des membres du groupe Lafite, Amélie, une conseillère à l'exportation, lors d'un précédent voyage de prospection, ce qui renforçait notre crédibilité auprès de ce nouveau groupe. Après les salutations, nous passâmes à la dégustation du vin d'Yquem. Serge et Youenn nous servirent des verres du dernier millésime. C'était divin, il n'y avait aucune probabilité qu'il s'agisse d'un millésime annulé.

— Je sens de superbes abricots et mandarines, et un mélange de fleurs, dit Jane, le nez au-dessus du verre.

— Un soupçon de vanille, se risqua Jean-François.

— Presque des fruits tropicaux sur la finale, ajoutai-je. On peut dire que c'est un jeune millésime.

— Mais incroyable, dit Jane. La saveur est persistante, avec une légère viscosité très plaisante. Je n'ai jamais connu une finale à la fois aussi longue et exotique.

Jean-François esquissa un sourire.

— À Yquem, ils utilisent une expression française pour cet arrière-goût : *il fait la queue du paon**. C'est difficile à traduire, mais en gros cela signifie que le goût s'étend comme la queue d'un paon.

Jane s'esclaffa :

— C'est exactement cela.

Sur ce, Serge et Youenn nous invitèrent à prendre un deuxième verre, mais d'une autre bouteille. Je n'en crus pas mes yeux quand je lus l'année. C'était le 2001, considéré comme l'un des plus grands millésimes modernes d'Yquem. Jamais je n'avais eu l'occasion de le goûter et voici qu'on m'en tendait un verre.

Se penchant vers moi, Jean-François me glissa :

— Nous devrions nous féliciter de la présence du groupe Lafite. Pas sûr qu'ils auraient ouvert un 2001 juste pour nous. Sans vouloir t'offenser.

— Pas d'inquiétude. Du coup, je suis encore plus amateur de Lafite qu'avant !

Nous humâmes le vin, fîmes tourner les verres et dégustâmes. Le vin était tout simplement exceptionnel.

Je m'adressai à Jean-François, Jane, Amélie et aux deux autres dirigeants de Lafite : « Nous savons tous que cet Yquem 2001 a obtenu cent points dans le classement de Robert Parker et des autres juges. Normalement, je ne note pas les vins de ce niveau, mais, s'agissant de celui-ci, pouvez-vous trouver une raison de lui retirer ne serait-ce qu'un point ? Si vous estimez qu'il ne mérite pas la note maximale, s'il vous plaît, j'aimerais savoir pourquoi. D'où cette question : un vin peut-il être parfait ? »

Enthousiasmés de savoir que nos verres contenaient quelque chose de tout à fait exceptionnel, tous répondirent par l'affirmative. Je me souvins de la théorie de Kevin selon laquelle le vin a toujours meilleur goût dans un vignoble parce que les sens sont captivés par le lieu, les vignes et le fait de passer, très probablement, une bonne journée consacrée à la visite du domaine, et tout le reste. Je me disais qu'il avait sans doute raison. C'est pourquoi j'étais presque en pâmoison lorsque je goûtais cet Yquem 2001. Mais même aujourd'hui, avec le recul, je me souviens clairement à quel point ce vin était parfait. Son arôme, sa longueur, sa structure, sa personnalité étaient tout ce que l'on pouvait espérer d'un très grand vin. J'avais l'impression de contempler un paysage depuis le sommet du mont Everest.

La discussion se poursuivait. Au bout d'un moment, Jean-François nous prit par le coude, Jane et moi :

— Sandrine est prête à nous recevoir. Elle nous attend dans son laboratoire. Allons-y.

Mon cœur battait la chamade alors que nous prenions congé de la fête de Lafite et quittions le château. Nous arrivâmes à un long bâtiment bas qui ressemblait à une écurie. Il s'agissait en réalité d'un laboratoire de vinification ultramoderne, juste à côté de la cave à température constante où se trouvent les barriques de fermentation. Ces dernières sont renouvelées chaque année, et fabriquées dans un bois de chêne bien particulier que l'on trouve dans une forêt du centre-est de la France. Une fois encore, à Yquem, chaque détail est pris en compte pour correspondre à ce que la nature peut offrir pour chaque millésime. Rien n'est laissé au hasard.

Sandrine Garbay nous accueillit avec un sourire sympathique. Elle nous salua chaleureusement de la traditionnelle bise sur chaque joue, puis entra dans le vif du sujet :

— Ah, les mystérieux Australiens et le trésor viticole jusqu'alors inconnu de la République géorgienne ! C'est une sacrée histoire, M. Baker, d'après ce que j'ai compris.

— Oh, oui, c'est une sacrée histoire, reconnus-je. J'ai même l'impression qu'elle n'est pas terminée.

— Permettez, un instant, dit-elle en décrochant un téléphone.

Elle échangea quelques phrases avec son interlocuteur, puis replaça le combiné.

— Pierre Lurton, notre président, est aussi très intéressé de voir ce vin.

Jean-François et moi échangeâmes un regard.

— Je pense qu'il va certainement le surprendre, dis-je.

En attendant son arrivée, je fis le tour du laboratoire de Sandrine. Des boiseries couvraient tous les murs. Une grande table en marbre constituait son lieu de travail. La pièce paraissait très soignée, très ordonnée, d'une impeccable propreté.

Très affairé, Pierre Lurton entra dans le laboratoire, nous serra la main, puis échangea quelques civilités avec Jean-François, qu'il connaissait visiblement très bien. Sandrine l'avait manifestement informé de la raison de notre présence. En se frottant les mains, il lança :

— Un millésime 1870 dont on avait perdu la trace ? Allons donc voir cette fameuse bouteille.

Je fouillai dans mon sac de voyage et j'en sortis avec précaution le double sac en plastique contenant les restes de la bouteille originale. Je le posai sur le marbre de Sandrine, puis fouillai dans mon sac pour en sortir les deux bouteilles de Perrier.

Ce n'est qu'à ce moment-là que j'osai regarder leurs visages. Celui de Sandrine oscillait entre l'étonnement et l'hilarité, tandis que Lurton affichait un visage parfaitement impassible.

— De quoi s'agit-il, s'il vous plaît, M. Baker?

Il n'y avait pas d'autre solution. Je leur racontai tout ce qui s'était passé, en commençant par expliquer brièvement comment nous avions découvert la cave à Tbilissi, comment nous l'avions visitée, comment nous avions sorti du vin pour l'authentification. De nouveau, je me sentis mal lorsqu'il fallut raconter l'épisode parisien et expliquer pourquoi la précieuse bouteille s'étalait en morceaux sur leur table. Je m'attendais à ce que Pierre Lurton quitte la pièce en trombe et que Sandrine nous bannisse à jamais de son laboratoire. Au lieu de cela, ses yeux s'illuminaient au fur et à mesure que j'avançais dans l'histoire. Elle se mit à rire aux éclats lorsque j'arrivai au dernier chapitre, lorsque nous courions désespérément pour acheter le Perrier.

Lorsque j'eus terminé, Lurton inclina la tête très lentement, jeta à Sandrine un regard étonné, puis, se tournant vers nous, dit très sérieusement :

— Il n'y a que vous, les Australiens, pour faire une chose pareille !

Je ne sais toujours pas s'il faisait référence à la bouteille cassée ou à toute cette folle aventure géorgienne. Je penche pour la première hypothèse. Heureusement, il avait aussi trouvé l'histoire amusante et même assez fascinante.

— Combien d'autres Yquem - peut-être même intacts - pensez-vous qu'il puisse y avoir dans cette cave, à supposer qu'elle existe ? me demanda Pierre Lurton. On lisait dans ses yeux à la fois l'amusement et l'intérêt des affaires.

— Nous pensons qu'il y en a deux cent dix-sept, moins les deux que nous avons emportées - cette malheureuse bouteille et une autre qui n'est plus en notre possession.

— Plus de deux cents Yquem ? De cent ans ou plus ?

— Pour la plupart, dis-je. Il semble que Joseph Staline, ou quelqu'un parmi ses proches, était également un grand amateur du château, car certaines bouteilles datent d'après la Révolution et la disparition du tsar. Mais la plupart datent des années 1800.

— Sandrine, dit-il. Que pensez-vous de cette bouteille?

Sandrine ouvrit aussitôt la porte et appela quelqu'un dans la pièce voisine. Un homme de grande stature et d'âge moyen fit son apparition. Il se présenta comme étant Henri, son laborantin. Après un bref entretien avec Sandrine, il enfila, comme elle, de fins gants en caoutchouc, du type de ceux utilisés par les médecins légistes. Ensuite, il ouvrit le sac en plastique et en retira soigneusement la vieille bouteille endommagée. Après l'avoir examinée, il la posa sur la table pour que Sandrine puisse également l'inspecter.

À l'exception du fond, la bouteille était pratiquement intacte. La cheffe de cave la souleva délicatement pour juger de son allure, avant de porter son attention sur le goulot, dont le bouchon et la capsule étaient également intacts.

— Je vois clairement le cachet d'Yquem sur le bouchon. Il semble correct. La capsule me paraît également authentique, comme l'une des nôtres à l'époque.

Elle leva les yeux vers nous:

— J'ai déjà eu l'occasion d'examiner des Yquem de cet âge. Nous avons plusieurs bouteilles comparables dans la vinothèque du château et tous ces éléments correspondent parfaitement.

Avec précaution, Sandrine enleva la capsule, en prenant soin de conserver intact le logo d'Yquem pour l'examiner de près.

— *Oui**, dit-elle, presque pour elle-même, en hochant la tête.

Puis, se tournant vers son assistant:

— *Henri, pouvez-vous, s'il vous plaît, retirer le bouchon?**

Henri acquiesça et sortit un tire-bouchon. Il prit délicatement la bouteille et commença à visser dans le bouchon pour l'extirper du goulot. Jane tressaillit à côté de moi et posa sa main sur mon bras:

— John…

J'étais fasciné de voir le bouchon glisser tout doucement. Kevin et moi allions enfin découvrir l'année exacte de cette mystérieuse bouteille de 1870 et quelques.

Tandis que nous étions tous concentrés sur l'opération en cours, Henri rencontra une résistance qui l'obligea à forcer un peu pour faire avancer le bouchon. Ce dernier, vieux de cent trente ans, paraissait en bon état et l'assistant exerçait la pression nécessaire. C'est alors que Sandrine, qui fixait le goulot de la bouteille, laissa échapper un cri de dépit. Le vieux bouchon venait de se briser sous les assauts du tire-bouchon.

— Ah *merde**, avec ces vieux vins!

C'est tout ce que dit que Sandrine. Elle désigna le tire-bouchon d'Henri, sur lequel était empalé un gros morceau de liège.

— Ce n'est pas ta faute, Henri, dit-elle à son assistant, réellement horrifié par ce qui venait de se produire.

Sans trop d'espoir, la cheffe de cave entreprit de repêcher le morceau de liège restant. Bien sûr, la cassure se trouvait exactement à l'emplacement du quatrième chiffre. Je n'arrivais pas à y croire. Nous venions probablement d'assister à la destruction de la dernière pièce à conviction permettant de déterminer l'année exacte.

Nous avons retenté l'opération à deux reprises, blottis les uns contre les autres pour examiner le bouchon de plus près. La plus grande partie était intacte. On pouvait lire «187», les trois premiers chiffres, mais une fois la dernière pièce ajoutée pour compléter le puzzle de la date, du fait de la cassure, de la vétusté du bouchon et de l'effacement des chiffres après toutes ces années, il était impossible de lire le dernier chiffre.

Un silence inconfortable s'installa dans la pièce.

— Je suis désolée. C'est malheureux, dit Sandrine. Voyons comment se présente le vin.

Elle ouvrit une des bouteilles de Perrier et versa un peu de vin dans un verre.

— Il a donc été exposé à l'air libre il y a une semaine?

— Non, il y a en fait seulement cinq jours, répondis-je. Pendant une dizaine de minutes. Le temps que je le verse dans ces bouteilles, et je les ai laissées déborder un peu avant de visser les bouchons, pour évacuer l'air.

Nous goûtâmes tous le vin. Il était toujours aussi étonnant, comme cinq jours plus tôt lorsque Jane et moi l'avions dégusté dans notre état d'hébétude, juste après la casse. Mais il présentait à présent un léger goût d'oxydation.

S'exprimant entre eux dans un français rapide, Henri, Sandrine et Pierre Lurton entreprirent de comparer leurs notes, humant et testant le vin à plusieurs reprises. Sandrine fronçait les sourcils, inclinant la tête, s'y reprenant à deux fois. Après avoir donné son avis, Henri nous laissa et retourna dans l'autre pièce.

— Comment trouvez-vous le vin par rapport à la semaine dernière ? demanda Sandrine.

— C'est différent, répondis-je. Même au-delà de la légère oxydation. Le vin est plus lourd, presque caramélisé. La semaine dernière, l'acidité du vin paraissait plus fraîche, un peu plus vive.

Sandrine et Pierre Lurton reprirent une gorgée.

Je restai figé, retenant ma respiration, pendant que Sandrine portait une nouvelle fois le verre à ses lèvres. Elle fronça les sourcils, réfléchit un instant, puis acquiesça.

— Je crois qu'il s'agit bien d'un Yquem.

Je respirai. Tout était vrai.

— Au palais, on retrouve tout l'éventail qu'un Yquem de cet âge devrait présenter, même s'il a été exposé à l'air récemment, poursuivit-elle. Ajoutez à cela le bouchon, les caractères de la bouteille, la capsule. Tout est correct et comme il se doit. Je crois que c'est un authentique Yquem des années 1870.

— Cela signifie beaucoup pour moi, dis-je. Pas seulement parce que vous venez de confirmer le plan d'organisation de la vente. Je vous remercie surtout d'avoir pris le temps de tester ce vin et de m'avoir donné votre avis d'experte.

— Tout le plaisir est pour moi, répondit Sandrine. J'ai trouvé tout cela assez amusant.

— En fait, John, si cela peut vous rassurer, c'est une chance que vous ayez cassé la bouteille, dit le président d'Yquem, en souriant.

— Comment ça? demandai-je, sincèrement surpris.

— Nous avons pour politique, ici à Yquem, de ne pas ouvrir une bouteille antérieure à 1945. Si quelqu'un nous en apporte une pour l'authentifier, nous l'examinons, vérifions le bouchon, la capsule, mais nous ne l'ouvrons pas. En l'occurrence, la seule façon pour vous d'obtenir une authentification véritable et sans ambiguïté de la part de Sandrine était qu'elle puisse tester le contenu. Et *voilà**, votre bouteille cassée lui en a donné l'occasion.

Je ris de soulagement, heureux que le vin ait reçu la validation espérée.

— Tu vois, Jane, nous sommes des génies, dis-je, un peu honteux, malgré tout.

Avant que Pierre Lurton ne parte, il m'interrogea sur les moindres détails de la cave géorgienne. À présent qu'il savait le vin authentique, notre découverte semblait l'intéresser davantage.

J'expliquai les problèmes de douane, toujours non résolus, et le statut d'artefact historique qui faisait qu'il ne s'agissait pas d'une simple bouteille à vendre. L'idée était venue de Jean-François : conclure simplement un marché pour acheter les Yquem et les autres vins français de valeur. « Laisse les vins géorgiens et la collection personnelle de Staline, avait-il suggéré. Fais en sorte d'exporter les classiques français dont les douanes ou les autres autorités géorgiennes ne se soucient peut-être pas tant que ça. Ils ne sont pas géorgiens. Ils ont appartenu au tsar russe. Alors, quel intérêt les autorités géorgiennes porteraient-elles à ces vins particuliers ? »

C'était une idée intéressante qui ne m'avait jamais effleuré.

Pierre Lurton poursuivit :

— John, si vous voulez faire venir ces bouteilles d'Yquem à Paris, nous y enverrons quelqu'un pour les inspecter. En cas d'avis positif, nous procéderons à leur authentification – et il semble que cela ne posera pas de problème, à en juger par celle que vous nous avez apportée aujourd'hui. Vous pourriez alors vous présenter à votre salle des ventes avec le soutien total du château.

— Ce serait formidable, dis-je. Je ne vous remercierai jamais assez. Je serais ravi de coopérer avec vous pour ramener ces vins exceptionnels à la lumière. Serait-il possible, Sandrine, que vous me signiez une lettre ou un document attestant le caractère véritable de la bouteille d'aujourd'hui ? Ce serait un précieux atout pour mes rendez-vous avec Christie's ou Sotheby's.

Elle fronça les sourcils.

— John, je suis désolée, mais je ne pense pas que ce soit possible. Il m'aurait fallu ce quatrième chiffre sur le bouchon, pour déterminer l'année exacte. Sans millésime, nous ne pouvons vraiment pas signer un certificat officiel. Je suis vraiment désolée. J'aurais aimé vous aider.

Je supposai que c'était assez juste. Elle avait authentifié un vin appartenant à une décennie particulière, ce qui signifie un écart de dix ans, à partir d'une bouteille en morceaux et d'un liquide qui avait été versé dans un récipient d'eau minérale. Ce n'est pas la même chose qu'une bouteille testée scientifiquement d'un millésime spécifique. Même si, pris séparément, tous les éléments semblaient bien authentiques.

Nous nous saluâmes, échangeâmes des remerciements sincères et nous retournâmes à la voiture. J'avais emporté la bouteille cassée et le vin restant, transvasé cette fois dans une demi-bouteille d'Yquem non étiquetée et fermée par un bouchon.

— Quel après-midi incroyable ! dis-je, alors que Jean-François s'engageait dans l'allée de galets pour quitter le château. C'est tout ce que j'aurais pu espérer.

— Il n'y a qu'une chose que je ne comprends pas, dit Jane.

— Laquelle ?

— Pourquoi l'assistant de Sandrine a-t-il tenu à utiliser un tire-bouchon ? La bouteille était cassée. Pourquoi Henri n'a-t-il pas poussé le bouchon à l'intérieur avec une tige, un goujon ou autre ? Il aurait pu faire sortir le bouchon sans l'endommager.

Ses mots me soufflèrent complètement.

— Mais, bien sûr, tu as raison. Il n'y avait nul besoin d'un tire-bouchon. Pourquoi cela ne m'a-t-il pas traversé l'esprit ? Tu aurais dû intervenir.

— J'ai voulu attirer ton attention. Mais je me sentais un peu mal à l'aise à l'idée d'expliquer à des experts comme lui ou Sandrine comment faire leur travail.

— Il a dû utiliser de nombreuses fois cette technique, dit Jean-François. Il est clair, d'après ce qu'on a vu, que c'est comme cela qu'ils procèdent habituellement. John, toi et cette bouteille n'avez pas eu de chance.

— D'une certaine façon, si, Jean-François. Cette épreuve malheureuse a confirmé que c'était un vrai Yquem. C'était la principale question, depuis des années, concernant toute cette opération. Je n'en reviens pas de connaître enfin la réponse. Attends que je le dise à Kevin.

— Et que tu lui racontes aussi que nous avons cassé sa bouteille, ajouta Jane.

— Hmm... En fait, maintenant que j'y pense, on n'est pas obligés de l'appeler tout de suite. Ça peut attendre.

30

CE VIEUX CHÂTAIGNIER

Sydney, Australie
Septembre 2003

Kevin se montra remarquablement flegmatique à propos de la bouteille. Du pur Kevin. Bien sûr, la conversation porta entièrement sur le sujet de l'Yquem en morceaux.

Nous nous trouvions dans un café près de chez lui, devant nos cafés du matin, profitant du soleil de printemps. J'avais bien compris qu'il n'allait pas me lâcher aussi vite.

— Ce n'est pas comme si la bouteille avait eu de la valeur, ironisa-t-il en me regardant droit dans les yeux. Ce n'est pas comme s'il s'agissait de la bouteille la plus précieuse que j'aie jamais eue dans ma collection, un exemplaire que je ne posséderai probablement plus jamais.

— Je sens une pointe de sarcasme, dis-je. Que je mérite probablement. Mais je t'ai rapporté une excellente eau minérale Perrier.

— Oui, d'une teinte étrange.

— Sans doute, admis-je. Mais comme souvenir, c'est mieux qu'un dôme de neige.

Une fois qu'il eut épuisé toutes les façons de m'adresser gentiment des reproches pour la débâcle de la bouteille, nous examinâmes où nous en étions.

— Tu connais ce vieux dicton ? Toute guerre fait des victimes. Je suppose que c'est le cas pour nous, avec la bouteille. Nous avons perdu un soldat, mais nous avons avancé dans la bataille. C'est un tour du destin assez étonnant que Pierre Lurton ait dit qu'ils n'auraient pas pu la goûter si tu ne l'avais pas cassée. Et que, sans cet accident, nous n'aurions pas pu être certains de son authenticité. Mais les tests de validation ont été faits, et nous savons ce que nous voulions savoir, ce qui est formidable. Nous avons maintenant non seulement la certitude que l'Yquem était authentique, mais aussi que tous les autres vins de cette cave le sont probablement aussi. Il nous a fallu des années pour arriver à ce résultat. C'est une information d'une importance colossale. À présent, nous pouvons tenter de réaliser notre projet.

Il avait raison. Aujourd'hui encore, je frémis lorsque je revois cette bouteille se briser sur le trottoir parisien. Combien aurait-elle valu, intacte et authentifiée ? Probablement au moins vingt mille dollars australiens. En cas de vente, cela aurait fait, pour Kevin et moi, dix mille dollars australiens chacun. À bien y réfléchir, elle vaudrait probablement plus que ça. Reste à savoir si nous l'aurions vendue. C'était une pièce tellement importante du puzzle. Malgré mes convictions quelque peu dédaigneuses jugeant que les objets ne sont que des objets et qu'une bouteille de vin rare ou chère n'est rien de plus que cela, j'étais en fait très attaché à notre mystérieuse relique sans date. Il y a donc de fortes chances qu'aujourd'hui elle serait encore dans une de nos caves, à prendre la poussière.

Quant à l'idée de Jean-François d'envisager de modifier l'accord global avec George pour ne viser que l'Yquem, Kevin en était partisan sans réserve.

— Nous parlions d'un million de dollars US pour toute la cave.

— Ou deux millions. C'était le chiffre la dernière fois que George et moi en avons parlé. Je t'ai expliqué que c'est ce qu'il veut, dis-je.

— Oui, très étrange. Jusqu'ici, sur le plan financier, il avait toujours été correct. Mais quand même, si nous maintenons notre prix initial d'un million, nous pourrions proposer la moitié de ce prix pour les seuls Yquem et autres classiques français. Et le prix obtenu à la vente serait probablement presque le même que pour toute la cave.

J'y réfléchis.

— Cela suffirait-il à résoudre les éventuelles difficultés de douane et de patrimoine historique, qui nous empoisonnent depuis le début?

— Aucune idée, dit Kevin, dans un haussement d'épaules. C'est une question à poser à notre homme.

Tard dans la nuit, mon téléphone sonna, c'était George.

— John. Il est temps pour nous de coucher sur papier tout cela.

— Que voulez-vous dire, George?

— Nous sommes inquiets. Nous attendons depuis longtemps que vous nous fassiez une offre, de voir réellement l'argent. Il est temps pour vous de nous payer si vous voulez les bouteilles.

— George, ça vient d'où, cela? demandai-je. Vous savez exactement où en sont les choses. J'ai besoin de vos documents pour les questions de douane et il me faut un accord signé m'autorisant à discuter avec les responsables des comptes...

— John, cela fait des années que nous en parlons, me répondit-il. Nous vous avons dit de ne pas vous inquiéter. Nous, nous voulons nous assurer que vous disposez réellement de la somme promise. Être sûrs que vous voulez vraiment acheter ces vins.

— George, je ne vais pas transférer un demi-million de dollars sur une simple promesse. Vous le savez très bien.

— Écoutez, John. À ce stade, ça devient difficile pour moi. Il y a des attentes et vous devez remplir votre part du contrat.

— Ça ne vous ressemble pas du tout, George. Vous m'inquiétez. Pouvez-vous m'envoyer les documents que j'ai demandés? Je vais essayer de finaliser les accords juridiques. Moi aussi, j'aimerais que l'affaire se conclue le plus tôt possible.

— Il faut que ça se passe bientôt, John. À très bientôt.

Sur cet au revoir, il raccrocha. Je restai là, dans l'obscurité de mon salon, tenant le téléphone et me demandant ce que tout cela signifiait. Je n'avais même pas eu l'occasion de lui soumettre ma nouvelle idée.

Depuis mon déjeuner avec Terry Bourke, l'homme en noir, et les rencontres qui avaient suivi avec Wolfgang Babeck, l'avocat qui avait participé à la rédaction de la Constitution géorgienne, j'avais certes dépensé de l'argent, mais j'avais aussi progressé. En particulier sur la sempiternelle question de savoir s'il était possible d'exporter les vins à Londres – ou peut-être maintenant à Paris pour les Yquem -- sans être arrêté par les autorités géorgiennes.

Armé des confirmations reçues à Bordeaux, je retrouvai Wolfgang dans son bureau cossu de Clarence Street et évaluai nos chances.

— D'un côté, à Tbilissi, nous avons toujours George qui fait fi de la question et assure qu'il « s'en occupera », résumai-je. Sans que nous ayons plus de visibilité sur la façon dont il « s'en occupera » que lors de notre visite, qui remonte maintenant à plusieurs années.

Wolfgang hocha la tête.

— Et je me sens obligé de signaler que la Géorgie est signataire de la loi de La Haye sur le patrimoine mondial. Vous vous exposeriez à des poursuites judiciaires si l'on découvrait que vous êtes en possession d'antiquités géorgiennes ayant une valeur culturelle.

— Même si nous les avons achetées légalement ? Si nous avons des papiers et des documents officiels prouvant que George et ses amis nous les ont vendus de bonne foi ? Ou mieux encore, des documents attestant que George en est resté propriétaire et que nous n'agissons qu'en tant qu'agent, et seulement pour les classiques français, pas pour les vins géorgiens ou les vins privés de Staline ?

Je me surpris à admirer le bouton de manchette de Wolfgang, brillant sur sa chemise impeccablement repassée, tandis que la manche de son costume remontait à mi-bras lorsqu'il prenait sa tasse pour siroter son café. Soudain, je me rendis compte que ce bouton de manchette était frappé d'une version dorée du drapeau géorgien.

Il poursuivit :

— Nous avons tous les deux suffisamment d'expérience pour comprendre que si vous vous retrouviez à La Haye pour piratage culturel, en brandissant un papier de Giorgi, en fuite avec un demi-million ou un million de dollars US, il y a de fortes chances qu'on ne puisse pas faire confiance au même Giorgi pour se présenter au tribunal et corroborer fidèlement votre histoire.

Je ne pouvais plus tenir en place. Je me mis à faire les cent pas dans la pièce. Cette même vieille question toujours sans solution.

— Il y a une chose que je pourrais faire, suggérai-je. Je pourrais retourner en Géorgie et discuter face à face avec George et ses partenaires. Il est peut-être temps de s'asseoir et d'essayer de conclure l'affaire. Qu'en pensez-vous ?

Par sa façon de bouger sur son siège, Wolfgang trahissait son malaise.

— Je peux comprendre la logique, mais je ne suis pas rassuré.

— Pourquoi ?

— La Géorgie a changé depuis le moment où vous y êtes allé, John. Je ne dis pas que c'est à eux que vous avez affaire, mais vous pourriez découvrir que des personnages qui étaient de simples cow-boys plus ou moins inoffensifs il y a quelques années sont maintenant passés à la vitesse supérieure pour opérer dans des domaines nettement plus dangereux.

— Vous parlez des oligarques ?

— Il y en a certainement quelques-uns qui tirent les ficelles à Tbilissi, oui, dit-il. Mais même certains des acteurs mineurs, ceux qui, après la formation de la République, se sont fait les dents sur l'exploitation minière ou, disons, le vin, ont pu passer à la fraude gouvernementale à grande échelle, au financement de l'armée pour les rebelles tchétchènes, à la drogue, etc.

Je réfléchis à ce que Wolfgang venait de dire.

— Savez-vous si George a été mouillé dans l'une de ces activités?

Le visage de Wolfgang était déterminé, mais amical.

— Pas spécifiquement, non. Mais il évolue dans des cercles où il serait surprenant qu'il ait réussi à rester complètement à l'écart de tels individus. C'est tout ce que je peux dire.

31

JUSQU'OÙ INSISTER ?

Au cours des cinq jours suivants, j'appelai le numéro de George à plusieurs reprises. À chaque fois, la tonalité résonna dans le vide. Pas même un répondeur.

Après notre étrange coup de fil de fin de soirée, je lui avais envoyé un courriel, confirmant l'authentification par le Château d'Yquem et expliquant à nouveau l'urgence de passer à la prochaine étape, c'est-à-dire la très attendue lettre de confirmation à présenter à une maison de vente aux enchères. Je n'avais pas évoqué l'idée de se limiter aux Yquem, car je voulais en parler avec lui pour tester sa réaction.

Mais le silence fut la seule réponse.

Je me résolus finalement à envoyer un nouvel e-mail, expliquant où j'en étais et ce qui était nécessaire pour conclure notre affaire.

« *George,* ai-je écrit, *je comprends que vous ressentiez une certaine pression de votre côté, mais il en va de même pour nous. Kevin, vous et moi avons toujours correspondu en toute bonne foi et avec respect.* »

Une fois de plus, j'exposai tout, pour ce qui semblait être la centième fois : la nécessité d'une certitude concernant les douanes, le besoin de paperasse concernant l'accord, et notre position en tant qu'agents. Je pouvais presque écrire les documents légaux les yeux fermés.

Mais à présent, je sentais qu'il était nécessaire d'énoncer clairement les questions, une fois de plus.

« *Avez-vous légalement le droit de vendre le vin, George ?* », demandai-je.

Comme les fois précédentes, silence, on dort.

Je terminai le courriel par :

« *En résumé, George, je suis tout à fait d'accord avec ce que vous avez dit, l'autre soir. Qu'il est temps pour nous de conclure l'affaire. Mais pour trouver les sommes nécessaires à l'achat de votre formidable cave, il faut que vous nous ouvriez la voie : faire en sorte de lever tout obstacle juridique, gouvernemental ou concernant la livraison.* »

J'envoyai l'e-mail. Pas de réponse.

Je tentai d'appeler encore plusieurs fois. Aucun résultat.

Je ne savais pas trop ce que je pouvais faire d'autre.

Je me remis donc remis travail. Mon magasin d'Epping marchait bien et mon activité d'importation de Bordeaux commençait vraiment à prendre de l'ampleur. Pour cette dernière, j'avais créé un site Web de vente au détail. On m'avait prévenu que cela représenterait beaucoup de travail : pour qu'une boutique en ligne fonctionne correctement, il faut l'aborder comme s'il s'agissait d'une deuxième entreprise bien distincte. J'avais ri de cet avertissement, le trouvant excessif, jusqu'à ce que je commence le projet. C'est à ce moment que je compris qu'il était parfaitement exact.

Néanmoins, la vente par le site web fonctionnait bien. Alors, comme d'habitude, je pris un certain plaisir à m'y plonger et à découvrir les méthodes de vente sur Internet et comment se débrouiller dans ce nouvel environnement. Heureusement, nous étions encore à quelques années de l'arrivée des médias sociaux, qui allaient tout envahir. Je ne suis pas sûr que j'aurais pu y faire face aussi bien dans ce nouveau contexte.

Je décidai qu'il était temps d'organiser une autre soirée de dégustation pour mes clients les plus fidèles, les plus enthousiastes. Comme j'avais de bonnes histoires à raconter, je choisis un Château Margaux 1985 comme le point fort des huit vins proposés.

Kevin revenait tout juste d'un voyage en Chine, où son entreprise de fabrication de montres commençait à décoller. Il vint donc nous aider à préparer l'atelier, à installer les tables de dégustation, les fromages et autres amuse-gueule. Sans oublier son rôle traditionnel de videur pour tous ceux qui essayaient de sauter la file pour se diriger tout droit vers la table d'honneur et le Margaux. J'appréciais que, des années après avoir travaillé pour moi comme conseiller technique, il se porte toujours volontaire pour ce rôle, avec plaisir et sans se poser de questions. Sans le dire, il aimait, j'en suis certain, jouer au coriace bien élevé.

Nous organisâmes l'événement un jeudi soir, à partir de 19 heures, environ un mois après mon dernier contact avec George. J'avais limité le nombre de participants à cinquante personnes, avec un droit d'entrée de cinquante dollars. Pour ces événements, nous fermions le magasin et je n'avais qu'à ouvrir trois bouteilles de chaque vin. En effet, dans le cas d'une dégustation dirigée, nous pouvions tirer seize verres d'une bouteille. Certaines personnes ne goûtèrent pas tous les vins, tandis que les plus fervents dégustateurs restèrent pour finir ce qui restait.

La soirée s'était plutôt bien déroulée, avec des clients satisfaits et, pour certains, enthousiastes et quelques bonnes ventes. Vers la fin de la soirée, la porte s'ouvrit. Un homme se profila dans l'embrasure de la porte, observant la salle. Il me semblait familier, mais je ne pouvais pas le situer immédiatement. Il n'était certainement pas l'un de mes clients habituels, qui étaient les seuls invités à cet événement. Je le remarquai donc dès son arrivée.

Il avait des cheveux bruns coupés de près et une barbe roussie. Il portait un jean en denim foncé et une veste en cuir sur un polo. Une chaîne en or autour du cou. Un air un peu inquiétant, mais tranquille.

C'est alors que je reconnus celui que je regardais.

Aussitôt, je voulus attirer l'attention de Kevin, mais je pense que nous avons tous les deux vu qui c'était exactement au même moment. Peut-être étaient-ce les quelques années de plus et le fait qu'il avait grossi qui nous avaient troublés. À moins que ce ne soit l'absence de pistolet à la ceinture. Ou seulement qu'il était tellement hors contexte.

Je quittai les clients avec lesquels je m'entretenais et me dirigeai vers la porte, où il m'accueillit avec un sourire subtil.

— Bonjour, M. John. Surprise!

— Bonjour, Pyotr. Vous êtes loin de chez vous.

Le sourire se fit plus large.

— Cela me plaît de visiter Sydney. De toute façon, la Géorgie n'est pas très amusante en ce moment, l'hiver approche. J'aime visiter votre pays et aussi voir vos affaires.

— Comment nous avez-vous trouvés? Nous étions à Double Bay quand nous sommes venus vous voir à Tbilissi, et ce magasin-ci n'existait pas encore.

— Oui, mais vous m'avez donné votre carte de visite le jour de votre départ, vous vous souvenez? J'ai appelé à l'adresse indiquée sur cette carte et ils m'ont envoyé ici.

Mes sens s'affolaient, mais je faisais de mon mieux pour paraître calme et heureux de le revoir.

— Eh bien, vous avez parfaitement choisi votre moment, dis-je. Nous avons dégusté de très bons vins ce soir et vous êtes le bienvenu car il en reste d'excellents, j'en suis sûr.

Kevin avait rangé son poste, plaçant le Margaux restant sous la table pour les prolongations. Il s'approcha et serra la main de Pyotr.

— Gamarjoba, Pyotr, dit Kevin.

— Victoire! répondit Pyotr.

— Ça fait un bail, sourit Kevin.

— Bonsoir, M. Kevin. Vous avez l'air en forme et en bonne santé.

— Ça dépend des jours.

J'intervins:

— Pyotr, laissez-moi terminer avec mes clients encore quelques minutes. Ensuite, nous pourrons prendre un verre tranquillement ensemble. Ça vous convient?

— Bien sûr, John. J'aime bien observer autour de moi.

Pendant le moment qui suivit, je continuai à travailler dans la salle, à discuter avec mes clients habituels et à vendre quelques vins de Bordeaux à des prix raisonnables. Pendant tout ce temps, je gardais un œil sur Pyotr, qui semblait se plaire, se promenant parmi les tables en compagnie de Kevin, dégustant quelques vins, et tentant même de temps en temps de nouer la conversation avec les habitants de Sydney North Shore.

Finalement, après le départ des derniers clients, les deux employés qui m'assistaient ce soir-là se chargèrent de nettoyer et de remettre le magasin en place pour qu'il retrouve son allure habituelle. Discrètement, je leur dis que Kevin et moi devions nous occuper d'une affaire imprévue et je les laissai faire. Le personnel regardait avec une curiosité non dissimulée cet étranger qui avait immédiatement attiré l'attention de la salle, simplement par sa présence. Je me souvins que la sécurité de l'hôtel de Tbilissi se mettait en alerte chaque fois que Pyotr entrait dans le hall. Il avait toujours cet effet sur les gens.

À ce moment-là, Pyotr se trouvait avec Kevin à la table des Margaux. Les bouteilles étaient réapparues comme par magie, comme seul Kevin peut le faire. Je m'approchai :

— Bon, c'est en ordre. Kevin, pourquoi ne pas prendre un verre au calme avec notre ami ici présent ?

J'ouvris le chemin vers mon bureau, en prenant le Margaux ouvert avec nous. Je nous servis un verre tandis que Pyotr observait mes livres, les bouteilles ainsi que les œuvres d'art accrochées aux murs. Il enleva sa luxueuse veste en cuir et la plaça sur le dossier d'une chaise. Il saisit un verre, le leva vers nous et nous gratifia de son demi-sourire.

— Oh, voilà un très bon vin, M. John. Je vous remercie. Je suppose que vous ne vous attendiez pas à me voir ce soir.

— On peut dire ça comme ça, répondis-je. Je dois reconnaître qu'il m'a fallu une seconde pour comprendre que c'était vous qui franchissiez la porte.

— Comprendre ? Quel processus y a-t-il à comprendre ?

Il avait l'air confus.

— Non, pour réaliser que c'était vous, dis-je.

— Oh, oui, d'accord.

— Alors. Pourquoi êtes-vous à Sydney, Pyotr ? demanda Kevin.

Notre visiteur fit un mouvement d'épaules.

— Ces dernières années, nous, les Géorgiens, nous sommes mis à parcourir le monde, au lieu de toujours rester à Tbilissi. Nous aimons nous déplacer et découvrir de nouvelles cultures, les nouveaux modes de vie occidentaux.

— Donc, vous êtes en vacances ? demandai-je.

— D'une certaine manière. Et pour des réunions.

Des réunions comme celle-ci, pensai-je. Ce n'était pas une visite de passage.

Kevin affichait un visage qui semblait complètement détendu, mais je savais que les calculs et chaque commentaire tournaient à plein régime dans son esprit.

— Pyotr, cela fait un certain temps que je tente de joindre Giorgi par téléphone ou par e-mail, dis-je. Que se passe-t-il avec lui ?

— Les choses vont vite en Géorgie, John, répondit-il. Il vaudrait peut-être mieux que vous n'essayiez plus de contacter George.

— Que voulez-vous dire ? Il n'est plus en charge de la Savane Numéro Un, ni de cette affaire que nous essayons de finaliser ?

— Il n'y a pas d'accord, John, dit Pyotr sans ambages. Pas non plus de vente de vin.

Il sirotait son Margaux 85 et me regardait fixement.

— Pyotr, je ne crois pas avoir bien compris. Kevin et moi avons travaillé sur ce projet par intermittence, depuis plusieurs années maintenant. George a toujours indiqué qu'il était disposé à nous vendre le vin. Qu'est-ce qui a changé ?

— Beaucoup de choses ont changé, John. C'est bien ce que je dis.

Kevin se pencha vers lui :

— Est-ce que George va bien, Pyotr ?

Pyotr mit un temps à répondre. Puis, dans un haussement d'épaules :

— Oui, je crois.

— Mais il ne fait plus partie de l'exploitation viticole, dit Kevin.

— En ce qui vous concerne, John et vous, vous ne devez plus lui parler.

— Alors à qui devons-nous parler, Pyotr ? demandai-je. Qui est le responsable maintenant ?

Pyotr me lança un regard impassible, qui me donna des frissons.

— C'est ce que je dis, John. Vous entendez, mais n'écoutez pas. Il n'y a plus personne à qui parler. Il n'y a pas de discussion.

J'insistai.

— Dans le dernier e-mail que j'ai envoyé à George, il y a presque une semaine, je lui ai suggéré que je vienne à Tbilissi pour finaliser la vente des bouteilles en face à face, avec George et tous les partenaires qu'il souhaitait mettre autour de la table.

Pyotr poussa un soupir et but une gorgée de vin.

— John, ce ne serait pas une bonne idée.

— Est-ce que le vin est toujours là, Pyotr ? demanda Kevin.

Pyotr le considéra avec étonnement.

— Oui, bien sûr. Il y a beaucoup, beaucoup de bouteilles. Où pourraient-elles aller ?

— Eh bien, c'est ce dont nous aimerions discuter, dit Kevin. Elles pourraient aller en Europe et vous rapporter, et nous rapporter, beaucoup d'argent.

— C'est vrai, Pyotr, ajoutai-je. Vous savez que nous avons de bonnes relations en Europe. Nous avons même rendu visite aux vignerons du Château d'Yquem – vous vous souvenez de tous ces Yquem dans la cave ? Et ils sont prêts à examiner toutes leurs bouteilles pour vérifier si elles sont authentiques. Il ne nous reste plus qu'à les emmener à Paris. Munis de l'audit que Kevin et moi avons réalisé, et avec votre aide, nous sommes prêts pour exporter la cave et la mettre aux enchères.

— John, je suis vraiment désolé, mais ça n'arrivera pas. Les gens pour qui je travaille, et il ne s'agit plus de George, vous font passer le message qu'il est temps pour vous de sortir de cette affaire.

Kevin et moi comprîmes.

— Mais nous sommes si proches, dis-je. Si proches de l'accord...

— Non, vous ne l'êtes pas, dit-il sans détour.

— Et si je prenais l'avion avec vous, pour Tbilissi, pour essayer de discuter avec vos gens, M. Tamaz ou qui que ce soit...? demandai-je.

Pyotr me regarda pendant un long moment puis lentement écarta les mains.

— John, je vous en prie, écoutez-moi attentivement. Nous sommes arrivés au point où vous devez vous demander ce que vous êtes prêt à payer pour espérer revoir ces bouteilles.

Nous nous regardâmes pendant un long moment, jusqu'à ce qu'il dise:

— Pour être clair, je ne parle pas de la monnaie américaine.

Il y eut un silence. Finalement, je hochai la tête:

— OK, Pyotr. Je vois.

— Puis-je savoir pour qui vous travaillez, Pyotr? demanda Kevin. Qui a décidé que nous ne faisions plus partie du tableau?

— Il vaut peut-être mieux que vous l'ignoriez. Tout le monde n'est pas aussi gentil que moi, George ou Nino. Il y a des gens maintenant, en Russie, en Géorgie, dans le monde, dont il est dangereux de prononcer le nom. Ce que je fais ici, c'est vous protéger. Je veux seulement que vous compreniez ce qui peut arriver si vous revenez.

— S'agit-il d'une menace, Pyotr? demanda Kevin.

Je repris mon souffle, étonné de la question. Kevin, toujours maître dans l'art d'aller droit au but.

Mais le Tchétchène se contenta d'esquisser un sourire, accompagné d'un gloussement inattendu.

— Non, Kevin, non. Je vous apprécie. Je suis ravi d'être ici, de boire votre bon vin, de vous aider à rester en sécurité.

— Mais, m'aventurai-je, si on se pointait à Tbilissi, avec un gros chèque, pour proposer d'acheter tout le vieux vin...

— La fin serait sans doute différente, dit-il.

L'hilarité avait disparu.

— Waouh, dis-je. D'accord, Pyotr. On a compris. Mais... Ouah.

On avait tous les trois le nez dans nos verres. L'atmosphère était lourde.

Je finis par briser le silence :

— Pyotr, cela n'a rien à voir avec le fait de vouloir un accord ou de trouver un moyen d'avancer, OK ? Comprenez bien que je n'essaie pas de vous faire bouger. Je saisis parfaitement le message que vous nous faites passer, je vous l'assure. Cependant, j'aimerais savoir, juste parce que j'ai de la sympathie pour lui, que j'ai toujours senti une connivence avec George : est-il en sécurité ? A-t-il des problèmes ?

Pyotr haussa une nouvelle fois les épaules.

— George n'est pas à Tbilissi en ce moment. Depuis un certain temps, il est difficile à joindre. Je pense qu'il a pris une bonne décision, dans son intérêt.

— Il a un nouveau téléphone ? Un nouvel e-mail ?

— John, dit Pyotr, avec une légère pointe d'énervement dans la voix. Il n'y a pas de téléphone. Il n'y a pas d'e-mail. Mais s'il y en avait, ils ne vous seraient d'aucune utilité. Je vous le répète, vous êtes un homme intelligent.

Rien de plus. Une fois son verre terminé, Pyotr se leva.

— C'était agréable de vous revoir tous les deux, dit-il. Je suis désolé de mettre fin à vos projets concernant les bouteilles. Nous vous apprécions. Nous partageons votre déception, mais nous ne pouvons conclure de marché entre nous.

Nous l'accompagnâmes jusqu'à la porte du magasin à présent désert. Toutes les bouteilles vides de la soirée avaient été emballées dans des cartons et les tables essuyées.

Pyotr remit sa veste en cuir, se préparant à partir.

— Pyotr, puis-je vous demander si vous avez fait tout ce chemin jusqu'à Sydney juste pour délivrer ce message ? interrogea Kevin.

Pyotr se mit à rire. Il agita la tête en signe de dénégation.

— Non, j'ai rencontré une fille et elle est venue ici pour la Coupe du monde de rugby. Ça commence bientôt, je pense? Je suis venu la voir. Assister à quelques matchs. Mais cela m'a fait plaisir aussi d'être là pour parler en vrai et dire ce qui devait être dit.

— Donc, vous êtes à Sidney pour un moment?

— Ça n'a pas d'importance, John, dit-il en m'adressant un sourire un peu triste. Je vois votre cerveau travailler de plus belle. Il est temps qu'il oublie ce sujet. Comme tous les gens du vignoble à Tbilissi, je fais partie de votre passé. Je suis un fantôme. Au revoir, mes amis. Faites-moi plaisir. Choisissez de rester en sécurité et de vivre encore longtemps.

Il me tendit la main. Je la serrai. Qu'aurais-je pu faire d'autre? Kevin fit de même, puis Pyotr disparut dans la nuit. Ainsi qu'il l'avait dit, comme un fantôme. Nous refermâmes la porte. Je m'aperçus que mes genoux tremblaient.

Kevin et moi nous laissâmes tomber sur deux chaises, au milieu de la boutique déserte. Nous nous regardâmes, les yeux écarquillés.

— Est-ce que tout ça vient vraiment de se produire? lâchai-je.

— Je suis certain que oui, répondit-il. Je crois que l'on vient de nous dire que nous risquons d'être tués si nous essayons de remettre un pied à la Savane Numéro Un.

— Tu crois que George est mort? demandai-je.

Kevin haussa les épaules.

— Je n'en ai aucune idée. Peut-être. J'espère que non.

— En tout cas, nous, nous le serions, non? Si on réessayait. Nous serions liquidés par celui pour qui Pyotr travaille.

— Ou par Pyotr. John, nous ne devons pas nous tromper d'interprétation, ou penser que c'était une tactique de négociation. On nous a dit très clairement: à partir de maintenant, c'est terminé.

Je restai assis, à la surprise se mêlaient de la colère et de la peur.

— Quand même, je n'aime pas trop qu'on me dise de dégager.

— Moi non plus, me répondit mon ami canadien. Mais j'aime aussi beaucoup vivre et respirer.

32

LA VUE DEPUIS BRONTE

J'ai toujours aimé l'exposition *Sculpture by the Sea* qui se déroule sur le littoral de la banlieue est de Sydney. Jane était venue me rejoindre. Nous prîmes le chemin de Bondi pour suivre le parcours, d'une beauté à couper le souffle, qui longe les falaises, en passant par Tamarama, en direction de Clovelly. Les sculptures et installations de grand format disséminées le long du chemin étaient vraiment remarquables.

Il y avait une brise et une bonne houle. Réchauffés par notre marche au soleil, nous descendîmes sur le chemin de Bronte. Les vagues déferlaient sous nos pieds. Nous nous arrêtâmes pour prendre un café dans l'un des établissements qui surplombent cette étroite plage. La vie était belle.

— Je peux te demander quelque chose, Johnny ? me demanda Jane, en prenant ma main sur la table.

— Bien sûr.

— Qu'as-tu décidé à propos des bouteilles géorgiennes ? Tu es prêt à les laisser partir ?

Presque un mois s'était écoulé depuis la visite inattendue de Pyotr. Le soir même, j'avais tout raconté à Jane par téléphone. Mais elle avait raison, j'avais passé une bonne partie de ces dernières semaines à ruminer, à retourner la conversation dans ma tête et à essayer de me faire à l'idée que tous nos efforts, nos dépenses et nos espoirs concernant le vin de Staline étaient perdus.

Je ne pus que dire :

— Les choses sont ainsi. Il est inutile d'y réfléchir davantage. C'est fait.

— Mettriez-vous votre sécurité en danger pour aller chercher tous ces Yquem centenaires? demanda-t-elle.

— Non. Certainement pas. Tu sais ce que je pense: une bouteille de vin est une bouteille de vin. Même si elle est historique, qu'elle appartient à un patrimoine extraordinaire et qu'elle vaut beaucoup d'argent, ça reste une bouteille de vin. Vais-je prendre le risque de « disparaître » pour elle? Pas question.

— Pourtant, c'est difficile à envisager, dit-elle, en me regardant droit dans les yeux. Ces milliers de bouteilles. C'est bien deux cent dix-sept Yquem qu'il y avait? Qui prennent la poussière.

Je souris.

— De la poussière qui se trouve sous la garde de figures mafieuses armées et sans pitié. Ou, au mieux, qui dépendent d'hommes d'affaires véreux. Elles peuvent rester là. C'est fini.

— C'est bien que tu puisses être aussi catégorique et prendre du recul, dit-elle. Je ne suis pas sûre que je pourrais laisser tomber si facilement, si c'était moi.

— Comme je l'ai déjà dit, quel autre choix?

Je pris sa main.

— Tu sais que je n'ai pas l'habitude d'être sentimental, mais j'ai beaucoup de raisons de vivre, ici à Sydney. Il y a toi, il y a mon entreprise, mes amis. Il y a toujours les bouteilles restantes de Tbilissi dans ma cave, sans compter toutes les histoires que je pourrai raconter dans les dîners tant que je vivrai. Ça a été une formidable aventure, où je me suis bien amusé. Et ça, ça ne changera pas.

— Je suppose que non. Alors, tu en as fini avec ça?

— J'en ai fini. La preuve: au début de cette semaine, j'ai reçu un appel d'un ami à New York, un chanteur à qui j'avais raconté l'histoire en passant. Il m'a appelé pour me dire qu'il connaissait un type qui réalisait des documentaires et qui était également en relation avec un homme d'affaires américain super-riche, amateur de vin, et qui avait des contacts en Russie. Ce documentariste et l'homme d'affaires ont entendu l'histoire et sont absolument enthousiastes, prêts à trouver un ou deux millions de dollars, sans problème, pour filmer l'épisode de la transaction finale, où ils s'emparent du vin. J'ai dit : « Bonne chance, si vous voulez essayer. »

— Tu penses qu'ils vont le faire ?

— Je n'en ai aucune idée. Il n'entrait pas dans mes intentions de leur donner toutes les informations nécessaires, et je ne prévois pas non plus de retourner sur place pour le savoir.

Elle sourit.

— Mon homme intelligent, sensible et pragmatique...

— Et vivant, ajoutai-je, avec un sourire.

Nous finîmes nos cafés. Jane ajusta sa casquette de base-ball. Je la regardai replacer des mèches de cheveux sous sa coiffe et remettre de la crème solaire. Kevin avait dit, après le départ de Pyotr, qu'il avait envie d'encore respirer. J'aimais beaucoup de choses dans la vie. Ça valait le coup de continuer comme ça.

Je pris une grande inspiration, expirai, puis me levai.

— Viens, dis-je. Continuons à marcher. Il y a tant de choses à voir et à revoir.

ÉPILOGUE

Londres, Royaume-Uni
Février 2019

L'air était glacial. Une faible brume flottait sur Kensington Gardens. C'était le milieu de l'après-midi, mais l'hiver londonien donnait l'impression de se faire sentir plus tard. J'avais marché depuis Westminster, traversé Sloane Square et Knightsbridge jusqu'aux jardins. Je me trouvais sur un banc, dans une allée surplombant le Round Pond, avec Kensington Palace derrière moi.

C'était bien lui. Je le regardai s'avancer vers moi, alors qu'il se trouvait encore à une centaine de mètres. La même taille, la même allure, bien qu'un peu empâté, sous un pardessus. Il portait des lunettes. Des mèches grises dans les cheveux, plus courts et avec une raie sur le côté au lieu de la tignasse sombre dont j'avais le souvenir lors de notre rencontre.

Le trouver avait été plus facile que prévu. Au cours des années qui se sont écoulées depuis mon aventure à Tbilissi et l'avertissement final, internet avait évolué. Les médias sociaux s'étaient développés, étendant désormais leurs tentacules dans tous les coins et recoins du monde. Malgré tout, je ne m'attendais pas à retrouver Nino aussi rapidement par une simple recherche sur Facebook. Suivant les informations ainsi recueillies, il était père d'au moins un enfant et avait une jolie femme, mais pas celle qui l'accompagnait lors de notre visite, il y a quelques années. Sur son profil figurent de nombreux « amis » aux muscles massifs et saillants, au crâne rasé et aux avant-bras tatoués. Pyotr ne semblait pas présent sur les médias sociaux et je n'étais pas en mesure de savoir si le Revaz Rustaveli que j'avais trouvé était celui que j'avais rencontré. Si c'était le cas, il aurait certainement dû avoir l'air plus âgé. J'avais trouvé un article parlant de plusieurs frères Tamaz à qui le gouvernement géorgien demandait de s'expliquer à propos de la disparition d'un stock d'or. Pouvait-il s'agir du même Tamaz?

Et maintenant, il y avait George, marchant dans ma direction.

Le plus surprenant, c'est que je ne l'aurais jamais trouvé sans une remarque anodine de nul autre que Neville Rhodes. Nous nous étions retrouvés par hasard à une même soirée au restaurant Quay, à Circular Quay, et il m'avait semblé qu'il aurait été malvenu de ne pas aller le saluer. Des années après les événements, Neville avait manifestement évolué lui aussi, car il semblait sincèrement heureux de me voir. Il plaisantait volontiers, évoquant ses aventures, ou mésaventures, à Tbilissi, tant sur le front de l'extraction de l'or que sur celui de ses ambitions viticoles.

— Je me demande où est George maintenant, avais-je dit, plus pour la forme qu'autre chose.

— Giorgi Aramhishvili? Ce voyou. Il est maintenant, croyez-le ou non, M. George Kensington Esquire, vivant confortablement dans un quartier privilégié de Londres. Accrochez-vous: à Kensington, il est devenu Mr George Harrison Kensington, de Kensington.

— Giorgi de Géorgie est maintenant M. Kensington de Kensington? Vous voulez rire?

— Non, je suis sérieux. Il a été le directeur de plusieurs sociétés minières, dont une éphémère était même à la limite de la légalité. Il a eu quelques aventures en cours de route, à Singapour et à Hong Kong, si l'on en croit certains articles juteux ou des comptes rendus juridiques. Mais, globalement, je pense que la vie est plutôt belle pour M. Kensington.

Je n'arrivais pas à y croire. Muni de cette nouvelle information, après être rentré de la fête, je me retrouvai à faire des recherches sur Google. Bien sûr, on trouvait George Harrison Kensington partout, de LinkedIn à – oui – des signalements d'entreprise. Il semblerait que George ait travaillé dans des compagnies pétrolières, dans toutes sortes de mines, et même en tant que consultant pour le déploiement de réseaux téléphoniques 3G dans l'ancienne Union soviétique.

J'avais passé plus de dix ans à me demander s'il était encore en vie. En fait, il avait vécu et travaillé sous son nouveau nom pendant tout ce temps. Alors, sur un coup de tête, je l'avais contacté pour lui dire que je comptais me rendre bientôt à Londres...

Il s'approchait de moi maintenant et me tendit une main gantée de cuir, tout en souriant.

— John Baker. Quelle charmante attention, dit-il, dans un anglais impeccable.

— Bonjour, George. Ça fait longtemps.

— Oui, en effet. Comment allez-vous, mon vieil ami? Comment va la vie?

George s'assit sur le banc, avec peine comme s'il avait des problèmes aux genoux. Il était plus jeune que moi et m'avait semblé nettement plus en forme à l'époque de Tbilissi, mais maintenant j'avais l'impression qu'il avait vieilli. Peut-être que c'était juste le froid anglais.

— Quand avez-vous quitté Tbilissi, George? C'était à cette époque? Je suis triste de penser que vous avez dû partir. Vous étiez si passionné par votre pays et votre ville. Je me souviens que vous avez porté un toast à la statue de la Mère de la Géorgie. Cela semblait si important pour vous.

Il haussa les épaules, résigné.

— Parfois, la vie vous éloigne des choses ou des personnes que vous aimez, John. Parfois, il faut tout recommencer. Il était temps pour moi de partir, d'éloigner ma famille de cet endroit. C'était certainement le bon choix, si tant est que j'aie eu le choix. Je ne suis pas sûr que vous puissiez comprendre. De toute façon, Tbilissi n'était plus ce qu'elle avait été dans ma jeunesse. Aujourd'hui, ce ne sont que des fichues piscines à débordement, des touristes et des chaînes de magasins américaines.

Je ne savais pas quoi répondre à cela. George se contenta de ricaner.

— Maintenant, je suis un *geezer*, dit-il, imitant assez bien l'accent de l'East End. Londres, ce n'est pas si mal. Il y a de bons matchs de football – prenez Chelsea – et l'on trouve même un magasin spécialisé dans le vin géorgien pas très loin d'ici.

Nous discutâmes pendant un moment de ma vie et de la sienne, rattrapant le temps perdu. Comme on pouvait s'y attendre, il resta un peu évasif sur son travail, actuel et passé. Spontanément, il m'apprit qu'il avait à présent des enfants, et qu'ils étaient citoyens britanniques. Il n'avait pas l'intention de retourner vivre à Tbilissi.

— Je suis désolé que les choses se soient passées ainsi, John, me dit-il finalement, après que nous avons bavardé pendant une vingtaine de minutes. Je sais tout le travail que vous avez fait dans la cave et j'aurais aimé conclure la vente avec vous.

— Je n'ai jamais su pourquoi tout s'est arrêté, George. J'ignorais même si vous étiez en vie. Pyotr est passé dans mon magasin à Sydney et nous a mis en garde. C'est vous qui l'aviez envoyé ?

George fit la grimace.

— John, ce sont des choses désagréables sur lesquelles il n'est pas utile de revenir après tout ce temps. Je suis certain que Pyotr vous rendait service, mais non, j'étais occupé à autre chose à ce moment-là. Je suis heureux, en tout cas, que vous ayez eu le bon sens de tenir compte du message.

Assis sur le banc, nous regardâmes un écureuil qui était sorti de sa cachette, derrière un arbre. Il nous fixait, sans prendre la peine de se cacher. Il avait jugé que nous étions tous deux inoffensifs. Je me demandai s'il avait raison.

— George, puis-je vous demander : qu'est-il arrivé au vin ? Pendant toutes ces années, je n'ai jamais pu m'empêcher de me poser la question. Ces trois bouteilles d'Yquem 1847, elles vaudraient un million de dollars à elles seules. Et tous les autres Yquem ! Plus les dizaines de Margaux, les Mouton, les Lafite, tout le reste. Autant de trésors. Avec, en plus toute cette histoire étonnante qui s'y rattache. Que sont-ils devenus ? Où sont-ils maintenant ? Sont-ils toujours là ?

Il contemplait le parc, tout en souriant. Puis, il tourna la tête vers moi, toujours avec un large sourire.

— John, c'est une affaire géorgienne. Comment pourrais-je le savoir ? Je suis un Londonien.

Je secouai la tête, mais je dus sourire aussi.

— Très bien, George. Je continuerai donc à me poser ces questions. Mais j'ai une dernière proposition.

— Si vous voulez.

— Puis-je vous offrir un verre, George ? En souvenir du bon vieux temps ? Nous pourrons parler de Joseph Staline, de Nicolas II, de vin français et de bains de soufre.

Son visage s'illumina d'un grand sourire. Il se leva, non sans peine.

— Absolument, John, mon ami ! J'aimerais beaucoup cela. Prenez-vous le rôle de *tamada* ou dois-je le faire ?

— Peut-être pouvons-nous nous relayer. Il y a juste une chose, George, je veux être honnête. C'est qu'après avoir bu quelques verres, il y a de fortes chances que je vous redemande où est le vin.

George partit d'un grand rire. De sa grosse main, il me tapa dans le dos.

— Eh bien, ça reste la question, John, dit-il alors que nous reprenions l'allée. Cela, c'est toute la question.

GLOSSAIRE

badridzhnis khizilala – une sorte de caviar d'aubergine.

Cape Mentelle Cabernet – un vin robuste, à dominante Cabernet Sauvignon, issu de l'un des premiers vignobles établis dans la région de Margaret River, en Australie-Occidentale.

Chacha – une marque de vodka fabriquée à partir de raisins Rkatsiteli qui sont également utilisés pour faire du vin blanc.

charkhlis mkhali – salade de betteraves géorgienne (alias *pkhali*).

Château Beaucastel Châteauneuf-du-Pape Blanc – l'un des grands domaines de Châteauneuf dans le Rhône sud de la France. Des vins de longue garde avec un blanc particulièrement merveilleux à base de Roussanne.

Château Cheval Blanc – l'un des grands domaines de Saint-Émilion, de la Rive droite de Bordeaux. De manière inhabituelle pour Bordeaux, le domaine possède un pourcentage élevé de vignes de cabernet franc, ce qui lui donne des vins riches et parfumés.

Château Cos d'Estournel – sans doute le grand domaine de l'appellation Saint-Estèphe, sur la rive gauche de Bordeaux.

Château Coutet – style élégant, fin et zesté du Sauternes.

Château Guiraud – style de Sauternes de grande classe, plus robuste, avec plus de Sauvignon dans l'assemblage que la plupart des Sauternes.

Château Haut-Brion – un superbe premier cru (il n'y a que cinq premiers crus) de Bordeaux. Le premier vin au monde à avoir sa propre étiquette, en 1660. Un vin raffiné, harmonieux, qui peut vivre… presque éternellement s'il est bien conservé.

Château Lafite Rothschild – premier cru de l'appellation majeure de Pauillac (trois des cinq premiers crus se trouvent à Pauillac). Certains diront que c'est le plus grand vin rouge de Bordeaux. Particulièrement séduisant pour son parfum d'herbes et d'épices grillées. Raffiné et séduisant, plutôt que lourd.

Château Larose (Gruaud-Larose) – grand domaine de second cru (château) dans l'appellation Saint-Julien sur la rive gauche de Bordeaux.

Château Latour – le premier cru monumental et aristocratique qui occupe la première place au bord du fleuve à Pauillac sur la Gironde. Peut-être le vin le plus imposant et le plus structuré des cinq premiers crus.

Château Margaux – sans doute mon vin de Bordeaux préféré. Le premier cru charmant, souple et raffiné de l'appellation Margaux à Bordeaux.

Château Mouton Rothschild – premier cru de Pauillac sur la rive gauche de Bordeaux. Peut être assez voluptueux et concentré. Célèbre aussi pour avoir commandé à certains des grands artistes du vingtième siècle la peinture de ses étiquettes.

Château Pichon Baron – brillant second cru de Pauillac, sur la rive gauche de Bordeaux. Exceptionnellement situé à côté de Latour et d'autres grands domaines. Sans doute le château le plus photographié de toute la région.

Château Raymond-Lafon – riche et très bon Sauternes voisin du monumental Château d'Yquem.

Château Rieussec – très bon Sauternes, également voisin du Château d'Yquem. Il appartient maintenant au Château Lafite Rothschild, et la qualité du vin s'est améliorée en conséquence.

Château Suduiraut – superbe domaine de Sauternes appartenant à l'un de mes Bordeaux préférés, le Château Pichon Baron. Sauternes luxueux avec une bonne vitalité et de l'énergie.

Château d'Yquem – veuillez vous référer au chapitre qui lui est consacré.

crus classés – L'empereur Napoléon III a fait classer les meilleurs vins de Bordeaux en cinq niveaux (premier, deuxième, etc.) pour l'Exposition universelle de Paris de 1855. Les vins qui en faisaient partie sont devenus connus sous le nom de crus classés.

Clonakilla Shiraz – le plus important et probablement le meilleur vignoble de la région de Canberra.

deda-khelada – une grande cruche à vin géorgienne, aussi appelée cruche-mère.

Dom Pérignon – la cuvée (vin) de luxe du groupe Moët & Chandon (propriété de LVMH) et nommée d'après le légendaire maître de chai qui a assemblé le premier champagne.

rouge sec – un vin qui est fermenté jusqu'au point où il n'y a pas de douceur apparente. La plupart des vins rouges sont considérés comme des rouges secs.

niveau de remplissage – la question du degré de remplissage d'une bouteille. Lorsqu'un vin vieillit, une partie du vin peut s'évaporer à travers le bouchon. Idéalement, un vin aura un niveau de remplissage élevé par rapport à son âge.

taille en vert – l'élimination, entre le printemps et l'été, de la végétation excessive des vignes très luxuriantes.

guyot – technique de taille de la vigne. Le système entraîne un ou deux bras fructifères le long d'un fil de palissage principal.

Cognac Hennessy Jubilé – un cognac rare produit par la prestigieuse maison de cognac Hennessy pour coïncider avec les règnes des monarques.

ikhvis chakhokhbili – ragoût de canard géorgien.

2000 Jasper Hill Nebbiolo – l'un des premiers millésimes de Nebbiolo pour la cave Jasper Hill de Heathcote, Victoria.

kantsi – une corne de vin géorgienne.

Kardenakhi Port – vin fortifié (comme le porto) de la région géorgienne de Kardenakhi.

khachapuri – pain au fromage géorgien.

Khikhvi – un vin géorgien qui peut être produit dans des styles légèrement sec, semi-doux, doux et, comme nous l'avons goûté à la Savane Number One, fortifié.

khinkali – boulettes de pâte.

Kvareli – un vin géorgien de la vallée fertile de la rivière Alazani, au nord-est de Tbilissi.

kvevri – grands récipients en terre cuite utilisés pour faire du vin selon la méthode géorgienne traditionnelle, et maintenant à la mode chez certains vignerons modernes.

lobio – salade de haricots rouges.

machari – vin nouveau prêt à fermenter dans le *kvevri*.

marani – lieu de stockage des *kvevri*.

Mas de Daumas-Gassac – vignoble pionnier de haut niveau dans la région du Languedoc, en France.

Massandra Winery – établissement vinicole officiel de la Russie impériale, toujours basé en Crimée.

vin de musée – un terme que j'utilise avec le mot « rare » pour désigner nos dégustations et ventes exceptionnelles de « vins rares et de musée », qui comprennent des vins anciens, rares et dont on pourrait penser qu'ils ont leur place dans un musée plutôt que dans une cave à vin.

Napareuli – une variété de vin géorgienne.

Palmer – un voisin important du sublime Château Margaux et probablement le deuxième meilleur vin de l'appellation Margaux à Bordeaux. L'assemblage comprend quarante pour cent de merlot, ce qui est inhabituel pour un Margaux.

1980 Penfolds Bin 80A – une édition spéciale de Penfolds, un assemblage d'environ deux tiers de Cabernet de Coonawarra et un tiers de Shiraz de Kalimna.

Penfolds Grange – le vin phare de la plus importante cave australienne, Penfolds, et, au niveau international, de l'industrie vinicole australienne.

phylloxéra – un minuscule insecte jaune qui se nourrit des racines, et parfois des feuilles, de la vigne.

Picardan – un cépage utilisé dans la région du Rhône méridional en France.

premier cru – terme utilisé dans la classification des vins français et désignant des vins de qualité supérieure.

Saamo – un vin doux géorgien.

Salkhino – un vin doux géorgien.

Sauternes – le district de Bordeaux qui produit les meilleurs vins doux de France. Riches, succulents, exotiques et hédonistes à souhait.

Spotikach – un vin de la région de Spotikach en Russie.

tevzis buglama – ragoût de saumon géorgien.

Tsinandali – un vin blanc géorgien fermenté à des températures fraîches qui présente un arôme de coing, de fruits à noyau et d'agrumes.

Union des Grands Crus – une association volontaire de châteaux bordelais (la plupart des meilleurs) dans le but de développer des initiatives promotionnelles pour leurs vins dans le monde entier. Ils organisent de nombreuses et brillantes dégustations et dîners.

vinotech/vinothèque – armoires et caves climatisées conçues pour créer les conditions idéales de conservation du vin.

vins blancs classés (vins blancs) – traduit simplement par « classes de vins blancs ». Parfois utilisé à Bordeaux, et ailleurs, pour les vins blancs de qualité supérieure.

1990 Wendouree Shiraz – un tout petit producteur de la Clare Valley en Australie-Méridionale. Des vins très recherchés et de grande capacité de vieillissement.

WolfbergerAltenberg de Bergheim – un vin de Gewurztraminer de la région Alsace en France.

TABLE DES MATIÈRES

REMERCIEMENTS

John Baker

Je dois remercier de nombreuses personnes pour l'aide à la rédaction de ce livre. Après avoir essayé de le rédiger moi-même, j'ai réalisé à quel point il est difficile d'écrire un livre quand on n'est pas écrivain. Bien sûr, j'ai publié un certain nombre de textes informatifs et d'articles, sortis simplement de ma réflexion, mais lorsque j'ai essayé de coucher cette histoire par écrit, j'ai échoué au bout de quelques pages.

Par bonheur, une agence littéraire, Cameron Creswell, m'a été recommandée. Après avoir envoyé à Jane Cameron un courriel racontant mon aventure, dans l'espoir qu'il retiendrait son attention, Jeanne Ryckmans est intervenue comme agent. Elle m'a présenté Nick Place, qui a lu mon début de manuscrit et l'a fait aboutir. Je suis redevable à Jeanne pour sa gestion professionnelle du processus de publication et pour avoir travaillé avec moi en toute sympathie.

Nick s'est montré merveilleux. Il a appris à connaître le microcosme lié aux vins de qualité. Il s'est immergé avec nous dans notre aventure à Tbilissi, en Géorgie. Il a appris à me connaître, ce qui n'est pas une mince affaire ! Je remercie Nick pour avoir donné vie à cette histoire, pour sa compréhension et son amitié.

Alison Urquhart, de Penguin Random House Australia, m'a encouragé, se montrant enthousiaste, dès le début. Je remercie également Clive Hebard, notre éditeur, pour sa révision minutieuse, éclairante et constructive. J'ai vraiment apprécié les compétences littéraires de Nick et de Clive.

Kevin Hopko, mon complice en Géorgie et ami de longue date, m'a beaucoup aidé à me souvenir de détails qui auraient pu m'échapper.

Enfin, je tiens à remercier mon bon ami Peter Holder, qui a été un confident inestimable depuis les premiers jours où je me demandais « comment faire pour écrire cette histoire » jusqu'à l'impression finale.

Nick Place

Stalin's Wine Cellar a été un projet remarquable, qui m'a apporté beaucoup de joie, de créativité, de connaissances et de nouvelles amitiés.

Je tiens à remercier sincèrement Jeanne Ryckmans, mon agent à l'agence Cameron Creswell, pour m'avoir associé au projet depuis le début. Merci, Jeanne, pour votre enthousiasme, votre foi et votre soutien, ainsi que pour avoir songé à moi dès le départ en tant que potentiel coscénariste de John. Et merci à tout le monde chez Cameron's Management et, en particulier, à Jane, Sophie et Jo.

Un grand merci aussi à Ali et Clive de Penguin Random House Australia pour leur appui, qui a permis de faire passer l'hypothétique projet évoqué lors d'un mémorable café pris ensemble à Sydney à un manuscrit achevé. C'était génial d'être accueilli de la sorte dans la famille des Spheniscidae.

Et bien sûr, je lève sincèrement mon verre en direction de John Baker, qui a pleinement accepté qu'un type de Melbourne dont il n'avait jamais entendu parler soit chargé de raconter l'histoire surprenante et énorme qu'il a vécue. La volonté de John d'écouter et d'accepter mes exigences en matière de narration, d'aider à faire vivre et respirer le récit, a été vitale pour le succès du manuscrit. Il s'est montré à ce point agréable et accommodant qu'il est devenu un ami en cours de route.

Quant à Kevin, le meilleur homme de Winnipeg, il est impossible d'inventer un meilleur personnage. Par son existence, c'est lui qui, en réalité, a fait tout le travail. Merci, Kevin et John, de m'avoir permis d'esquisser les versions livresques des hommes que vous êtes. Et pour les vins à couper le souffle que vous m'avez fait découvrir en cours de route. J'espère qu'il y en aura d'autres !

Un grand merci également à Victoria Heywood, qui m'a offert un livre à point nommé, un ouvrage idéal, *Georgian Feast*, pour me donner une idée de la nourriture, de la culture et de l'ambiance de Tbilissi en 1999. Et à tous les auteurs que j'ai lus et à tous ceux à qui j'ai parlé en cours de route de Tbilissi, du vin français, de Staline et des nombreux aspects étonnants de cette histoire.

En dehors du livre lui-même, merci à ma femme, Chloé, pour son soutien, son amour et les nombreux jours où elle m'a laissé le temps et l'espace nécessaires. D'autant qu'avec Colette, la Punkette et Whirlwind Cassius qui se déchaînent dans nos vies, ce n'était pas évident. Tu sais ce que je ressens, Cloclo. Merci, comme toujours, pour l'amour et le soutien de mes grands garçons, Will et Mack, et du reste de ma famille et de mon équipe, en Australie et en France, qui ont apprécié cette histoire depuis le tout début. Un tendre message, aussi, à ma mère et à ma sœur. Quant à mon père, j'aurais tellement aimé qu'il puisse lire ce livre. Il l'aurait adoré et aurait posé un million de questions. Malheureusement, il a manqué de moins d'une semaine la première rencontre que j'ai eue avec John.

RIP, Papa Ronnie. Cet ouvrage-ci est pour toi.

Achevé d'imprimer en mai 2022 par l'imprimerie Colorix, Bulgarie